人外
京極夏彦

新潮文庫

文庫版

ヒトごろし

上巻

京極夏彦著

新潮社版

11348

文庫版

ヒトごろし

上巻

1

浅黒い指が白い頸《くび》に喰い込む。

張りがある皮膚《はだ》には皺《しわ》が寄ることがない。ただ腹や乳房《ちぶさ》のように弾力がある訳ではない。

筋がある。幾本もの筋が束になっている。その束の中心には空洞があるのだ。でも、これだけ締め付ければ、それも塞がっているだろう。そしてその背後には骨がある。

四本の指は骨を感じている。

親指は筋を掻き分けるようにして頸にめり込んで行く。

ぐうと女は声を上げる。いや、これはもう声ではない。単に女が鳴ったというべきか。これ程潰れて歪《ゆが》んだ咽喉《のど》に、息など通るものではないだろう。

燈《あかり》は薄く、世間の色などは殆《ほとん》ど失われているけれど、それでも女の顔が紅潮していることだけは判った。

小鼻が幾度も収縮して、女は眼を大きく見開いた。

白目が濁って見える。

血走っているのだ。

半開きだった口も横に縦に広がっては閉じ、別の生き物のようだ。

これはまた滑稽《こっけい》な顔だなと歳三《としぞう》は思った。それ以外、何の想いも涌《わ》いては来なかった。

途端に気が萎《な》えた。

萎えるのと同時に、女は思い切り手足をばた付かせ、それこそ満身の力を籠めて歳三の腕を摑《つか》み、振り解《ほど》いた。

振り解かれた腕の、右の指先が畳に当って硬い音を発した。

番《つが》ったまま片手を突いて半身を起こす。こうなるともう、どうでも良くなる。

身体《からだ》を離した。

そのまま女に背を向けて、胡坐《あぐら》をかいた。ごそごそと動く音と喘《あえ》ぎ声が聞こえた。

死にかけの虫のように足掻《あが》いているのか。

しゅうと松風のような音を出した後、女は嘔吐《えず》き、噎《む》せた。汚らしい音だと思う。汚らしいのは歳三の好むところではない。

振り向いて肩越しに見ると、矢張《やは》り女は汚らしかった。洟《はな》だの涎《よだれ》だのが糸を引いている。

手の届く先に女の襦袢《じゅばん》があったので、手繰《たぐ》り寄せて羽織った。

寒かった訳ではない。

女と己を遮断したかっただけだ。

わやわやという音がやがて女声になって、そのうち言葉になった。

何をするのサというようなことを途切れ途切れに言っている。

あまり大声を出されるのは厭《いや》だ。

折角《せっかく》降りた夜の帳《とばり》が、搔き乱れて捲《まく》れ上がってしまう気になる。

暝《くら》い刻《とき》には。

静寂が合う。

身をゆっくりと返す。

女は片手を床に突き、もう一方の手で喉《のど》を押さえていた。下を向いた乳房が揺れている。荒く息をしているのだろう。

「――どういうつもりサ」

漸《ようや》く、言葉が通じた。

「死んじまうじゃないか」

殺すつもりだったのだ。

「あ――妾《あたし》みたいな女郎縊《くび》り殺したって、盗るものなんか何もありゃアしないよ。それとも何かい、あんた、気を遣《や》る時に敵娼《あいかた》の首絞める癖でも――あんのかい」

「そんなものはねえよ」

体を重ねたからといって気を遣っていた訳でもない。銭で買ったというだけだ。姦《おか》すも縊るも同じことである。

じゃあ何なのサと女は言う。

殺そうと思ったのだ。でも。

お前を殺したかったんじゃない。慥《たし》かに殺そうとは思ったのだが、別にお前のような女郎を殺したかった訳じゃないのだ。

それに。

どうも、首を絞めるのはあまり良くない。

汚らしい。滑稽だ。見てくれが悪い。穢《きたな》いのは好まない。

喉笛を切り裂く方が良い。

同じ流れ出るのでも——。

いや。

流れ出るんじゃない、迸《ほとばし》るのだ。

血は。

迷惑さと女は言う。

「乗っかるだけじゃァ気が済まない客ってのは居るけどサ。でも大抵は梲《うだつ》の上がらない表六玉《ひょうろくだま》ばかりさね。この間、彼方此方《あちこち》舐めたり齧《かじ》ったりしたがる助平爺《じじい》がいたけどね。ありゃあもう己のお道具が役に立たなくなってるからだよ。あんたみたいな男前がどういう料簡《りょうけん》だか」

「能《よ》く喋《しゃべ》るな」

「そうサ。なァに、することしてれば喋りやしないよ。ロィ動かしてる暇ァないからね。サァどうするんだい。まだ途中だろうよ。もうお終《しま》いかい。それとも続きをすんのかい。すんなら早くしとくれ。尤《もっと》も、また縊られるのだけは御免だけど——」

「女はそんなに喋るもんじゃねえ」

「フン。なら客は女郎の首絞めるもんじゃないよ」

「そうか」

「痛いじゃないか」

「痛いのは厭か」

「当たり前さ。苦しいだろ」

「苦しいのも——厭か」

「死んじまうだろ」

「死ぬのは——厭か」

厭なのか。

何サ心中でもするつもりだったかいと女は言う。

女は歳三の羽織っていた襦袢《じゅばん》をするりと引いて、自らにかけた。

背中が顕《あらわ》になる。

夜気が体中に染みる。

女は擦《す》り寄って来る。

「まあ、こんな佳《い》い男の道行きの相手に選ばれたてェのは、嬉しくないこたァないけどねェ」

女の指先が歳三の喉に触れた。払い除《の》ける。

「無理心中は御勘弁サ。大体、心中するにしたって首絞めるなんて聞いたことがないよ。女郎と心中するンなら、精精《せいぜい》手首切るとか、いいや大抵は入水《じゅすい》だろ」

「俺は」

死ぬ気はない。

女は頸《くび》を擦《さす》る。

「まったく、巫山戯《ふざけ》るにも程があるよ。気が遠くなったわいな。まだ痛いじゃないかえ。痣《あざ》にでもなってちゃあ堪《たま》らないからね。商売あがったりだものさ。爺の歯形の方がずっとマシだよォ。咬まれる程に客が付くんだとか何とか、物は言い様だもの。でも首絞めの指の痕《あと》じゃあ、言い訳は効かないじゃないかえ。何するんだろうねえ。どうだい、痕は付いてないかえ」

昏《くら》くて見えねえよと言った。

「痣になってたらおまんまの喰い上げだよ」

「なら」

死ねば好かったのに。

薬をやるよと歳三は言った。

「薬かえ」

「打ち身や捻挫《ねんざ》に効くそうだ。なら効くのじゃねえか」

歳三は裸のまま立ち上がり、荷から薬を出した。

「何だい。商売物かね」

「おう」

「おや、あんた薬売りかね」

「薬売りだよ」

薬売りになってしまったのだ。

ふうん、と女は鼻を鳴らした。

「そうは見えないけどね。二本差《りゃんこ》じゃないにしろ、まともな渡世には見えないよ」

「何も差してねえよ」

「そうかね。それにしても本当におかしな男さね。効くそうだ——はないのじゃないかえ。商売物なら効くと言えばいいだろ」

「効くかどうか知らねえもの」

「何だね。紛《まが》い物かね」

「さあな。客は皆、効く効くと謂《い》うから、効くのだろうよ。骨が折れたが繫がったただの、切り傷が塞がっただの、言う奴は言う」

歳三は服まない。

一袋差し出すと女は受け取った。繁繁《しげしげ》と能書《のうが》きを眺めているが、どうせ字など読めはしまい。文字を知っていたとしても、こう暗くては見えるものではない。

「俺の家《うち》の伝来の薬だ。河童《かっぱ》に製法を教わったそうだが、それは嘘だろう」

女は顔を顰《しか》めた。

「何だね。膏薬《こうやく》かね」

「服むんだよ」

「イヤだ、大丈夫なのかい。今度は石見《いわみ》銀山《ぎんざん》でも飲ませるつもりじゃないだろね」

毒殺など――。

するものか。

「毒じゃあねえよ。そりゃ干した溝《みぞ》蕎《そ》麦《ば》の黒焼だからな。秘伝も糞もねえのさ。まあ採る場所は決まってて、作るコツのようなもんもあるんだろうが、何処《どこ》にでも生えてるもので出来てるんだ。悪くったって腹瀉《くだ》すだけだろうぜ。ただ、水で服むんじゃねえぞ。燗酒《かんざけ》で服め」

「おや」

「熱燗だぞ。そうでねえと効かねえんだと。日に一包みだ」

「効くのかい」

「だから知らねえよ」

厭なら捨てろと歳三は言った。

「だって売り物だろ」

「呉れてやったらもう売り物じゃねえ。好きにしろ」

じゃあ貰っとくよと女は言った。

そして黙った。

下帯を着ける。

どうすんのサと女は言う。

煩瑣《うるさ》い女だ。

「何を」

「しないのかい」

「急《せ》くじゃねえか。江戸の廓《くるわ》じゃあるめえ。回しはねえのだろ」

銭は多目に出してある。

「そんなもんはないけどサ、何もしないなら妾は寝たいのサ。宿場の飯盛《めしも》りは、飯盛りなりに小忙《こいそが》しいんだよゥ。でも」

女は物憂《ものう》げに歳三を見る。

「でも何だ」

「そのさ——寝てる間に殺《や》られちまっちゃァねえ」

「殺らねえよ」

気が失せた。

すっかり失せた。

「お前が朝まで此処《ここ》にいることたァねえだろう。寝てえなら女中部屋に帰って寝ろ」

何から何まで変な客だよと女は言って、手拭いか何かで股座《またぐら》を拭うと、襦袢を腰紐で括り、衣類を手繰り寄せた。

「男前だし気前は好いし、善い客が付いたと思うたに。とんだ見込み違いサ。朝飯はどうするね」

要らぬと言った。

「早発ちかね」

「ああ」

いま発ちたいくらいだ。

殺せないなら。

さっさと往《い》ねと言った。女は着物だの帯だの腰巻きだのを丸めて抱き締め、のったりと立ち上がった。

「いいのかい。行くよ」

「行け」

女は抓《つま》んだ薬の袋を示し、貰っとくよと言って襖《ふすま》に手をかけた。

「本当に妙なお客だよ」

一度振り向き、そう捨て台詞《ぜりふ》を残して、女は廊下に出ると後ろ手で襖を閉めた。

隙間《すきま》が空いている。

放っておくかと思ったが、どうにも気になったので閉め直した。

乱れた床の上に半裸のまま横たわる。矢張り。

殺しておけば良かったか。

――いや。

絞殺は、性に合わぬ。

十二の頃に首吊りを見た。

歳三の生家は近在でも一二を争う豪農であったが、郷里の石田村《いしだ》自体はそれ程豊かな処ではない。貧しい小作も沢山いた。

その家も貧しかった。どうやって活計《たつき》を立てていたものか、多分、玉川が溢《あふ》れた時に家財が流され、暮らしに窮したのだと思う。歳三の家も半壊したが、母屋は残ったので移築した。今思えばそれも蓄えがあったから出来たことだったのであろう。

首吊りだ首吊りだという声を聞いて、矢も盾《たて》も堪らず見物に行った。

死んでいるのだ。

人が。

人垣を分けて飛び込んで、そして見た。

あまり面白くなかった。

ぶら下がっていたのは老爺と、出戻りの孫娘の二人だった。

どちらも頸が長く伸び、洟だの涎だのが垂れていて汚らしかった。土間にも汚物が溜まっていた。見知った顔の筈《はず》が、人相が変わってしまって見慣れない。おまけに舌まで出している。見窄《みすぼ》らしいというか、何か巫山戯ているようにしか思えなかった。

小馬鹿にされているようにさえ思えた。

臭《くさ》いしつまらないので、鼻を押さえて外に出た。

悪童《バラガキ》でも首吊りは怖《こえ》えかいと謂《い》われた。

——そうじゃねえ。

穢いのが嫌いなのだ。同じ死ぬのでも大違いだ。縊死は、駄目だ。頸を絞めるのも、結局は首吊りと変わらないのだ。汚らしい。体液が流れ出て、顔が浮腫《むく》んで、醜くて不潔で、凡《およ》そいただけない。

好きじゃない。

歳三が女の頸を絞めたのは二度目である。

一度目は、十七の時だ。

その時も殺せなかった。

奉公先のお店《たな》の女中で、三つ齢《とし》上の色白の女だった。もう名前も覚えていないけれど、肌理《きめ》の細かい白い肌は能《よ》く覚えている。

何かと言い寄って来るので、殺してやろうと思い、誘いに乗った。

それだけだ。

殺す頃合いを見計らっているうちに、深い仲になった。縁が濃くなれば殺し難《にく》くなると思ったから、ある日関係を見切って頸を絞めた。

矢張り情交中に絞めた。女は暴れた。

大声を出して暴れて、遂には人が来た。女は、歳三を指差し、手込めにされたと嘘を言った。何度も弄《もてあそ》ばれて、子が出来たので殺そうとしたのだと、大嘘を吐《つ》いた。

孕《はら》んでいたのは本当かもしれなかった。しかし、それが歳三の子なのかどうかは判らない。

いや、それは多分、違うのだ。

女はその店の番頭とより深い仲だったのだから。

歳三はそのことを知っていた。だが、別にどうでも良かった。他に男がいようと孕み女であろうと、知ったことではない。

殺そうと思っていたのだから。

その時は大事になった。孕ませただけならば添わせるなり何なり決着の付けようもあるが、殺《あや》めようとしたとなると話は別――のようだった。

日野《ひの》宿の名主である義兄の彦五郎《ひこごろう》がやって来て、詫びた。

歳三は一切の申し開きをしなかった。

ただ番頭の顔を睨《ね》め付《つ》けただけである。

番頭の顔は強張《こわば》っていた。番頭にしてみれば、己と女の仲を知った歳三が妬気に駆られ、揚げ句凶行に及んだのだと――そう思えたに違いない。

勘違いである。

殺してみたかっただけだ。

謝りもしなかったが、言い訳もしなかった。

歳三は終始無言で、女ではなく番頭を見続けた。

番頭には女房がいた。

主《あるじ》の周旋で娶《めと》った妻だった。だから番頭は、女との仲を表沙汰《おもてざた》にしたくなかったのだろう。

歳三の沈黙は、あの男にとって何よりの脅威であったに違いない。

案の定、番頭はあることないことを語り、執《と》り成《な》してくれた。暇は出されたが、それ以上の罰はなかった。女の腹の子はどうなったのか知らない。里子に出すような話だったか。いずれ歳三の子ということにされたのだろう。女も、ほとぼりが冷めてから別の店に移らせるという話だったように思う。

番頭にとって、歳三の起こした騒ぎは好都合だったということになるだろう。

だが、歳三は甚だ不満であった。

殺せなかったからだ。

——だが。

やり遂げていたとしても満足はしていなかっただろう。矢張り絞殺というのは歳三の好むところではないのだ。

そして。

歳三は思い出す。

あれは、まだ七つか八つか、そのくらいの時分のことだ。

母はもう死んでいたと思う。だが死んで間もなかったという覚えもあるし、死んだ前後に遠出をした覚えもないから、ならばそのくらいの齢《とし》だった筈だ。

歳三は姉と歩いていた。

何か用があったのか、なかったのか、何も覚えていない。手を引かれて玉川沿いに府中《ふちゅう》本宿《ほんしゅく》の方へ向かっていたのだと思う。

思い起こす。

思い出される景色は、迚《とて》も見慣れたものだ。其処《そこ》で生れ育ったのだから当たり前である。

建物町並みと違い、山だの川だのというものはいずれもそう代わり映えのしないものだ。木があって草が生えていて、後は河川や池沼があるかないかだ。形は違っていても、大した差異はない。田圃《たんぼ》や畑などは何処《いずこ》も同じようなものだ。

野山の色合いは、季節によって変わるというだけで、何処《どこ》も彼処《かしこ》も凡《すべ》て一緒だ。

海はまた違うのだろう。

歳三は、海の景を知らない。

野山や里は、能《よ》く知っている。

だからこそ、その時の細かな景観が歳三には特定出来ない。

そもそも生れてからずっと眺め続けている景観のひとつなのである。何度も何度も見ているのだから、思い出すとかいう類《たぐ》いのものではないのだ。

その所為《せい》か、記憶の中の風景自体は豪《えら》くぼんやりしている。それがどの辺りだったのかも明瞭には判らない。

忘れたことなどないというのに。

十五くらいの頃、川筋を辿《たど》ってその場所を探してみたことがある。それらしい場所は何箇所か見付けたのだけれど、結局のところは能く判らなかった。

あれは——。

川沿いではなかったのかもしれない。もしや甲州《こうしゅう》街道だったのか。そうして思い直してみると、そうだったかもしれないという気になる。

それは、今となってはもうどうでもいいことである。場所は何処でも良い。背景は靄靄《もやもや》としていても、起きたことは明瞭だ。否《いや》、起きたことというよりも——。

あの。

歳三は眼を閉じ、思い出す。

景観以外なら細部まで明確に思い出すことが出来る。

最初に浮かぶのは、女の着物の柄である。

あれは、菖蒲《あやめ》だ。

葡萄染《えびぞめ》と、白の花。

薄萌葱《うすもえぎ》の尖《とが》った葉。

黒い帯に白緑《びゃくろく》の帯締め。

帯揚や半襟も、白く見えるが同じように少し緑がかっていたのかもしれない。

武家の女だ。

齢《とし》は若いが娘ではない。引眉《ひきまゆ》はしていないが、嫁した女だ。

女は走っている。

裾は大いに乱れ、白い脛《すね》までが見える。おまけに足袋裸足《たびはだし》である。履物は何処かで脱ぎ飛ばしてしまったのだろう。

手を引いているのは、中間奴《ちゅうげんやっこ》である。こちらも若い。

女が、しかも武家の女が走るところなど歳三は見たことがなかったから、ぎょっとして注視したのだ。

姉は足を止め、歳三を抱き寄せて路肩に除《と》けた。

姉は袂《たもと》で歳三の顔を覆い隠したのだが、歳三はそれを振り払い、眼を皿のようにして見た。

見たのだ。

女と中間は追われていた。

棒を持った中間、そして侍がそれぞれ数名、背後から二人に迫っていた。

皆、物凄い形相だった。幼い歳三にはそう見えた。

一方、追われている男女は、悲壮ではあるが何処か美しい顔付きに見えた。

歳三達の目の前で、追っ手は二人に追い付いた。逃げる中間が、別の中間に棒で打たれて転倒した。

女も倒れた男に腕を引かれて、足を縺《もつ》れさせ、転んだ。

見る間に追っ手は二人を取り巻いて、取り押さえた。

女も中間も大いに暴れた。

暴れる時は童《こども》も大人も、百姓も侍も変わりがないものだなと、歳三は思った。

姉は怯《おび》えていたのだろう。顔を背け、益々《ますます》きつく歳三を抱きしめた。

歳三は、情をかけられることを拒むような子供だった。

父は生れる前に他界していたし、母も癆痎《ろうがい》だったから、懐に抱《いだ》かれたこともない。家長である筈の長兄は盲《めしい》ており、次兄が家を継いでいた。母代わりの嫂《あによめ》はまだ齢《とし》若く、生れたばかりの娘や四人もいる義弟義妹の世話に忙しくしていたから、末弟の歳三はあまり構って貰えなかった。否、構って貰うことを拒否していたのだ。

だから、人の肌の感触というものに慣れていなかったのだ。

姉の袖の脇から。

歳三はちゃんと見た。

その時、歳三が七つだったとすれば、手を引いていた姉のらんは、まだ十一か十二である。

怖かったのに違いない。

歳三は恐ろしさなど微塵《みじん》も感じはしなかった。ただ、大いに胸は高鳴った。

あの時の昂揚を、歳三は忘れない。思い出している今も同じように昂揚している。

女も男も、追っ手も、口口《くちぐち》に何かを言っていた。怒鳴るというよりも言い合いをしているような、罵《のの》り合っているような、そんな感じだった。誰もが興奮していた。

やがて、一人だけ少し離れた処に立っていた侍が一歩前に出た。

明らかに他の侍より立派な身形《みなり》をしていた。袴《はかま》も羽織りも上等なものだった。

二人を取り囲んでいた連中は侍の動きを目敏《めざと》く察し、口を閉ざして後方に退《ひ》いた。

何か一言。

侍は短く発して。

そして――。

青い空に、真っ赤な血柱が上がった。

小さかった歳三にはそう見えた。

何が起きたのか、判らなかった。

それは女の肩から噴き上がっていた。

こんな綺麗なものは見たことがない。その後、歳三は長じてから両国《りょうごく》の花火なども見たのだけれど、あの時の血潮の方が何十倍も美しかったと思う。

擦《す》り剝《む》けば血は滲《にじ》む。

切れば、血は垂れる。

傷が深ければ流れる。

でも。

こんなに高く噴き上がる程、人の身体の中には血が流れているものなのだろうか。

飛沫《しぶき》が光って見えた。淵《ふち》に落ちる瀧《たき》の飛沫よりずっと綺麗だった。

そして。

そのきらめきの中、もっとずっと強く光る物を歳三は見た。

陽の光を撥ね返し、一瞬まるで日輪そのもののようにそれは輝き、そして、細い光の筋となって――。

そして。

男の頸から、今度は真横に血潮が噴き出した。

光った物が鋼《はがね》なのだと――否、刀なのだと、歳三は暫《しばら》くの間判らないでいた。

歳三の知る鉄は光らない。鍬《くわ》も鋤《すき》も、菜切り庖丁も、あんなに光ることはない。どれだけ研ごうが磨こうが、あのような輝きを見せることはない。鍛えられ研ぎ澄まされた鋼があのように美しく強靭《きょうじん》になることを、かつ鋭利に、そして凶暴になるということを、その時の歳三は知らない。

侍は懐紙《かいし》で手にした刃物を拭うと腰に納めた。

そして、僅《わず》かな間足許に倒れている男女を蔑《さげす》むように見下し、踵《きびす》を返して去った。

供侍が跡を追い、中間が続いた。

一人だけが番をするようにその場に残った。

姉は震えていた。

姉が言い知れぬ恐怖を感じているらしいということだけは、身を寄せている歳三にも緊緊《ひしひし》と伝わって来た。

歳三は怖くはなかった。

怒鳴り合いなら家人同士の言い争いの方がもっと喧《けたたま》しい。若者同士の殴り合いはもっと激しいし、喧嘩《けんか》はこんな簡単に終わらない。

姉は歳三をより強く抱き締めたのだが、歳三は駄駄《だだ》を捏《こ》ねるようにしてその腕から抜け、地べたに倒れている二人を見た。

食い入るように注視《み》た。

噴き出た血は土に染み込んで黒い模様を作っていた。地べたの模様の中心は血溜まりになっていて、その表面は生きているかのように蠢《うごめ》いている。まだ血が溢れ出ているのだ。

どくどくと流れ出た血を大地が吸い取り続けている。でも染み入る量より溢れる量の方が多いから、血溜まりは波打つ。

凝視していると、染み切らない血が一筋、つうと流れ出て歳三の足許まで来て、止《と》まった。

凄い。

女の着物も、見る見る赤く染まって行く。見る間に、帯から上が緋色の襦袢のようになってしまった。

中間が歳三を見咎《とが》め、何かきつい口調で言った。

聞こえやしなかった。

鯉《こい》のように口が開け閉めされる。

姉が後ろから歳三を抱き取り、ぺこぺこと頭を下げる。これも、何を言っていたのか覚えていない。それ以前に聞こえていない。

姉は謝り乍《なが》らその場を離れようとした。

いつまでも見ていたかったので歳三は随分暴れた記憶がある。見張りの中間にどやし付けられて、それで漸《ようよ》うその場を離れたのだ。

姉はガタガタ震え続けていた。

引き返しはせず、府中の方向に進んだのだと思う。慌《あわ》てた村役人やら何やらが通り過ぎた。戸板を持った連中が汗をかき乍ら駆け抜ける。

暫く無言で歩いたが、子供の足は遅い。

引き返して来た者共のどけどけという声に道を空けた。役人に、中間に、戸板に乗せられた女と男が、歳三達を追い越し、ぼうとしているうちに宿場の方に消えた。

その後のことは覚えていない。

まるで思い出せない。

あの、真っ赤な血柱を何度も何度も思い返していた所為《せい》だと思う。

その時点で――。

歳三は、あの男女が死んだとは認識していない。剰《あまつさ》え、殺されたなどとは思ってもいない。

――いや。

七つである。

殺すということ、死ぬということがどういうことなのか、全く解っていなかったのだと思う。

疾《やまい》だった母には、近寄らせて貰うことすら叶わなかった。生前から姿を見ることが出来なかったのだから、死んだと聞いても実感がなかった。母は、緩やかに目の前から消えて行っただけだ。

人は、重い病気に罹《かか》ったり齢《とし》を取ったりすると、やがて動かなくなるものなのだろうと、そんな風に考えていたのだと思う。

虫を殺したりはしていた。

踏み潰したり、脚を捥《も》ぎ取ったりすると、虫はやがて動かなくなる。

虫を殺しても叱られはしない。

他の童《こども》もやっていた。

小鳥なんかもすぐに動かなくなった。石を当てただけで落ちて死ぬ。でも長虫《くちなわ》は頭を潰したって、半分にしたって動いていた。蛇は死なないんだな、と思っていた。

死は――。

その程度のことだった。

死ぬというのは、動かなくなることなんだと、要するにそれだけのことなんだろうと、歳三はその程度に考えていたのだ。

後で聞いた。

あの二人は。

殺されたんだと。

あれは。

殺したのか。

男女は。

密通者だったようだ。

何処かの武家の奥方が若い中間と深い仲になり、それが露見して逐電《ちくでん》したのだ。二人は手に手を取って甲州街道を府中本宿まで遁《に》げた。そこで追っ手に見付かり、更に遁げたのだ。そして歳三の目の前で追い付かれ——。

——不義者成敗ッ。

そう。あの侍は、あの時、女に向けてそう言ったのだろう。そして戸板に乗せられて府中に運ばれて行ったあの男女は、もう人ではなく、人の骸《むくろ》だったのだ。

死んでいたのだ。

殺されていたというべきか。

それを知った時、歳三は少なからず動揺し、家長である次兄に執拗《しっこ》く尋《たず》ねた。

何と尋ねたのか今となっては判然としない。

人が死ぬとはどういうことか、人を殺すとはどういうことか、そのようなことを尋《き》いたのだろうか。もしかしたら、どうやったら人は殺せるのだろうと、そう問うたのかもしれない。七つばかりの童《わらべ》であるから、そんなものかもしれない。

平素歳三は口数が大変に少ない。一声も言葉を発さずに過ごす日さえある。その歳三が幾度も尋ねたのだから次兄も驚いたのだろう。

いつもは見せぬ不可解な表情だけは何となく覚えている。

不義密通は重ねて四つ――。

重罪だ。そう説明されたのだと思う。不義というのは、正しくない行いだと次兄は説明したと思う。

でもそんなことは、多分どうでも良かったのだ。

人は、人を殺せる――。

その時歳三が知ったのは、そのことただ一つだけである。

死ぬということは、ただ動かなくなるということではない。そして人は、人を動かないようにしてしまうことも出来る。

それを知ってから、歳三の世間は変わった。

すっかり変わってしまった。

その頃、歳三は既に悪童《バラガキ》と呼ばれていた。体格は良かったが言葉が遅く、話すより先に腕が上がる。そういう子供ではあった。

ただ、歳三は所謂癇癪《いわゆるかんしゃく》持ちではなかった。思い通りにならぬからといって機嫌を悪くしたりすることもなければ、暴れたりすることもなかった。

聞き分けが悪かった訳でも我が強かった訳でもない。理屈が通じない愚か者でもなかった。歳三は、寧《むし》ろ他の童《わらべ》よりも聡明ではあったろう。

ただ、何の前触れもなく突然に暴力を振るうことはあった。

世に喧嘩は先手必勝と謂うが、だからこそ歳三は負けないのだ。相手は攻撃を予測出来ないのである。

殴った後も、歳三は声も上げず表情さえ変えない。

怒って殴るのでもなければ殴って喜ぶでもない。

そういう子供だった。

怖がられた。

その頃の己《おのれ》の心情を歳三は能《よ》く思い出せないのだが、ただ一つ言えることは、幼童と雖《いえど》も理由なく乱暴を働いていた訳ではない、ということである。

理由は必ずあった筈だ。

それは歳三にしか解らない理由であったかもしれないし、相手が気付いていないだけであったかもしれぬ。でも理由なく為《し》ていた訳ではない。

歳三は莫迦《ばか》ではない。言葉は足りないのだが、理《ことわり》が通じぬことはない。

寧《むし》ろ逆で、理が先んじて知れてしまうから言葉が追い付かぬのだ。説明が出来ぬから手が動くのだ。

そういう子供だったのだが。

しかし。

殴れど蹴《け》れど、人は死なない。痛め付けても人は動かなくならない。

しかし。

殺せば死ぬ——。

それを知ったことは、歳三にとって迚《とて》も重大なことだった。

どれだけ当たり前のことであったとしても、それまで知らなかったことではあるのだから、新しい知見ではあったのだ。

ただ。

出来ること、出来ないことと、為《し》ても良いこと、為《し》てはいけないことの違いというのは、童《こども》には能く判らない。

出来ぬことは、どれだけ力を尽くそうと出来ぬ。出来ぬと知らずに尽力するのは愚か者である。出来ぬと知って猶《なお》それを続けるなら、それは痴《し》れ者だ。

いずれも無駄なことである。

だからこそ知ることは大事だ。

歳三が読み書きを欲したのはそう考えたからである。

百姓に手習いなど不要だと言う者もあるが、歳三はそうは思わない。

歳三が人には身分の違いというものがあるのだと知ったのは、かなり長じてからである。

八王子《はちおうじ》の千人同心《せんにんどうしん》と呼ばれる連中は、幕臣である。頭《かしら》は旗本《はたもと》であるという。有事の折には戦うのだそうである。

しかし、有事など然《そ》う然《そ》うあるものではない。連中も平素は畑仕事をしているだけである。百姓と何処《どこ》も違わない。違わないと思う。それでも、連中は郷士《ごうし》——侍なのだ。

その所為《せい》か、近在の御料百姓どもにも郷士を気取る者は多い。己を郷士と言い張るだけの百姓と真《まこと》の郷士との差異は、歳三の見る限り殆《ほとん》どなかった。

それに、お大尽《だいじん》であった歳三の家には、ちゃんと姓がある。小作連中には姓を持たぬ者もいるが、何処の村にも姓を持つ百姓はいる。だから姓というのは、単に物持ちの裕福な家にはあるものなのだろうと、歳三はそう思っていたのだ。

歳三の姓は土方《ひじかた》という。

姉の嫁ぎ先は佐藤《さとう》である。

名字帯刀こそ身分の証《あか》しと謂われても、ではその身分とは何なのかと、そんな思いしかなかった。顔を知らぬ父も、その名跡を嗣《つ》いだ兄もちゃんと姓を持っていた。

歳三には坊主だの魚屋だの大工だの、そうした違いしか判らなかった。

要するに渡世が違うだけ——後は貧富の差があるだけだと、そのように考えていたのだろう。

それ以外のことは、能《よ》く判らなかった。

どうでも良かったと言った方が良いかもしれぬ。

何であれ学んで、理《ことわり》を知る。それを知れば無駄はなくなる。無駄がなくなれば、人より秀でることが出来る。幼い頃より歳三は、そう考えていた節がある。

生き物は殺せば死ぬ。

人も殺すことが出来る。

七つの歳三は、それを知った。

しかしそれは、仮令《たとい》出来たとしても為《し》てはならぬことなのだと、そう知らされたのは——もっとずっと後のことである。

記憶《おぼえ》では、十《とお》か十一くらいの頃のことである。

末弟だった歳三は、江戸の商家に奉公に出ることになっていた。実家は人手が足りていた。だが、結局歳三は奉公には行かなかった。実際に奉公に出たのは、その三四年後のことである。

働くのが厭だったということではなく、働く意味が判っていなかったからだ。働くことと稼ぐこと——その二つが歳三の中で上手《うま》く結び付いていなかったのだ。商家で何をするのか、それでどうなるのか、何故そうしなければならないのか、歳三は能《よ》く理解出来ていなかったのだろう。

行くの、行かないのと揉めていたのだから、その頃のことである。

歳三はまた、人殺しを見た。

今度は一人で見た。

村外《はず》れの、五兵ヱ《ごへ》の小屋の前だった。

五兵ヱというのはそれは貧相な小男で、村の者は名を呼ばず爺さん爺さんと呼んでいた。爺さんといってもその頃はまだ六十過ぎぐらいだったのだろうと思う。

子供の目から見ても、貧しい暮らし振りだった。

五兵ヱには久米蔵《くめぞう》という息子がいたが、これがろくでなしで、野良に出ることをしない。

歳三同様、幼い頃から悪童《バラガキ》と呼ばれており、長じてからもやさぐれたまま、大きな悪さこそしないが働かず、奉公に出してもお店《たな》で諍《いさか》いを起こし、すぐに暇を出されて帰って来る。酒癖も女癖も悪く、村では鼻抓《はなつま》み者だった。

五兵ヱもこれではいかんと思ったのだろう。三十を過ぎたあたりで久米蔵に無理矢理身を固めさせた。

嫁の名までは覚えていない。

下石原《しもいしわら》の百姓娘だったようだ。

しかし嫁を娶《と》っても久米蔵の素行は変わらなかった。

寧《むし》ろ家に寄り付かなくなった。

強請《ゆす》るのか盗むのか、何処かで小銭を調達して来ては博奕《ばくち》をし遊里で遊び、愈々《いよいよ》銭に困ると家に戻り、家財を売り、蓄えをくすねた。

嫁は気の強い女だったのか、泣くでも耐えるでもなく、久米蔵には厳しく意見をした。勿論放蕩者《もちろんほうとう》に諫言《かんげん》を聞く耳などはなかったらしく、久米蔵が居る間、喧嘩口論の声は絶えなかった。

ある時、止《と》めに入った五兵ヱは何の拍子か強《したた》かに腰を打ち、半病人になってしまって、家計は益々苦しくなった。

歳三を奉公に出すに当っても、兄は能くこの久米蔵を引き合いに出しては、あんな風にだけはなってくれるなと歳三を諭《さと》したものである。

なる訳はないと思っていたが。

歳三は働くのが厭だったのではない。働く意味が解らなかっただけなのだ。

五兵ヱは貧しい。貧しければ喰えぬ。喰わねば死ぬ。それでも働かぬのは、莫迦である。

一方、土方の家は裕福だ。

これ以上銭を稼いでどうするというのか。慥《たし》かに盲《めしい》た長兄を始め、養わねばならぬ家人は他家より多いのだけれども、それで困る様子は一向にない。歳三一人の食扶持《くいぶち》ばかりを減らしてみても詮方あるまい。どんなに余剰を作っても、飯は日に五度も六度も喰えるものではないし、寝床は畳一畳あれば済む。

出来る、出来ないでいえば奉公は出来る。ただ、為《し》なければならぬ意味が見出せない。歳三にしてみればそれだけのことだった。理が通ずれば不平などは言わぬ。

ただ、言葉足らずの歳三の、そんな考えは誰にも通じなかった。悪童でも余所《よそ》に行くのは心細いのかだとか、働くのが面倒なのかだとか、的外れなことばかり言われただけだ。おまけに村一番の放蕩者と較べられる。それこそ返す言葉はない。

出来ぬことを為《し》続けるのは痴れ者だが、出来ることなのにせぬというのも同様に痴れ者だ。

その時も、兄との間にそんな遣り取りがあったのだと思う。

遣り取りと言っても一方的に言われただけなのだと思うのだが。言い返してみたところで話は最初から咬み合っていないのだ。

無為だと思ったのだろう。歳三は兄の長広舌の途中で立ち上がると、そのまま外に出たのだった。兄は怒ったり呆れたりしたのだろうが、無駄なことは早く切り上げるに限る。

用事も行く当てもなかったが、そうした遣り取りがあった所為《せい》か、歳三の足は自ずと五兵ヱの小屋の方に向いてしまったのだろう。

その日も、小屋からは大きな声が聞こえていた。

久米蔵が戻っているのだなと思った。平素のことだから、近所の者も出て来ることはない。

それ以前に、皆畑に出ている。

小屋の向かいに生えている柿の木に登り、歳三は何か思いを巡らせていたのだ。何を考えていたのか、そこまでは覚えていない。

突然。

小屋の戸が外れた。

縺《もつ》れ合った男女が転《まろ》び出て来た。

女――久米蔵の女房は、鉄切声《かなきりごえ》を上げている。早口で何一つ聞き取れなかったのだが――聞き取れたところで十《とお》を過ぎたばかりの児《ガキ》には何ひとつ理解出来なかったのだろうが――何であれ、けたたましく捲し立ててはいるようだった。

男――久米蔵は、ただうるせえうるせえと只管《ひたすら》に繰り返していた。これは歳三にも判った。やがて久米蔵は女房を何度か殴打して黙らせ、手を引いて何処かへ連れて行こうとした。

女房は激しく抵抗し、やがて地べたに座り込んだが、久米蔵は摑んだ腕を放さず女房は引き摺られた。

そこに。

五兵ヱ爺が出て来た。

正に最後の力を振り絞るといった体《てい》で、爺は息子に取り付き、歯の抜けた口をぱくぱくさせて何かを叫んだ。

三人とも泥だらけで、実に汚らしかった。

歳三はそれを、何の感慨もなく、樹《き》の上から眺めていた。

久米蔵は父親があまりに執拗《しつこ》いので閉口したらしく、女房の腕を放して父親の胸倉を摑んだ。

その隙に女房は放蕩亭主から離れて、小屋の中に駆け込んだ。

――待て、てめえ。

久米蔵は五兵ヱを突き放し女房の跡を追おうとしたが、老人はその胴体に強くしがみ付いた。

――放せ爺。

久米蔵が吠えた。そして息子は父親の手を振り解き、蹴った。

幾度も蹴った。

――お義父《とっ》つぁんに何すんだ。

女房が小屋から飛び出して、何かで久米蔵を叩いた。

棒ではない。

何だろう。

その瞬間、歳三は何かを思い出した。何か――決して忘れてはいないのに普段は意識されることのない蜜のような甘く粘《ねば》った思いが、頭の芯の方から浮き上がって来たのだった。

目を凝《こ》らした。

あれは。

女房が手にしていたのは、菜切り庖丁だった。

そんなに――。

切れるもんじゃない。

い、い、なまくらだ。人は、大根や菜っ葉ではない。

何をしやがるこの女《あま》と、久米蔵は振り返る。背中が五寸ばかり切れていて、血が流れていた。

矢張り切れはしないのだ。

女房は庖丁を構えた。

――やろうってのか。

女房は庖丁を振り回した。不格好だ。顔に集《たか》る蠅《はえ》でも追っているかのようだった。

久米蔵は除け、やがて懐から何かを出して横に薙《な》ぎ払った。

あれは、あれこそ。

あの、硬い光は。

久米蔵は、懐に匕首《あいくち》を呑んでいたのだ。

研がれた鋼の切っ先は、女房の右手の甲と左頰を同時に斬った。

歳三は――。

枝を伝って素早く降りた。

また。

また見られるか。

そう思っていた。

女房は、思わぬ反撃を受け菜切り庖丁を落としてしまった。

言葉にならぬ声を上げ、今度は久米蔵が刃物を振り回した。

正気ではなくなっていたのかもしれない。殺す気もなかったのだろうと、今の歳三なら判る。

匕首は刺すものだ。殺そうと思うなら腹でも胸でも刺すだろう。斬るつもりならあんな持ち方はせぬだろう。刃が短いのだから逆手にでも持った方がまだ使い良い。

腰も引けていた。

振り方も滅茶苦茶だった。

単に臆病者が刃物を怖がっていただけなのだと、今ならそう思える。

その時は判らない。

闇雲に振り回された久米蔵の刃物の先は、多分——偶々《たまたま》、女房の首筋に当った。

頸《くび》は、切り裂かれた。

蹴られた犬ころのような声を上げて、女房はのけ反った。傷が開いて、赤い、真っ赤な飛沫《しぶき》が噴き出した。それは久米蔵の顔面を斑《まだら》に染めた。

久米蔵は、腰を抜かしてその場にへたり込んだ。女房は暫く血を振り撒《ま》き乍《なが》ら突っ立っていたが、やがて棒でも倒したかのように傾いて、仰向けになった。

――死んだ。

死んだ死んだ死んだ。

殺した。殺された。

もう、解る。ちゃんと教わったからである。

久米蔵は、女房を、殺したのだ。

女房は、久米蔵に殺されて、死んだのだ。あれはもう、死んでいるのだ。

その後のことは、これまた少しも思い出せない。

五兵ヱが大声を出して、流石《さすが》に訝《いぶか》しんだ近所の者どもがやってきて、そして大騒ぎになったのだと思う。

でも歳三はただただ、死んだ女の骸に見入っていただけだ。穴が開《あ》く程に見た。それは能《よ》く覚えている。退《ど》けとか行けとか言われても、動かなかった。女房の骸に筵《むしろ》が掛けられ、それが何処かへ運ばれて行くまで、歳三はずっと見ていたのだ。

骸ばかり見ていたから途中のことこそ判らないのだけれど、腰に縄を打たれた久米蔵が、棒を持った男達に連れて行かれた場面だけは能く覚えている。

何故縛られているのか気になったので、そこだけ覚えているのだろう。

歳三は久米蔵の姿が見えなくなってから、家に取って返して兄に尋ねた。

兄は相変わらず歳三が何を疑問に思っているのか、全く理解出来ていなかったようだ。

聞くまでもないことではあるだろう。

久米蔵は、女房を殺してお縄になったのだ。

何故お縄になるのか、それが解らなかったのだが。

義姉は歳三の顔を見て大いに驚き濡れ手拭いで拭ってくれた。着物も着替えさせられた。歳三もまた、血飛沫を浴びていたようだった。

死罪かねえ。

遠島《えんとう》じゃねえか。

五兵ヱさんも大変だ。

兄夫婦は、顰《しか》め面でそんなことを言っていた。

死罪って何だと歳三は尋《き》いたと思う。首を刎《は》ねられるのよ、と兄は答えた。

人殺したんだ、殺されたって仕方ねえさ――。

重罪だからな――。

磔《はりつけ》か、獄門か、島送りか――。

白波《どろぼう》だの火付けだの、ご定法《じょうほう》を遵《まも》らねえ奴にはお上が罰を下すんだよ――。

解ったか、トシ――。

そうなのか。

人殺しは悪いことで、それをすると殺されてしまうのか。

でも。

では。

あの。

いつかの不義密通の女を殺した侍も死罪とやらになったのかと、歳三は問うた。あの侍は二人も殺したのだ、ならば当然殺されたのだろう、と。

莫迦だなあおめえはと笑われた。

百姓とお侍は違わァ――。

それに不義密通は悪いことだ。ありゃ奥方の方が悪いんだ――。

五兵ヱンとこの嫁は悪くねえ。悪いのは久米蔵のろくでなしだろうさ――。

なる程、悪いことをした者は殺されてしまうということかと、歳三はそう思ったのだ。と、いうことは――。

悪人なら殺しても良いのかと問うとそんな無法はねえと兄は言った。

裁くのはお上だ。お侍だよ――。

兄はそう言った。それから、このままじゃアおめえも久米蔵みたいになっちまうぞと、また無為な説教が始まったのだ。

後《のち》に聞いたところに拠れば、その時久米蔵は女房を廓《くるわ》に売り飛ばそうとしていたらしい。弾みとはいうものの人殺しであるし、余罪も多くあったため、久米蔵は遠島で済む筈が死罪になったそうである。

歳三はそしてまた学んだ。

人は殺せるが、殺してはいけないということを。

そして。

侍は――人を殺しても良いのだということをである。

勿論、そんなことはない。

侍だから人を殺しても良いなどという法はないのだ。

今の歳三は、それを知っている。

お手討ちだ無礼討ちだは、芝居狂言でこそ能《よ》くあることだが、実際にはない。

朱引《しゅび》きの内には二本差しが腐る程いて、町人も商人も掃《は》いて捨てる程いる。狭い中に犇《ひし》めいているのだから諍《いさか》いごとも起きることだろう。それでも四六時中人斬りがある訳ではない。人が殺されれば、どうであれ口の端に上る。心中でさえ評判になる。

そして朱引きの内から聞こえてくるのは、町人同士の殺し合いばかりである。喧嘩か、押し込みか、侍同士の斬り合いなどがあれば、瓦版《かわらばん》に載る。つまり然《そ》う然《そ》うあることではないのである。悪党だから成敗されたなどという話も聞かぬし、昨今は仇討ちでさえ珍しい。高田馬場《たかだのばば》の決闘も赤穂浪士《あこうろうし》の討ち入りも、遠い昔のことである。

侍は、あまり人を殺さないのだ。

そもそも武士だろうが町人だろうが刃傷沙汰を起こせば捕まるし、罪に問われることに違いはないのだ。裁いたり罰したりするのが奉行所だったり目付だったりするというだけのことで、結局は罰せられるのだ。身分に関わりなく、人殺しは為《し》てはならぬことではあるのだ。出来たとしても、為てはいけないことなのだ。

だが――。

それでも武士は人を殺して良いという言い分が、まるきり間違っているという訳でもない。

久米蔵は死罪になった。磔《はりつけ》か打ち首か知らぬが、殺されたことに違いはあるまい。

手段は兎《と》も角《かく》、誰かが殺したのだ。

殺させたのは、武士である。奉行であれ代官であれ武士であることに違いはない。

ご定法というのはお上が決めるものだ。お上というのは突き詰めれば将軍のことである。将軍というのは武家の頭領である。

殺して可《よ》しと定めるのは武士なのである。殺せと命ずるのも武士なのだ。

殿様が腹を切れと命ずれば家臣は逆らうことは出来ない。家来は腹を切って――。

死ぬ。

仇討赦免状を持つ者は白昼堂堂人殺しをすることが出来る。否、為《し》なければならない。返り討ちにあったとしても文句は言えない。殺しても殺されても双方罪に問われることはない。

矢張り、殺せるのだ。

土方の家がどれ程裕福であろうとも、人を殺すことも、殺させることも出来ない。

百姓だからだ。

武士は違う。武士は、人を殺せる。

いや――。

殺せるのではない。正しくは、身分の高い武士は、理由さえあれば人を殺させたり殺したりしても良い——というべきだろうか。

いずれにしても百姓や町人ではいけないのである。理由があったって駄目なのだ。

そうしてみると、十一歳の歳三の理解も、強ち《あながち》的外れ《まとはず》ではなかったということになる。

何といっても、武士の証したる腰のものは、紛う《まご》方なき人殺しの道具なのである。

刀は人を殺すためにある、凶器なのだ。

歳三は結局、奉公に出るのを先延ばしにした。

それまでずっとやっていた相撲《すもう》の稽古も止《や》めた。

相撲が上手くなりたくて為《し》ていた訳ではないからだ。察しの悪い他者に気持ちを説明し得る言葉を持たなかった時分、腕力は歳三にとって重要な意思表示の方法であったのだ。

強くならなくては伝わらぬ。

そう思ったからか、幼い頃の歳三は柱相手にぶつかり稽古をしていたのだった。

身体を鍛えるというような意識はなく、それは寧ろ《むし》言葉を覚えるのに近い感覚だったろう。

それを止《や》めた。

代わりに庭に竹を植えた。

武器を持たねばならぬと考えたのである。竹槍を作るつもりでいたものか、弓矢でも拵《こしら》える気でいたものか、それはもう思い出せない。兎《と》に角《かく》得物は必要だと考えたのだろう。幼稚な発想だとは思うけれども、外《はず》れてはいない。

人を殺すのであれば武器を持つ方が効率は良いのだ。人を殴り殺せるだけの腕力を身に付けるよりも、凶器を使う方がうんと手っ取り早い。

武器というのは、そのために作られた道具なのだから。

庖丁は武器になる。

しかしそれは武器にもなるというだけなのであって、庖丁は武器ではない。武器として作られた匕首《あいくち》に敵うものではない。

あんな屁っぴり腰でも久米蔵は女房を殺せた。

気迫だけなら女房の方がずっと上だったのに。

あれは得物の差だ。

その久米蔵も殺されてしまった。

武士に、である。

人を殺してはいけないという決まりがあることは諒解《りょうかい》した。出来ることでも為《し》てはならぬことだと歳三は知った。

しかしその決めごとは武士が作ったものである。そして武士は、武士だけは人を殺しても良いという例外を認めているのだ。

それはつまり。

いいいいい

人は殺しても良いということではないのか。殺せるのだし。単に殺すことを禁じられている階層があるというだけのことではないか。歳三は偶《たま》さかその階層に属しているに過ぎない。

幼い歳三はそう考えた。

侍になりたいと、そして歳三は兄に言ったのだった。

兄は、笑った。

その時の兄の笑顔は、その後の歳三の身の振り方に於《おい》て、大きな転換となったように思う。

兄の喜六《きろく》は、善人である。慕う者も多い。

土方の家は代代裕福ではあったのだが、健康に恵まれていたとはいい難《がた》い。父も、母も癆痎《ろうがい》で死んでいるし、長兄は目を患った。兄姉四人も幼くして死んでいる。

歳三は、母以外は死んだ家族の顔すら知らぬ。

そんな土方の家を支えて来たのは喜六その人である。物持ちの大尽と雖《いえど》も、大きな家を維持するというのは楽なことではない。

その頃、三兄は既に家を出て自活していたし、二人いた姉もそれぞれ嫁いでいた。

それでも喜六は妻と二人の子、長兄、歳三の五人を養っていたことになる。喜六は次兄とはいうものの、実際は四男である。歳三が生まれた頃はまだ十四五だ。父は死に、長兄は働けず、幼い弟妹がいて、その上歳三が生まれて、母は逝《い》った。

喜六の苦労は計り知れぬ。

その苦労が、多分喜六を善い人にしてしまったのだろうと、歳三はそう思う。

その笑顔に屈託はなかった。

童《こども》らしい物言いと思ったか。

そうに違いない。

日野の在辺りはそもそも自らを郷士と勘違いしているような百姓が多い。だから童も推して知るべしである。侍になりたいという子もいるし、中には侍だと思っている莫迦もいる。

だが歳三のような考えを抱く者はいなかっただろう。

やっとうでも習うか——。

兄はそう言った。

なる程そうなるのかと歳三は思ったものである。

侍とは、矢張り人を殺すものなのだ。それは身分でも渡世でもないのだろう。

何故なら。

善良な兄の反応は即《すなわ》ち、侍になりたいという者は先《ま》ず以《もっ》て人殺しの稽古をしなければならないと——そう多くの者は考えているのだと——そう示したことになるからである。養子に入るかでも、勉学に励め、でもない。血筋でもなければ知識でも能力でもない。人格ですらないのだ。

侍、即ちやっとうなのだ。

それはそれで良いと思った。

そして。

歳三は、この善良な兄と己《じぶん》は、歩く道が違っているのだと確信した。

笑顔を見てそう感じた。

喜六は、真っ当に百姓を続けるだろう。近在一の大百姓として立派に生を完《まっと》うするに違いない。それだけの自信がその笑顔にはあったのだ。

つまり。

兄は生涯、人を殺しはしない。

殺せば、罰を受ける。殺すことは出来ず、ただ殺されるだけだ。

兄はずっと殺される側に居続ける者ということになるだろう。

それが悪いとは思わぬ。立派だとさえ思う。

しかし歳三は、その道を歩きたくはなかった。

歳三は――。

ひとをころしてみたかった。

出来るのだから。出来ないことではないのだから。為《し》てはいけないことなのだろうけれど、禁じられているだけなのだから。

何故禁じられているのか、そこはどうしても解らなかったのだ。禁じるには禁じるだけの理由がある筈で、訳もなく禁じることなどないのだろうが。

でも、幼い歳三はそこに思い至ることはなかった。それは、今でもそうである。

わからないのだ。

人殺しを禁じているのは侍で、その侍は人を殺している。普通は殺さないなどという、理《ことわり》の立たぬ言い分は歳三には通じない。

その時点で理詰めで説明されていたならば、もしかしたらその後の歳三はなかったかもしれない。歳三は頑固な訳ではない。また、理屈が判らぬような莫迦でもない。納得出来る理さえあれば、幾らでも考えを変える柔軟さも持っている。

だが。

それはなかった。

尤《もっと》も、兄に理を説くことを求めても無駄ではあったろう。兄は禁じられる側に居る者なのである。決めごとを疑うことすらないだろう。ならば何故そう決まったかなど、どうでも良いことである。実直に、諾諾《だくだく》と従うことこそが人としての誠《まこと》となるのだろうし。

歳三は多くを呑み込み、また多くを語らずに、兄の勧めに従ってやっとうを習うことにした。

とはいえ道場に通った訳でもないし、剣客の門人になった訳でもない。盆踊りのように竹刀《しない》を振っただけである。

上石原《かみいしわら》に宮川《みやがわ》という家があった。

当主の久次郎《きゅうじろう》という男は剣術にかぶれており、月に一度、江戸より師範を招いて稽古を付けて貰っていた。

宮川の家は、大尽として知られた土方の家に較べれば格こそ落ちたが、そこそこ裕福ではあったのだろう。

出稽古に来ていたのは近藤周助《こんどうしゅうすけ》という人で、流派は天然理心流《てんねんりしんりゅう》と謂った。

天然理心流は鹿島新当流《かしましんとうりゅう》の流れを汲む剣術の流派で、本来は柔術や棒術なども教える。それ程由緒のある流派ではなかったようだが、江戸に限らず武蔵国《むさしのくに》一帯、特に多《た》摩郡《まごおり》に多くの門人を抱えていた。

それはつまり、侍ではない門弟が多かったということである。

門弟の数は多いが、殆《ほとん》どが町人百姓なのだ。その所為《せい》か、天然理心流は出稽古を多くする流派でもあった。

周助はその、一応の三代目だった。

一応の——というのは、先代である近藤三助《さんすけ》が、指南免状を誰にも与えずに急死してしまったからである。残った高弟達は先々代の高弟より免許皆伝を受けたのであった。

周助は剣術の免許を得て近藤の家を継ぎ三代目となったが、実のところそれほど強くはなかった。後に聞いたところに拠ると、同じ天然理心流二代目の門弟でも、八王子千人同心の増田《ますだ》某士《なにがし》の方が遥《はる》かに強かったのだそうである。

それでも、田舎の郷士もどき連中にしてみれば、周助あたりは江戸の剣術の大先生には違いなかった。

それで充分だったとも言える。

周助という人は温厚な人柄で、また人を煽《おだ》てるのも上手かった。下手糞《へたくそ》程、煽てられれば好《い》い気になるものである。宮川久次郎も煽てられた口だったようだ。周助にしてみれば棒を振るのをただ眺めて、褒めるだけで指南料が入って来るのだから楽なものだったのだ。久次郎としても、それで満足出来るのだから何の問題もない。

そんなものなのだ。

兄の勧めで、歳三は稽古のある日に宮川家に何度か行った。

兄にしてみれば、流派がどうのこうのいう前に、近くの家に江戸の先生が出稽古に来ているから行ってみろという、ただそれだけのことだったのだろう。

道場に通わせる程のことはないと思っていたに違いない。いずれ子供の戯言《たわごと》なのだし、取り敢えず何度か棒でも振ってみればそのうち飽きるだろうくらいの、軽い気持ちであったに違いないのだ。

兄の立場ならそう思うだろう。

百姓なのだから。

しかし。侍になる云々は一旦横に除けておくとしても、歳三は興奮し、また緊張したのだった。胸が高鳴った。あの——七つの時に姉の袖の裡から見た、人斬りの、人殺しの遣り方を習うのだ。

そう思ったからである。

宮川家に向かう途中、歳三は幾度もあの噴き上がる血飛沫《ちしぶき》の美しい様を脳裏に描いたのだった。

そして、落胆したのだ。

宮川久次郎は束ねた竹をただ振っていただけだ。

それは鍬《くわ》を振り上げ振り下ろす、畑仕事の仕種とまるで違いがなかった。

その上、竹刀では何も切れない。切れぬどころか叩かれても怪我すらしない。木の棒の方がずっと威力がある。そんなもの、どれだけ振り回したところで意味がない。人など殺せる訳もない。

それでも何度かは通った。

全く上達しなかった。

理屈は判る。竹刀で練習を重ね、ある程度上達してからでないと、あの鋼《はがね》の凶器は巧く扱えないのだろう。理屈が判ったからこそ、黙って従ったのだ。

ただ歳三は、そうした下積みを好まない質《たち》なのだった。練習が厭ということはないし、最初から出来ると思ってもいない。ただ練習するにしてもその仕方が何だか納得出来なかったのだ。

振ってどうなる。

あの鋼の重さを知らずに、あの凶器の凶暴さを知らずに――。

ただ竹刀を振って、練習になどなるものか。

刀を持って、それで相手を斬ってみればいいのだ。そうすれば、どこがいけないのかはすぐ判ることである。当らなければ太刀筋が悪い。傷が浅ければ力が弱い。それでも死ななければ斬る場所が悪い。

斬ってみなければ。

殺せない。

そんな風に考えたのだと思う。

だからあまり身が入らなかった。当然上達もしなかった。上達したところで久次郎程度の腕前ではどうにもならぬと思ったのだ。何も知らぬ童の目から見ても久次郎の剣術は何の役にも立たぬ

久次郎には、勝太《かつた》という息子がいた。

勝太は歳三より齢《とし》が一つ上だったから、その頃十二か三だろう。矢鱈《やたら》と口の大きな子供であった。背は歳三の方が高かったが、勝太は骨太で頑丈そうな体付きをしていた。

この勝太も一緒に稽古を始めた。

勝太は二言目にはいずれ強くなる、強くなりたいと戯言《たわごと》を吐《は》いた。そして愚直に竹刀を振った。いつか加藤清正《かとうきよまさ》のような豪傑になるのだと言った。

似ているようで、まるで違った。

強くなりたいと、人を殺したいでは全く違うのだ。

百姓でも、強くなることは出来るだろう。だが、どれだけ強くなったところで、無駄だ。

身体を鍛えるというだけであるならば、畑仕事に精を出せば良い。それで足りなければ、走るなり動くなり鍛練をすれば良いことである。鍬より軽い竹刀などを振ったところでどうなるものでもないだろうとその時の歳三は思ったし、それは今でもそう思っている。

棒を振るのはそもそも刀を使うことを前提とした訓練なのである。

つまり人殺しの練習だ。

慥《たし》かに、刀を持っている方が、そしてそれを上手に使えた方が、強いに決まっているのだ。だんびらを提《さ》げている者よりもただの力持ちが強いなどという話は聞かないし、考えられない。

鍛練を重ねた丸腰よりも、剣術が下手でも刀を持っている者の方が強いのだ。ならば、練習するより先に刀を持つが手っ取り早い。

そうなのだ。

剣術の稽古が歳三にとって絵空事めいて受け取れてしまうのは、まさに、そこのところにこそ原因があったのである。

剣術というのは、刀を持っている者同士で戦う際に必要になる技術のことではないのか。相手も自分と同じ凶器を持っている場合、どちらがより上手に凶器を使いこなせるかが勝負の分かれ目となるだろう。

上手い方が殺せる。

下手な方が殺される。

そのための修練ではないか。

刀を持ったことさえない土民のすることではない。先《ま》ずは、持つ方が先だ。

歳三はそう考えた。だから勝太に対し、

強くなるより偉くなれよ――。

と言ったのだ。

この、勝太という男も、歳三同様にあまり喋らない子供であったらしい。頑丈そうで一見暗愚に感じられるのだが、そうでもない。熟慮はせぬようだが、莫迦ではないと、十一歳の歳三は見切った。

だからこそ、そんなことを言ったのだと思う。

勝太は、そうだなと答えた。

多分、互いに能《よ》く解っていた訳ではなかっただろう。歳三は言葉が足りない。勝太もまた同様であった。

ただ、どういう訳か歳三は、この勝太という愚鈍な子供を嫌ったり憎んだりする気にはならなかった。他の子供は、解らなければ何故だと尋《き》く。解るまで尋く。答えても歳三の真意を理解する者は少なく、答えなければ曲解する。某《なにがし》か通じたとしても共感はせぬ。無駄だ。

何もかも無駄だ。

だから、殴る。

くだらないからだ。

勝太は何も尋かなかったし、それでいて納得もした様子だった。ならば伝わっていなくても構いはしない。

侍にならねば駄目だな——。

暫くしてから、勝太はそう言ったのだ。そして続けて、
しかも大将だ——。

と言った。

歳三は呆れた。呆れたが、その通りではある。偉ければ偉い程、殺し易くなる筈だからだ。死ねと命ずるだけで相手が死ぬのなら、それは最強である。

一番強いということになる。

勿論、勝太が歳三のように考えていたとは思えない。勝太は、その辺の馬糞のような児童《ガキ》どもよりほんの少し上を見ていただけだと思う。動機は、もっとずっと子供らしいものだったに違いない。でも、勝太もまた多くを語らないのだから、確認することも出来ないし、する気もなかった。

それぐらいしか、言葉を交わさなかった。

歳三は、一度の稽古で剣術そのものを見限った。だから真面目にやる気など少しも持てなかったのだ。

でも、勝太は違った。

歳三は、この勝太という子供がどのような者になるのか、少しだけ興味が涌いたのだった。だから、面白くもない稽古にも通ったのである。

勝太は、上達しない歳三を見ても取り分け莫迦にするでもなく、かといって余計な指導をしてくれたりする訳でもなかった。どうも勝太は優越心に浸るような性質とは縁遠く、また敵愾心《てきがいしん》というものも持たぬ男であるようだった。

勝太は筋が良いと能《よ》く周助に褒められていたが、褒められてもはしゃぐでもなく笑いさえせずに、大きな口を横に広げて、鼻から息を噴き出すだけだった。

滑稽だった。

どれだけ筋が良かろうが、多分喧嘩をしたら歳三が勝つ。それは間違いのないことだった。剣術は上達しているのだろうが、勝太は些《ち》っとも強くなってはいなかった。

何度目の稽古の時だっただろう。

いつものように型通り竹刀を振って帰ろうとする歳三を、勝太は呼び止《と》めた。

歳《とし》さん――。

さん付けで呼ばれたのは初めてのことだったし、元より勝太が話し掛けてくることなど想像さえしていなかったから、歳三は臆した。

平素、隙のない歳三は不意を突かれることなどない。

やっと強くなれる――。

勝太はそう言った。歳三は黙って、ただ睨《にら》み返したのだと思う。

刀が持てるぞ――。

勝太は短くそう言って、初めて少しだけ笑った。

それしか言わなかった。

　歳三は考えた。

　刀を買う、という意味ではないだろう。

　町人だろうが百姓だろうが、金さえ出せば刀は買える。銘《めい》のあるものは高価《たか》いが野《の》鍛冶《かじ》が打ったようななまくらなら二束三文である。土方の家にだって何本かある。粗悪な上に手入れもせぬから切れるとは思えぬが、あるのだ。

　剣術に熱心な宮川の家にも、当然あるだろう。

　だからやさぐれた百姓どもの中には野良仕事を捨て、地べたまで捨てて、武士でもないのになまくらの刀を持ってふら付く者がいる。そういう連中は自らを俠客《きょうかく》などと吹くが、要は博奕《ばくち》打ちである。武州《ぶしゅう》同様武芸に気触《かぶ》れた百姓の多い上州あたりには、殊《こと》に多い。

勝太が博徒になるとは思えなかった。

歳三の見るところ、博徒などというものは心根の折れた連中がなるものだ。

歳三は、幼い頃から博徒が大嫌いだった。仁侠《にんきょう》だ義理だと大義名分を口にするけれど、結局はただの落後者だと思うからだ。

何かになりたいのでもなく、何かになりたくないのでもなく、何にもなれぬのでそうなってしまっただけとしか思えない。

歳三はその当時から喧嘩買いの悪童《バラガキ》であったから、いずれは凶状持ちにでもなるのじゃないかと噂する者も多くいたのだが、とんでもない話である。

歳三に言わせれば、博徒の喧嘩などこけ嚇《おど》しに過ぎない。連中は好んで徒党を組むが、所詮は数で威《おど》すだけである。偉《えら》ぶって刀を携えているものの、人を斬れば罪になる。追われて捕まって殺される。凶状持ちとはそういうものだろう。

無意味である。

喧嘩は数でするものではない。頭数より動かし方だ。大声を出したり威張ったりしても、勝てるものではない。勝てぬと思えば逃げるべきである。勝てぬ者に向かって行くのは莫迦のすることだ。

斬ってはいけない身分であるのに刀を持つなど以《もっ》ての外《ほか》の莫迦ではないか。

勝太がそんなものになる訳がないと歳三は直観的に思った。のったりとした子供だが、勝太も歳三同様決して莫迦ではない筈だ。

そうならば。

勝太の言葉の意味は、その数年後に判った。

日野宿の北原《きたはら》に井上源三郎《いのうえげんざぶろう》という男がいた。歳三より六つ七つ上だったから、その頃はもう十八九だったのだが、この男も上石原の宮川家に剣術の稽古に通っていた。歳三も能《よ》く一緒に通った。とはいうものの歳三は三月もしないうちに気が殺《そ》げてしまい、正に気が向けば顔を出す、という程度になってしまったのだが、源三郎は真面目に通っていたようだった。

歳三の見る限り、稽古するだけ無駄という体《てい》ではあったのだが、源三郎は止《や》めることも怠けることもせず、兎《と》に角《かく》黙黙と稽古をしていたようだ。

後で聞いたところに拠れば、源三郎の兄は八王子の千人同心で、父親も同心世話係だったのだそうだ。所謂《いわゆる》百姓ではなかったから、何とか剣術で身を立てようと思っていたのだろう。

源三郎はやがて近藤周助の正式な門下となり、江戸の道場に門人兼雑用係として住み込みの身となった。

その源三郎の引きもあったのだろうと思う。

勝太は父親よりも熱心に稽古を重ね、十五になったところで正式に入門の運びとなり、これも江戸に行ってしまった。

歳三は、その話を聞いても何も思わなかった。

田舎剣法の貧乏道場で延延と雑用をこなしたところで、何ひとつ良いことなどないだろう。

歳三は、その頃何もしていない。

荒れていたと言われれば慥《たし》かに荒れていたのかもしれないが、己の中では何もしていなかったと思っている。

考えてはいた。

でも、畑仕事もしていなかったし家の手伝いもしていない。精精《せいぜい》薬の原料となる草を採るのを助ける程度で、それも夏だけのことだから、要は遊んでいたのだ。

家にもあまり居着かず、日野の義兄の家に入り浸っていたのだ。

そのうち、勝太が天然理心流の目録を授けられたという話を聞いた。

先に入門していた源三郎を追い越した、天賦《てんぷ》の才があったのだと、評判になった。

そんなものは――ない。

天から与えられた才などない。それは授かるものではなく築くものである。築く方法は人それぞれで、賢い者は効率良く才を成す。それだけのことだ。

だが。

のみならず。

勝太は近藤周助の実家である嶋崎《しまざき》家に養子に入るのだという。

それはつまり、浪士ではあるものの、武士になるということである。

――そういうことか。

刀が持てるぞとは、そういうことであったのだと、歳三は漸《ようや》く気付いたのだった。

宮川勝太は――いや、嶋崎勝太という男は、そこまでを見越していたのである。

そのための愚直な鍛練であったのだ。

その時、初めて歳三は荒れた。

歳三の自覚では、そうである。

自分と変わらぬ、いや自分よりもずっと愚直な童《ガキ》が、自らの裁量で武士に――殺される側ではなく殺す側に――なったのだ。

妬《ねた》む、嫉《そね》む、口惜《くちお》しむ、そういう感情とは無縁に育った。

歳三は常に他者を蔑《さげす》み、遠ざけ、そして征して来たのだ。

嗤《わら》われても貶《けな》されても悔しいと思うたことは一度もない。相手の方が劣っていることも、間違っていることも、手に取るように判ったからだ。

でも。

歳三は初めて、屈辱を感じた。どうしようもなかった。勝太は下級とはいえ武士の子となり、歳三は物持ちであっても百姓の子のままだ。

歳三は、殺す側にはいない。

このまま殺される側にはいたくない。それは厭だ。

厭だった。

——ころしたい。

歳三は初めて、そうはっきりと自覚した。

荒れたというなら、その時期である。

その頃の歳三は、悪童《バラガキ》ではなく既に悪党だった。まだ十五六だったが、態《なり》だけは大きかったから十八九でも充分に通った。遠出をして悪さをした。盗みこそしなかったが、殴る蹴る威《おど》すは日常のこと、目に付く娘は強姦《おか》した。

ただ、実家のある石田村の中では何もしなかった。

口も利かなかった。

そんな——時分のことだ。

歳三はまた、奉公に行くの行かぬのという話に閉口し、日野の義兄の家に入り浸っていた。

義兄の佐藤彦五郎は、歳三の亡父の妹の子である。義兄というだけでなく従兄《いとこ》にもあたる。歳三は父の顔を知らぬから、似ているのかどうかは判らぬが、多少は似ているのだそうだ。

佐藤の家は代代日野宿の名主でもある。

先祖は美濃《みの》の斎藤道三《さいとうどうさん》の家臣だったのだとか、落ち延びて来て野伏《のぶ》せりと闘い村を護ったのだとか、日野用水を開削して日野宿を豊かにしたのだとか、そういう話を聞かされた。

真実《ほんとう》なのだろうけれど、そういう英傑染みた故事逸話とは裏腹に、彦五郎という人は実に明るく温和な人柄であり、また聡明な人でもあった。道を外してばかりいる義弟に対しても口煩《くちうるさ》いことは殆《ほとん》ど言わなかった。

義兄は土方の実兄同様、かなり若くして家を継いでいる。その人品も、重ねた苦労が養ったものなのかもしれぬ。

佐藤の家は上《かみ》佐藤と下《しも》佐藤の二家があり、名主職は月交代である。

彦五郎は十一歳で下佐藤の家を継ぎ、暫くの名主見習役を経て、十八で日野本郷《ほんごう》名主、日野宿問屋《といや》役他の要職に就いている。

歳三とは高だか八つ違いであるから、名主といってもまだまだ若かった。

彦五郎に嫁いだ姉は、あの不義密通の重ねて四つに歳三と共に居合わせた――らんである。嫁いだ際に名をとくと改めている。

あの、美しく天空に噴き上がった血飛沫《ちしぶき》を一緒に見た所為《せい》か――勿論そんなことはないのだろうけれども――歳三はこの姉には多少特別な感情を抱いていた。

慕っていたという訳ではない。

嫌ってはいない、というだけだったのだろう。殆どの肉親他人がどうでもいい人でしかなく、そうでなければ軽蔑するか嫌悪するか、そういう対象でしかなかったその中で、そうでもない人というだけだったのかもしれない。

姉は、あの日のことを家族の前で一度も語らなかった。語らぬまま嫁ぎ、多分このまま、死ぬまで語らないのだろうと思う。

目を瞑《つむ》って震えていたが。

見ていない訳はない。

語らずとも忘れる訳もない。

たのである。

だから歳三は、姉が好きという訳ではなくて、ただこの姉の傍にいるのが好きだっ

その日も、歳三は朝から何もしていなかった。

正月の松が取れて暫くしてからだったと思う。

松の内は土方の家にいたのだし、十五日は過ぎていただろうか。

寒い日だった。

その年の正月、下佐藤の家は気忙《きぜわ》しかった。歳三は何の興味もなかったから何が起きているのか知りもしなかったのだが、日に幾度も客が訪れ、しかも何だか知らぬが強談判《こわだんぱん》をしているような具合だった。

彦五郎も問屋場と家とを何度も行き来していた。

因縁を付けられているのだろうと思った。日野本郷は、その昔は石高に直せば三千石に届く実入りがあった郷である。千人同心の御用などもあるから問屋場の出入りも多い。揉め事もまた多いのだろうと、歳三はそのぐらいに軽く思っていた。

しかしその日ばかりは様子が違っていた。怒号が響き、日頃は温厚な彦五郎が声を荒《あら》らげた。

そして彦五郎が家を出て行った、その隙のことであった。

その日は丁度、土方の長兄が下佐藤に来ていた。

長兄の為次郎《ためじろう》は盲目であるが、俳諧や音曲などに通じており、閑山亭石翠《かんざんていせきすい》なる雅号まで持っている。

近隣を巡り、三味線《しゃみせん》を教えたり、浄瑠璃《じょうるり》を演じたりもしている。

風流《ふりゅう》というか粋狂《すいきょう》というか、いずれ通人の態《てい》ではあるのだが、その割に剛健な性《たち》でもあり、何とも御し難《がた》い、豪胆な言動を垣間見せることも少なくない。

肉親の歳三あたりから見ても得体の知れぬところがあるのだ。

生真面目で慎重な当主の喜六とは似ても似付かない。

洒脱というよりも、一種破天荒な男なのである。

下佐藤の家には、ゑいという名の隠居がいた。

先先代彦右衛門《ひこえもん》の妻で、彦五郎の祖母にあたる媼《おうな》であった。

下佐藤先代の半次郎《はんじろう》は彦五郎が物心付く前に亡くなっており、実質彦五郎は祖父母に育てられたようなものであったらしい。下佐藤の当主の座も、彦右衛門から孫の彦五郎へと嗣がれた形になる。

俺も親なしだ、お前と同じだと彦五郎は歳三に能《よ》く言うが、歳三は末弟で家を嗣ぐことなどないから、全然違うと歳三は思ったものである。

それに。

彦五郎には少なくとも母がいた。

歳三は母の顔さえ朦朧《ぼんやり》としか覚えていない。抱かれた記憶もないし触れた覚えもない。温もりも匂いも知らぬ。覚えているのは襖《ふすま》越しに聞こえて来た咳《せき》だけである。

母代わりに面倒をみてくれた嫂《あによめ》は若く、血の繋がりもない。

一方、ゑいは彦五郎の実の祖母である。まるで違う。

このゑいと、石翠は馬が合う。

雨だろうが雪だろうが、十日と空けずやってきて三味線を聴かせたり茶飲み話をしたりする。

盲人に天気は関係ねえと無茶なことばかり言うので、歳三が手を引いて石田村まで連れて行ったり、日野まで連れて来たりすることもある。

近頃は彦五郎も石翠に俳句を教わるなどと言い出している。石翠もまた、歳三の亡父の面影があると謂われることがあるから、従兄弟同士似たところもあるのかもしれない。

歳三は、どうも思わぬ。

ただ喜六よりは一緒に居易い。

その日、石翠《ひるす》は午過ぎにやって来た。

ただ、彦五郎もとくも忙しそうにしていたし、人の出入りも多かったので、ずっとゑいの相手をしていたのである。

歳三は何もせず、ただ横になっていた。

佐藤の家は名主の屋敷というだけではなく、大名や勅使などを泊める本陣も兼ねていたから、部屋はいくらでもあったのだ。呆《ほう》けて寛《くつろ》ぐには具合が良かったのだ。とはいえ、それは広さの問題ではない。広さなら歳三の生家は輪を掛けて広いのだ。だからその頃は、何処の家もこんなものかと思うていたくらいだ。思えば調度や造作なども凝っていたし、陣屋だけあって立派な屋敷ではあったのだろう。

尤《もっと》も、本来本陣は上《かみ》佐藤の屋敷の方であり、下佐藤の方は予備の本陣、所謂《いわゆる》脇本陣だったのだけれど。

どうやらこの、上下《かみしも》佐藤家の間にも確執があるようで、それが助郷《すけごう》の者やら村役人やら、果ては代官あたりまで巻き込んだ騒動になってもいるらしかった。

詳しく聞いたところで厭な気になるだけだから、歳三は耳を塞いでいたのだが。

みんな彦右衛門が悪いのサ——。

ゑいの声が聞こえた。

根は深《ふけ》ぇんでしょうよ――。

石翠が答える。ゑいが言う。

深ぇッたってのう、所詮うちは分家じゃもの、これが武家なら、何をされても我が方が堪《こら》えるが筋じゃ。それを、下手《へた》に仕返すから恨みも溜まるのだわ。彦右衛門は業《ごう》の深《ふけ》ぇ男であったからの――。

欲がおありんさったのかの。実入り増やしたかったかね。それとも、下佐藤の家を本陣に格上げしたかったのかね――。

何の。本陣なんぞ、なったところで損するばかりじゃ。饗応代は嵩《かさ》むし手間もかかろう。下賜される駄賃は、僅かじゃ――。

欲得じゃあないかいな。それなら誉れかのう――。

そう石翠が問うと、腹癒《はらい》せじゃ腹癒せと媼は応えた。

腹癒せって、上《かみ》へのかね――。

気に入らんかったのじゃろう。儂《わし》の連れ合いは、そういう男よ。そのためにどれだけ根回ししたか。あっちこっち頭ァ下げて、銭撒いて、組頭から何から抱き込んでよう。そこまでして本家を潰したかったのじゃろか。莫迦らしい、揚げ句、年貢の不始末でお叱りを受けて、お役御免じゃ――。

それで彦五郎さんは、あんな若え齢《とし》で名主嗣いだのかね——。

おうよ。その上、バチが当って彦右衛門め、ご詮議の最中に、おっ死《ち》んでしもうたのじゃ。だから、罰金から何から、なんもかんも上《かみ》の家がおっ被ったのさ。当主なんざ、処払《ところばら》いになってしもうた。向こうにしてみりゃ恨み骨髄じゃろ。その恨みはみんな孫に降り掛かるわ。この騒動も——。

みんな彦右衛門が悪いのサと媼は繰り返した。

その辺までは、歳三も聞き耳を立てていた。彦五郎が居ては話し難《にく》いことなのだろう。そこで。

外が何やら騒がしくなった。

やがて火事だ火事だという声が聞こえた。

ヤレ大変じゃ火事だそうな——。

石翠がそう言い、多分媼が襖障子《ふすましょうじ》を開けたのだ。

歳三も身を起こし、のそのそと這《は》い、襖を細く開けた。

何じゃ何ごとじゃと媼が庭に向けて言っていた。

刀自《とじ》殿、火事じゃ——。

数名の声が玄関先から聞こえた。

火事じゃ火事じゃ――。

歳三は立ち上がり、襖を全開にした。それと同時に。

庭先に慌てた風の男が飛び込んで来るのが見えた。

彦五郎は、彦五郎はおるか――。

頬被《ほおかむ》りをした、余り若くない博徒風の男だった。そう見えたのは、百姓風の身形《みなり》なのに――。

帯刀していたからである。

大変じゃ、大火事じゃ。刀自殿も逃げた方がいい――。

お、おのれは、本家の――。

嫗はそう言って、言葉を切った。

大ごとじゃ、このままでは宿場が丸焼けになるて。本陣にはもう火が移ったわ。うちの芳三郎《よしさぶろう》は火消しに行ったが、彦五郎は――。

嫗は慌て、腰を落とし後退《あとずさ》った。

あ、あんたぁ、処払いの身じゃろうに、何しに来た――。

近くを通るに火事だと言うで火消し手伝いに来ただけじゃ。こんな時に遺恨も何もねえ――。

早く逃げろとその男は言った。

ゑいの言葉に拠るならば、それは先代の上《かみ》佐藤当主だろうと思われた。

そこに玄関から数名の男どもが押し入って来た。雪駄だの草履だのを履いていたから押し入って来たように見えたのだが、多分ゑいを助けに来たのだろう。男どもは庭先の闖入者《ちんにゅうしゃ》を見て、大いに驚いた風だった。

あんた、前《さき》の上の名主か――。

処払い者が何をしておるか――。

さては、意趣返しに舞い戻り――。

火付けをしたか。

とんでもねえと頰被りの男は強く言った。何がとんでもねえだと怒鳴り、侵入して来た数名のうちの一人が庭に飛び降りて、男を捕まえようとした。やめろやめろと頰被りの男は喚《わめ》いた。

安兵衛《やすべえ》、今こんなことしてる場合ではねえ――。

男は叫んだが、更に二名が飛び掛かった。

埒《らち》が明かない。

年寄り同士の喧嘩など、見てはいられない。

歳三はうっそりと縁に出ると、足袋裸足《たびはだし》のまま庭に降り、揉み合っている連中に無言で近付くと、いきなり手を伸ばし、頰被りの男から脇差を奪い取ろうとした。

そうすれば。

止《よ》せと男は怒鳴り、脇差を摑んだ。

いいから逃げろッ——。

男は、弾みで脇差を抜いた。威嚇するだけのつもりだったのだろうが、組み付いていた安兵衛がきゃっと叫んで離れた。

頰が斬れていた。

血が。

血が流れた。

わあと雄叫びを上げて、他の男どもも飛び退《の》き離れた。

気が違《ちご》うとる乱心者じゃと口口に罵る。

何を言うんじゃ。乱心しとるはお前等《ら》じゃ。火事がもう其処《そこ》まで来とると、そう言うておるだけじゃ——。

人を呼べい、取り押さえろと叫び乍《なが》ら、男達は庭から——逃げた。

血を見慣れていない。

怖いのだ。

殺される側の人間だから。

それでなくとも火事の騒乱は小心者の気を漫《そぞ》ろにさせ、怯えの心を増幅させる。

兎《と》に角《かく》此処は危ないと、男は媼に向けて手を伸ばした。

裏から逃げた方がいい——。

歳三が見るに、この男に悪意はない。聞けば遺恨も深いようだが、少なくとも今はただ、火事を心配しているだけのようだった。

だが。

その伸ばした手は、ゑいに届く前に叩き落とされた。

安兵衛が棒で打ったのだ。心張り棒だろう。

刀自殿に手を出すでねえッ——。

安兵衛は棒を振り翳《かざ》して吠え、男が返答をする前に振り下ろした。

そう。

下手な間を取らぬのが勝つ最善の策である。

棒は男の額を直撃し、頬被りが外れて、貌《かお》が顕《あらわ》になった。

剃髪している。

矢ッ張り前《さき》の上名主だな、処払い者が勝手彷徨はご法度だベッ——。

安兵衛は滅茶苦茶に棒を振り回した。男は避《よ》けたが、頭を打たれた所為《せい》かふら付いており、闇雲に打ち下ろされる棒に自ら当たるようにして、幾度も打たれた。

俺は、俺は、違う違うと男は言った。

歳三はただ黙して視《み》ていた。

媼は腰が抜けているのか、縁から落ちるようにして庭に出ると、這ったまま逃げようとした。

目の見えぬ石翠は何が起きているのかまだ解っていないようで、一人座敷でおろおろとしている。表の街道からは怒号や悲鳴が聞こえている。火事が広がっているのだろう。

火を付けたのはこいつではねえ。

歳三は何故かそう確信した。

いや、ちゃんと見れば解る。きちんと聞けば判る。

安兵衛は怖がっている。

臆病者は恐怖に目が曇って、何も見えていないのだ。だから。

安兵衛の執拗《しつよう》かつ無鉄砲な攻撃に閉口したのか、男は脇差で棒を払い除《の》けた。

なってない。

あの時の、久米蔵よりも腰が引けている。

童《ガキ》の喧嘩の方がずっと真剣味があるだろう。歳三はそんなことを思っていた。

歳三、危ない危ない――。

足許から媼の声がした。

危ないのは声を発している年寄の方である。ただ、老人にしてみれば、歳三などまだ十五六の童でしかなかったのだろうから、そう言ったのも尤《もっと》もではある。足が竦《すく》んでいるとでも思うたのだろう。

わあと喚《わめ》いて安兵衛が棒を振り下ろし、それを払った男の脇差は、棒を真っ二つにして、序《つい》でに安兵衛の胸まで切り裂いた。

血が飛んだ。

安兵衛は体を捩《よじ》る。鮮血は振り撒かれ、歳三や媼に降り掛かった。

何を――。

何をするのじゃと言って媼が男に取り付こうとした。

無謀だ。

普通に話せば判るだろうものを。

順を追って思い出す分には、迚《とて》もゆっくりとしている。しかし、安兵衛が取り付いてから嫗が縋《すが》り付くまでの間は、ほんの一瞬である。

血が眼に入ったのだろう。男は能《よ》く状況が判らぬまま、脇差を振り戻し、それが嫗を。

斬った。

多分、助けようとしていた相手を斬ってしまったことに男は気付いていなかったのだ。足許で踠《もが》いているのが何者なのか、それすら判っていなかっただろう。

隙だらけだ。

歳三は大股で近付くと、その腕から脇差を奪い取った。

今度は簡単に奪えた。

時を同じくして裏道から大勢が現れた。逃げた者が呼び集めた連中が到着したのだろう。

どう見ても、男が安兵衛とゐいを斬り殺し、歳三がそれに刃向かっているという場面にしか思えまい。遠目から見れば余計にそう見える。

殺したなッ――。

怒号が上がった。

男は違う違うと叫び乍《なが》ら両手を振り回し、柵を抜けて逃げた。全員が雄叫びを上げ乍らそれを追った。

皆、狂うている。

人は、恐怖に晒《さら》されれば簡単に狂うのだ。

きちんと物ごとを見極めることが出来なくなる。考えることも出来なくなる。だから強く声を上げれば大勢が何も考えずにそれに従ってしまう。それが、誰か一人の思い込みに過ぎなかったとしても、だ。

そんなものなのだ。

愚かだ。

歳三は冷ややかな目で衆愚を見送り、次に足許に目を遣った。

媼が踠いている。

あれだけ大勢人がいたのだ。本当なら誰か一人くらい救《たす》けに来ても良さそうなものである。誰かが上げた殺したなの一声で、もう死んでいるものと思ったのだろう。

安兵衛がうう、と唸った。

どくどくと血が流れている。

さて——どうするか。

歳三は血の付いた脇差を持っている。

安兵衛が地べたに手を突き、よろよろと起き上がろうとしている。

歳三は。

安兵衛の背中に斬り付けた。

ぎゃ、と声を上げ、安兵衛は再び地面に臥せった。

お、お前――。

死なない。死なないものだ。

近寄って脇差を突き立てた。

や、やめろ――。

まだ死なぬ。斬れば死ぬというものでもないのだ。斬り方もあるのだろうし、急所というのもあるのだろう。

頸《くび》を刺した。

歳三、歳三と石翠の声がした。

兄には見えぬ。

振り向くと、地べたに横たわったままの媼が眼を剝いていた。

歳三の行動が理解出来なかったのだろう。

と、歳三――。

喋るな。

どうせもう、助かるまい。

歳三は嫗の胸に脇差を突き立てた。

思いきり。

脇差は刺さったが、曲がった。

曲がるものなのか。

安物なのだろう。

抜き難《にく》い。

苦労して抜いて、庭に放った。

嫗は死んだ。

安兵衛も動かなくなっている。

歳三はそのまま座敷に上がった。

何だ、どうしたのじゃ――。

石翠が明後日の方角に向けて問うている。庭の方にももうもうと黒煙が流れて来ている。あの男の言葉が本当ならば、隣家も既に燃え始めているのだ。

ならば何もせずとも程なくこの家も燃えてしまうのだろうが――。

歳三は火鉢を蹴《け》り倒した。灰と、赤く燃えた熾《おき》が畳にぶちまけられた。

部屋の隅に置いてあった行燈《あんどう》をその上に倒す。

油が零《こぼ》れ、火が付いた。行燈の紙が燃え出す。

歳《とし》、歳、どうした。ご隠居はどうなった――。

死んだよと言った。

し、死んだ。殺されたのか――。

応えなかった。

殺したのだ。殺してみたのだ。

見殺しにしたのは宿場の連中だし傷付けたのはあの男だが、止《とど》めを刺したのは歳三だ。

でも、下手人はあの男ということになるのだろう。

ぶすぶすと厭な匂いが鼻を突《つ》いた。畳が焦げている。

火事だ。兄《あに》さん、逃げるか。

歳三は石翠の手を掴むと、縁から庭に下ろし、大勢が駆けて行った方向に盲目の兄を導いた。

街道は、大騒ぎになっているようだった。

歩き難《にく》いが裏道を行った方が良いだろう。

火元は風上だ。北側の何処《どこ》かだろう。

石翠は幾度も転んだ。

杖も三味線も、何もかも置いてきたし、下駄も履いていない。それで走れというのだから、転んでも仕方がない。面倒だから負《お》ぶうぞと言った。

お前に俺が負ぶえるかと盲《めしい》た兄は言ったが、背負えぬことなどないのだ。見えぬから、まだ歳三が小さいままと思っているのか。手を引くことも多いのだから、そんなこともあるまいに。

歳三は兄を背負った。

路地を抜け、水車小屋の辺りまで駆ければ畑だ。焦げ臭い。上空には黒煙がもうもうと渦巻いている。本陣も燃えたというし、脇本陣ももう燃えているだろう。

振り向くと。

紅蓮《ぐれん》の焔《ほのお》が噴き上がっていた。

どうだ燃えてるか——。

石翠が言った。

ああ燃えてるよと答えた。
義兄の屋敷も燃えている。冬の、乾いた木は能《よ》く燃える。
水車小屋の方から、怒号が聞こえている。前《さき》の上《かみ》の名主が捕まったのか。それとも
まだ暴れているのか。
あの男は悪くない。
悪くはないが、もう悪くなってしまった。人というのは莫迦なものなのだろう。つ
まらぬことで目の前に転がっている真実《まこと》が見えなくなる。そうなれば言葉も理屈も通
じない。目を曇らせた大勢が黒だと言えば、白いものも黒く見えるのだろう。だから
身の振り方を間違えると、悪くないものも悪くなってしまうものなのだ。
そうなれば——殺される。
為《し》てもいない罪で死罪になるか。
このまま嬲《なぶ》り殺しにされてしまうか。
あの男は贄《にえ》だ。大勢の小心者どもの心に安泰を齎すための生贄《いけにえ》だ。
なる程、殺せる立場にない者は、そうやって人を殺すか。そうするしかないのか。
みっともないことだと歳三は思った。しかし、それでも歳三はあの男に肩入れする
ことは出来なかった。濡れ衣を晴らしてやる気にもならない。

火付けは扠置《さてお》き、人を殺したのは歳三自身なのだけれど。

あの状況では。

安兵衛と媼《おうな》を助けることは、歳三には無理だ。盲目の兄を助けようとするなら、二人は見殺しにするしかない。火の手は迫っていたのだ。どうせ死ぬしかない。生きたまま焼かれて死ぬくらいなら、いっそ止《とど》めを刺してやった方が——。

違う。

そんな理由ではない。

そんなのは言い訳だ。

歳三は、あの時。

お前——。

背中の兄が、耳許《みみもと》で言った。

何をした——。

そうか。

見えずとも判るか。

兄《あに》さんも。

死にてえかと言った。

歳三は返事を待たず、水車小屋を避《よ》けて畑の方に進んだ。
少しでも火から離れた方が良い。畔を駆けて、籔《やぶ》の前で石翠を下ろした。
石翠はよたよたと蹌踉《よろ》けて、地べたに座った。
歳三は兄に背を向け、宿場の方を眺めた。
赤い。
いや、赤ではない。
歳三の知る彩《いろ》の名では言い表せない色だ。黒煙と、曇り空と、炎。
あの中で、人が、骸が、焼けている。安兵衛も、ゑいも、もう焼けているだろう。
人は焼けるとどうなってしまうのか。そんなことを思っていると。
突然。
い、い、い、
ころしたな——。
石翠がそう言った。
振り向かなかった。
返事もしなかった。
俺はまだ死にたかあねえ——。
兄は這って歳三の横に来ると、

殺《や》ったなァ、前《さき》の名主だよな――。

と言った。

そうだな――。

お前は止《と》めただけだな――。

そうなんだろ。そうしとけ――。

俺を生かしておけば、そう言ってやらあ――。

知るものか。

そんなことはどうでもいい。寧《むし》ろその時歳三は。

何を。

何を考えていただろう。

瞼《まぶた》の裏が赤くなった。

これは。

火事じゃない。俺の血だ。日野の大火事は昔のことだ。歳三が思い出しているだけだ。

歳三は眼を開けた。隙間から差し込む朝日が瞳に色を与えていた。

夜が明けたのだ。

歳三は体を起こした。

昔の己が幾重にも折り重なっていて、今が何時《いつ》だか判らない。

夢を見ていたのか昔のことを思い出していたのか判然としない。思い出していたのなら眠ってはいないのだろうし、夢を見ていたのなら寝ていたのだろう。

首を回す。

この陽光が瞼を透かし、それがあの火事を思い出させたのか。いや思い出していたのは火事ばかりではない。

女の肩口から噴き上がる血柱。

喉頸《のどくび》から振り撒かれる血飛沫《ちしぶき》。

胸を刺し貫いて、曲がった刀。

燃え上がる宿場。

記憶は重なっている。

着物を羽織り支度をした。刻《とき》は関係ない。明るくなればそれでいい。

こんな旅籠《はたご》に用はない。

徐徐に覚えが明瞭《はっきり》してくる。そうだ。飯盛り女の頸を絞め上げて殺し損ね、そのまま寝入ってしまったのだ。

くだらねえ。

起き上がって荷物を担ぐ。

部屋を出て階段を下り、帳場を抜けて、勝手に草鞋《わらじ》を履いていると、寝惚《ねぼ》けた顔の婆ァ《ばば》が出て来て、お随分早いねえと吐《ぬ》かした。河岸《かし》はもっと早えだろうと言うと、薬屋が河岸なんか行ったたって商売にはならんにと言われた。

「この辺は味醂臭《みりんくせ》えから、厭なんだよ」

悪態を吐《つ》いて立ち上がる。

婆ァがもたもたしているから勝手に心張り棒を外して、歳三は外に出た。

鳥が啼《な》いている。

気温は低いが、風が粘付いていて爽快とは言い難《がた》い。

武州と違って総州《そうしゅう》は海が近い。その所為《せい》かもしれぬ。近いといっても何処《どこ》からでも見えるようなものではない。上総《かずさ》も下総《しもふさ》も広い。処に依っては寧《むし》ろ山の体《てい》である。

海縁までは行ったことがない。

歳三は、海を見たことがない。

この辺りも、川はあるが海が見える訳ではない。江戸川《えどがわ》に沿って下って行けばいずれ至るのだろうが、用もない。行く気もしない。

だから、もしかすると海など関係ないのかもしれない。この湿ったような不愉快な風は、気候風土とは無関係なのかもしれぬ。

土手が見えた。馬避《よ》けの土手だと聞いている。

歳三は思いを巡らせる。

火事の後――。

日野の宿場は殆《ほとん》ど焼けてしまった。

人死にも多く出た。死骸は皆、焼け残った小屋に集められた。何人死んだのか。歳三は一つ二つと数えた筈なのだが、数は思い出せない。

代官を始め侍も大勢やって来た。

詮議が行われたようだが、多分凡《すべ》て嘘だ。

歳三は一度も呼ばれなかった。

火付けの下手人は前《さき》の上《かみ》の名主ということで落ち着いたようだったが、そんな訳はないのだ。それは歳三が一番能《よ》く知っている。まともな詮議がされなかったことだけは間違いない。されたとしても、科人《とがにん》であるあの男の言い分が役人に聞き入れられる訳もないだろう。それ以前に、あの男は詮議が始まる前に死んでいたのだ。死体置き場に骸があったのだから間違いない。その屍《しかばね》は焼けていなかったから、思うに――。

寄って集《たか》って殺したのだろう。矢張り贄にされたのだ。

あの男は、悪くない。

悪くなくても悪いことにされてしまった。そして、悪いから、殺された。そういうことになったのだ。本来人を殺してはいけない者達の手で、詮議も何もされずに叩き殺されたというにも拘《かかわ》らず、そうでないことにされてしまったのだ。

凡ては手続きの問題なのだと、その時歳三は知った。

あれは、理不尽な決着ではないのだ。善悪は絶対的なものではないのである。それは人が決めるものでしかなく、それはまた立場に因《よ》って変わるのである。

決める役を担っているのが侍だ。

それだけのことなのだ。

侍だから人を殺せるという訳ではない。侍は殺しても良いかどうかを決める役なのだ。百姓だろうが町人だろうが、絶対に人を殺せないということはないのだ。

要するに手続きの問題なのである。

納屋《なや》のような処にずらりと並べられた骸を見乍《なが》ら、歳三はそこに思い至ったのだった。手続きを踏まずに殺せば、ろくでなしの久米蔵のように殺されてしまう。

ただ、それだけのことである。

宿場はすっかり焼けたが、諍《いさか》いごとは収まった。

上《かみ》の家の名主も文句は言わなかったらしい。父親が濡れ衣を着せられた上に嬲り殺しにされても、何も言わなかったのだ。

理由はどうあれ、処払《ところばら》いの罪人が舞い戻ったというだけでそれは処罰の対象となるのである。それだけで生かす殺すは役人――侍の胸三寸に委ねられるのである。だから、仕方がないのだ。

それに、上下《かみしも》佐藤の昔を知る者共はあの火事で凡《すべ》て死んだことになる。前《さき》の名主は殴殺され、そしてゐいも――歳三が殺した。宿場内の確執を担った者は皆、絶えてしまった。今更蒸し返したところで得をする者はいないし、蒸し返す意味もない。

だから――なのだろう。

歳三は疑われなかった。

その場にいたというのに詮議に呼ばれもしなかった。

尤《もっと》も、知っているのは石翠だけなのだ。歳三は体格こそ良いが十五の童《ガキ》だった訳だし、そもそもゐいや安兵衛を殺す理由がない。疑われる理由もない。

いや――歳三の行いが発覚してしまえば新たな確執が生まれることになる。それは好ましくない。だから、そういう計らいだったのやもしれぬ。

義兄の彦五郎は、賢い。何かを見抜いていたのかもしれない。また上名主の芳三郎も、堅実な人物であるという。二人の若い名主がどのような根回しをしたのか、歳三は知らない。しかしあれだけの大火を出したというにも拘らず、上下佐藤の家には大したお咎《とが》めもなかったことは事実だ。

何もかも、あの男一人に負わせて済ませてしまったのだ。

のみならず彦五郎は、あの火事を契機《きっかけ》に、宿場の治安維持の役割まで受け持つこととなった。

地回りのようなものである。そのために先《ま》ずは自警ということになり、井上源三郎の口利きで近藤周助が出稽古に来ることにもなった。すっかり焼けてしまった本陣の焼け跡に、義兄は道場も造ると言い始めた。

歳三は——。

気が殺《そ》げてしまった。

あの紅蓮《ぐれん》の焔《ほのお》と狂騒が、歳三から何かを浚《さら》ってしまったのだった。

だから暫《しばら》くして奉公に出た。

それも、一年と保《も》たなかったことになるのだが。

女の頸を絞めたからである。あの多情な女、名は何といっただろうか。

お店《たな》から暇を出された歳三は、行き場を失った。

佐藤の家にも行きづらく、かといって土方の家にも居場所はなかった。

そもそも歳三の不始末を執り成してくれたのは彦五郎なのである。話を付ける際には、近藤道場の井上源三郎も口利きをしてくれたようである。

火事から数年を経ていたにも拘らず、日野宿の再建は捗捗《はかばか》しくなかった。建物も二割程しか出来上がってはいなかったのだが、それでも出稽古は頻繁に行われているようだった。しかも、稽古に来ていたのは周助ではなく勝太であった。

歳三が孕み女の頸を絞めている間に勝太は周助の跡目となり、近藤勇《いさみ》と名を変えていたのだ。

勝太はどうやら——いつの間にか本物の武士になってしまっていたのであった。

勝太——近藤勇は彦五郎とも馬が合うようだった。道場もない、竹刀さえない、そんな有り様だというのに、義兄とその縁者達は近藤の指導の下《もと》、野っ原でただ棍棒《こんぼう》を振っていた。

今更歳三が割り込むような隙間はそこには見付からなかった。

だが、土方の家に落ち着く訳にもいかない。家には石翠もいた。百姓をする気はなかった。

だから。

こうして薬を売っている。

売っているといっても、所謂《いわゆる》担ぎの行商とは違う。

土方家が伝える石田散薬《いしださんやく》は打ち身骨折の妙薬である。効くのかどうか歳三は知らぬが、評判は良い。武州に限らず、江戸など近隣にも評判は広まっている。

そして、打ち身の薬を必要とするのは、主に武術家なのである。既に幾つもの道場が石田散薬を置き薬としている。そこを巡って、減った分使った分を補充する。

それだけである。

だから、売り声を上げたり口上を述べたりはしない。人を寄せることもないし飛び込みもしない。愛想も何もない。黙黙と道場を巡るだけである。

歳三がせずとも良いことである。

土方の家は長者であるし、その上薬売りは正業ではない。欲しければ買いに来いというような鷹揚な在り方でも一向に構わぬことである。

それでも、家にいるよりはましだと思った。序《つい》でに、佐藤の家に伝わる虚労散薬《きょろうさんやく》という気道の薬も売ることにしたのだが、そんな様子であるからまるで売れはしなかった。

ただふらふらと、川面を流れる木の葉のように歳三は何処《どこ》とも知らぬ道を歩いているだけだ。

下総に来たのも気紛《きまぐ》れだった。

と――いうより。

武州を廻り難《にく》くなったからといった方が良い。

歳三は嫌われているのだ。

剣術道場に行けば、当然乍《なが》ら門人どもが稽古をしているところが目に入る。見えずとも声が聞こえる。そうすると、むかむかと肝《きも》が煮える。それは怒りではない。剣術の稽古に肚《はら》を立てる謂われはない。

己でも解らない。

それは人殺しの稽古だろうと、そう思ってしまうから、そんな気持ちになるのかもしれぬ。人を殺す気もなく、殺すことも多分ない連中が何故に人殺しの稽古をしているのか、歳三には解らない。侍なら兎《と》も角《かく》、町人までもが人殺しの練習をしているのだ。殺す気がないどころか、殺すことも出来ぬ者がそんなものを習ってどうしようというのか。人を殺したいなら、竹刀を振るより先に殺しても良しとされる手続きをすべきではないのか。そうでなければ無駄ではないか。

無駄だ。お前達のすることではない。そういう気持ちなのか。

自分は違う。違うけれども――。

いや。

違うからこそ。

自分の方が強い。

ころしたことがあるのだし。歳三はそう思う。

歳三は、武州の田舎道場に出向いた折に、稽古を付けてくれと頼んだことがある。

我慢が出来なかったのだ。

正直言って何も判らなかった。作法も何もあったものではない。

一応近藤周助に教えを乞うていたとはいうものの、歳三は宮川の家で気を入れずに棒を振っていただけである。後は無頼の勘だ。

それでも、無茶苦茶に突き出して何人か倒した。

でも結局は負けた。

いいや、負けだと言われただけである。

歳三は死んではいない。軽く叩かれただけだ。痛みすら感じなかった。それが竹刀ではなく真剣であったとしても、きっと死んではいなかっただろう。

まだ闘えた。

でも、試合は終わりだった。

納得が行かなかった。そんな稽古はない。これで礼をして引き下がって、何が学べるというのか。だから木刀を摑んで挑み掛かった。

乱心者と思われたのだろう。

十数名で袋叩きにされて、往来に投げ出された。

その後、同じようなことを方方《ほうぼう》で繰り返したが、いずれも結果は同じだった。

気に入らなかった。

だから、教えを乞うのは止《や》めた。道場を訪れる度、帰らずに門の横に隠れ潜《ひそ》み、強そうな奴が出て来ると跡を付け、棒で殴り掛かったりしてみた。

三人に二人は一撃で昏倒した。

強くない。

しかし察して避《よ》ける者や、打たれても動じず反撃してくる者もいた。

当然だろう。それで死にかけたことも幾度となくある。

相手が武士ならそれも仕方があるまい。何とか逃げたが、噂が立った。

物狂いの薬屋がいる——。

そういう噂だ。強《あなが》ち間違ってはいない。理由もなく遺恨もなく、ただ殴り掛かるだけなのだから、それ以外に言いようもないだろう。一撃で倒せればそれで良いが、そうでなければ面《めん》が割れる。歳三は別に顔を隠してはいなかったからだ。

追い剝ぎでも辻斬りでもない。

謂わば腕試しのようなものなのだ。

それよりも先《ま》ず、覆面は性《しょう》に合わない。

何をするにしても、歳三に顔を隠さねばならぬ謂われはないからだ。

仮令《たとい》それが悪事であったとしても――である。否、悪事ならば余計に顔を隠すのはどうか。隠れてこそこそしようが悪事は悪事である。慥《たし》かに露見さえしなければ悪事も悪事にならぬのかもしれぬが、隠れてするのは厭だ。

火事の際の人殺しも露見してはいない。

だが、あれとて意図して隠した訳ではない。結果的にこうなったというだけのことだ。誰が得をするのか損をするのか知らないが、その方が都合が良かったというだけのことだったろう。名乗り出る気はなかったが、隠蔽する気もなかった。尋《き》かれれば素直に答えていたと思う。

自分の為《し》たことだ。

罪に問われれば仕方がない。

死に価《あたい》する罪なら死ぬまでだ。

そう思っていた。だから余計に疑われなかったのかもしれぬ。歳三は常に落ち着いていたし、正正堂堂としているように見えた筈だ。

とはいうものの。

いずれ待ち伏せ闇討ちのような行いをしているのであるから、正正も堂堂もあったものではないのであるが。どうであっても、顔を隠して何かを為《す》るようなことを歳三は好まないのだ。

だから襲った相手の中には、歳三の顔を覚えている者も少なからずいたのである。

あれは昼間の薬売りだ――と。

歳三の風体は、目立つのだ。

百姓には見えないが、商人《あきんど》にも見えない。

夏場は半裸に近いし、旅支度もしない。人足か、良く見ても職人にしか見えまい。

月代《さかやき》は剃っていないが、髷《まげ》は大振りで武家風だ。歌舞《かぶ》いているつもりも洒落《しゃれ》ているつもりもないが、人並ではない。

異形のうちである。

気付かれても已《や》むを得ない。

ただ身許《みもと》が知れ渡ってしまうのはあまり宜しくないと思った。

噂が広まれば、そのうち土方の家にも伝わる。商売《あきない》も駄目になるかもしれぬ。それで薬が売れなくなったとしてもそれ自体は歳三の知ったことではないし、勘当されたとしても別に構いはしない。捕らえられ、罪に問われるならば、それも仕方がないだろう。それがどの程度のお咎めに価する行いなのか歳三は知らぬが、死罪と言われれば従うよりない。

だが、そうなれば、もう人を襲うことは出来なくなってしまう。

それは厭だ。

襲えなくなるのが厭だという訳ではない。

勝ち負けの問題でもないだろう。勝つことだってあったのだから、それは違う。

多分——。

歳三は土手に腰を下ろした。

土地の名などどうでも良かったから知りもしなかったが、この辺りは流山《ながれやま》というらしい。馬避《よ》けというからには馬場か何かがあるのだろう。

息を吸う。

武州とは矢張り匂いが違う。

腕を突く。枯れ草がちくちくと膚《はだ》を刺激した。

あれは――。

気が狂《ふ》れていた訳ではない。

しかし。

――腕試しでもねえのか。

腕試しだったなら、田舎ばかり廻りはしないだろう。江戸に行けば良い。

江戸には強い剣術者が沢山いる。

田舎道場の門人は弱い。そもそも道場自体がない。表向き百姓がやっとうを習うことは禁じられているのだし、侍もいないのだから仕方があるまい。郷士を気取り挙《こぞ》って剣術を習う武州の気質の方が間違っているのだ。

それでも全くないという訳ではない。だが、思い出したように見付かる道場に入っても、横目で稽古を見ているだけで相手にならぬということは判った。

明らかに歳三の方が強い。

それでも歳三は連中を襲った。思った通りに弱かった。話にならない。

尤《もっと》も襲ったのは百姓と俠客《きょうかく》ばかりだったし、ならば勝って当然とも思うのであるが、それでも止《や》められなかった。

「腕試しじゃあねえな」

歳三は独りごちた。

では何だというのだ。

矢張り——。

人殺しがしたいのか。

殺したいのだ。歳三は。

そういう意味で、本当に己は狂うているのだと思わぬでもない。

それは、抑え難《がた》い欲動である。同時に歳三の身分に於《おい》て、それは何としても抑えねばならぬ欲動である。そう決められているからだ。

そこのところは充分に承知している。

しているのだが——。

——そうじゃねえ。

歳三は既に二人殺している。

にも拘らず——。

罰せられていない。

だからだろうか。為《し》てはいけないことではあるけれど——出来ないことではないのだと、歳三は身を以て学習しているのである。況《まし》て罰せられることを厭わぬという前提で行うなら、それは充分に可能なことなのだ。

可能だから——。

殺したいのか。

二人も人を殺して、それでものうのうと生き延びているのだから、まだまだ殺せると思ったか。

味を占めたのか。

——それも違う。

歳三は、死にかけた老婆や怪我《けが》人に止《とど》めを刺しただけである。

あんなものは放っておいても死んでいただろう。そんな、身投げの背中を押すような、首吊りの足を引っぱるようなことが為《し》たい訳ではないのだ。弱い者を甚振《いたぶ》って面白くも可笑《おか》しくもない。

それに。

棒で殴っても殺せはしない。

殴り続ければ死ぬのだろうが、それは覆面と同じく性《しょう》に合わない。

汚らしい。

加えて――ただ殺したいだけであるならば、弱い者を選べば良いことになりはしないか。殺したいだけなら女でも子供でもいい。その方が簡単だし、実際、それでも構わないのだと思う。

それなのに歳三は、何故か襲う相手に強い者を選ぶ。腕試しではないとは強く思うのだが、それでも出来るだけ強そうな者を選んでいる。

何故かは解らない。

死にたいのかとも思った。

捨て鉢に近い気分であったことは間違いないだろう。

歳三はあの火事の後、確実に何かを見失ってしまったのだ。生きているのだか死んでいるのだか判らぬような心持ちではあったし、今もそうである。もう、うんざりしている。自棄糞《やけくそ》になって、わざとやられようとしているのか。

――そうでもねえな。

それでも、死にたかった訳ではないのだ。今も、生きることにそれ程執着はない。

だが、死にたいとも思わない。だからこそ江戸から離れたのだ。

死にたいのであれば、江戸を避《さ》けたりはしなかったろう。いや、元元剣術を習うの田舎剣法に比べ江戸の流派は皆強い。門弟も武家が多い。は武士であるべきなのだから、これは当然のことだ。江戸に道場を構えているとはいうものの、近藤周助の天然理心流など朱引《しゅび》きの裡《うち》では二流もいいところである。正直いって箸《はし》にも棒にも掛からぬだろう。門弟も殆《ほとん》どが百姓町人である。

弱い。

死にたいのであれば、江戸で暴れている。

侍を相手に選ぶなら、歳三は圧倒的に不利になる。

歳三は精精《せいぜい》木の棒を持っているだけだが、相手はだんびらを提げている。不意を突くとはいえ一歩間違えば歳三の方が死ぬ。

侍の門弟を狙ったことも、勿論ある。尤《もっと》も田舎道場で学んでいるような三一《さんぴん》は、侍であっても格段に弱い。師範代の癖に隙だらけという奴もいた。とはいえ、二本差している分、手強《てごわ》いことは慥《たし》かである。

一撃で倒せなかった場合は、抜かれる。

抜いても腰抜けは弱い。

だが弱くても、抜き身を持っている者は別である。自分を傷付けてしまうような間抜けもいるが、滅茶苦茶に振り回されれば危ないことは慥かだ。

危なくなれば歳三は逃げる。

顔を隠すことは厭なのに、逃げることに抵抗はない。それを卑怯とも思わない。

自分でもその線引きは判らない。一つだけ言えることは、歳三は死にたいが故に愚行を繰り返している訳ではない――ということだ。

歳三が躊躇《ちゅうちょ》なく逃げるのは、思うにその無為なる襲撃を繰り返したいからなのである。捕まっても死んでも次はないのだ。

止《や》められない。

何故かは判らない。別に愉《たの》しい訳でもない。殴りたい訳でもないし、相手に勝ちたい訳でもない。でも死にたい訳でもない。

それでも、止《や》められない。

止《や》めたくない。

いったい何が為《し》たいのか、歳三は己で己を量り兼ねている。

頭の中、胸の裡は一向に整理出来ていなかったが、それでもこの物狂いの如き行いを続けたいという想いだけは如何《いかん》ともし難《がた》いものだった。

だから、歳三は河岸《かし》を変えた。

今まで廻っていた処を避《さ》け、見知らぬ土地へ見知らぬ土地へと足を進めたのだ。

武州も離れた。上州に出、甲州や相州も廻った。

道場があれば入り込んで薬を売り付け、稽古の様子を見た。そしてまた——門人を襲った。江戸を離れれば離れる程に、歯応えはなくなった。それでもそれぞれに汲むところはあった。見様見真似で、雑多な流派の作法を覚えた。

そして。

この総州流山まで辿《たど》り着いた。

昨日——。

貧乏道場を見付けた。

看板も扁額《へんがく》も何も出されていなかったし、見た目も古びた百姓家でしかなかったのだが、歳三にはすぐにそれと知れた。掛け声と、竹刀を打ち合う音が聞こえたからである。

迷わず飛び込んだ。

薬は売れなかったが、稽古の様子は確《しっか》りと盗み見た。型は崩れていたが、鄙《ひな》剣術の割には気合いが入っていると思った。

歳三は日野の義兄、彦五郎を思い出した。

勝太──いや、近藤勇の指導の下《もと》、義兄は火事の後の空き地で真剣に棒を振っていた。強くなれるかどうかは知らないが──。

気合いだけは感じた。

そう思うとそうとしか思えなくなり、同時にむかむかという黒い想いが涌き上がって来た。

怒りでもない。憐れみでもない。

不安でもないし、不満でもない。

理由も正体も不明だが、兎《と》に角《かく》歳三は肚《はら》の底に得体の知れぬ黒い想いを抱えた。

だからという訳ではない。

歳三は道場の門前に身を潜めて待ち、日暮れを待って出て来た三人を襲った。

二月《ふたつき》ぶりの襲撃だった。

木蔭から飛び出し、続けざまに二人を打ち倒した。三人目は木刀のようなものを構えたが、構え切る前に打ち落とし、頸《くび》を打った。

面白くなかった。

黒い想いは澱《おり》となって沈んだ。

つまらない。

あまりにつまらなかったので宿場女郎の頸を絞めてみたりしたのだが、矢張りつまらなかった。つまらない。迚《とて》もつまらない。あのまま絞め殺していたとしても、それ程面白くはなかっただろう。

草を摑んで引き千切り、撒いた。

拳《こぶし》を握り、土を叩く。

——ひとごろし。

もう一度叩く。

拳が少し土にめり込んで、小石に当たった。

体を起こすと人影が見えた。

一人ではない。大人数だった。十人以上はいるだろう。身を起こした歳三の姿を見咎《とが》め、数人が歩みを止《と》めた。

全員が一度足を止《と》めて、それから数名が駆け寄って来た。陽はまだ高くない。朝日を背にしているからか男達は罔兩《うすかげ》のように煤《すす》けていて顔までは判らない。

「いた」

「此奴《こいつ》じゃ」

影は大声を上げた。

歳三はその場で胡坐《あぐら》をかき、その序《つい》でに体中に付いている枯れ草の屑《くず》を払った。

「間違いない。儂《わし》を襲ったのはこの男じゃッ」

指を差された。

目を凝らすと、それは慥《たし》かに昨日最後に叩きのめした三人目の男のようだった。

右腕を吊り、頸《くび》に添え木を当てている。

やがて男達はぞろぞろと集まって来て、土手の途中に座っている歳三を揃《そろ》って睨《ね》め付けた。中の一人が半歩前に出て顔を歪める。顔の左半分が腫れ上がり、青痣《あおあざ》になっていた。左眼は開かないようだった。添え木の男が、そうだろう与次郎《よじろう》と言った。顔を腫らした男は一層に顔を歪めた。

この与次郎というのは最初に倒した男だ。

ならば歳三の顔など見ている訳もない。一撃で伸びてしまったのだから。

歳三は睨《にら》み返した。

「おい。貴様、何の遺恨だ」

別の男が言った。

「誰を恨んでる。金次《きんじ》はな、まだ起き上がれねえ」

何とか言えと怒号が飛んだ。

「別に」

別に、何の。

「何の遺恨もねえよ」

そう言った。

「ねえだと。じゃあ何で襲った。金目当てか」

「盗《と》っちゃねえだろ」

莫迦《おけら》らしい。どうせ無一文なのだろうに。

「恨みもねえ盗人でもねえというのなら何故《なにゆえ》の辻打ちだ。我等《ら》一門への意趣返しか何かか。嫌がらせか。それとも誰かに頼まれたのか。返答次第では容赦はせぬぞ」

「そんなじゃねえ」

自分でも解らないものを説明出来る訳もない。

歳三は立ち上がった。

男どもは身構えた。

その真ん中を割って、浪士風体の男が前に出た。

「いずれにしてもこれは貴様の仕業なのだな」

「ああそうだ」

歳三は短く答える。

こいつは侍だ。二本差しだ。得物は何もない。

歳三は——丸腰である、怪我人が交じっているとはいえ、十人からの鼻息の荒い無頼と、侍が一人。

勝機は——ない。

歳三は悠然と後ろに下がった。

つまり、土手の上の方に向かったということになる。

「あんたは何だ。師範か」

「師範ではない。故あって道場に世話になっておる者だ」

「流派は」

何故《なぜ》そんなことを尋いたのかは歳三にも判らない。浪士は北辰一刀流《ほくしんいっとうりゅう》だと答えた。

「そうかい」

それなら——それが嘘でも勝ち目はないだろう。嘘を吐《つ》くなら吐くだけの理由がある。まるで無関係の流派は名乗るまい。

歳三は土手を上り切ると、反対側に駆け降りた。

斜面には枯れ草以外何もない。

降りた先も同様だった。川でもあるというのなら話は別だが、馬避《よ》けであるから申し訳程度の堀があるだけだ。それなりに深さはあるようだが、幅は狭い。

堀を跳び越す。

方角が判らない。海に向かっているのか。近くに海などないだろうに、そんな気がした。匂いの所為《せい》か。森が見える。野原という程草は生えていない。

得物になりそうなものはなにも見当たらない。当たり前である。都合よく木刀だの棍棒《こんぼう》だのが落ちている訳もないのだ。

隠れ処はない。見通しは良い。どれだけ突っ走っても、逃げ切れるものではないだろう。何もないのだから撒けるとも思えない。

——無駄だ。

歳三は瞬時にそう判断すると、身を翻《ひるがえ》してまた堀を越し、体勢を低くして地に伏せた。

最初の追っ手が土手を乗り越えて来た。手に持っているのは——。

素振り用の木刀だ。

太い。

歳三は咄嗟《とっさ》に、まるで蛇《くちなわ》が襲いかかるかのように地を這い、男の両足首を掴《つか》んだ。

男は前のめりに倒れた。

倒れる刹那《せつな》、男は木刀を握る指の力を緩めた。

竹刀と違い、木刀は重い。型や筋を覚えるためのものではなく、剣を振る力を鍛えるためのものだからだ。だから重く作る。片手で易易《やすやす》と持てるものではない。転びそうになって片手が離れたのだ。

歳三はその隙を逃《のが》さない。

立ち上がるなりに木刀の中程を摑み、力任せに奪い取ると、素早く持ち替えて男の腰を思いきり打った。

男は悲鳴も上げずにそのまま堀に突込んだ。

土手を駆け上がる。

木刀は思ったより太い。かなり持ち重りがする。

次の連中と鉢合わせをする前に身を低くし、見切りで思い切り横に薙《な》ぎ払った。

足首を叩く――脛《すね》を切るのは柳剛流《りゅうごうりゅう》から盗んだ。柳剛流は武州で興《おこ》り、諸国に広く根付いている流派である。歳三の知る限り他流では脚を狙わぬが、この流派では床を突いたり脛を打ったりと、低いところを攻める。

それに就いては田舎剣法だの百姓流派だのと莫迦にする者もいるようだが、有効だと思ったから真似をしたのだ。

一払いで二人が転び、うち一人は堀の方に転げ落ちた。

そのまま土手上に躍り出て、木刀を振りつつ斜面を駆け降りた。降りる途中に二人ばかり叩いたが、倒すには至らなかった。

下にはまだ五人いる。怪我をしている二人を除いても三人。一人は侍である。

しかし侍は動く様子がない。

間合いを取る間もなく、左右から木刀が振り下ろされる。右の木刀を躱《かわ》し、左を弾き返した。

土手を斜めに駆け上がり、身を返して打ち掛かって来た男の頭を打ち据える。

威力はあるが、矢張り重たい。振り上げるのがしんどい程である。

ただの棍棒とは違う。鋼《はがね》の本身はもっと——。

重いのか。

一気に駆け降りる。

一人の脛《すね》を打ち据え、上段に構えたまま走り寄ってもう一人の小手を叩き、そのまま頸《くび》に添え木をした男に走り寄り——。

頸を打った。

妙な音がした。

添え木が折れた音だ。後ろにいた数名が頸を打たれた男に駆け寄る。助け起こそうとするところを背後から叩いた。振り返る間を与えずに打つ。

顔を腫らした男は完全に腰が引けている。構えてもいない。

「百姓か」

浪士風の侍が言った。

「いけねぇか」

「いけなくはないさ。ただ、普通はそんな卑怯な振る舞いはせぬ。それだけだ」

「卑怯だと」

「違うか」

侍は刀の柄に手を掛ける。

歳三も構えた。

数名が遠巻きにしているが、木刀を構えているのは二名程である。

三人は倒れて呻《うめ》いており、二人は蹲《うずくま》っている。立っている者も腕を押さえたり腰を擦《さす》ったりしており、既に戦意はないようだ。脚を打たれた者は立てないでいる。

「柳剛流を使うのか」

「別に」

「脛を攻めたは偶々《たまたま》か」

「さあな。剣術は知らねえ」

どうでもいい。

侍は冷笑を浮かべた。

「そうであろうな。臑切《すねき》りは兎《と》も角《かく》も、幾ら田舎剣法でも、剣術者は後ろから襲ったり、怪我したところを狙ったりはしないからな」

「そうかい」

「ただの痴れ者か」

その通りだ。

「そうだよ」

そう言った。

侍は門人達を見廻した。

「こ奴等《やつら》もな、武士ではない。見れば判るであろうが百姓やら漁師やらだ。ただ、こ奴等はお前と違って剣術を習っておる」

「だから痴れ者に負けるか」

「その通りだよ」

くだらねえ。

「じゃあ何のために習う。弱くなるために習うか。剣術ってのは弱くなるために習うのかよ。痴れ者はどっちだよ」

貴様だよと侍は言った。

「道だの作法だの、そういう御託《ごたく》は聞く耳持たねえぞ。所詮、あんたの腰に下がってるものァ」

人殺しの。

人殺しの道具だろうがと歳三は怒鳴った。

「他に使い道ァねえだろう」

「ない」

「なら」

「だから——貴様は痴れ者だと言うておるのだ」

侍は鯉口《こいぐち》を切り、抜いた。

「お前達は手を出すな」

侍は門人どもにそう言った。

「殺すか」

「殺さぬ。見たところ胆力も備わっておるし、目端《めはし》も利く。判断も速く的確だ。力もある。慌てずに相手の動きを観て考え、即時に有効な手を打てるなら、喧嘩には負けぬ。貴様喧嘩は強いだろうな。だがな」

侍は間合いを縮めてきた。

歳三は下がらず、脚を開いて腰を落とした。

「喧嘩の強いが貴様の弱みだ」

「何」

一歩出る。

「拙者に臑切《すねき》りは通用せぬぞ。何故ならな、拙者は、柳剛流の免許を持っておるからだ。まあこいつらは、みんな柳剛流だがな」

そう——だったか。

「柳剛流は心形刀流《しんぎょうとうりゅう》を祖型とし、諸流の型を採り入れて成ったもの。北辰一刀流の祖である千葉先生も、臑切りの奇手には手を焼かれたのだそうだぞ」

「それで」

何が言いたい。

「拙者はな、北辰一刀流免許皆伝は叶わなかった。剣客としては二流なのだよ。でもな、だからこそ柳剛流を学んだのだ。こ奴等《やつら》の通う道場の師範は拙者の兄弟子だ」

「だから何だ」

だらだらと自分語りをする者にろくな奴はいない。況《まし》て敵と対峙しているその最中《さなか》である。

——こいつ。

歳三は観る。聴く。そして、決める。決めたら迷わずに動く。速ければ速い程に良い。早く動ければ早く引ける。引ければ失敗《しくじ》っても次の手が打てる。

一歩右手に動いた。

侍は、抜き身を正眼《せいがん》に構えているのだが、刀身は傾いている。纏《まつ》わり付いている気も、密ではない。

左の脇が——空《あ》いている。

打ち込めたなら、勝てる。

この木刀なら肋《あばら》が砕けるだろう。

——二流か。

踏み出して打ち込んだ。

手応えは慥《たし》かにあった。だが、何かが違っていた。腕が。

軽くなった。

足許に木刀が落ちている。

切られたのだ。木刀は握った柄の部分を残すのみになっていた。

わざと隙を見せ、打ち込むのを待って木刀を切り落としたのだ。

歳三はすぐに身構えたが、その時は鼻先に刀の切先《きっさき》が突き付けられていた。

「言っただろうに。だから貴様は弱いのだ」

「煩瑣《うるさ》い。早く斬れ」

「斬らぬ。能《よ》く聴け。剣術というのはな、斬らぬために学ぶものなのだ」

「何だと」

「簡単だよ。殺すのは」

「だったら――」

いいいい、人殺しなんか簡単だと申しておるのだと侍は言った。

「剣術など関係ない」

見ろと言って侍は切っ先を僅かに揺らした。

「ちょいと腕を振れば、貴様の頭は柘榴《ざくろ》のように割れるだろうな。頸《くび》を切っても良いかもしれぬな。大した力は要らぬ。それとも、袈裟《けさ》懸《が》けが良いか」

「何でもいいよ」

死ねば一緒だ。

「だから殺しはしないと申しておる。刀があれば殺すのは簡単だと、そう言っているだけだ。刀を持つ者は、持たぬ者より強い。剣術など知らずとも」

人は殺せる。

「じゃあ何のための——」

「だが、相手も剣を持っていたならどうだ。その場合は話が別だ」

「剣術の上手な方が勝つか」

そうではないと言って侍は刀を下ろし、鞘《さや》に収めた。

「真剣の立ち合いは、まあ腕の良い方が有利ではあるがな、それだけで決まるものではない。実際には何が起きるか判らぬからな。その上、必ずどちらかが——死ぬ」

「当たり前だ。殺し合いだろ」

「殺すことが唯一無二の目的とは限らないのだ」

「何だと」

「いいや、そうでないことの方が多いのだ。当たり前だろう。だから、互いに殺さず、、、、、に済むように腕を磨くのよ」

それこそ。

くだらねえと言った。

「殺さないなら刀など抜くな。持つな。抜いたら斬れよ。殺せよ。他に使い道はねえと、いま自分で言っただろ」

「まあな。それは貴様の言う通りよ。でも能《よ》く考えてみろ。拙者は貴様を殺さなかったが、貴様は負けたのだぞ」

「お前に負けたのじゃねえ」

刀に負けた。

「そうだ。貴様はこの刀に負けたのだ。刀を甘く見ていたからだ。どれだけ強くても貴様は勝てぬ。何としても勝てぬわ。先程貴様は追っ手から木刀を奪ったが、あいつが持っていたのが本身だったならどうだ。貴様は、刀身を摑んで刀を奪ったことになるが」

慥《たし》かにそうだ。

瞬時に摑んだからこそ得物を奪えたのだ。そうでなければ――。

「握った途端に貴様の指は全部落ちていただろうな。躊躇《ためら》いがあれば斬られておっただろう。つまり、連中が刀を持っていたなら、貴様は土手から降りる前に、疾《と》うの昔に死んでいた、ということになる」

こいつらはみんなヘボだよと侍は言った。

「幾ら教えたって学んだって、まるで上達しないからな。昨晩貴様が襲った三人が一番強かったのだ。でもな、どんなヘボでも刀を持っていれば別だ。昨夜、連中が帯刀していたなら、貴様は夜のうちに確実に死んでいただろうな」

「それは」

まだ解らぬかと侍は胴間声《どうまごえ》を上げた。

「侍が刀を持つ理由が。百姓町民にそれを持たせぬ理由が。本来、こいつらは剣術を学ぶことすら許されぬのだ。それが見逃されているのは、偏《ひとえ》に刀を持てぬ身分だからだ。腕っ節が強かろうが喧嘩が強かろうが」

こいつには勝てないと言って、侍は己の腰を叩いた。

「思い上がるな小僧。おい、こいつは百姓だから、卑怯も何も関係ないそうだ。お前達も同じ百姓だ。漁師だ。なら構うこたあねえ。好きなだけやれッ」

侍が叫んだのと同時に、目が眩《くら》んだ。

後ろから殴られたのだ。続いて左肩に衝撃があった。

痛みは後から追って来る。

わらわらと人が寄って来た。歳三が打ち据えた者どもも、這ったり跳ねたりし乍《なが》ら集まって来る。

各々《おのおの》手にした木刀で、てんで無茶苦茶に殴り掛かって来る。

もう――。

避《よ》けようがない。

防ぎようもない。

「どうだ小僧。武家である拙者には貴様の料簡まで察することは出来ぬがな。どんなに貴様が強くとも、所詮は百姓だ。闇討ち程度が関の山よ。喧嘩など強くなっても何の意味もないのだ。無勢より多勢、丸腰より得物を持つ者が強いに決まっておる。木刀より真剣が勝つに決まっておる。斬らずとも抜いただけでその為体《ていたらく》ではないか」

その痛みが何よりの証拠よと侍は言って、笑った。

気が遠くなる。

「この腰のものはな、こうやって使うのだ。だからこそ、これは武士の魂よ。あるのとないのでは、大違いだ。斬らずとも抜かずとも」

人を殺せると侍は言った。

「痛いか。苦しいか。拙者は刀を収めておるぞ。それなのに貴様は痛め付けられておるな。このままでは死ぬな。どうだ」

ざまはないなと侍は更に笑う。

「どうだよ。何度殴られた。こ奴等《やつら》はヘボでもただの百姓じゃない。道場で鍛練しておる。加えて恨みもあるだろう。それでも貴様はまだ生きているではないか。良かったな。拙者なら一太刀で殺せたのだ」

殺せよと言った。

声が出ない。

「殺さぬと言っただろう」

もう止《よ》せと侍は言った。

「これ以上やれば死ぬ」

どうだ小僧と言って侍は歳三の顔を覗《のぞ》き込んだ。

「解ったか。威力ある武器を持つ方が強い。だからこそ偉い者がそれを持つことを許されるのだ。侍は偉いのだよ。だから刀が持てるのだ」

「じゃ」

じゃあこいつらは何のために。

「ふん。こ奴等《やつら》もいずれ偉くなりたいのだろうさ。励めば免状も貰えるだろう」

「く」

くだらねえと、歳三は出ぬ声を振り絞った。

肚《はら》に力が入らない。

「貴様のしていることの方が余程くだらないわ。世の中はな、その程度の腕っ節で渡れるようなものではないぞ。身分だの肩書きだのの方がずっと強いのだ。だから侍同士は斬り合いなんざしないのだよ。それこそ愚かな行いだろう。だから斬らずに済むように、剣術はある。闘わずとも免状があればいいのさ。それが何よりの武器になるのだ」

悔しいか小僧と言って、侍は足先で歳三を突《つつ》いた。

「それだけ喧嘩が強いのだ。頭が悪い訳でもなかろう」

なら考えろと侍は言う。

「偉くならずとも刀を持てずとも免許皆伝となれば立派なものよ。こ奴等もやがて刀を持つような身分になりたいのだろうさ。なれるかどうかは解らぬし、なれぬとも思う。その上、腕はヘボだ。だが志《こころざし》は正しいよ」

貴様よりはなと侍は吐《は》き捨てるように言い、引くぞと言った。

目が眩《くら》む。

「気が済んだだろ」

「いや、ちょっと待ってくれ」

そんな声が聞こえる。

「最後に金次の分だ」

次の一撃で。

歳三は昏倒した。

曚《くら》い。

微瞑《うすぐら》い。

真の闇ではない。

何も見えぬが、見えていない訳ではない。見えているという以上、見ている者がいるということになる。

──俺だ。

何かが、その仄暗《ほのぐら》き渾沌《こんとん》と己とを隔てているのだ。それは──。

それは痛みだった。

痛みが走り、痛みが囲い、痛みが人の形になって、やっと歳三は己が歳三であると気付いた。

目が開かない。瞼《まぶた》が腫れているのだろう。

頭を動かすことも、首を上げることも出来ない。

いや、出来るのだろうが、痛いのだ。

無理に眼を開ける。

僅《わず》かばかり開いた右目から見えるのは、景色でも物でもなく、霞《かす》んだ緑と滲んだ茜《あかね》色だった。

草と。

夕陽か。

そう思った。やられたのは早朝だ。半日伸びていたのか。いいや、未《ま》だ伸びているのだ。起き上がれない。腕も脚も動かせない。

――痛《いて》ェ。

痛い、か。

動けない訳でもない。

つまり、生きてはいるらしい。

歳三は肚《はら》に満身の力を籠め、身体中を駆け巡る激痛に堪えて身を捩《よじ》り、漸《ようよ》う仰向けになった。

目に入り込む色が変わる。

空だ。

多分、空の色だ。矢張り未《ま》だ夜にはなっていない。これから夜になろうとしているところだなと、歳三はそんなどうでもいいことを先《ま》ず思った。

このまま夜の帳《とばり》に覆われるか。

これでは、真の闇が訪れても動けないかもしれない。

そのまま死ぬか。

いや、そもそも痛みで気付いていなければ、あれで終《しま》いだったのだ。

あの一撃で。

こうしてみると。

死ぬというのも。

——大したことじゃあねえ。

歳三はそう思った。多分、自分はまだ死なない。もし死ぬのだとしたら、こんなに痛むことはないだろう。これは何かが歳三に生きろと命じている証しだ。

何が命じるのか知らぬが、生きろというなら生きるしかない。

──生きるなら。

肚と肩に力を入れる。頸《くび》から背筋にかけて激痛が走る。

今度は、何とか横臥《おうが》の体勢になれた。しかし、なってみたところでどうなるものでもない。

起き上がるのは難しい。

「生きておったのか」

背後から嗄《しわが》れた声がした。

続いて後ろ頭をぐいと押された。

「何とまあ、生き意地の汚い若造だのう──」

どうやら頭に片足をかけ、踏み付けているのだと歳三は気付いた。

「今朝程な、儂《わし》が其処の辺りを通りかかったところ、何をしたものか莫迦どもが寄り集まって喧嘩をしておる。こりゃあ人死にが出ると思うてな」

暫《しばら》く見物しておったのだと、その声は言った。老人のようだった。

「だがな、そんなに面白くはなかったぞ。すぐに動かなくなったから死んだものと思うておったわい」

「て」

それしか言えなかった。

てめえは誰だ、と言いたかったのだが。

声は察したようだった。

「何だ、儂か。儂はまあ、諸国行脚の雲水だ。坊主だよ坊主」

「――そ」

喋るな喋るなと坊主は言った。

「普通は死ぬぞ。何だ、お前《めえ》、死にてえのか。それとも、ものを考えられぬただの莫迦か」

「お――」

喋るなという舌の根が乾かぬうちに問い掛けて、歳三が答える前に坊主は高笑いした。

「どうせ声が出んのだろうに。無理だ無理」

「なら――」

尋《き》くんじゃねぇと、歳三は絞り出すように、切れ切れに言った。

「別に尋いてねえよ」

坊主は——真実坊主なのかどうかは判らないのだが——歳三の頭をぎゅうと踏み付けた。凡《およ》そ僧籍にある者のすることではない。

「お前なんかのくだらねえ返答なんか、聞きたくもねえやな。聞くまでもねえ。考えなしなら理由もねえのだろうし、なら語ることもねえだろう。もし何か理由があるんだとしても、だ。どんな小理屈捏《こ》ねたところでそのザマじゃあ考えなしと変わりはねえやい。唯一、死にたかったというんなら解るがな、なら望みは叶わなかったな。死ねてねえ」

死に損《ぞこ》ないだと言って、坊主は歳三の頭から足を離した。

それはそうだろう。だが歳三は死にたかった訳ではない。

死ぬことが怖い訳ではないし、死ぬ時は死ぬのだろうし。

でも。

死を望む訳ではない。

そうそう、と坊主は言った。

「これは、お前さんの荷じゃねえのかい」

そう言うと坊主は歳三の横向きの顔の真ん前に何かを置いた。

わさりと草の倒れる音がして目の前が塞がれた。

黒く見えるが、葡萄茶《えびちゃ》色である。これは、風呂敷の色なのだ。

包まれているのは商売《あきない》ものの薬を入れた蓋《ふた》付き行李《こうり》だ。

慥《たし》かに歳三の荷物である。

「其処の土手の途中に置いてあったぞ。丸一日、誰も手を付けなかったようだな」

儂だって盗んじゃねえよと言って坊主は笑った。

「流石《さすが》は鄙在所《いなかざいしょ》だ。江戸じゃあこうはいかねえなあ。中味が何だろうと、目を離したらもうねえやな。まあどうやら商売もののようだが、お前は物売りには見えねえなあ。これ、盗品じゃあねえだろうな」

「俺のだ」

そう言った。

「本当か。中味は何だよ」

「薬だ」

坊主は歳三の前に回り、風呂敷包みを開いたようだった。

顔に風呂敷が掛かる。

「何だ、やけに立派な行李だな。家紋が入ってるじゃねえかよ。矢《や》っ張《ぱ》り盗んだものなんじゃあねえのか」

歳三は何度か息を吹きかけたのだが、顔に掛かった布は浮くだけで捲《めく》れなかった。

肚《はら》に力を入れる度にどこかしら痛む。

「俺の家の紋だ」

「ほう」

坊主が何をしているのか全く見えない。

多分蓋を開けて中味を検《あらた》めているのだろう。

「こいつは薬だ――な。ええと、何だ、家秘相伝の薬か。骨接《つ》ぎ打ち身、挫《くじ》きに筋攣《すじつ》れ、か。こりゃあお前、お誂《あつら》え向きじゃあねえか。貼れ」

「膏薬《こうやく》じゃあねえよ」

酒で練って膏にすることも出来るようだが、したことはない。

「嚥《の》み薬かよ」

坊主はぶつぶつ言っている。能書きでも読んでいるのか。

「面倒臭え薬だな。効くのか」

「知らねえよ」

「ふん」

少しは喋れるようになったようだなと言って、坊主は歳三の肩を摑んだ。

「痛え」

「当たり前だ」

地べたと脇腹の間にも腕が差し込まれた。

「重てえな若造」

堪らなく痛む。

半《なか》ば持ち上げられるようにして歳三は半身を起こした。

「どうだ」

「どうもこうもねえ」

「水飲め」

坊主は鼻先に何かを突き出す。

竹筒のようだった。

横たわっている時は全く動かないような気がしていたのだが、こうしてみると右手は——動く。手首と肩がやられているだけだ。

受け取った。

「何だよ。毒なぞ盛っておらん。飲め」

「何で世話ァ焼く」

水を口に含んだ。

そして吐《は》き出す。

「汚えな。商売ものに掛かるぞ」

「まずい」

口の中に血の塊が溜っていたようだ。

もう一口含む。

やっと飲み込めた。

「飲めるか。なら死なねえだろ。残念だったな若造」

「死にたいんじゃねえ」

「そうか」

「まだ死なねえ」

「じゃあ何だ」

「莫迦なんだよ」

坊主は大いに笑った。

「莫迦か。そうだろう。そうだろうな。大莫迦だな」

「てめえは」

「だから坊主よ。見えぬか」

見える。

まだ霞んでいるが、見える。

僧形ではあるようだ。

ただ身形《みなり》は汚らしい。願人坊主《がんにんぼうず》か竈祓《かまばらい》か知らぬが、乞食《こつじき》に近い。

少なくとも徳の高い僧には見えない。言動にも品格はない。

滲んでいるが、皺だらけでかなりの高齢に思えた。

「坊主なら死人を構え」

「知った口を利くの。残念だが儂の宗旨はな、葬式法要は一切しねえのだ。死人は構わねえことにしてる。あんなものは放っておいても腐って土に還るわ。お前もな、死んだと思うたから立ち去ったのだが、戻ってみれば息がある。息があったから構っておるのだ」

「し――」

親切なことだなと言ったが、息が切れた。矢鱈《やたら》と消耗する。

こいつはどうせ生臭の、物乞いだろう。

「売僧《まいす》かよ」

「どうとでも思え。おい若造、余計なお世話と知ってて言うがな、お前さん——本当のところはどうなんだよ」

煩《わずらわ》しい坊主だ。

「どうって」

「強くなりてえのか」

「そうじゃあねえよ」

「そうかよ。あの侍の言ってたこたあ、まあ正しいだろうよ。お前如きはどんだけ強くなっても、刀持ってる奴には勝てねえだろう」

知ってるよと答えた。

そんなことは百も承知だ。

童《ガキ》の頃から考えていたことだ。

「まあ、刀ァ買える。銭さえ出せば銘刀も買えるだろうさ。お前だって持てねえことはねえのだろうが、それだって侍にゃあ敵わねえぞ」

「だから」

知ってるよともう一度言った。

「じゃあ、何だ。お前は——侍になりてえのか」

「そうじゃねえ」

侍になりたい訳ではない。

歳三は——。

侍なら出来ることがしたいだけなのだ。

それは、侍でなくとも出来ないことではない。

しかし、侍でなければ大いに行い難《にく》いことなのである。

侍になった方が、しかも偉い侍になった方が、より行い易い。偉ければ偉い程良いのだ。

そんなことは解っている。あんな三一《さんぴん》に説かれずとも、こんな物乞いに諭されずとも、最初から解っていることである。しかし——。

慥《たし》かに刀は持てるだろう。勝太の如く侍に成り上がることも出来るかもしれない。でも、それではあまり意味がないのだ。そんなことを歳三は望んでいない。

「じゃあ何だよ。売り物と同じで面倒臭え若造だな」

「放《ほ》っておけよ」

坊主は屈《かが》んで、顔を近付けた。

「教えろ」

「何を」

「何がしたい」

「儂はな、知りたいのだよ。お前のような莫迦のことが」

「俺はな――」

人を殺したい。

そう言った。

「ヒトごろし――か」

「勝ち負けでもねえ。善し悪しでもねえ。身分も何も関係ねえ」

「殺し――たいのか」

「まあな」

坊主はほうと気の抜けたような声を出した。

「正直な野郎だな。そうかい。こいつぁ、見上げた人でなしじゃあねえか。お前は何か、強くなりてえのでもないか。侍になりてえのでもないか。偉くなりてえ訳でもねえのだな」

「ねえよ」

「ねえよと来たか」

坊主は枯れ木を擦るような声で笑った。

強くて偉い侍になれたなら——。

殺し易くなる。

それだけだ。

「そうかよ。そりゃみんな、手段か。目的じゃあねえとほざくのだな。お前は、人を殺してえか」

「執拗《しつけ》えな」

そうかそうかと坊主は小莫迦にしたように言う。

「なら、今朝の侍の御託なんざ、屁の突っ張りにもならねえやなあ。免状見せ合って偉え方が勝つなんて、笑わせるわな。お前もそう思っただろう。まあ、あの侍は、そこまでの男だろうよ」

小物だと坊主は言った。

「そっから先がねえと気付いてさえいねえ。免状なんざ紙切れだ。そんなもんの効力なんかすぐ切れる」

興味がない。

「そもそもな、侍が偉《えれ》えという世の中も遠からず変わるだろうしな」

「変わるのか」

「それこそ儂の与《あずか》り知らぬことよ。坊主には関係のねえことだものよ。まあ、諸行は無常だからな。何だって滅ぶわな」

そう言ってから、そうかいお前は人を殺したいのかいと、坊主は実に愉快そうに繰り返して、続けた。

「可笑《おか》しいか」

「可笑しかねえがな。まあ、いるんだよ、お前みたいな奴は」

「いるのか」

「いるよ。殺生はなあ、罪だよ。中でも人殺しは大罪だろうな。決して破っちゃならねえ戒《いまし》めだよ。人ならな、しちゃあいけねえことだぜ」

「したらどうなる。打ち首になるかよ。それだって人殺しだろ。人の首ィ打つなァ人だろ。それとも打ち首ならいいのか」

「そうよな」

「人殺しを殺した奴はどうなンだよ。また誰かが殺すのか。どうなんだ。首斬り役人が罪に問われたなんて話は聞いたことがねえぞ。罰は受けねえのか」

「どうかな」

「知った口利いてんな、てめえだ糞坊主。それとも何か、人を殺せば地獄に堕《お》ちるとでもほざくのか」

もう堕ちてるじゃねえかと坊主は快活に言った。

「見えねえのか。お前はもう地獄の底にいるじゃねえかよ。説法の地獄極楽は方便だがな、この世の地獄は何処にでもあるもんだぜ。お前が今居《お》る、其処が地獄だ。いいや、お前が――地獄そのものよ」

なる程な。

「お前みたいにな、そうやって生き乍《なが》ら地獄に堕ちちまったような屑野郎はな、そこそこいるもんだぜ。でもなあ、お前みたいな莫迦は少ねえな。大概は埒《らち》もねえ屁理屈捏《こ》ね回したり、大義名分掲げたり、何だかんだと言い訳するもんだ。そうでなけりゃあ、とっととおっ死《ち》ぬわい」

「死ぬか」

「死ぬさ。人の世には馴染《なじ》まねえからな」

お前は死にたくないのだなと坊主は問う。死にたくは――。

ない。

「じゃあ生きてえか」

「生きたくもねえ」

「そうかよ。じゃあまあ」

　生きろ。

「生きるなあ、辛《つれ》えぞ。お前のような野郎は特にな」

「坊主なら救えよ」

　勝手なことほざくんじゃねえよと坊主は言った。

「お前みたいな奴は神も仏も見放してらあ。人を殺してえなんて考える奴はな、三千世界の誰もが赦《ゆる》しちゃくれねえんだよ。世が移ろおうと、人が変わろうとな、金輪際赦されねえわ。だから野垂れ死ぬまで生きろ」

　そうするさ。

　坊主は立ち上がった。

「儂は諸国を巡りお前のような人でなしを捜しておるのだよ」

「酔狂なことだな」

「それが修行だ」

「また何処かで遭うこともあるかもしれん。名を――尋《き》いておこう」

俺は。

「土方歳三だ」

歳三はそう答えた。

2

喉《のど》の一点がすっと冷えた。

訪れた変化といえばそれだけのもので、他は別段、何ということもない。

鋼《はがね》はそもそも冷たいもので、触れればひやりとするものである。

焼けばこの上なく熱くなる。金気《かなけ》というのは熱を、温もりを吸い取るものなのだろう。

細く薄く靭《しなや》かなのに、あくまで硬く鋭く尖《とが》っている。その先端が歳三《としぞう》の喉に向けられている。

切先《きっさき》は見えない。後一寸か、五分《ぶ》か、そのくらいで歳三の喉は裂かれるだろう。

強く剛《つよ》く打たれ、鋭《するど》く利く研がれたその鋼の切先は、針の先程の一点から歳三の体温まで奪うのだろう。

「流石《さすが》に」

肝《きも》が据わってますねと小僧が言った。十二か十三か、そのくらいだろう。まだ子供《ガキ》だ。

「普通の人は、怯《おび》えます」

「そうかい」

殺す気はないのだろう。怯える意味はない。

そう言った。

「それだって」

刃は兇《こわ》いと小僧は言った。

「こちらに殺す気がなくたって、殺せることは間違いないですよ。だってこの有り様では——歳三さんに逃げ場はないし、勝ち目もないです。こう言ってる間に、ちょいと突けば終わりですよ」

「だから」

「だから。普通は冷や汗をかく。生唾《なまつば》を飲み込む。筋が固くなる。瞳が開く。震えたり、小便を漏らしたりと、色色ですよ」

あなたはいつもと何も変わらないと言って小僧——沖田《おきた》宗治郎《そうじろう》は刀を引いた。

「つまらない」

宗治郎は本当につまらないという顔になって、抜き身を鞘《さや》に収める。

いいものを見せるから来いと言ったのはこの小僧だ。つまらないも何もあったものではない。

そりゃ何だと尋《き》いた。

「銘刀《めいとう》ですよ。菊一文字則宗《きくいちもんじのりむね》」

「知りませんか。つまらないな」

「いちいち煩瑣《うるせ》えな」

歳三はこのこましゃくれた小僧があまり好きではない。

筋張っていて、痩《や》せていて、貧相な子供《ガキ》だ。

常にあまり大きくない眼を剝《む》いて、周囲《あたり》の様子ばかりを窺《うかが》っている。小賢《こざか》しいというか、隙《すき》のない分みっともない。

歳三の目にはそれが何故だか、迚《とて》もいじましいものとして映る。

その上、この小僧は——侍なのである。父親は白河《しらかわ》藩士だ。田舎藩士と雖《いえど》も、武士は武士である。尤《もっと》も宗治郎は沖田の家を嗣《つ》ぐ訳ではないらしい。嫡子《ちゃくし》であったが、家は姉婿《あねむこ》が嗣いだのだという。まだ元服前に父親が死んだ所為《せい》だと聞いた。

歳三が在所を廻って乱暴を働いている間に、この小僧は近藤道場に内弟子として入り込んでいた。まだ十に満たぬ時分の入門である。宗治郎の母は日野《ひの》宿の出のようだから、何かしらの縁があったのだろう。

何だか――気に入らない。

嘘ですよと宗治郎は言った。

「嘘たぁ何だ」

「だから、そんな銘刀を持ってる訳ないでしょう。沖田家は大した家柄じゃあない。白河藩だって、陸奥《むつ》ですよ陸奥。行ったことはないけれど田夫野人《でんぷやじん》の棲む僻所《へきしょ》でしょう。大名差し、いやそれ以上の銘刀が伝わる訳もない。まあ、銘は一、この通り菊のご紋もありますが、則宗じゃあないでしょう。贋物《にせもの》ですよ」

何も答えなかった。

するすると能《よ》く喋《しゃべ》るところも気に入らない。

この年頃の歳三は、日に一言も発しなかった。

発したところで語彙は極端に少なかった。

精精《せいぜい》尋かれたことに答える程度であったから、ああとかうんとか言うだけであったろう。

宗治郎は江戸の藩邸で生まれている。江戸育ちであるから訛《なま》りも少なく、その垢抜《あかぬ》けした物腰が、歳三には余計に嫌味に思えるのだ。

「俺は百姓だ」

刀の銘なんざ知らねえと言った。

「ふうん」

小僧は眼を細めた。

「そうなんだ。刀ァ好きかと思ったんですけどね」

「知ってたとしたって、てめえなんかに騙されねえよ」

「でも若先生なんか、そりゃあ簡単に騙されて、大層感心してくれたんですよ」

あの人は簡単ですねと宗治郎は顔を歪《ゆが》めて笑った。

絞め殺したくなった。

この小僧は、人を見る。

そしてくるくると態度を変える。近藤周助《しゅうすけ》や勝太《かつた》――勇《いさみ》の前では生真面目に明るく振る舞う。稽古にも励む振りをする。子供のくせに腕も立つ。

だから非常に可愛がられている。

でも。

裏では近藤周助を、勇を、天然理心流《てんねんりしんりゅう》を小馬鹿にしている。何の役にも立たぬ田舎剣法と嘯《うそぶ》いている。それもその筈《はず》で、この宗治郎は北辰一刀流《ほくしんいっとうりゅう》の道場にも通っていたのだそうである。近藤の内弟子になる前というのだから、それこそ幼児《おさなご》の頃ということになるのだが。

天賦《てんぷ》の才と謳《うた》われたと聞く。

但《ただ》し評判は良くない。前髪立ちの童《わらべ》のくせに、筋が良いのを鼻に掛け、勝てば良いのだろうというような、一種驕《おご》った太刀筋であったという。嫉妬も多くあったのだろうが、宗治郎は周囲《まわり》の者からあまり好かれてはいなかったようだ。

間違いなくこの小生意気な小僧は、己より年長であるにも拘《かかわ》らず己より弱い連中を心中で小馬鹿にしていた筈である。そして小馬鹿にしているにも拘らず、表向きは立てていたのに違いない。

他人の目を窺い調子を合わせるような態度は、必ず綻《ほころ》びる。

嫌われていたのだ。

そういうことを近藤周助も、勇も知らない。それは歳三が行商の序《つい》でに聞き集めた話である。人の良い周助も、愚直な勇も、この小僧の本性を見抜けていないのだ。

だから此奴《こやつ》にとって近藤道場は、居心地の良い場所なのだろうと思う。

歳三は宗治郎を睨《にら》んだ。

何ですかその目はと小僧は言った。

「何でもねえよ」

「歳三さんもちゃんと道場に通えばいいのに」

「役に立たねえのじゃねえのか。近藤の流派は」

「まあ、そうでしょう。でも稽古は楽ですよ。若先生の型を真似るのは難しくないですから」

宗治郎は少し腹を突き出して鞘に収めた偽の銘刀を構えた。近藤勇の真似だ。

「えい」

「止《や》めろ」

「似てませんか。若先生は顔は怖いけど、声が裏返るんですよ。でもって少し切先が下がる」

宗治郎はもう一度えいと打ち込む真似をした。

「止《や》めねえかよ」

「いいじゃないですか。若先生はね、真似すると喜ぶんですよ。ソウジ、お前は筋がいいなあって。筋って、ねえ。笑ってしまいますよね」

「黙れよ。面白くねえよ」

歳三は、宗治郎の刀を叩くようにして払った。

「いやだなあ。これ、贋物でも気に入ってるんですよ。細身で、ほら、反り具合も洒落《しゃれ》ているでしょう。割と軽いし、古いのに能《よ》く切れるんですよ」

切れるんです――。

「藩邸の蔵にあったのを失敬してきたんですよ。追い出された時に」

「追い出された――」

それは聞いていない。

「そうですよ」

知ってるんじゃないんですかと宗治郎は歳三を見返し、顔を引き攣《つ》らせてにたりと笑った。

「歳三さん、彼方此方《あちこち》聞き廻ってるんじゃないんですか。この――私のことを」

「てめえのことなど聞き廻るかよ」

耳に入って来るだけだ。

「人の口に戸は閉《た》たねえ。悪評ってなぁ広がるもんだろ」

「でも、噂は噂。本当の悪評ってのは、隠されるものですよ」

宗治郎は刀を弄《もてあそ》ぶ。

「歳三さんも同じなんじゃないですか」

「何がだ」

こんな厭《いや》な小僧と同じである訳がない。重なるところは一つもないだろう。

「私はねえ」

生き物を殺すのが好きで。

「何だと」

「童《こども》の頃から、虫だの鳥だの殺して、喜んでいた。ほら、愉《たの》しいでしょう――生き物殺すのって」

「てめえは」

まだ童《ガキ》だろと言った。

「いつだったかな。ある時、小柄《こづか》で猫を殺したんですよね。黒い猫でした。可愛がっていたんですけど、こう、突き刺したらぎゃっといって、切り裂いたら血が出て、そして物凄い力で引っ掻いて逃げたんだけど、まあ死にました。こっちも血だらけですよ。面白かったなあ」

――こいつ。

「死んだから、首を切り取ったんですよ。そこに母が来て、あの時は随分と叱られたな。叱られたけど、止《や》められませんでしたよ」

五つか六つの頃ですよと宗治郎は懐かしそうに言った。

目付きが、どういう訳か平素と違う。いつもは野良犬のような目なのに。今はちゃんと人の目になっている。

「何度言われても、殺しちゃうんですよね。それで、気が狂《ふ》れているんだろうと思ったんでしょうね。離れみたいな部屋に移されたり、外に出られないように閉じ籠められたり、散散でした。父はもう亡くなっていて、義兄が跡を嗣いでいましたから、そもそも邪魔者だったんですよ、私は」

まあ――。

その点のみは歳三と同じだ。

妙に大人びた物言いも、そういう生い立ちに起因するものか。

「それでも一応、元服したら分家するか、跡目を取るか、そういう話もあったみたいですけど、義兄にしてみれば家督は我が子に譲りたいでしょう。母も、下の姉も、味方はしてくれたけれど、それでも良い子でいないと居場所はなかったんです」

「それで――猫殺すかよ」

だって我慢出来なかったんですようと、宗治郎はやけに子供染《じ》みた口調で言った。

いや、子供染みた、というのはおかしい。

こいつはまだ、まるで子供のうちなのだ。

「そういう、日日の鬱憤《うっぷん》が溜って乱心したとでも思ったんでしょうね。咒師《まじないし》がやって来ておかしなご祈禱《きとう》をしたり、訳の判らない薬を煎じられたりしたこともあったんですよ。効く訳がない。私は」

好きでしてたんですからねと言って宗治郎は笑顔を見せた。

「おかしくなった訳じゃない。おかしいというなら、もう、ずっとおかしいんですから。でも、多少は効いた振りをしましたよ。幽閉されたりするのは厭ですから。でもそんなに辛抱は出来ないから。何かはしちゃう。それでまあ、剣術でも習わせようということになったんです」

「何故だよ」

「そういうものだと思ったのじゃないですか」

「解らねえな」

「憂《う》さ晴らしに竹刀《しない》でも振れということでしょう。武士の考えることなんて、大体そんなものですよ。で——まあ」

習った通りに――人を斬りました、と宗治郎は言った。

「斬ったのか」

「斬りたくなるでしょう。その時に持ち出したのが、この刀です」

贋物。

透かし彫りの鍔《つば》が、慥《たし》かに洒落ている。

幼い時に見た刀は、もっと大振りで、重たそうだった。

「これは、能《よ》く切れるんです。古いものですが。ちゃんと手入れされていたんでしょうね。切れ味が良くって」

「誰を斬った」

「知りません」

「辻斬りか」

「まあそんなものです。でも、その辺の町人を誰彼構わずに斬ったのじゃあないですよ。中間奴《ちゅうげんやっこ》と、どこかの藩の若侍でした」

「侍を斬ったか」

「はい」

「何故」

強そうだったからですよと宗治郎は答えた。

「中間が、ですけど」

「侍は」

「弱かったですよ」

「二本差しだろ」

「抜かなきゃ差してないのと一緒でしょ。抜いたことないんですよきっと。面白いですね」

ははは、と宗治郎は声を出して明るく笑った。

「まあ、七つ八つの子供に斬られたなんて、恥ですからね。失敗《しくじ》ってもなかったことにされてたでしょ」

でも。

「姉に疑われた。問い詰められたから白状したら、廃嫡《はいちゃく》ですよ。表向きは違いますけど、そういうことなんだと思いますよ。母はそれで病み付いて死んでしまったし、そうなればもう私なんかを家に置いておく理由はない。そこで、まあ母の実家に預けられて、名主さんの紹介で」

「彦五郎《ひこごろう》か」

歳三の義兄である。

彦五郎も近藤門下である。

義兄は火事以降、地回りのようなことも始めたと聞く。そのために鍛練が必要になり、今は勇が出稽古に行っているらしい。彦五郎と勇は今では随分と親しくなっているようなのだが、歳三は稽古のある日は日野に近寄らぬようにしているから、どの程度の間柄なのかは知らぬ。

「それで、まあ近藤道場を周旋して貰ったんですよ」

人殺しの縁ですねと言って、小僧は笑う。

何だか胸糞が悪い。

こいつは——普通に人を斬っている。こんな子供《ガキ》なのに。

「歳三さん」

い、い、い、

あなたも同じですよねと沖田宗治郎は、その貧相な面《つら》を寄せて来た。

何が言いたい。

「違うんですか」

「俺は百姓だよ。いや、耕《たが》さねえからな。薬売りだよ。何処《どこ》が一緒なんだよ」

宗治郎は目を合わせてくる。歳三は目を逸《そ》らさず、見返した。

「てめえは、疾《やまい》だな」

「あなたもそうでしょう」

人を――。

殺したい。

「俺は猫だの犬だの殺したこたあねえよ。そんな惨《むげ》えことするか。親の見立ては中《あた》ってる。てめえは」

気が狂《ふ》れてるよと言った。

「何故です」

「無意味だろ」

「生き物を殺すのに意味なんかないですよ。人だって同じじゃないですか。同じですよ。あなたもそう思ってるんでしょう」

「だから何でそう思うんだよ」

歳三は怒鳴って、小僧を思い切り突き飛ばした。

小僧は溝板《どぶいた》の上に尻餅を衝《つ》いた。

「酷《ひど》いなぁ」

「何がだよ。俺は」

人殺しじゃないですかと宗治郎は尻餅の形のまま言った。

「眼を見れば解りますよ。そうだ、あなたのお兄さんも言ってましたよ。お前は歳三と同じだなと」

「何だと」

彦五郎か。いや――。

石翠《せきすい》だろうか。あの盲《めし》た兄は――何を言った。

「どういうつもりでそんなことを言ったのかは知りませんよ。でも、私はあなたを見て、すぐに諒解《りょうかい》した。あなたの眼は、人殺しの眼ですよ」

そうか。

そうかもしれない。

「どうして道場に来ないんです」

「行ってるぜ。薬を置きによ」

「そうじゃないでしょう。あなた強いじゃないですか。一緒に」

人を斬りましょうよと、宗治郎は言った。

何故か、化け物のように見えた。そして自分も化け物だと歳三は思った。

そういう意味ではこいつの言う通りだ。同じだろう。同じなのだが――。

「てめえ、まだ続けてるってことかよ――」

「何をです」

宗治郎は笑顔になってぴょんと跳ねるように立ち上がった。

「何を続けてるって」

揶《から》っている。

本当に童《ガキ》だ。

宗治郎は無邪気を装って背後の土塀の方に駆けた。土塀の内側は墓場である。小僧は、多分笑い乍《なが》ら塀に沿って走り、木戸から墓地に駆け込んだ。

阿呆《あほう》の相手をする気はない。

しかし小僧は挑発するように木戸の蔭から顔を出し、

「私が何を続けていると思ってるんです」

と、言った。

無性に肚《はら》が立った。

歳三は近付く。

宗治郎は顔を引っ込める。

木戸を抜けると貧相な小僧は卒塔婆《そとば》の蔭にいた。

鼠《ねずみ》のような、狡猾《こうかつ》な眼だ。

「羨ましいんでしょう」

半分だけ顔を覗《のぞ》かせて、小僧は挑発するように言う。

「私が武士だから」

手を伸ばすとすっと逃げる。

「刀を持っているから」

笑う。

頭に上《のぼ》りかけた血を収める。逆上《のぼ》せてどうする、と思う。

この沖田という小僧は、畜生にも劣る、虫にも劣る、そんなモノだろう。

「私が」

人を殺してるから。

人を斬ってるから、羨ましいんでしょう。こんな若造が人を斬り続けていると思うから――。

「羨ましいんだ」

歳三さん、と宗治郎は巫山戯《ふざけ》た口調で言った。

小僧は愉しそうに墓石や卒塔婆の間を跳ね巡る。完全に莫迦《ばか》にしている。

こいつは嫌いだ。

大嫌いだ。でも。

本気で追うのは厭だ。

向きになっているように思われるのが厭だったからだ。

いや、向きになるのが厭だったと言うべきだろうか。

こんな小僧がどう思おうと知ったことではないが、向きになればそれは——。

認めたことになってしまう。

己の性質や所業を認めたくないという訳ではない。

凡《すべ》て本当のことだ。

歳三はずっと人を殺したいと思っていたし、今も思っている。

事実二人の息の根を止《と》めている。そして、辻斬りならぬ辻討ちを続けて来たのだ。

命こそ奪ってはいないけれど怪我はさせているのだし、不具になってしまった者もいただろう。

どこも変わりがない。

何もかも小僧の言う通りである。

それ自体を認めたくないということではない。

こんな嫌味な子供《ガキ》に見透かされてしまうことが堪《たま》らなく厭だっただけだ。こんなくだらない小僧の言い分を認めたくなかっただけである。

どうしても気に入らない。

こいつの言葉だけは、どれだけ正しくとも否定したくなる。

歳三は跡を追わず、黙って身体の向きだけを変えた。

小僧は破《や》れ提燈《ぢょうちん》の後ろから歳三を見ている。表情だけは悪戯《いたずら》をした幼児のようにあどけない。

でも、そんな表情は、こいつにはまるで似合わないのだ。こいつは童《ガキ》だが、人でなしだ。この小僧にあるのは稚気ではなく邪気だろう。表情だけは人らしく繕《つくろ》っているが、それは上辺だけのものである。

歳三は眼を細めて見た。

見るだに厭な顔だ。飢えた溝鼠《どぶねずみ》のような、卑《いや》しげな顔付きだ。捩《ね》じ曲がった性根が顔付きに顕《あらわ》れている。

吐《は》き気がする程に――嫌な小僧である。

「正直に言って下さいよ」

提燈が揺れた。

「俺も人が斬りたいからその刀貸してくれって」

宗治郎は言い切る前に噴き出して朗らかに笑った。

——可笑《おか》しいか。

歳三は悠然と近付く。

宗治郎は笑っている。

提燈を挟んで向き合う。

朽ちた提燈の破れ目から、宗治郎の顔が覗く。

いつも泳いでいる眼が据わっている。しかもその眼は嗤《わら》っている。もう、物狂いの目付きにしか思えない。

歳三にはそう見える。

こいつは——。

「貸してあげようか」

宗治郎が手にした刀を掲げるより一瞬早く、歳三はその胸倉を摑《つか》んで引き寄せた。

提燈が小僧の顔に打ち当たって揺れた。

相手が動くより先に動く。それが基本だ。体の何処《どこ》に力が入っているか、どの筋が攣《つ》っているか、それでどう動くかは判る。

抵抗される前に、力一杯引き寄せる。

提燈は半《なか》ば壊れて落下した。

何も言わずに顔を見た。

小僧は、物怖《ものお》じせずに歳三の目を見詰め返した。歳三は――。

視軸を下げた。

「――どうしたのさ」

まだ嗤っている。

「図星だったんでしょう。だからそんなに怒っているんでしょう。無理することないんですよ」

絞め上げる。

「柳町《やなぎまち》に来てからは何人も斬っちゃいませんよ。まだ三人です。それにね、町人は斬っちゃいないですよ」

そんなことは尋《き》いていない。

「この頃は世間が何かと物騒ですからね、辻強盗も増えてるし、斬り合いなんかもあるでしょう。貧乏浪士なんか斬ったって目立ちゃしませんよ。町人斬ると、奉行所が煩《うるさ》いけども――」

「尋いてねえよ」

ぺらぺらと能《よ》く喋る。青臭い声が異様に耳障りだ。

「私は子供なので、油断するんですよ。だから簡単に――」

「尋いてねえって」

眼を見ると殺してしまいたくなるので、能く動く口許を見た。

歯並びが悪い。

宗治郎は空いている右手で歳三の左腕を掴んだ。

「斬るよりも突いた方が早く死ぬ気がしますよ。返り血も躱《かわ》し易いですからね。私は素早く突くのが得意だから、前に出て、胸を突いて」

抜くと同時に。

素早く避《よ》けて。

血が。

「黙れよ」

「ねえ」

一緒にやりましょうよ。

「歳三――」

――としぞうにいさん。

宗治郎は歳三にうんと顔を寄せると、耳許で囁《ささや》くようにそう言った。

なんだと――。

歳三は胸倉から右手を離し、思い切り宗治郎の胸に拳《こぶし》を打ち込んだ。のけ反るのを左手で引き寄せ、次に鳩尾《みぞおち》に一撃を加えた。ぐう、と声を上げ小僧は涎《よだれ》とも吐瀉物とも付かぬものを口から垂らした。

「どうだよ。声が出せねえだろ」

胸を打ったのは、大声を上げさせぬためである。

「何だよ。てめえは刀を持ってるから強いんじゃねえのか。それがどうだ。今なら俺は簡単にてめえを」

殺せるぜ。

でも。

絞殺は駄目だ。汚らしい。

「どうした小僧。てめえは人殺しが好きなんだろ。なら早く斬れよ、俺を。斬れるもんなら斬ってみろ」

頸《くび》の後ろを摑んで、もう一度腹に拳を叩き込む。

「どうして丸腰の俺にやられてるんだよ。その何とかいう刀ァ、切れるんだろ。なら斬れ」

斬れよこの野郎と小声で凄み、歳三は宗治郎を突き飛ばした。

殺す気は——多分ない。

こいつはすばしこいが、腕力はない。その気になれば殴り殺すことも出来ただろうし、刀を奪うことも簡単だろう。凶器を持っていなければただの子供だ。いや、そんなことをせずとも頸の骨を折ってやれば死ぬのだろう。試したことはないが、こんな華奢《きゃしゃ》な頸なのだから、歳三の力ならすぐに折れる筈だ。

でも、それはしなかった。

顔を殴らなかったのが何よりの証《あか》しだ。殴れば痣《あざ》くらいは出来るだろうし、歯の何本かは折れていただろう。

そうなると後が面倒だ。

後のことを考えているということは、先があることを想定しているということだ。

つまり此処《ここ》で始末する気はないということだろう。

理詰めで判断した訳ではない。

体が勝手にそう決める。

歳三はいつもそうなのだ。頭ではなく身体凡《すべ》てで考え、瞬時に判断する。体がそう動いたということは、殺さないでおこうと思っているということだ。

歳三は地べたに蹲《うずくま》っている宗治郎を蹴り飛ばし、それから落ちている刀を踏んだ。

「おいガキ」

返事はない。

まだ声が出ないのだ。

それでいい。歳三は言葉の遣り取りが好きではない。

小僧はうう、と呻《うめ》いた。

――そうだ。

こいつくらいの齢《とし》だった時分、歳三はそれくらいしか喋らなかった。

「今度――そんな呼び方しやがったら、右腕を折る。いや、二度とその耳障りな声が出せねえようにしてやるよ。その小賢《こざか》しい眼を潰してやってもいいぞ。いいか能《よ》く聞け。俺のことを」

兄さんなどと呼ぶな。

「こ――」

殺さないのと、小僧は切れ切れに言った。

「殺さねえ。てめえみてえな化け物は、簡単に楽にさせねえよ」

――俺も。

化け物なのか。

歳三は踏み付けていた刀を拾い上げた。

刀にしては軽いのだろうが矢張《やは》り鋼《はがね》は重い。

「立てよ」

宗治郎は土下座をするような姿勢で、げえげえ嘔吐《えず》いた。

「汚《きたね》えな。早く立てよ」

「痛い」

「当たり前《めえ》だ。おい小僧、痛い目に遭いたくなかったら、やれる時にやっちまうことだ。お前がこれを俺に突き付けていた時、得意の突きでも喰らわせていりゃあ、こんな目には遭わなかったんだ。覚えとけ」

宗治郎は顔を上げた。

いつもの、あの周囲《あたり》を気にする姑息な目付きになっている。

「同じ――だと思った」

「執拗《しつけ》えな。人はな、みんなばらばらだ。同じじゃねえんだよ」

いや。

同じ、なのかもしれないのだけれども。

ひとごろしだ。

「俺はな、てめえなんかとは赤の他人の薬売りだよ。何の関わりもねえ。そんな相手によ、てめえは尋《き》いてもねえのにべらべらとくっ喋《ちゃべ》ってやがったがな、俺がてめえを指《さ》されえとでも思ったか。役人に言わなくても近藤に言うかもしれねえぞ。勝手な思い込みで」

簡単に信用するんじゃねえと言ってから、歳三は小僧の左頬を平手で打った。

宗治郎は打たれるままに、血の混じった唾を吐《は》いた。

「い、言うんですか」

「知らねえよ」

「でも、あなたも――」

何だ。

何を知っている。

知っているなら、こいつは石翠から何かを聞いているということか。兄は何を言った。あの、火事の日のことか。

いや。

石翠は盲《めしい》だ。

何も見てはいない。だが兄は何か感付いてはいたのだ。但《ただ》し、怪しんでいたとしても確証はあるまい。

——否《いな》。

歳三はあの時兄に対して何か言ったように思う。

果たして何と言ったのだったか。思い出せない。

とはいえ、あれから五六年からが経つけれど、兄は沈黙を保っている。誰にも、何も言っていないのだ。

そうだろうと思う。

こんなどうでもいい小僧に何かを語るとは思えない。

下手人は、火付けの分も含め前《さき》の上《かみ》の名主ということになったのだ。凡《すべ》て濡れ衣なのだと思うけれども——実際濡れ衣なのだろうが——代官がそうだと言うならそれが事実なのである。一件は落着しているのだ。

だから歳三には、隠すことなど何もない。

俺が何だと言った。

「俺はてめえとは違うんだよ、この溝鼠《どぶねずみ》が」

そうなんだ、と言って、宗治郎は提燈《ちょうちん》を吊っていた柱に摑まり、よろよろと立ち上がった。

「そうですか」

「そうよ」

歳三は刀を突き出した。

宗治郎はそれを受け取るべく手を伸ばし、一瞬躊躇《ちゅうちょ》した。

「安心しろ。殺さねえと言ったろ」

「でも」

鞘を握る。

「私が斬るかもしれません。信用するなと言ったのはそっちだ」

「信用なんかしてねえ。今のてめえに斬られる程、俺はなまくらじゃあねえよ」

宗治郎は刀を受け取り、柄に手を掛けた。

「ふん。てめえは速い。だが、俺はもっと速いぞ。丸腰だからな。この間合いならてめえが抜く前に殴れる。それに居合と違って、突くためには抜ききらなきゃならねえのだろ。勝ちたかったら、てめえの技ァ相手に喋るなよ」

はったりだ。

それなりに自信はあるが、それでも刀を持っている方が強いと歳三は思う。

ただ、歳三の実感としては、狭い間合いで斬り合うのなら刀の長さは重要になる。

それは慥《たし》かだろう。沖田の刀は小振りだが、それでもまだ近い。数歩下がらねば抜き切れない。でも後がない。抜く寸前に柄を押さえてしまえば止《と》められると思う。

それ以前に、この小僧からは闘う気が殺《そ》げている。

——違うか。

殺気のようなものを発することなく、挨拶でもするように相手を斬るのがこいつの強さか。

「負けましたよ」

宗治郎は片頬を攣《つ》らせてまた嗤《わら》った。

「あんた、強いな」

「そうかい」

きっとそれ程まで強くはないのだ。ただ護るものも捨てるものもないから、そもそも弱みが少ないだけである。そう思う。

「もう用はねえだろ」

そう言って、歳三が踵《きびす》を返そうとしたその時。

ソウジ、ソウジかという声が聞こえた。

墓場の向こうに勝太が——いや近藤勇が立っていた。

「宗治だな。お前、こんな処で何をしておるんだ。何だ、歳《とし》さんも——一緒なのか」

半端な刻限である。

日野にでも出稽古に赴き、一泊して戻ったというところか。

近藤勇は墓石や卒塔婆の間を縫って近付いて来た。

沖田は掌を返したように従順を装い、若先生と明るく言って、近藤の方に進んだ。

争いの跡を見咎《みとが》められたくないのだろう。尤《もっと》も、血反吐《ちへど》も何も地面に吸われているから、見たところで何も判らないとは思うのだが。

「歳三さんにこれをお見せしていただけです。流石《さすが》に往来で抜刀する訳にもいきませんから」

「おう、菊一文字か。羨ましい」

近藤は細い眼を更に細めた。

身形《みなり》はもう、すっかり侍になっている。ただ厳《いか》つい顔と大きな口は子供の頃からまるで変わっていない。

近藤は、武士は威厳が必要だからと口をへの字に結ぶように心掛けているのだそうだが、横に広がった薄い唇は滑稽でしかない。

「捜したぞ、歳さん」

近藤は歳三をそう呼ぶ。

歳三と呼び捨てにすればいいのにと、いつも思う。それこそ武士なのだから、薬売り風情に敬称を付ける必要はない。

それにしても。

「何故捜す」

「すぐに帰れという伝言だ」

近藤はそう言った。

「帰れだと」

何処へ帰れというのか。

聞き返そうとしたのだが、近藤勇は脇目も振らず一直線に沖田の真ん前まで歩み寄ると、その刀に手を掛けた。

「どうだい、歳さん。見たか。良い刀だろう。こんなもの、その辺の大名だって持っちゃあいねえぞ」

贋物だ。

矢《や》っ張《ば》り侍は腰のものよなあと近藤は言った。

「先祖伝来というのがまた羨ましいわ。俺なんザ郷士《ごうし》だからな、実家には鍬《くわ》ぐらいしか伝わっておらんよ。歳さん、あんたのところには槍やら何やらが伝わっておるのだろう」

まあなと答えた。

土方《ひじかた》の祖先は侍だったようだから慥《たし》かにあれこれ残ってはいる。

「家に刀ァ伝わらねえのかい」

「さあな」

刀も何本かある。

由来は知らぬがどれも屑《くず》刀だろう。土方の家は裕福だから、用もないのに買い貯めたのだと思う。焼けてしまったが彦五郎の家にも刀はあった。武州《ぶしゅう》辺りの百姓は郷士気取りの莫迦ばかりだから、金さえあれば刀を買うのだろう。

近藤の生家にはなかったのだろうか。宮川《みやがわ》の家もそこそこの豪農ではあるのだ。そもそも近藤周助に出稽古を頼んでいたのは宮川の家なのだし、ならば刀くらいはあったのではないのか。

「あんたのところにも刀の一本ぐれえはあったのじゃねえかい」

そう言うと、近藤は渋い顔のままで大いに笑った。

「あるにはあったが、あったなァ買ったものよ。それに、あんなのは鉄の棒だよ。野《の》鍛冶《かじ》が打ったような長庖丁《ながぼうちょう》だ。あんなものは刀じゃあねえよ」

近藤は細い眼を一層に細めて贋物の菊一文字を眺めた。

小僧が持つと分不相応に映るのだが、近藤が持つと何処《どこ》か弄具《おもちゃ》めいて見える。

骨太な近藤に、この刀は細工も尺も華奢《きゃしゃ》過ぎるのだろう。

「こいつも」

近藤は己の腰のものを叩く。

「近藤の義父《おやじ》から譲り受けたもんだが、無銘だ。悪い刀じゃあないが、切れるかどうかも判らないのだ」

斬ったことはねえかいと問うと何を切るのだと言われた。

当然の答えだ。

そもそも抜かない。況《まし》て人など斬らぬ。

人を斬るのは――。

歳三は小僧を見た。

近藤はにや付いて、僅《わず》かだけ鯉口《こいぐち》をずらし、区《まち》の辺りを眺めた。

「何といっても、だ。刀にはこういう立派な銘がなくっちゃなあ。これは切れるだろうな。そうだろ宗治」

能《よ》く切れる、能く切れる、人も斬りましたと言うか小僧。

宗治郎ですよと、小僧はそれだけ言った。

声が腹から出ていない。

先程打ってやったからだ。貧相な溝鼠《どぶねずみ》は、それでも無理に笑顔を作っている。

本気で厭な子供《ガキ》だ。

「いつかはこんな刀を持ちたいものさな」

「そんなに欲しけりゃ」

どっかの藩邸の蔵からでも失敬してくりゃいいのじゃねえかと歳三は小僧を見据えて言った。

近藤はまた笑った。

「莫迦、そんなもの白波だって盗めるものかね。このくらいの神品《じんぴん》になりゃあ、家宝だ。蔵に放り込んでおいたりはしねえよ。なあ宗治」

小僧は――。

はいなどと言う。

嘘吐《つ》きめ。

蔵からこっそりくすねて来た贋物なのだろうに——歳三は心中で毒突く。

それにしても近藤は、この小僧の本性を見抜けていないのだろうか。

信じているのだ。そういう男だ。

「それより——何だって」

「何がだい」

「さっき帰れとか言っていたじゃねえか。彦五郎が戻れとでも言ったのかい」

ああ、と短く言って近藤は刀を沖田に戻した。

「彦さんじゃあない」

「違うのか」

「石田《いしだ》村の方よ。歳さんを呼んでいるのは、土方の家の石翠さんだ」

「石翠が——俺を」

何の用だ。

そんな顔することはないだろうよと近藤は言った。別に驚かれるような態度を取った覚えはないが、余程厭な貌《かお》をしたのだろう。

「薬を取りに戻る他、まるで寄り付かねえそうじゃないかい。出稽古に行ったって本陣にもいねえし、偶《たま》に道場に顔出すだけで、何処にいるのかまるで判らねえのだから困ったものだ。根無し草だろう」

「まあな」

近頃は遠方に出向くことも止《よ》している。

飛び込みで薬を売り付けたりもしていない。武州だけでも、取引先は多い。江戸と合わせれば何百とある。ただ順にそれらを廻るだけでも、かなり時が掛かるのだ。

廻る先が多いだけさと答えた。

石田の薬は効くからなあと近藤は言う。

歳三はいまだ試したことがない。薬などというものは、効くと信じるからこそ効くのだろう。近藤のような男には効いても、歳三のような性根の者には効かぬのかもしれぬ。

「何でもいいから一度帰れ。大事な用があるそうだ」

大事な用か。

——何だ。

何だか重苦しい気分になる。

歳三には、血縁が重い。生真面目な兄もその家族も、そしてあの盲目の兄も重い。石翠などはあの火事の時、始末しておけば良かったとまで思う。騒乱に紛《まぎ》れ、佐藤《さとう》の刀自《とじ》と一緒に斬り殺していたとしても露見することはなかったのではないか——。

そう思う程に重たい。鬱陶《うっとう》しい。嫌いな訳ではないけれど、肉親の情のようなものもない訳ではないのだけれども、それでも。

——重てえ。

頭の上に載った重石《おもし》のようなものである。

それもこれも、凡《すべ》ては己の性向に因《よ》って生じる想いなのだということも、歳三は重重承知している。家族が悪い訳ではないのだ。それは歳三が。

化け物だからだ。

——こいつは。

どうなのだろう。

歳三は沖田の顔を見た。小僧は薄ら笑いを浮かべている。近藤の前では、飽くまで本性を隠し通すつもりなのだろう。

「まあ、そういうことだ。これから行ったんじゃ夜更けになるから、明日にでも行きな」

近藤は歳三の肩を叩く。

或《あ》る意味で、この男は土方の兄達同様に、いやそれ以上に真っ当な男なのだ。

だが、不思議なことに歳三は、近藤を鬱陶しくは思わない。その差が何処にあるのかそれは歳三自身にも判らない。知っても詮《せん》ないことだから考えもしないのだが。

近藤は口を横に広げて笑う。

「それより宗治。お前、歳さんだからまだいいがな、こんな大事なものを軽軽しく持ち出して見せびらかしたりするんじゃねえぞ。まあ、子供《ガキ》でもお前は侍だ。だから腰に携えてえなあ判るがな」

刀ァ本来人を斬るものだと近藤は言った。

「見世物じゃあねえ」

解りましたと沖田は答えた。

それは――。

解っているだろうさ。

こいつは人殺しのために持ち歩いているのだ。この贋物を。

殺しているんだろ。

子供のくせに。

歳三は何だか居た堪らなくなってじゃあなと言って踵《きびす》を返した。

お人よしと人殺しが馴れ合っているところなど見ていられない。茶番もいいところである。

背中で近藤が何か言っているが無視して木戸を潜った。

能《よ》く聞き取れなかったが、忘れずに行けというようなことを言っているのだろう。

全然侍らしくない。

口をへの字に結ぼうが、眉間《みけん》に皺《しわ》を刻もうが、口を開けば百姓の倅《せがれ》でしかない。口調も軽いし話の中味も世間染みている。威厳も凄みもあったものではない。二本差しているから辛うじて侍に見えるというだけである。みてくれだけなのだ。

己はどうなのかと、歳三は思う。

近藤は——勝太は、侍になるために刀を差している。刀は侍の証しではあるが、それ以上のものではない。

歳三は。

違う。

歳三は刀を持ちたくて侍になろうと思ったのだ。人を殺せる、殺しても良い立場になりたかったから、だから武士の身分を求めたのだ。

否《いや》――。

それは突き詰めれば、人を殺したかっただけ――ということなのだろう。

歳三にとって刀は、いや、侍という身分そのものが、人を殺すという非道な行いを正当な行いに摩《す》り替えるための手段でしかないということである。

刀は、人殺しの道具だ。

侍は刀を持てる身分だ。

それだけのことである。

侍の証しとして刀を携えているだけの近藤勇とは、まるで違う。

陽が翳《かげ》ってきた。

行く当てもなく歩く。

己はどうなのかと、再び歳三は思う。

歳三は、何でもない。

刀も持たず、鍬も持たずに、今は商売物《あきない》も手にしていない。身分なしと変わりがない。何者でもない。沖田のように取り繕《つくろ》うことも出来ない。あの小僧は、侍で、しかも子供だ。侍の貌《かお》をしても子供の貌をしても何とかなる。化け物の本性を韜晦《とうかい》することも出来るだろう。

歳三はどうだ。

世間に諂《へつら》ったところでどうにもならない。歳三には裏も表もない。外見通り何者でもない。つまり歳三はただの。

——人殺しか。

岡場所にでも上がろうかと思っていたが気が失せた。

女郎買いの気分ではない。白《しら》ッ首《くび》など抱いたら殺してしまうかもしれない。それもいいかもしれないと、ふと思う。殺せばお縄になるだろう。捕まればお仕置きになるだろう。打ち首か磔《はりつけ》か、いずれ殺されるのだ。

さっぱりする。

——いや。

得物がない。

絞殺は駄目だ。汚らしい。

捕まるのも殺されるのも構いはしないが、女郎を絞め殺した所為《せい》で命を取られるのは御免だ。

歳三は、別に死にたい訳ではないのだ。

嘘を吐《つ》いたり誤魔《ごま》化《か》したり逃げ回ったり、じたばたするのが性に合わないだけだ。

本気で死にたいなら、自分で自分を殺す。

武士というものは、どうも何かと死にたがるものらしい。それでいて己に相応《ふさわ》しい死に場所を求めるなどと寝言をほざくのだそうだ。

相応しいも相応しくないもない。死ぬ時は死ぬ。

場所など求めずとも死にたければ勝手に死ねばいいのだ。

誰かに殺されるまで死ねないというような奴は、結局死にたくないのだろう。それは生き意地が汚いだけの腰抜けだ。

生きたいなら生きればいいのだ。死に場所を捜すなどという詭弁《きべん》を弄《ろう》さずに、死にたくないと言えと歳三は思う。そして死にたくないのなら、生きたいのなら、何が何でも生きろと思う。

歳三は、矢張り侍ではないのだ。

生きていたいとも思わぬが、死にたくもない。

——殺してえのだ。

何者でもない、化け物だから。

あの、忌忌《いまいま》しい沖田宗治郎の顔が浮かぶ。

唾を吐《は》き捨てる。

何だか肚《はら》が煮える。

しかし歳三は憂さを晴らす術《すべ》を知らない。酔って騒いだりもしない。酒は元元それ程好きではないのだ。独りで飲むような習いもない。

こうなると、もうすることが何もない。

行く処もない。

こういう時は、大体近藤道場に転がり込んで泊まる。だが、今日はそうもいかないだろう。

行きたくない。

あの沖田の鼠面《づら》など、見たくもない。

暫《しばら》く顔を出すのは止《よ》そうと歳三は思っている。

陽も傾いて来た。

一膳飯屋にでも入り腹拵《はらごしら》えでもしようかと思いもしたが、それ程空腹も感じない。のら付いているうちに日が暮れた。

堀の縁に腰を下ろして所在なげにしていると、二八蕎麦《そば》が掛かったので喰った。愛想のない親爺だった。こんな人気《ひとけ》のない場所で商売になるものなのか。

そう思っていると、物騒ですなと親爺は矢張り無愛想に言った。

「物騒かい」

「へい。黒船ァ来るしね、その、聞きゃあ地震《じふる》いも多いそうで」

江戸は平気でございましょうかねなどと親爺は暗い声で言う。

「異人てえな、ありゃ、大層怖《てえそうこえ》ェもんなんでしょうねえ」

「さあな」

鬼だの蛇《じゃ》だの世人は謂《い》うが、人は人だと思う。

歳三は黒船を見ている。

流山《ながれやま》で打ちのめされた後のことである。

下総《しもふさ》から江戸に戻った後、兎《と》に角《かく》武州から離れたかったので相模《さがみ》に抜けて、そのまま伊豆に出た。

下田《しもだ》で初めて海を見た。

総州《そうしゅう》にも相州《そうしゅう》にも、勿論《もちろん》江戸にも海はある。でも歳三はずっと海を避《さ》けていた。遠目に見えても目を逸《そ》らし、見ぬようにしていた。

見たくなかったのだ。

理由は、例に拠って別にない。

見ても仕様がないと思ったのだろう。それは今もそう思う。

街道沿いの崖縁に人集《ひとだか》りがあったので何の気なしに目を遣ると、その先に――海があった。

人垣を割って見下ろすと、海には船が浮かんでいた。

最初は何だか判らなかった。歳三は船など、渡しか猪牙舟《ちょきぶね》くらいしか知らぬ。

相当離れていたから細部までは見えなかったが、巨《おお》きなものであることだけは判った。

鉄《くろがね》のような船だった。

おろしゃ国の船だと聞いた。

「お江戸も、どうにかなっちまうんでしょうかねえ」

親爺は顔を顰《しか》めてそう言った。

「どうなろうと」

死ぬ時ゃ死ぬよと言った。

親爺はしょぼしょぼと口を窄《すぼ》めてそうですねえと言った。

遣る気なくぶらぶらと歩いて内藤新宿《ないとうしんじゅく》まで辿り着くと、もう夜四つを過ぎていた。

遊ぶ気もないのにこんな悪所に金を落とすことはない。眠くもなかったから、そのまま通り越して甲州《こうしゅう》街道に出た。

夜歩きはお手のものである。

提燈《ちょうちん》も何もないが、幸い晴れているから月明りはある。夜目も利く方である。

街道だし、歩き慣れた路であるから迷うこともない。

明るくなる前に府中《ふちゅう》を過ぎ、明六つ過ぎには日野宿に着いた。

焼けた本陣は未《ま》だ建て直されていない。そのまま突っ切った。

皆、寝ている刻限だ。

石田村の土方家は、大きい。

勿論百姓家ではあるのだが、下手《へた》な武家屋敷よりも家屋はずっと大きいだろう。門構えも立派である。お大尽《だいじん》と呼ばれるだけのことはあるのだ。敷地だけなら本陣脇本陣を合わせたよりも広いと思う。

歳三は朝焼けを浴びて、生家の門前に立った。

玄関先に嫂《あによめ》がいた。

義姉《あね》は屈んでせっせと作業をしている。一体何をしているものか見当も付かぬ。元来家のことには興味がないので判る訳もなかった。

いずれにしても百姓家の朝は早いのだ。

女衆は特に早い。

無言で門を潜る。後半間《はんげん》というところで義姉は気配を感じたのか、振り向いて小さくひいと言った。

「と、歳三さんかい」

眼を円《まる》くしている。

「何だい黙って、驚くじゃあないかえ。まだ誰も起きちゃあいないよ」

おうとだけ応えた。

「薬かい」

「いや」

義姉を通り越して玄関に至る。

「まだ寝てるってば」

「呼ばれて来たんだ」

「ああ」

多分、義姉はそこで何かに気付いたのである。

「為次郎《ためじろう》の義兄《あに》様だね」

「おう」

為次郎は石翠の実の名である。家族以外でそう呼ぶ者は、もう殆《ほとん》どいない。

上がるぜと言って家裡《いえうち》に入る。

歳三は訪れた客ではない。この家に住む家族の一人だ。いつ何刻《なんどき》に戻ろうと、別に構わぬ筈なのだ。断る必要はないだろう。遠慮することもないだろう。それでも義姉は背後でおろおろしていることだろう。

このところの歳三と土方の家との距離は、こうしたものである。

取り分け険悪でもないし、互いに疎《うと》んじ合うような理由もないのだが、それでもそれなりに遠い。

歳三が遠ざけているという訳でもない。

いつの間にか——というより最初からかとも思うのだが——溝《みぞ》が出来ているのだ。

居場所はあるが居心地は良くない。

奥に進もうとして、歳三は足を止《と》めた。寝所を抜けることはないにしても、屋内を行けば誰かと鉢合わせせぬとも限らない。甥くらいならまだ良いが、家長《あに》にはあまり会いたくなかった。

石翠の部屋は一番奥だ。

幸い庭に面しているから、外を回って行く方が良い。

歳三は引き返し、三和土《たたき》の雪駄を摑むと、裸足のまま玄関を出た。

嫂はまだ、眼を円くしたまま突っ立っていた。

思うに歳三は、今も墓場にいた時と同じような顔をしているのだ。近藤が驚いたくらいなのだから、余程酷《ひど》い貌《かお》なのだ。別段機嫌が悪い訳ではないのだけれど、だからといってどんな表情を作れば良いのか判らない。

なるべく目を合わせぬようにして横に抜け、歩を進める。

庭を行く。雨戸が閉まっている訳でもなく、襖障子《ふすましょうじ》も薄く開けられていた。昨夜は、凡《およ》そ蒸し暑かったとは思えないのだが。

足も拭かずに上がり込み、障子を開けた。

石翠は寝床に俯《うつぶ》せになっていた。

歳三は何も言わずに見下ろした。

「――ん」

石翠はもぞもぞと体を動かす。

兄は亀のように首を竦《すく》め、顔を横に向けた。

「歳三だな」

判るのか。

「見えもしねえのに判るか。匂いでもするかよ」

「そんなに鼻ァ利かねえよ。まあお前《めえ》だけは判るさ」

「何でだよ」

「こんな刻限に庭から黙って上がり込むなあ、賊か、お前だけだ」

「不用心だな」

「何、賊なら声など掛けずに叩きのめすわい」

石翠は身を起こした。

やけに草臥《くたび》れて見えた。

歳三とは二十三も離れているから、この盲目の兄は、もう四十の坂を越えているのだ。草臥れていても当然だ。

「俺はな、目が明いてさえいりゃあ畳の上でおっ死《ち》ぬような男じゃあねえぞ。それは知ってるだろう」

「明いてりゃな」

歳三はその場に腰を落とし、胡坐《あぐら》をかいた。

「いや、目明きだったとしても、雷が怖《こえ》ぇ怖ぇと、鳴る度《たび》に布団被ってるような爺《じじ》がよ、盗賊《ぬすっと》なんかに勝てるかよ」

石翠は豪胆な男だが何故か雷を嫌うのだ。

雷は別だと石翠は言う。

「ありゃお前、人の為《な》せる業じゃあねえだろ。いいか、この、耳だけが頼りの俺みてえな者にとっちゃ、あんな大きな音は耳障《みみざわ》りよ。何処で鳴ってるのかも判らねえものよ。あれに比べりゃ泥棒なんてもんは、それこそ只《ただ》の人じゃあねえか」

人は殺せるぜと石翠は言った。

「殺さなくても伸《の》すぐらいは出来らあ」

「何を」

――何を言うのだこの男は。

歳三は、幾分衰えの窺える齢《とし》の離れた兄を見据えた。

その眼は半開きで、歳三の方に顔だけは向けているものの、瞳は歳三を捉えていない。見えないのだから何処に向けていようと同じなのだが、見えていたのだとしても兄の視軸の先にあるのは障子の桟だ。

――殺すか。

何か言い出したら。

あの、火事の日のことを。

其処《そこ》閉めろと石翠は言った。

「関係ねえだろ。どうせ見えねえんだろうが。爺の寝間《ねま》なんか覗く莫迦もいねえよ」

「風が通ると落ち着かねえよ。いいから閉めろ」

「元元開いてたじゃねえか」

歳三は体を曲げて障子を閉めた。

開けてたんじゃねえよ閉め切らなかったんだよと、石翠は憎憎しげに言った。

ぴたりと閉じる。

歳三は横目で兄を見る。

――こいつ。

「何の用だよ兄《あに》さん」

「用だと」

「呼んだから来たんじゃねえか。彦五郎か誰かに言ったんだろ」

「ああ。そうか。出稽古に来た勝太に言うたがな。あれも偉くなったもんだ。若先生なんぞと呼ばれてな、宮川の久次郎《きゅうじろう》も鼻が高《たけ》えだろ。いや、偶《たまさ》か彦の処に行ったらば丁度勝太が帰《けえ》るとこだったから、お前に来いと伝えろと言ったわい。でも昨日のことだぞ。速《はえ》えな」

「早く用を言え」

この兄は――沖田の童《ガキ》にも何か言ったのか。あの小僧は人殺しの疾《やまい》だ。そして歳三も同じなのだと、兄とやらは言ったのだそうである。

いや。

沖田は、眼を見れば解る――と言った。

あの言葉が、沖田に何かを告げた者の発した言葉だとするなら。

――この兄には見えねえのか。

なら――。

「歳三」

石翠は矢張りやや見当違いの方に向けて言う。

「お前」

歳三は身構えた。

「嫁を娶《と》れ」

「なんだと」

「聞こえねえかよ」

「揶《から》揄《か》ってんのかよ」

嫁貰えと言ってるんだよと言って兄は布団を除《の》けて座り直した。

「俺の行く三味線《しゃみせん》屋の娘だがな、琴《こと》と言ってな、これが、歌ものが上手《うめ》えんだ。俺は語りものだから歌ものは不得手だが、琴の長唄はよ、まあ惚《ほ》れ惚《ぼ》れするような佳《い》い声でな。俺には見えねえが、あんな声を出すんだからさぞや別嬪《べっぴん》だと思うがな」

「巫山戯《ふざけ》てるのか」

何がだよと兄は眼を剝く。

「ひとつも巫山戯ちゃいねえよ。嫁貰って、竈《かまど》分けろって話だ」

真面目な話じゃねえかと石翠は手を伸ばす。歳三は躱《かわ》す。

「くだらねえ。帰《けえ》るぞ」

「待てよ」

「何だよ」

「お前ももう二十歳《はたち》越したのじゃねえのか。未《ま》だか」

「齢《とし》はどうでもいいだろ。俺は」

未だ。

何者でもない。

「俺は――何だよ」

「早《はえ》えよ」

「ふん。そりゃ料簡違《りょうけんちげ》えだ。遅《おせ》えぐれえだよ」

「吹くんじゃねえよ」

「聞け」

聞けよ歳三と、石翠はきつい口調で言った。歳三は立ち上がろうとしたが、一瞬戸惑った。

その刹那《せつな》。

「てめえ殺したろ」

兄はそう言った。

歳三は素早い動きで兄の頸に手を掛けた。

「忘れちゃいねえよ。あの時、殺しただろうよ」

石翠は歳三の腕を払い除《の》け、今度は正しく歳三の耳許まで顔を寄せ、

「お前が殺したな、佐藤の刀自《とじ》」

と、囁《ささや》いた。

「答えなくてもいいぞ歳三。俺には解る。お前と俺は、血を分けた兄弟だ。お前の中に流れてる血は、俺にも流れてるんだよ」

兄の匂いがした。

兄は歳三の腕を摑む。

思ったより力が強い。

「あのな、俺が浮かれて三味線弾いたり義太夫《ぎだゆう》節語ったりしてるのは何故か、お前解るか。文字も見えねえのに俳句捻《ひね》ったりしてるなあ何故だか解るかよ」

「知るかそんなもん」

歳三は腕を振り解《ほど》く。

「やることねえからへらへら暮らしてるだけじゃあねえのかよ」

「違うよ」

「じゃあ何だよ」

「やることねえと」

い、い、い、ぶち殺したくなるからよ。

石翠はそう言った。

「何だと」

「俺はな、目が見えねえ。世間が暗《くれ》えとな、何かと不便だよ。そりゃ、慣れるし、あれこれとやりゃあ出来るが、何でも出来るって訳じゃあねえさ。出来ねえことってのはあるぜ」

石翠は再度歳三の腕に触れた。

「あのな、俺に光はねえ。夕陽もねえ。朝日もねえ。紅葉《もみじ》も桜も若葉もねえ。その暗い暗い闇の中から、ふつふつと涌《わ》いて来るのよ」

「何がだ」

「何でもいい、何かをぶっ壊してやりてえ、そんな気持ちがよ。涌くんだよ。童《ガキ》の首をへし折りてえ、女の喉を絞め潰してえ、殺してやりてえ、そういう、そういう真っ黒い気持ちよ」

「あんた――」

やらねえよと石翠は言った。

「やらねえて前に、やれねえだろ。俺は盲《めしい》だ。世の中暗《くれ》ぇ者《もん》に簡単に人は殺せねえよ。だからな、そのどうしようもねえ悪念を押さえて、押さえ付けて、深《ふけ》ぇ深ぇ沼の底に沈めておかなきゃならねえのよ。それでもそいつは、底の方から泡みてえに涌き上がって出るのだ。沼の面《おもて》に波が立つ。だから、それを誤魔化すためによ、俺は歌舞音曲に興じるんだよ。義太夫語って三味掻き鳴らして、掻き回して、掻き乱しているんじゃあねえか。俺の中の、暗ぇ暗ぇ、真っ暗な沼をよ」

石翠は笑った。

「波の立たねえ静かな暮らしするしかねえんだよ。見えねえ俺はな」

解るかと兄はやや声を荒《あら》らげた。

「それでもな、どうしたって誤魔化し切れやしねえ。しねえが、それでもどうしようもねえ。どうしようもねえが、殺しやしねえよ俺は。良い悪いじゃあねえのだ。良し悪しで言やあ人殺しは悪いことだ。考《かん》えるまでもねえ。神も仏も許しやしねえ、悪行だ。だがな歳三、考えてもみろ。殺せるのに殺さねえ、これはな、正しい行いだろうさ。でも、俺は違うのよ。殺したくたって殺せねえのだ」

「殺し――てえのか」

「同じ殺さねえのでもよ、殺せるのに殺さねえと、殺せねえから殺さないじゃ、それは少しばかり違いやしねえか」

殺したくたって。

殺せねえ。

「俺の場合はな、周りに人がいねえのと一緒だ。人がいなきゃ殺せやしねえ。人がいねえ山の中にいるようなものよな。そこで心静かに暮らすしかねえ。だから俺は」

閑山亭《かんざんてい》よと石翠は言った。

それが兄の雅号である。

「でもな歳三。俺が目明きだったらどうだ。俺は我慢出来たか。己《てめえ》で自分《てめえ》を騙《だま》くらかして、心静かに暮らせていたか」

「そんなこと」

知らねえよと言った。

「お前は——俺と一緒だろ。どうだ。違うかよ。違うのかよ歳三。しかも、お前は目明きだな。ならどうする。俺がお前なら」

「殺すかよ」

「殺してたかもしれねえよ」

「おい。あんた——」

歳三は漸《ようや》く兄の言葉を咀嚼《そしゃく》することが出来た。

そして、それを受け入れることを——拒絶した。

「嘘吐《つ》くんじゃねえよ」

「嘘じゃあねえ。何の得もねえのに、お前に嘘なんぞ言うかよ。だからあの時、俺には判っちまったのよ。お前が——婆さんを刺したんだってな。俺には手に取るように判ったぜ。俺がお前の立場でも」

殺してたと言うか。

「お前はな、歳三。越えちゃならねえとこに踏み込んじまったんだ。もう後には戻れねえ。そう思ったら、己《じぶん》のことのように怖くなった。俺がお前の立場だったなら、もう止《や》められねえかもしれねえ」

「黙れよ」

「いいや黙らねえ。お前、あン時、安兵衛《やすべえ》も殺したろ。いいよ。隠すな。俺は誰にも何にも言っちゃいねえよ。俺も」

同じだからな。

「お前が家に寄り付かねえのも解るさ。人殺しだものよ。良くねえことだと知ってるからよ。俺もお前も人じゃあねえや。人とは暮らせねえだろうよ。俺が此処にいられるのは未《ま》だ誰も殺してねえからだ」

それなら。

――同じじゃあねえ。

同じだよと兄は言う。

「俺は為《し》ないんじゃねえ、出来ねえんだものよ。同じだろ。俺はな、歳三。お前よりもずっと重てえお荷物だ」

「お荷物てえのは何だよ」

「土方の家の余計者よ。そのまんま穀潰《ごくつぶ》しだぜ。俺はよ、何の役にも立ってねえじゃねえかよ。しかも俺は総領《そうりょう》だ。本当ならこの家嗣《つ》いで、守《も》り立てるのが役目だぞ。それがこの為体《ていたらく》だぜ」

盲目の者は、家を嗣ぐことが出来ない。

だから次兄が嗣いだのだ。

「でもな、こうなってみると盲で良かったと思ってるのよ。もし目明きだったら、俺はこの家潰してた。必ず人を殺してただろうからな。だから俺は、こうして、浮かれて、穀潰しやってるんだよ。せめて向こう側に行かねえようにすることが、養われている身分のけじめよ」

解ってるんだろと石翠は言う。

「俺もお前も莫迦じゃあねえ。善悪の区別くらいは付くさ。でもな、それとこれとは関わりのねえことなんだ。どうしたって、どんなに押さえ付けたって、見ない振りしたって、沸沸《ふつふつ》と噴き出て来る、業《ごう》よ」

業。

業か。

そんなものじゃない。

「だからな歳三。お前も戻れ。こっち側に戻れよ。まだ間に合う。そのために嫁を貰えと言ってるんだ俺は。済んだことは見逃してやる。俺が墓まで持ってくからよ。なあ、歳よ」

「うるせえ」

歳三は石翠の肩を軽く突き飛ばした。

「俺は――」

立ち上がる。

襖が開いた。

家長の次兄が立っていた。

「歳三――か」

兄は昔と同じ、極めて真っ当な顔付きで歳三を眺めた。

「お前、いつ来た」

歳三は混乱した。

人殺しの泥沼に、そうでない者が突然侵入して来たからだ。

「嫁の話か、兄貴」

そうよと石翠は力なく答える。

「昨日、宮川の勝太に伝言頼んだら、もう来やがった。だから脈があるかと思ったんだがな」

「厭なのか歳三」

「ああ」

未《ま》だ早えよと歳三は言った。

「俺には――渡世がねえ」

それくらいしか歳三には言うことがない。

そんなことは心配することじゃあないだろうさと、家長――喜六《きろく》は言った。

「そうとは思えねえよ」

歳三は侍でも百姓でもない。

何者でもない。

そんな正体のないうかうかしたものが所帯を構えられる道理など何処にもないだろう。働くのが厭な訳ではない。野良仕事を疎んじる訳でもない。

だが。

「俺は」

鍬《くわ》を持つ気はねえと言った。

「解ってる。俺もお前に百姓をさせるつもりはないよ。大作《だいさく》だって家を出てるだろうに」

「医者も出来ねえよ」

三兄の大作は下染屋村《しもそめやむら》の医業糟谷《かすや》家の養子に入り、糟谷良循《りょうじゅん》と名を改めて、医者を営《いとな》んでいる。

「お前、為次郎兄《あに》さんの話は聞いたのか」

歳三は石翠を横目で見る。

今まで語っていた話は真実《ほんとう》か。

真実なら、この盲《めし》いた兄の内面は歳三同様化け物である。

否、化け物を肚《はら》の中に飼っている、人の道に外れた者である。

喜六は多分知らない。

真っ当な次兄は、兄弟が人外《にんがい》であることを知らないのだ。縦《よ》んばそれを知ったとしても、理解することは出来ないだろう。大義なく人殺しを欲する者が存在することなど、彼の人生にとっては埒外《らちがい》なのだろうと思う。

「この家の嫁が欲しいなら、百姓の娘を選ぶさ。町家の娘に土弄《つちいじ》りは出来んよ」

慥《たし》か三味線屋の娘とか言っていたか。

「為次郎兄さんは、お前の性根も考えて選んだんだよ。お琴さんには俺も一度会ったがね、好《よ》い娘さんだ」

「だったら」

余計に悪い。

「あのな、好いも悪いも関わりはねえ。おかめだろうがスベタだろうが、養えねえと言ってるんだよ」

「お琴さんの家には、家業があるんだよ」

喜六はそう言った。

「それは何か」

養子に行けということか。

「笑わせるぜ。俺に三味線屋を嗣《つ》げというのかい。冗談じゃねえ。この浮かれた兄《あに》さんの義太夫節に合わせて、三味弾けとでもいうのかよ」

「そうじゃあないよ」

喜六は眉根を寄せ、それでもいいがなと続けた。

「女房の実家が商いしてるってのは大事なことだぞ。いざという時にな」

「いざも何もねえ」

「今まで通り、薬を売って歩いたっていいじゃないか。何とかなる。売り歩いた手間賃で——いいや、売った薬の代金はみんなお前が取ったっていいぞ。何なら、作るところから全部任せたっていい。手間は掛かるが元手は要らん。それなら、製薬に人を使っても夫婦が暮らすくらいの実入りにはなるだろう」

家《うち》は困らんと家長は言う。

「住み処《か》くらいは用意してやる。暮らしが立つまでは面倒もみるさ。そのくらいの余裕はあるからな」

薬売りか。

「浮かれ座頭《ざとう》に、医者に薬屋か」

——俺は。

人殺しだ。

「悪い話じゃないと思うぞ」

歳三——と、そこで石翠が呼んだ。

「肚《はら》ァ決めろよ」

戻って来い、か。

「そんなもんは最初ッから決まってるよ。俺は」

戻らないよと言った。

「それはどういう肚だ」

喜六が顔を顰《しか》める。

あんたには解らないさと歳三は思う。

「兎《と》に角《かく》この話は終わりだ」

歳三は雪駄を摑み取り、入り口を塞ぐように立っている喜六を避《よ》けて部屋を出た。

「帰《けえ》る」

「何処に帰る」

喜六は言う。

「何処に帰るんだ歳三。お前の家は此処だぞ」

立ち止《ど》まり、振り向いて、喜六越しに石翠を見る。

「気遣いは有り難《がて》えと思うが、余計なお世話だよ兄《あに》さん。あんたと俺は、同じじゃあねえ。道が――違うよ」

「歳三」

「俺は――見えるからな」

石翠は見えぬ眼を一度見開き、口をへの字に結んで下を向いた。

そして、

「諦めねえぞ、俺は」

と言った。

歳三は応えずに次の間に進む。

喜六が袖を摑んだ。

「歳よ」

「何だい」

「お前――」

この眼だ。

悪童《バラガキ》だった頃に能《よ》く見た眼だ。

この真っ直ぐな眼に歳三は辟易《へきえき》したのだ。厭《いと》うたのではない。でも。

見返せない。

「悪かったな兄貴」

歳三はそう言った。

「朝っぱらから騒がせたな。子供《ガキ》どもが起きちまうな」

歳三は見渡す。甥っ子達がどの部屋で寝ているのかも判らない。

これが――歳三の精一杯の歩み寄りである。互いにこれ以上踏み込んでしまうと、もう交わす言葉はなくなってしまう。見ている世間が違い過ぎる。

もう戻るぜと言った。

「だから一体何処に行くというんだ歳。塒《ねぐら》は何処だ。長屋でも借りているのか」

「そんなものはねえよ」

それは本当だ。

薬の客の戸戸《ここ》を気が向くままに廻り、腹が減れば何かを喰い、気の向いたところで寝る。薬がなくなれば取りに来る。その時に集めた銭を渡して手間賃を貰う。その繰り返しである。

それだけだ。

喜六は歳三の袖を握ったまま一言唸った。

「嫁娶《と》りのことは先でもいい。せめて腰を落ち着けろ。この家で暮らすのが厭だというなら、別に住む処を見付けてやる」

「迷惑だよ」

「遠慮してるのか」

「そうじゃねえよ」

「そんな根無し草のような暮らしは長く続くものじゃないぞ、歳。何がしたいのか、どうしたいのかは知らないが、上げ潮の木っ端じゃないんだ。足を地べたに着けろ」

歳三は一拍措《お》いて生返事をした。

「俺は海を知らねえよ」

「以前のように彦五郎さんの処に居候でもするか。それがいいのなら、俺が話をしてやる」

「焼けちまったじゃねえか」

彦五郎一家もいまだに仮住まいである。ただの百姓家ならすぐにも建て直せたのだろうが、曲がりなりにも日野宿の脇本陣であるから、粗末な普請《ふしん》には出来なかったのだろう。建てるには時が掛かるのだ。

「そういえば――」

彦さんは自警のための組を作るそうだと喜六は言った。

「自警たあ何だ」

「自ら身を護るということだそうだよ。宿場の男衆の組だ。用心のための夜回りのようなものだろうさ。それこそ先《せん》の火付けを教訓としておるのだ。名主殿はお命を狙われたのだからな」

「命を――な」

そうだとして。

本当に狙ったのは誰なのか。

それが判らないから彦五郎は用心しているのだろう。下手人にされた男は無実なのだ。火付けは兎《と》も角《かく》、少なくとも殺しに関しては全くの濡れ衣である。

あの男は助けに来たのだ。

殺したのは歳三だ。

いずれにしても。

「百姓や人足のやることじゃねえだろ。そりゃ代官の仕事じゃあねえのか」

「お代官の肝煎《きもいり》だそうだ」

「なる程な」

彦五郎は代官とも通じているのだ。お上が認めているというならば、それは目明かしだの御用聞きと変わりがないということになる。地回りのようなことを始めたという噂は、その動きを指しているのだろう。

「日野の宿は風が通るから、大火も多い。人の出入りも激しいし、荷も金も通るだろう。在郷には荒くれ者もいる。宿場を治めるためにはそういうものが要るのだよ」

「だから何だ」

「お前がやっても良いだろう」

「無宿人扱いか」

そうした仕事はやくざが請け負うものである。

博徒も香具師《やし》も歳三は嫌いだ。

侠客《きょうかく》を名乗るような連中は、一様に殺すのではなく威す。威嚇して利を得る。怯《おび》えた方が負けというだけだ。斬るでも殴るでもない。刀を、腕っ節を、使うことなく食の活計《たつき》としているだけだ。その虚仮威《こけおど》しで作った自分達の領地を縄で囲って、護るという名目でカスリを取る。壁蝨《だに》のようなものだ。それでいて嘘っぱちの親子関係を築き、義理だの人情だのと吐《ぬ》かす。虫酸《むしず》が走る。

そのうえ役人と通じて、密告したり捕物をしたりもする。それが御用聞きである。

壁蝨のくせにお上の威光を笠に着るなど、虚仮威しも良いところである。

徒党を組むのも好みではない。数で威すような真似が嫌いだからだ。

「御免だな」

そう言った。

歳三は護る方ではない。壊す方だ。

「そうか。お前は強いと、彦さんも言っていたが」

「やっとう習ってるのは彦五郎兄だろうが。やりたきゃてめえで廻れと言ってくれ」

それ以前に——。

彼処《あそこ》では暮らせない。

歳三は二人殺している。

だが、殺しているから足を向けぬという訳ではない。思い出すのが厭だとか、露見を畏《おそ》れているとか、そういうこともない。嫌悪も畏怖もない。どうしたことかそれはない。

歳三は、罪の重さなど、実は微塵《みじん》も感じていない。後悔もない。

自分は化け物なのだ。

ただ。

そんな自分が、そうでない者と同じ場所にいることに、歳三は強い戸惑いを覚えるのだ。

それは恰《あたか》も牛馬の群れの中に一匹だけ狼が雑《ま》じっているようなものであるだろう。

幾百の家畜の中の孤狼は、明白な異物だ。

生き難《にく》い。

狼は馬にも牛にもなれぬ。草を食み葉《は》を食んで生きて行くことは出来ぬのだ。否《いや》、狼は牛馬を喰わねばならぬのである。喰うべきなのだ。喰わねば、狼は狼でなくなる。

牛馬にもなれず、狼でもなくなるならば、それはもう何者でもない。

今の歳三である。

石翠は牙を抜かれた狼なのだ。牙がなければ、どれ程狼であろうとしても牛を喰うことは叶わぬだろう。

それでも矢張り牛馬にはなれぬ。違うものは違うのだ。

だから兄は道化になった——ということか。

歳三は家族や親類を嫌ってはいない。

のみならずそれ以外の者を厭《いと》うてもいない。憎んでもいない。蔑《さげす》んでもいない。情もある。でも、そうした諸々と、歳三が異物であるということは別だ。

全く筋の違う話である。

狼は牛や馬が嫌いだから屠《ほふ》る訳ではない。憎んで、蔑んで殺す訳ではない。仮令《たとい》好きでも、慈しんでいても、狼は牛を喰う。

喰うのが当たり前だからだ。

歳三は目の前の兄も、もしかしたら簡単に殺せるだろう。

そして、多分、どうにも思わないのだ。

殺した後に悔いるのならば、まだ良いだろう。思うに歳三は後悔などしない。一切しない。何処かで寝ている頑是《がんぜ》ない子等《ら》も玄関先の義姉も、虫でも潰すように殺すだろう。殺せると思う。殺したとして。

悔やむことはない。

勿論、彦五郎も、その妻である姉だって――。

だから。

離れていたい。

歳三は石翠のようには振る舞えぬ。

歳三には押さえ付けなければならない理由がない。悪行は罰せられて当然、大罪なら殺されて当然と思うなら、もう歯止めなど何もない。

目の見えぬ兄が、どれだけ牛を喰いたくても決して喰うことの叶わぬ狼が、強い意志を以て押さえ付け、深く沈め、それでも涌き上がって来る欲動である。

歳三には牛馬を喰わぬだけの理由がないのだ。

あるとするなら、未《ま》だ刀を持たぬという一点のみである。

「本当に、もう行くよ」

「朝餉《あさげ》でも喰って行け」

「手間だろ」

「薬は」

「葛籠《つづら》を置いて来た」

近藤道場に置いてある。

「歳三」

「じゃあな」

歳三はそれだけ言うと、幾つもの部屋を抜けて玄関に出た。

義姉はまだ同じところに立っていた。何かを案ずるような顔をしている。

歳三が何かするとでも思ったのだろうか。

「草鞋《わらじ》はねえかい」

雪駄を懐に入れて、そう問うた。

義姉は慌《あわ》てて、何処からか草鞋を持ってきた。

草鞋を履いていると背後に喜六が立った。

「そうだ」

振り向かず、ひとつ尋《き》きてえと歳三は言った。

「兄貴、沖田という侍の小僧に何か言ったか」

「沖田――」

喜六は少し思案顔になり、ああと言った。

「あの」

「薄汚《うすぎたね》え鼠みてえな子供《ガキ》だ」

「あの――いや、それは近藤道場に行った、愛想の良い子だろう」

「何か言ったかい」

「いや、あれは」

少し怖い子供だと、喜六は小声で言った。

ならば。

小僧に何か言ったのは彦五郎か。

立ち上がり、手を上げて邪魔したなと言い、そのまま外に出た。

歳三が荒れていた頃、武器にしようとして植えた竹が、小さな藪《やぶ》になっていた。

門を抜ける。

扠《さて》――。

寄るつもりはなかったが、本陣にも立ち寄った方が良いだろうか。

彦五郎が沖田に何かを言ったのであれば、問うてみる必要はあるだろう。

——いや。

どうでも良いか。

そんな気もする。

もし彦五郎が歳三の正体を察していたのだとしても、だからどうなるということはないのだ。例えば、己の祖母と安兵衛を殺した下手人が歳三だと、彦五郎が知っていたのだとしても、どうということはないのだろう。訴え出ないなら出ないだけの理由があるのだろうし、訴えられたところで困ることはない。

捕まれば刑死するだけだ。

場合に拠っては彦五郎を殺したっていい。返り討ちに遭っても仕方があるまい。

暫く進んで、歳三は軽く後ろを見た。

大きな門の前に、次兄と嫂《あによめ》が並んで立っているのが見えた。ここで振り返らなければ立っていたって無駄だろうに。肉親は——。

矢張り、どうも苦手だ。

肉親というより人が苦手なのかとも思う。

いや、苦手という以前の問題なのか。

殺したくなるから。

その欲動は常にある。罪悪感もない。しかし歳三は愚か者ではないから、それが決して為《し》てはいけないことだと知っている。罪悪感はないが、罪の重さだけは充分に判る。

考えるまでもない。

考えるまでもないが、どう対処すべきなのかは正直判らないのだ。

歳三は、抑えられなければ罰せられるだけだという、投げ遣りな肚《はら》の括り方しか出来ないでいる。

だが本来、歳三という男はそんな投げ遣りな在り方を望む男ではない。

筋は通っていた方が良いと強く思うし、筋を通すことの方を好む。だからこそ、罰を受けることを厭《いと》わないという覚悟も生まれるのだろう。しかしそれならば、そもそも罰を受けるようなことはしない、すべきでない、と考えるものなのではないのか。

矛盾している。

この矛盾は今のところ解消出来ない。だから歳三は、人と関わることを避《さ》けたいのだろう。逃げているだけなのだ。

見慣れた道だ。

歩き慣れた道だ。

体が覚えている。何も考えずとも歩を進めることが出来る。虚無の状態というのは殊《こと》の外《ほか》心地良いものだ。だが、この心地良さに浸っていてはいけないのだとも思う。そうした気持ちが、安寧の中にささくれた焦燥を作り出す。

これでいい——訳はない。

——矢張り。

彦五郎には会おう。歳三はそう思い直した。

義兄は、歳三の何を知っているのか、何かを知っていたとして、それをどう受け止《と》めているのか。歳三にはそれを知っておく必要があるのかもしれない。

筋を通すために。

用水路に架かった小橋を渡り街道を進む。

草を踏む。

踏んで千切れた葉は死ぬ。

この草と人はどう違うのか。その差が歳三には判らないのだ。

人通りが多くなる。馬も荷車も行き交っている。活気がある。

彦五郎は問屋場《といやば》にいた。

帳面を見乍《なが》らあれこれと指示をしている。てきぱきと働いている姿は好ましいものである。服装も小綺麗で、立ち姿もすっとしている。

歳三とは大違いだ。

歩き詰めで汗と泥に塗《まみ》れた歳三は、凡《およ》そ名主の義弟には見えまい。

顔を上げ、歳三の姿を認めて、義兄は少なからず驚いたようだった。

「歳さんじゃないか」

そう言うと彦五郎は人足のような男にこのまま少し待っていてお呉《く》れと言い、歳三が立っている方に駆け寄って来た。

「何だい、随分と無沙汰《ぶさた》するじゃあないか。些細《ちっ》とも顔を出さないから案じていたのだよ。まあ勇さんから話は聞いていたから息災なのは知っていたが——石翠さんなんかは、豪《えら》く案じていなさったぞ。昨日もやって来て、何やら——」

「もう行って来たよ」

そう捲《まく》し立てられても返す言葉は何もない。

「そうかね。ならいいが、それにしちゃあ落ち着かないな。帰ったなら緩寛《ゆっくり》すればいいじゃあないか」

「話はした」

「石翠さんは、お前さんに手を引かれて本陣まで通った頃のことばかり言うのさ。懐かしいのだろう。お前さんが好きなのだ、あの人は」

そう——見えるのか。

「そんなに通っているのかい」

「まあ、義太夫を語るにも、もう祖母はいないからね、最近は俳句の集まりだよ」

「あんた、俳句もやるのだったか」

石翠は——何か言ったのか。

しかし、義兄の言葉に屈託はない。隠しごとをしているようにも思えなかった。

「そうだ、実は」

「地回りだか自警だかの組の話なら兄貴から聞いた」

「そうか」

彦五郎はそこで漸《ようや》く素の顔になった。

「で、どうだい」

「どうだいって、俺には無理だ」

厭だとは言わなかった。

「そうかな。勇さんの話だと、歳さんの腕前は、免許皆伝とはいかぬものの目録くらいはすぐ出せるということだったが」

「目録だぁ」

勝太あたりからそんなものを貰っても何の意味もない。腹の足しにもならない。

「そうさ。ちゃんと習えば良いのだよ。すぐに上達するだろう」

「やっとう強くなったって仕方がねえさ。俺は」

何者でもない。

薬売りだと言った。

「それに幾ら強くても、俺なんかがやったのじゃあ破落戸《ごろつき》がくだ巻いてるのと違《ちげ》ぇは
ねえよ。俺は悪童《バラガキ》だぜ」

昔の話だろと彦五郎は言った。

「済んだことはいいさ」

「そうかい」

歳三は探るように義兄の顔を睨《ね》め付ける。

彦五郎は顔を背けた。

「悪童と言やあ——沖田とかいう子供《ガキ》と、あんた、会ったかい」

「宗治のことか」

「宗治郎だそうだぜ」

勇さんがそう呼ぶのさと彦五郎は言った。

「あの子は暫くの間うちに通って来ていたよ。うちの道場——建物はないから稽古場か。母親の実家がその先にあるのだが」

「侍の子だろ。それが百姓に剣術習うのかい」

「事情は詳しく知らないが、剣術が好きだというのでな。うちの流派にも縁があるとかいう話だったし、この宿場で稽古が出来るのは、まあうちだろうということで、相談されたのだ。江戸では名のある道場に通っていたようだし、まあ教えるつもりもなかったのだよ。庭先で一人で棒振りするのも妙だろう」

沖田の母の実家は百姓なのだそうだ。

ならば家の者も持て余していたのかもしれない。

「でな、出稽古の時に筋が良いと勇さんが言うから、それならと内弟子に引き取って貰ったのさ」

「それだけかい」

「それだけというと——」

彦五郎の貌《かお》が曇った。

「兄貴の話だと、愛想の良い子供だそうじゃねえか」

「まあ――な」

「含みがあるな」

「あれは」

子供じゃないと彦五郎は言った。

「まだ十二三だろ」

「齢《とし》はな。振る舞いも童《わらべ》だ。だがそう振る舞っているだけに――見えるよ。あれはもしや、無邪気を装っているのかね。まあそうなら、大層上手なのだが」

「装うか」

勝太――近藤勇には見抜けていないあの溝鼠《どぶねずみ》の本性を、彦五郎は見抜いていたということか。

あの。

人殺し。

「俺もそうだったかい」

「何だって」

義兄は鼻の上に皺を寄せた。

「お前さんはまるで違うさ。小さい頃のことは知らないが、子供らしく振る舞ったことなど一度もないじゃないか。寧《むし》ろ逆だ。齢《とし》よりずっと上に見えたよ」

「そうか」

ただな、と彦五郎は顔を背けたまま続けた。

「ただ——何だい」

「まあ、見た目と中味が違っているというところは、似ていたかもしれないな」

どういうことだ。

「私はね、歳さん。今だから言うのだが、あんたの本心がいつも見えなくて、心が細る思いだったのだ。義理とはいえ弟だ。しかも、足繁く通ってくれる。でも、どうしたらお前さんが喜ぶのか、どう接したら好かれるのか、まるで判らなかった。機嫌を損ねるのじゃあないかと、そればかり思っていた」

それは——そうだろう。

歳三もまた、人殺しを望む者なのだ。そんな非道な真情が汲める筈もない。

「とくにも話してみたが、そういう子だから、と言われた。どういう子なのかは判らないだろうさ。

姉。

一緒に血飛沫《ちしぶき》の華を観た、姉。

「私はね、お前さんの眼を見る度に、もしや不満を持っているのじゃないか、肚を立てているのじゃないかと気が気ではなかったのだ」

当たってはいるだろう。

ただその不満は、義兄に向けたものではない。世の中に向けた、いや自分の性向に向けたものなのだ。歳三が荒れていたのは、誰の所為《せい》でもない自分の所為だ。

「悪さしたからな」

「してくれた方が――」

気が楽だったよと義兄は言った。

「後始末はそれなりに大変だったけれどもね。大切な女房殿の弟なのだから、そこはそれだ」

そうだったのか。否、そうであったに違いない。

歳三は改めて思い知る。

そうだろうとは察していたが、暴れ回っていた時分の歳三に一切のお咎めがなかったのは、其方此方《そちこち》に義兄の鼻薬が効いていたからなのだろう。

「それでも、お前さんの肚が知れないのはね、少しばかり淋しかったのだ。血を分けちゃいないが、実の弟と思うていたからね。でも、お前さんは何をしてやっても、礼は言うけれども眼が」

眼がな。

「どうも私を責めているような気がしてね」

「何で責めるよ」

「扠《さて》な。大事な姉様を盗《と》ったからかのう」

「莫迦なことを言うぜ」

全くだと彦五郎は笑った。

「今はな、莫迦なことなんだろうと思うよ。でもあの頃お前さんはまだ十を出たばかり、あの宗治と変わらない齢《とし》だったのだ。喜六さんも大層気を揉んでいたし、奉公にも行かず、やがてうちに居付いてしまったのだから――まあ気にもなるさ」

「迷惑だったか」

「とんでもねえよ」

彦五郎はまた笑った。

遣り手だが、善人だ。

気付いていない。

刀自《とじ》を殺したのが歳三だなどとは思ってもいないようである。

ただ。

――眼か。

あの子も同じだと義兄は吐息のような声で言った。

「同じと言うならそこなのだよ。顔は笑っているのさ。でも眼を見ると笑っていないのだ。だからつい機嫌を取ってしまう。勿論、何を言ってもハイハイと言うのだが、心の底で何を思っているのか、つい邪推してしまってね」

それは、邪推ではない。

沖田は人外《にんがい》だ。

彦五郎という男は、ただ聡明というだけでなく、勘が鋭い男なのだろうと思う。

勘というより、人を見極める目が備わっているというべきか。

そうでなくては、こんな宿場の名主など務まるまい。多くの者を使役し、在郷の有象無象を捌《さば》き、銭勘定をし、先を見通し、身の振り方を決める。代官や役人と通じているのも根回しのためだろう。関わる人の数が圧倒的に多い。人の性根を見抜けなければ、失敗《しくじ》る。

上下《かみしも》佐藤家にどんな確執があったのか、そんなことは歳三の与《あずか》り知らぬことなのだが、少なくとも彦五郎は奸計《かんけい》を以《もっ》て上佐藤を追い落とした訳ではない。不利益を被らぬように慎重に立ち回っただけなのだろう。

この宿場のもう一人の名主である芳三郎《よしさぶろう》も、その辺りのことは承知しているのだと思う。世間には、下佐藤が上佐藤を罠に掛けて追い落としたようなことを口さがなく語る者もいる。先の火事騒ぎはその報復で、結果上佐藤は自滅したのだという風聞もある。

だがそれは違う。彦五郎の先代や先先代が何をしたのか、それは知らない。しかし少なくとも彦五郎は何もしていない。そして芳三郎もまた、何もしていないのだ。

世間の言う通りならば芳三郎は黙ってはおるまい。確執はより深まる筈である。

火事以降、本陣脇本陣の力関係は逆転したが、上下佐藤の間柄は安定している。

つまり。

先の火付けの首謀者が上佐藤の先代でないことは明白である。それは歳三が一番能《よ》く知っている。先代はしかし、弁解する間もなく、裁きを受ける前に恐慌に陥った暴徒の手で嬲《なぶ》り殺しにされたのだ。そのこと自体を問題にしてもいいくらいである。

本来、私刑はご法度《はっと》の筈なのだから。

だが息子の芳三郎は沈黙した。

諸々の経緯を、彦五郎はある程度承知している筈だ。その上で、最も穏便にことを収められる道を選択したのだろう。

——そうか。

そこで、歳三は察した。

義兄は、歳三の人殺しを知らぬ。

知らぬだろう。仮令《たとい》、何かしら疑念を抱いていたのだとしても、不穏な気配を察していたのだとしても、知らぬ振りをして口を拭《ぬぐ》うが得策と心得たのに違いない。火付けは兎《と》も角《かく》、刀自殺し安兵衛殺しだけは前《さき》の上《かみ》の名主の仕業としておいた方が——収まると踏んだか。

そうに違いない。

下佐藤は刀自を殺された。だから上佐藤は下手人を出せ——。

痛み分けである。

その代わり。

本来なら某《なにがし》かの処分を受けるであろう下手人の子、芳三郎は、その件に関しては構いなしにして貰うよう彦五郎は手を回したのではないか。

宿場本陣を燃やした責は上下両名主が負ったようだが、それ以上のお咎めはなかったと聞く。暴徒の蛮行も凡《すべ》て見逃されている。下手人はお縄になったことにされており、正式な詮議もあったことになっている。

彦五郎が代官に根回ししたのだ。

それなら上下佐藤、代官、宿場の者、いずれの顔も立つ。

ならば本当の下手人など要らぬ。

いや、いては困ることになる。

歳三が疑われる訳もない。

縦《よし》んば怪しいと思うても、藪《やぶ》を突《つつ》いて蛇が出れば損をするだけだ。

そして芳三郎も、彦五郎に従うが吉と読んだのだ。そうしなくては話が収まらぬ。ことを収めずに痛手を負うのは、多分上佐藤の方である。

損得抜きでも従わざるを得なくなるだけの胆力を義兄は持っている。

侮《あなど》れぬ策士である。

この彦五郎という男にもし弱点があるとするならば、それは最後の最後で善を信じてしまうという、その一点に尽きるのではないか。

見た通り。

沖田宗治郎は邪悪だ。

そして歳三も、その同類なのだ。

親類だから、子供だから、そんなことはないと、彦五郎は思っているのだ。

その思い込みが鋭い筈の直観を鈍らせ、正しい裁断をも曲げている。

親類だろうが子供だろうが、人でない心を持つ者はいるのだ。

歳三はもう一度義兄を見据えた。

義兄はまだ横を向いている。

顔を背けずに歳三を観続けていたなら、この男は歳三の胸の内の淀みを、凶暴な人殺しへの欲動を、見抜いていただろうか。

――眼か。

「眼が同じと言ったかい」

「言った――かもしれん。覚えていない。でももう、あの子供は勇さんに預けた」

私は関係ないよと、彦五郎は言った。

「何故尋《き》くね」

格別厭な野郎だからさと歳三は答えた。

「人当たりの良い子供だったがな」

「本当にそう思うか」

義兄は微《かす》かに笑った。

——底の知れねえ男だ。

歳三の中から、何かがすうと抜けた。

多分、今の今まで、歳三はこの義兄を殺すかもしれないと、心の何処かでそう思っていたのに違いないのだ。

歳三は義兄があのことを知っているのかもしれぬと疑っていた。知らずとも何か察していたのかもしれぬとは思っていた。しかし、だから口封じのために殺してやろうなどという理詰めの話ではない。そんなこととは関りがない。

歳三の場合、あらゆる利害は殺意と無関係だ。

義兄にとって歳三は祖母の仇《かたき》である。知っていようがいまいが、そこに変わりはない。知っていて敢《あ》えて黙していたのだとしても、面と向かって面《つら》を突き合わせてしまえば、どうなるだろうか。怨嗟《えんさ》が涌き怒気が燃えはしないか。もし怪しんでいるだけだったのだとしても、縦《よ》しんばまるで察していなかったのだとしても——である。

歳三は端《はな》から隠すつもりなどないのだし、ならば顔を合わせることで知れてしまうようなことはあるかもしれぬ。そうも考えた。

ならば。

例えば、義兄が仇を討とうと向かって来たとしたら、どうか。彦五郎はもう長く剣術の稽古を積んでいる。当然、僅かでも腕に覚えはあるのだろう。ならば手を出すこともあるか。手を出されたなら――。

きっと殺す。

その時、歳三は必ず義兄を殺す。負けるということはない。

歳三の方が強い。

彦五郎は平素から刀を持ち歩くような人物ではないし、今も得物になるようなものは所持していないだろう。素手ならば負けまい。彦五郎の心積もりがどうであれ、歳三の方は最初から殺す気でかかる。だから手加減も何もない。喧嘩《けんか》でも仕返しでもないのだ。

なら勝つ。

だから勿論、瞭然《はっきり》と殺意を持っていた訳ではない。

それは意志として表に現われていた訳ではない。ただ頭の隅か、胸の裡《うち》か、肚《はら》の奥底か、そういう処に、そうした悪念が凝《こご》っていたことは間違いないのだ。その証拠に歳三の目は、義兄を認めつつ常に得物になるものを捜していたのだ。

人足が縄を切るために持っている小刀。立て掛けてある草刈り鎌。錆びた鉈《なた》。心張り棒。凶器になるものばかりが目に付いた。いざという時に使うためだろう。

今の今までそうだった。

殺したい、ではない。殺してはいけない、でもない。殺すかもしれない、とも違う。何かあったら――。

必ず殺す。

表に出していなかっただけで、皮一枚捲《めく》れば歳三の芯はそうした殺気に満ちていたのだ。

その気が散じたのである。

「解ったよ」

そう言った。何が解ったのか、それは歳三も知らない。

「勇さんはな、あれは気持ちの良い人だ。面倒見も良いしな。勇さんに預けりゃ、まあ、あの子も安心だろうさ」

「甘《あめ》えよ」

あれは死ぬまで直らない。

「――仕事中に邪魔したな」

「寄っていかんのか歳さん。とくも喜ぶぞ」

「いや、帰《けえ》るよ」

そんなことばかり言っている。

帰る帰ると——。

——何処に帰るんだ。

喜六の言う通りだ。歳三に帰る処などない。

そもそも歳三は、勝太に帰れと言われたから石田村まで行ったのではなかったか。

「江戸——に帰るのか」

彦五郎は訝《いぶか》しそうにそう言った。

多分江戸には行くのだろう。近藤道場に荷物を預けてある以上は仕方がない。こんなことなら持って来るべきだった。行けば沖田がいるのだろう。あれとは顔を合わせたくない。でも。

土方の家にも、佐藤の家にも歳三の居場所はない。

しかし江戸にも居所がある訳ではない。

正しくは帰るではなく、此処から居なくなるというだけのことだ。何処に行くのかは歳三も知らない。

——もういい。

この男の肚は探れない。

歳三が背を向けると歳さんと呼ばれた。

片手を挙げると、歳三ともう一度呼ばれた。

仕方がなく振り向いた。

「私は止《と》めないよ」

「何をだ」

「お前さんは、何処かに行きたいのだろう。なら行くがいいさ。為《し》たいことを為ろ。

私は後を押すよ」

「後を押すだと」

「ああ」

「何をしようとしてもかい」

何をしてもさと義兄は答えた。

「悪さするぜ」

「尻ィ拭うよ」

それはどうか。

「何をするのか知らんが」

　お前さんもそんなに莫迦じゃあないだろうと彦五郎は不敵に笑った。

「私はね、歳さんよ。どうやら人を使うのが性に合っている。上《かみ》の芳《よし》さんとも、今は上手《うま》くやっているしね、お役人とも懇意にさせて戴《いただ》いている。そこを悪く言う者も多いが、処世だよ。そうやって身過ぎ世過ぎを送っとる」

　そうした性分なのさ——そう言って、彦五郎は振り返り、問屋場《といやば》全体を眺めるようにした。

「私なんぞには何の力もないが、この宿場には力がある。自警の隊を組もうというのも、日野《ここ》に力があるからだ。別に野盗が怖くてする訳じゃあないのさ。いいかい、歳さん。侍に出来ることは百姓にだって出来るのだよ」

「何だって」

「同じ人だもの、出来るだろう。だから出来る出来ないの問題じゃあないのさ。ただ侍と百姓は役割が大いに違うのだ。お侍というのはね、人の上に載《の》っかるのがお役目だ。侍は、載ってなくちゃあいけないな」

「侍ってだけで人の上に載るかい。勝太も載ってるか」

　そうよなあ——と答えて、彦五郎は遠くを見た。

平野の山は、遠い。

「勇さんは侍になったが、なっただけなんだよ。あの人は真っ直ぐな人だから、それでいい。でもなあ、人の上に載っかれない侍は、何者でもないと思うのだ」

何者でも――ねえか。

道場があるだろと歳三は言った。

「まあ近藤道場はいずれ勇さんが嗣《つ》ぐのだろうが、それは家業を嗣ぐということだろう。豆腐屋の子が豆腐屋嗣ぐのと何の違いがある。豆腐屋は豆腐を売る。あれは、剣術売ってるだけだよ」

買ってるなと言うと、沢山買っておるなと彦五郎は言った。

「上得意だ。出稽古の度に大枚叩《はた》いて、饗応《もてなし》もしている。それはそれでいいさ。あれはね、そういう商いだ。しかしなあ歳さん」

「偉くねえ――ってことかい」

勝太は、強くなりたいと言った。

歳三は偉くなるべきだと思った。

その差、ということか。

まあそうだと彦五郎は答えた。

「だからな、侍なら、上に載らなくちゃ意味がないのさ。勇さんは侍になったのじゃない、商売替えしただけなんだ。百姓の倅《せがれ》が、侍にしか出来ない商売を始めたというだけだと思うのさ。これは悪いことじゃあない。でもな、侍というのは、形《かた》でも身分でもないのだよ。上に載るのが役目なのだ」

「貧乏道場の主《あるじ》ィ召し抱えるような藩も大名もねえよ。仕官したところで高が知れてるだろ。勝太なんかに偉くなれと言っても、無理だ」

「偉くなることもないがね」

「ねえか」

「私は侍ではないから代官にはなれない。でもな」

代官の使い方は知っている——。

「使い方だと」

「そうさ。人にはそれぞれ、使い道というものがある。私は、使われるより使う方が向いているようだ。これは身分の話じゃあない。偉いとか偉くないとか、そういう上下の関わりじゃあないのだ。向き不向きだ。私は別に、己《じぶん》を偉いとは思わないよ」

「代官をコキ使うなあ、偉《えれ》えのじゃないのか」

そうじゃあないよと義兄は苦笑いする。

「百姓には百姓の、侍には侍の使い道があるってことだ。道に合った使い方をしなけりゃあ、無駄になるだけだろうよ。上に載っかってるからといって、偉い訳じゃあない。何度も言うが、そういう役目だというだけだ」

漬物石じゃねえかと言った。

「そうだな。なら勇さんは漬物石になったのじゃなく、砥石《といし》になった、そんな感じかね。どっちが偉いということはない。漬物石には漬物石の、砥石には砥石の使い方がある。重石で庖丁は研げないだろう。そういうことだよ」

「あんたは漬物石の使い方を知っている、ということか」

「そうだな。私は大根じゃない。漬けても不味《まず》いし、漬けられるなァどうも不得手なんだな。いいところが樽か、樽の箍《たが》か蓋《ふた》か、私はそんなものだ」

「なる程な」

「でもな歳さん。砥石はな、石は石だが、重石になる程に重くはないんだよ。勇さんは侍の恰好《かっこう》こそしてるが、それだけだ。侍というのは漬物石のことなのだ」

「さっぱり話が伝わらねえよ」

引き止《と》めてまで言うことか。

忙しいのだろうに。まあ急《せ》くなよと義兄は言う。

「漬物石は樽の上に載っかっておるが、あれは、重くなくちゃならん」

「重しだからな」

「軽かったらどうだ」

「使えねえよ」

「そうよな。歳さん、百姓に生まれたからといって百姓に向いているとは限らないのだよ。土弄《いじ》りが嫌《きれ》えな者《もん》は良い百姓にはならん」

「そんなこと言っても詮方《せんかた》ねえ」

身分は換えられぬ。

――こともねえのか。

彦五郎は眼を細めて笑った。

「漬物石はね、載るがお役目威張るが渡世だ。でもな、どんなに威張ろうと偉ぶろうと、百姓が米作らなきゃ侍は飢えるだけだ。国も藩も立ち行かなくなるよ。商人《あきんど》が銭を回さなくなっても、職人が物を作らなくなっても、矢ッ張《やっぱ》り国は滅ぶのさ。下の樽がしゃんとしていなきゃ、漬物石も載るに載れないだろう。私等《ら》のお役目は、だから侍を載っけてやることなのさ。こりゃあ役割が違うというだけで、貴賤《きせん》の差がある訳じゃあないな」

「だから何が――言いたいんだい」

「そうさね」

彦五郎は問屋場を見渡した。人足が馬に荷を負わせている。

良い馬だなあと義兄は言った。

「痩《や》せ馬病み馬に人は乗れないだろ。でも、どんな名馬でも乗り手が行く先を示してやらなくちゃ、馬は何処に行けばいいかも判らないし、鞭《むち》を入れなきゃ走りもしないよ。水をやらなくちゃ弱るし、飼葉をやらなきゃどんな馬も死ぬ。上に載る者は、だから手綱を確乎《しっか》り握って、行く先を見極めてなくちゃいけない。それが載る者の仕事だ。でも、今の侍はね、ただ載っかっているだけなのだよ。侍なんだから、載るのはまあ仕方がない。載っからなくちゃ連中は喰えない。でも、載ってるだけなのさ」

「馬ァ立ち往生か」

「それじゃあ共倒れになるのだよ。乗り手が何もしないなら、馬は勝手に草場に行って草を喰い水場に行って水を飲むしかない。そうすりゃ、乗り手が死んでも馬は生きるだろ」

「今のままじゃ、いずれ侍は死んじまうっ――てことか」

そうじゃないよと彦五郎は微笑《ほほえ》む。

「馬は馬で知恵を付ければ良いというだけのことさ。行き先は馬にだって決められるのだ。ちゃんとした道を行けば、馬も、乗り手も生きるのだ。それに私等《ら》はね、馬や樽じゃない。馬や樽の役をやってるだけの、人だ。載ってる奴を使うことだって出来ないことはないよ」

いいかい歳さんと言って、彦五郎は真顔になった。

「下が上を使うのならば、主も従もないようなものだろうよ。それに、身分なんてものは、思ってる程に固《かて》えものじゃあないよ。頭使って道筋さえ付けりゃ、何にだってなれるだろうさ。貴賤も血筋もあまり関係ないのさ。身分なんて所詮、役目だ。それよりも人はな、性質《たち》だ。性質と役目が合っていないと、使い道がない。使えない。役には立たぬよ」

お前さんは百姓には向かないだろうと彦五郎は言った。

「さあな。畑は嫌いじゃねえ」

「好きでもないだろう。まあ好き嫌いじゃないさ。向き不向きだ。下手の横好きということもある。私の見る限りお前さんは――こんな場所に燻《くすぶ》ってる男じゃあない」

だから。

「何処にでも行けということか」

好きなところで好きなことをしろよと彦五郎は言った。

「困った時は報せておくれ。私が必ず助けようじゃないか。石翠さんは淋しがるかもしれないが、仕方がないことだ。無理に嫁を貰うことなんかない。遣りたいように遣れ。お前さんに相応しい役目がある」

それでいいとは思えない。

有り難《がた》い話なのだろうが。

――俺は。

人殺しだ。

百姓には百姓の、侍には侍の役割があるのだろう。向きも不向きもあるだろう。

人殺しの役割はあるか。

人殺しの使い道はあるのか。

そんなものは――。

後ひとつだけ老婆心で言うぞと彦五郎は続けた。

「お前さんは徒党を組むのを嫌う性質《たち》と見たが、どうだ」

「そうだ」

見抜くか。

嫌《きれ》えだよと答えた。

「解らんでもない。ただ役目というのはな、大勢の中でそれぞれが持つものだ。一人では何も出来ぬものよ。使い使われる、そういう立場を作らないと、居場所はない」

居場所は――。

慥《たし》かにない。

「人を使えよ歳三。それが言いたくて止《と》めたのだ。徒党を組むことなんざない。前を行く者《もん》も、隣にいる者も使え。上に載ってる者も使え。私のことも使え。そういうことだよ」

好きに使えと義兄は言った。

「使い道を見極めな。お前さんなら出来るだろう」

――人の使い道か。

殺す以外に、何がある。

「そして、使った分は使われろ。役目を見定めることが出来れば、お前さんにも役割が出来よう。それを果たすんだ。私は、人を使うという役目を果たすことで、大勢に使われておるのさ。使って、使われて、己のいる場所なんてものはそうして出来上がるものだ。人は、どうしたって群れるものだよ」

――俺の使い道。

そんなものはねえ。

歳三は突如居た堪らなくなり、逡巡した揚げ句に解ったよとだけ答えて、足早にその場を去った。

一度も振り返らなかった。

彦五郎は、嫌いではない。嫌いではないが、喜六以上に苦手だ。

問屋場を離れ宿場を離れ、歳三は結局江戸に舞い戻った。舞い戻るしかなかった。

丸一日、飲まず喰わずの歩き詰めだったから流石《さすが》に腹が減った。

内藤新宿の一膳飯屋で腹拵《はらごしら》えをして、それから途方に暮れた。

近藤道場がある甲良屋敷《こうらやしき》の方角にはどうも足が向かない。

ただ、葛籠《つづら》を取りに行かなければ商売が出来ない。

のろのろと、遅い歩みで市谷《いちがや》の方に向かったが、近藤道場の近隣に着いた頃には陽も傾き、店店の提燈《ちょうちん》や箱行燈《はこあんどう》に火が点り始めていた。

どうも、こういう繁華な処は好かない。

近藤道場の近くには何かと店が多いのだ。昼間も賑わっている。

裏道に入る。

一本裏に入ると急に静かになる。

音がしなくなるということではなく、人気《ひとけ》がなくなるというだけのことである。誰も何も言わずとも、人が多いのは煩《わずら》わしいだけだ。

息を吸って吐《は》く音が煩瑣《うるさ》い。

近藤周助の道場は、大きな蔵の裏手にある。

誰の蔵かは知らぬ。大家《たいけ》の持ち蔵なのだろう。

道場には、誰が書いたのか知らぬが、汚い字で試衛《しえい》と書かれた扁額《へんがく》が掛けられている。長年読めなかったのだが、どうやらそう読むものらしい。

一度、道場主の周助にあれは何だと尋《き》いたが、知らぬと言われた。先代から譲り受けたようなことを言っていたと思う。

どうでもいいのだろう。

周助という男は、そういうところがある。

剣術の腕も、強いのか弱いのか判らない。出稽古に来ていた時からそう思っていたが、道場でもそうだった。柳に風といった様子で摑み処《どころ》がない。

歳三はその時、続けて読み方を尋いた。それが何かは兎《と》も角《かく》も、恭《うやうや》しく掲げているのだから意味くらいはある筈だと思ったのだ。

試衛、だろうなと周助は言った。

試す、衛《まも》るとはどういう意味なのか、歳三はまるで解らなかった。

しかしそれ以上は尋かなかった。

周助も知らないのだろうと思ったのだ。

どうでもいいのだ。

道場が見える辺りで歳三は立ち止《ど》まった。明かりが点いている。

もう稽古はしていないのか。昨日出稽古から戻ったのだから、勝太はきっといるだろう。宗治郎もいるのだろう。

躊躇《ためら》っていると、人が出て来た。

侍である。身形《みなり》もきちんとしていて、姿勢もいい。

侍は折り目正しく礼をすると、踵《きびす》を返して歳三の方に近寄って来た。

いや、歳三目掛けて寄って来た訳ではないのだ。多分、通り道に歳三が立っていただけだ。

擦《す》れ違う。

月代《さかやき》もきちんと剃《す》り上げ、鬢《びん》に解《ほつ》れもない。衣《ころも》も袴《はかま》も小綺麗で、足取りも確《しっか》りしている。丸顔で温厚そうな顔付きだった。

——使うな。

そう思った。

此奴《こいつ》は強い。

道場荒らしには見えないが。

後ろ姿を追っていると、歳三じゃないかという声がした。

井上源三郎《いのうえげんざぶろう》だった。

「どうしたね」

大声である。

余り叫ばれても困るので歳三は道場の方に歩を進めた。

「何だ歳三。そんな薄ッ暗《くれ》え処《とこ》にこそこそと」

源三郎は歳三より六つ七つ年上である。まだ三十路《みそじ》には至らぬが、四十を過ぎているように思える時がある。顔付きが地味なのと、見てくれに構わないずぼらな性質《たち》がそう見せるのだろう。月代は疎《おろ》か、髭《ひげ》もまともにはあたらない。世話好きで忠実《まめ》に働くが、やっとうは弱い。日野にいた頃からそうだった。

源三郎の兄松五郎《まつごろう》は八王子《はちおうじ》千人同心《せんにんどうしん》世話役であり、こちらは強い。弟と同じく地味な風貌だが、腰が据わっている。

兄弟共に型通りの動きしかしないが、兄の方が太刀筋《たちすじ》が重い。

源三郎も、そこに気付いてはいるのだろう。源三郎は早くから近藤道場に住み込んでいるが、内弟子というよりも下働きのようなものなのである。飯を炊いたり掃除をしたり、まるで下男のようなことを黙黙《もくもく》と熟《こな》している。

愉しそうではないが、辛そうでもない。

なる程、そういう役目と心得たのかと、歳三は思う。

矢張り飄飄《ひょうひょう》とした物腰の近藤周助と、馬が合ったのかもしれぬ。

「おい歳三」

泊まって行くんかのと、源三郎は言った。この野卑な言葉遣いは侍ではない。

「あれは誰だ」

歳三は顔を背後の暗がりに向けて問うた。

「あれたァ誰だね」

「今の男だ」

「ああ。ありゃあ山南《さんなん》さんだ」

「それは何者だと尋《き》いてるんだよ」

源三郎は無精《ぶしょう》髭《ひげ》の生えた顎《あご》を擦《さす》った。

「何と言うかな。ここんとこ出入りしてる――用心棒かいな」

「解《わか》らねえよ」

「あのな、昨今は道場荒らしが多くてのう。他流試合を名目に乗り込んで来ちゃあ暴れて、酒喰らったり金せびったりもする」

「何でそんな施ししなくちゃならねえよ」

試合なら手合わせして終りではないのか。

「まあ、勝てばいいが負けちゃあ看板に傷が付くだろ」

「傷だと」

「町道場なんてものはな、歳三。客商売だ。弱いと知れりゃあ門人が減らあな。そうなったら、お飯《まんま》の喰い上げだぞ」

勝ちゃいいだろうがと言うと、そうも行かねえよと苦苦しく言って、源三郎は顎をヒン曲げた。

「若先生は出稽古が多いしな」

「大先生がいるだろが」

「大先生はもう高齢《とし》だ」

「立ち合わねえか」

弱いからか。

「そうじゃあねえよ。大看板に立ち合いなんかさせられるかい。そりゃ勝ちゃいいけども、万が一てえことはあるからな。そこぁ何処の道場でも一緒だよ。下から当たって、精精《せいぜい》が師範代までだ。道場主は出ねえもんだ。うちの門弟は百姓だの町人だのが多いからな、話にならねえ。下といやあ、まあ俺だ。俺は負けるさ」

「それで――」

歳三はもう一度振り向いた。

用心棒か。

「情けねえ流派だな」

だから何処も一緒だよと源三郎は言った。

「お前でもいりゃいいが、宗治はまだ童《わらべ》だしな。道場強請《ゆす》ろうなんて連中は剣術使いじゃねえ、喧嘩買いの破落戸《ごろつき》だわ。流儀も作法もあったものじゃねえさ。腕っ節だけは強《つえ》ぇから、まあ負けるわさ。そしたら、今度は負けたこと黙っててやるからと言ってだなあ」

「集《たか》りか」

集りだよと源三郎は言った。

「だから、まあ流派は違うが、強い奴を頼んで、名ばかりの師範代として立ち合って貰うんだよ」

「あいつは」

「山南さんは北辰一刀流だ。小野派一刀流《おのはいっとうりゅう》も修めてるそうだ。いや、宗治も北辰一刀流齧《かじ》っておるだろ。童の手習いとはいえ大した腕だと評判になって、一度玄武館《げんぶかん》に顔を出したことがあったらしいんだが、それを山南さんが見掛けて、まあ、天賦《てんぷ》の才と感心したらしくてな」

——天賦か。

天が何かを与えたのであれば、あの小僧には与え損ねたとしか言いようがない。

「沖田の縁かよ」

「縁といやあそうだが、それで、その後に宗治が近藤道場《こんとう》に入門したと知って、一遍様子を見に来たんだよ。それで、そん時に若先生と立ち合ってな」

負けたんだと源三郎は言った。

「勝太が負けたか」

「違うわさ。負けたなぁ、山南さんだよ」

——何だ。

なら使えねえと言うと、とんでもねえようと源三郎は続けた。

「あの人は強えよ。太刀筋も綺麗だし、技もあらあ。でも、うちの若先生も負けてなかったんだ、そん時ゃあな。そりゃまあ、凄《すげ》え立ち合いだったぞ。俺《おら》ぁ近藤勇を見直した。若先生は、相手が強えと強くなる。どうも、そういう性質《たち》らしい。筋だの技だの、そういうのじゃあねえ、気迫勝ちだな」

「そうかい」

勝太もそれなりに強くはなっているのだろう。

それにしても。

「山南——か」

「まああの人は強いよ」

それだけじゃねえ、学があると源三郎は続けた。

「学だと」

「難しい本なんか読んでんだ。若先生は、まあ同じ百姓のお前に言っても仕様がねえが、百姓だから、学がねえ。流行《はや》りの攘夷《じょうい》も小川の泥鰌《どじょう》も、区別がねえわ。道場嗣ぐのにこりゃいかんというのでな、そこであれこれ教わってるんだよ。何たって、山南さんは武家の出だからな。素養があるんだそうだがな」

「くだらねえ」

「そう言うなよ。若先生もちゃんとした武士になりてえのだ。今度、何処やらで漢学を習うと言い出してなあ。負けたくねえのさ」

「勝ったんだろ、あいつには」

「剣術じゃあな。しかも一度勝っただけだ」

一度で充分だ。

真剣なら負けた方は死んでいる。

「まあ、武士は剣術だけじゃねえよ歳三。それに世の中は」

勝ち負けだけじゃあねえわさと源三郎が言うと、奥から何だい源さんという声が聞こえた。

勝太の声だ。

「行くぜ」

歳三はそう言って源三郎に背中を向け、勢い良く駆け出した。

今は勝太が面倒臭い。

おいこら何だよという、源三郎の声が遠退《とおの》く。

――武士か。

歳三は流山の一件を思い出していた。

あれは、武士に負けたのか。

それとも、刀に負けたのか。

いや、間違いなく歳三は刀に負けたのだ。武士という身分に負けた訳ではない。

——上に載るのが役目か。

さっきの男は、勝太に負けた。

それでも勝太の上に載るのか。

生まれ付きの武士だからというだけで——か。

学があるからか。免状だか目録だかを持っているからか。

勝太が勝ったというのに、それでも勝太の上に載るのか。

何だか。

無性に気に入らなかった。

歳三は昨日から溜りに溜った肚《はら》の中の澱《おり》を雪《すす》ぎ落とすかのように、昏《くら》い路地裏を駆けた。

何も要らぬ。

小賢しい考えは無駄だ。

石翠も、喜六も、彦五郎も。源三郎も、そして勝太も。

──俺とは違う。

どれだけ人の道を説かれても、肚に溜るだけで胸には染みぬ。それは歳三にとっては邪魔になるだけの絵に描いた餅である。

歳三は望んで人の道を踏み外そうとしているのだ。

歳三はあの、薄汚い沖田宗治郎と同じ──人外《にんがい》なのだから。

──要らぬ。

聞こえの良い言葉は要らぬ。

人殺しは安寧を得てはならぬ。

人殺しの歩む道が平坦である筈がない。あるべきでない。

歳三は走る。

そして歳三は、歳三の目は、いつの間にかあの──。

山南とかいう名の男の姿を追っていた。

跡を追った訳ではない。

歳三はただ駆けていたのだ。

山南が去ったのと同じ方角に駆け出したというだけのことである。

既に姿すら見えていなかったのだ。しかし駆けるうち、歳三の目は見えぬ山南を標的として見定めていた。

夜目は利く。

鼻も利く。

するすると景色が流れる。

裏道をひた走る。時折建物の切れ間に表通りの明かりが過《す》ぎる。

人通りがある。

戻って来い――。

石翠の声が脳裏で鳴る。

何処へ帰る――。

喜六の言葉が甦《よみがえ》る。

為《し》たいことを為ろ――。

彦五郎が言う。

――煩瑣《うるさ》い。

追い出す。何もかも追い出す。鎮《しず》まっていた殺気が、頭を擡《もた》げる。

――俺は牛馬にはなれねえ。

狼は人を喰うものだ。
獣の道を行くものだ。
一緒に――。
人を斬りましょうよ。
沖田が囁《ささや》く。
「黙れ」
歳三は声に出してそう言った。
裏道が途切れる前に路地を抜けて表通りに出る。
既に繁華《にぎやか》な通りは途切れている。
夜の帳《とばり》も降り切っている。
人影はあるが、疎《まば》らだ。
歳三は立ち止《ど》まる。
目を凝《こ》らす。
耳を澄ます。
鼻を利かす。
虚空を睨《にら》み、研ぎ澄ます。

方向を誤ってさえいなければ、距離はかなり縮まっている筈だ。

水の匂いがする。

堀があるのか。

考えることを止《や》めて、歳三は風に逆らうようにして走った。

これは勘働きではない。

そんなものは信じない。体がそう動いたというだけだ。

そもそも歳三は、山南に追い付いたところで一体どうするつもりなのか、自分でも解っていない。声を掛けて話をするのか。それとも夜討ちを仕掛けるのか。

——殺すか。

どうやって。

二本差しの剣客を素手で殺せるというのか。

——いや。

山南は勝太に負けているのだ。

勝太に負けるような者に、勝てぬ訳はない。そうも思う。

それに——。

負けても死ぬだけだ。

それなら。

——構わねえか。

そんな考えが過《よぎ》る。

そう、そうした刹那《せつな》的な想いこそが己には相応しい。人殺しは生を望んではならない。

体が赴くままに走り、堀端の橋に差し掛かって、歳三は柳木《りゅうぼく》越し、対岸に人影を認めた。路地から脇道に入る一瞬のことではあったが——。

——間違いねえ。

歳三は意味なく柳の枝を掻き分けて、そして橋を駆け渡った。

何も考えていなかった。

人影が消えた脇道に入るべく角を曲がった途端、数名の侍と鉢合《はちあ》わせした。

足取りが不確かだ。酔漢だろう。

擦《す》れ違い様に。

酔漢の一人が蹌踉《よろ》けた。歳三は咄嗟《とっさ》に身を躱《かわ》した。

そのまま駆け抜けようとした、その時、何をするかという怒号が響いた。

何もしていない。だから歳三は無視をした。

「待てい下臈《げろう》ッ」

待つ謂われはない。

逃げるかと怒鳴られて、漸《ようや》く歳三は立ち止《ど》まった。

酔漢の相手をしようと思った訳ではない。考えてみれば、山南を追う理由もないのだ。急ぐことはない。

ゆるりと振り返る。

「貴様、武士の魂を蹴飛《けと》ばして只で済むと思うておるかッ」

三人いる。風体から見て、部屋住みで腐っている旗本《はたもと》の次男坊といったところだろう。黙っていた。

「貴様ッ。下臈の分際で」

「下臈なら何だ」

そんなものを蹴った覚えはない。どうやら、蹌踉《よろ》けた侍を避《よ》けた弾みで、別の侍の腰のものを擦《かす》ってしまったかしたのだろう。

「何だその口振りは」

さて。

どうしたものか。酔っているとはいえ、三人とも帯刀している。

「それが武士に対する物言いか」

「武士かい」

「愚弄する気かッ」

一人が柄《つか》に手を掛けた。

彦五郎の言葉に依るならば、侍は上に載っかっていなければ無価値ということになる。歳三の読み通りなら、この連中は無役だ。

つまり。

侍としての役目を果たしていない輩《やから》ということになる。いや、侍の恰好《かっこう》をしているだけの、役立たずである。道場という商売をしている分、勝太の方がずっと役に立っている。

「愚弄したがどうした」

歳三はそう言った。

「何だと」

「只で済まねえというならどうするんだ。斬るか」

煽《あお》るつもりもないが、納めるつもりもない。

一人が抜刀した。

暗がりで見ても顔が紅潮していることが判る。眼も血走っており、これだけ離れていても酒臭い。

かなり飲んでいる。

足運びを見る。間合いを取る、歩幅が乱れている。体もやや傾《かし》いでいる。

「どうした下臈《げろう》。怖じ気付いたか」

呂律《ろれつ》も回っていない。

歳三の中に。

何も考えていない虚ろの中に。

黒い気が涌いて。

満ちた。

「ほら、どうする。斬るぞ。斬って捨てるぞ。この下臈め。土下座でもして泣いて謝れ。そうしたら赦《ゆる》してやらんこともないぞ」

歳三はゆっくりと己の足許に目を遣る。足先で地面を弄《いら》う。それから更にゆっくりと、腰を屈めた。

まだだ。

もう少し。

侍の手許を見る。半端な構えである。左手にはまるで力が入っていない。本気で斬るつもりはない。

いいや、こいつは――。

――弱い。

あと一歩。

歳三は身を屈め、足許の土を摑むや否《いな》や侍の顔目掛け思いきり投げ付けた。顔に土が当たるのと同時に歳三は侍の懐に飛び込み、左手で刀の柄を握ると敵の右手首を手刀で強く打った。同時に鳩尾《みぞおち》を膝《ひざ》で蹴る。

そして。

そのまま身を引き。

両手で柄を握り。

――型《かた》など関係ねえ。

剣術の稽古ではない。

歳三の眼には敵の急所しか見えていない。侍は、左手で眼を押さえている。右手は宙を掻いている。まだ何が起きたのか理解していないのだろう。

この場合は――。

歳三は奪った刀を左側に構え、左から右に薙《な》ぎ払った。払うなり右に飛び退《の》く。続いて侍の頸《くび》からひゅうという笛のような音が聞こえた。続いてぱらぱらと夕立のような音がした。

歳三が退《の》いたのとは反対側の板塀が真っ黒く染まった。

続いて、ぼたりと地面に何かが落ちた。

何だか判らなかったが、それはどうやら四本の指が付いた手の甲のようだった。侍が顔面に当てていた筈の左手に親指しかないことを確認して、歳三はそれを知った。

――切れる。

刀というのはこんなにも切れるものなのか。

露呈していた急所――右の喉笛を切り裂くつもりが、勢い余って顔に当てていた手の先まで切り落としてしまったのである。

塀は真っ黒になった。

――汚《きたね》え。

あの。

子供の頃に見た、真っ赤な、真っ赤な、美しい血飛沫《ちしぶき》じゃない。

塀を汚しているのは濁った、どす黒い体液でしかない。

土塊《つちくれ》を投げ付けてから歳三がそう感じるまでの間は、ほんの一瞬である。その一瞬が、歳三には酷《ひど》くゆっくりと感じられた。

それでもまだ侍は立っていた。

背後の二人も、何が起きたのか全く解っていない。

――汚《きた》ねえよ。

歳三は侍の正面に出ると刀を振り上げ、今度は袈裟《けさ》懸《が》けに斬った。

声も上げずに。

侍は棒でも倒すかのように後ろに倒れた。

――殺した。

殺した。俺は、こいつを。

斬り殺した。

オウと歳三は肚《はら》の底から吠えた。

その時点で、背後に突っ立っていた酔漢は何が起きたのか察したようだった。

ただ、声は上げず、刀に手も掛けず、酔った武士どもは眼を見開いて只管《ひたすら》に狼狽していた。

――間抜けめ。

歳三は刀身に絡み付いた汚れた血を振り飛ばし、八双《はっそう》に構えてもう一度、オオウと吠えた。

「お、おい」

間抜けな侍は、屍《しかばね》に呼びかけている。死んだ者は返事などしない。

それはただの肉塊だ。

「おい、坂巻《さかまき》、おい」

駄目だ。

こいつらに腰に大刀を携えるだけの価値はない。覚悟もない。技量もない。意味がない。人の上に載る度量もない。つまり役に立たない。

上に載れぬのなら侍など辞めろ。刀など――。

――持つな。

「げ、げろう、き、貴様」

――まだ言うか。

殺す。

殺す殺す。

殺してやる。

歳三は侍どもを睨《ね》め付けた。

漸《よう》く事態を呑み込んだのだろう。

何をするかッと叫んで、右の侍が前に出た。刀に手を掛けている。しかし鯉口《こいぐち》を切る前に、侍は同朋の骸《むくろ》に躓《つまず》いて前にのめった。

歳三は刀を上段に構え直して、そのまま振り下ろす。

侍が転びきる前に、歳三の刀は侍の右肩を割った。

歳三はその、月代《さかやき》を見ていた。

返り血を避《よ》けようとしたが僅《わず》かに遅く、臑《すね》が飛沫に染まった。

——生温《なまぬる》い。

違う。

鮮烈さに欠ける。

これでは、犬猫を殺すのと変わらない。それでは、あの、沖田の小僧と一緒だ。

しかし、侍は絶命してはいなかった。手を地面に突いて、歳三を見上げ、口を開けて何かを。

「言うな。煩瑣《うるせ》え」

歳三は左の頸《くび》の付け根に刀を突き立て、ずぶりと差し込んだ。

口を開け閉めしている。
鯉《こい》のようだ。
「下臈《げろう》を見上げる気分はどうだ」
「おのれッ」
残った一人が踏み込んで来た。
抜刀している。
刀は――。
――抜けねえ。
歳三は柄から手を放し、死にかけた侍の肩を摑んで引き起こし、盾にした。
歳三が切り裂いた肩口の傷が目の前に口を開けている。血は出きってはいないよう
だが、噴き出すことはなく、だくだくと涌き水のように溢《あふ》れ続けている。
逆の肩からは、卒塔婆《そとば》のように刀の柄が生えている。
うわあと声がした。
莫迦な侍は、死にかけている同朋の背を斬ったのだろう。その隙に。
歳三は盾にしていた侍が抜きかけていた大刀の柄に手を掛け、抜き様にその侍の体
を――いや、もう死んでいるだろう――侍の骸を、思いきり突き放した。

抜き身を提《さ》げたまま踵《きびす》を返し路地の先へ進む。

通りに抜ける前に振り向く。

片を付けるなら、この径《こみち》の中だろう。

一人だけ生かしておく訳にもいくまい。

向き直る。

視《み》る。

暝《くら》い。

一人残った侍は、流石《さすが》に酔いも醒《さ》めたのか、抱き留めた骸と足許の屍を交互に見比べて——。

震えている。

怖いか。怖いのだろう。

人が死ぬのが怖いのだ。

これでは——いけない。

「どうしたッ。てめえそれでも」

侍か。

歳三は煽《あお》る。

「愚弄してるんじゃねえよ」

殺してるんだ。

見ても解らないのか。

俺はそいつらを殺したんだ。

があ、と雄叫びとも悲鳴とも付かぬ裏返った声を上げ乍《なが》ら、侍は骸を打ち捨てて突進して来た。

なる程——。

まるで怖くない。

刀を持っているだけの莫迦は、危ないだけで怖いものではない。

殺し合いの場合、刀を持てば慥《たし》かに優位には立てる。ただ、持っていればいいという訳でもない。

技量の問題か。

それればかりではない。

剣術は、知っているに越したことはないが、多分それだけのものである。

殺し合いの役には立たない。

いつかの浪士が言った通り、剣術というのは寧ろ、殺し合わぬために習うものなのだ。だから行き着くところは免状だの目録だのということになるのである。

見せ合って、強い方が勝ちで弱い方が負け——。

そうなれば、もう子供が遊ぶ三竦《さんすく》み拳《けん》と同じである。

殺し合いに相子《あいこ》はない。

侍は、僅《わず》かな距離を刀を振り回し乍《なが》ら走り寄って来る。動きの凡《すべ》てが無駄だ。刀は斬るもので振り回すものではない。

両側は塀だ。こいつは塀すらも怖いのか。

斬れる間合いまで近付いた時の刀の位置だけが問題だ。

後数歩。

後一歩。

図らずも敵の刀は右上から振り下ろされる恰好になった。

弾き飛ばす。

重い刀を振り回した所為《せい》で腕の力が尽きたのか、侍は刀を飛ばした。

「ひゃあ」

「何だよ」

「ひ」

人殺し。

そうだ。

俺は人殺しだ。

「拾え」

刀を拾えと歳三は低く怒鳴った。

侍は気が抜けたようにその場に座り込んだ。腰が抜けているのか。

「刀を拾え。殺すぞ」

「す、すまない。すまなかった。助けてくれ。命だけは」

命だけはと繰り返し、侍は頭を下げた。腰が抜けている所為か、泥亀《どろがめ》が頸を竦《すく》めているような不恰好な有り様になった。

「刀を拾えッ」

それは武士の魂だとか言うのではなかったか。魂を落として拾いもしないのか。そんな死に体《たい》の屑は、殺す気にもならない。こいつは武士ではないのか。上に載る身分の癖に。

頭を下げて命乞いかよ。

莫迦莫迦しい。

歳三は刀を下ろした。

侍はひいひいしゃくり上げ乍《なが》ら手を地面に這《は》わせる。

己《おの》が刀の在り処《か》を探っている。

そのうち、指先が鍔《つば》に触れた。

バタバタと地面を叩き、漸く柄を握ると、侍は歳三を見上げたままそろりと体を動かし、膝を立てて腰を浮かせた。

そうか。

こいつ、まだ勝つ気があるのか。

歳三はわざと顔を背けた。

侍はよろよろと立ち上がり、立った途端に絶叫した。童《ガキ》の頃。

隣村の三つ齢《とし》上の図体だけがでかい生意気な童《ガキ》を滅茶苦茶に打ち据えてやった時。

同じような声を出したっけな。

声のする方に一太刀浴びせる。

きゃあという声を上げて、侍は退《ひ》いた。

どうする。

――逃げるのか。

いや。

もう。こいつにまともな判断力はない。なら掛かって来るか。

今逃げれば助かっただろうに。追うてまで斬る程に歳三はこいつを殺したいと思っていないのだから。

突いて来た。

軽く躱《かわ》して――。

背中に斬り付けた。

当たりが弱い。傷は浅い。

侍は振り向き、正眼に構えた。

少しは心得があるのか。

一応下段に構える。そのまま脇構えに移し、誘う。

左半身を無防備にさらけ出す。

間合いを取る。

今手にしている刀は、さっきの得物よりも少し短い。敵の大刀はやや長いようだ。

――もう少し踏み込め。

侍は動かなかった。
「怖じ気付いたかい」
答えない。
「どうした。下臈に負けて悔しかねえのか、三一《さんぴん》」
侍がわっ、と妙な声を出した、その刹那《せつな》。歳三は刀を撥《は》ね上げた。
脇腹から血を噴き出して、侍は沈んだ。沈みきる前にもう一太刀喰らわせる。
殺した。
三人、殺した。
歳三は刀を捨てて、骸を見下ろした。もう、人じゃない。
人は殺せば、死ぬ。
死んでいる。
「とんだ下臈だったな」
そう言った。
その時。
歳三は得《え》も言われぬ不愉快な気配を背後に感じ、顔を向けた。
路地の出口に人がいた。

山南か――。

「大丈夫か、其方《そなた》」

大丈夫かだと。

歳三は向き直った。

「怪我はないか」

そう言い乍《なが》ら、人影は近付いて来た。

それは矢張り山南だった。

山南は歳三の足許を見て、それから歳三の背後に目を遣った。

「其方《そなた》が――勝ったのか」

歳三は何も答えず、温厚そうなこの男の肚を探った。この惨状を見ていったいどう思えというのか。

「ほう」

山南は幾度か頷《うなず》いた。

「大したものだなあ。町人とは思えぬ太刀筋だが。これは、三人とも其方が斬ったのか――」

山南は歳三を通り越すと、屈んで骸を検分した。

「いや——どうも柄《がら》の悪い連中が肩で風を切って歩いていたので、厭な予感がしたのだよ。あの手の侍には訳もなく町家の者に因縁を付け、中には威して金品をせびったりする不埒《ふらち》者もおるものだから。案の定、風に乗って怒号が聞こえて来た。すわ誰かが絡《から》まれたのであろうと、急ぎ引き返して来たのだが」

こういう連中は性質《たち》が悪いからなあと言い乍《なが》ら、山南は骸を突《つつ》いて眼を細めた。

「部屋住みの旗本次男坊三男坊あたりと見たが、益体《やくたい》もない。自ら喧嘩を為《し》かけてこの為体《ていたらく》とは——それにしても其方、多少は心得があるのかな」

と言った。

歳三は——。

今し方捨てた刀を拾うべきか迷っていた。

拾うことは難なく出来る。

しかし——。

今後ろから斬り付ければ。

——いや。

駄目だ。この男は今の連中とは違う。背中に隙がない。

——手か。

いつでも抜けるような位置に置いている。

一撃で殺せなければ、必ず反撃されるだろう。

いや。歳三が動けば、必ずこいつは体を返す。刀を拾うことを阻《はば》まれればもう何をすることも出来まい。

源三郎が言っていたように、こいつは——強い。

刀を振り回して向かって来た、其処の骸は、怖くも何ともなかったが。

怖いのは刀ではないのだ。侍という身分でもない。剣術の強さでもないだろう。勿論、免状でも目録でもない。

——人か。

こいつは斬れないと、何故か歳三はそう思った。

思ったのだが。

——殺してえ。

同時にそうも思った。

山南は体を起こした。

「まあ、こういうこともあるのでしょうな。しかし、よくぞ倒せたものだなあ」

振り返った山南は泣き笑いのような顔をしていた。

「昨今は武士道も地に落ちていますから。すぐに抜刀する愚か者が多くて困る。大方は威すだけだが、調子に乗って百姓町人に斬り付けるような真似をする者もいる」

「殺すためにか」

「いや。そうじゃない。町人相手でも殺害してしまっては言い訳は出来ない。だから殺しはしないようだが――というか、殺せる程の腕がないのだろうが、怪我をさせたぐらいなら無礼討ちだと言い逃れが出来ようし、町人は返す言葉を持てない。町奉行所は武家に手を出すことは出来ませんからな。怪我をさせた程度では目付《めつけ》も動きません。その時は斬られ損だ。だから斬り付けるのも、振り、、だ。威しです」

「殺す気はないのか」

「殺す理由がない。罪になる上に何の得もない。まあ町家の者は抜刀されれば怯《おび》えますよ。それだけで殺されると思ったとしても仕方がないでしょう。其方《そなた》も」

怖かったのではないのかと山南は言った。

意味が解らなかった。

「まあ酷《ひど》いものですよ。しかし、火事場の莫迦力と謂《い》うが、真逆《まさか》丸腰の町人に因縁を付けて返り討ちに遭うとは、思ってもいなかったでしょうよ」

山南は汚物を見るような目で骸を注視した。

「実際――身分に胡坐《あぐら》をかき、志《こころざし》も持たずに世を拗《す》ねるだけの屑だ」

こんな奴らは侍じゃないと言って山南は立ち上がった。

なる程。因縁を付けられた町人が、斬り付けられて恐怖の余りに反撃し、偶々《たまたま》勝ってしまった――そういう風に見えているのか。

途中までは合っている。

斬り付けられたのではないし、怖かった訳でもない。偶々勝った訳でもない。

殺そうとして殺したのだ。

そうだとして。

歳三は脇に落ちている刀を見た。

こいつを。

――殺したい。

心配するなと山南は言う。

「このまま放っておけば良い。誰も其方の仕業とは思わぬ。悪いのは凡《すべ》て此奴《こいつ》らですよ。世の動静も見極められず日日遊興に耽り、弱い者を甚振《いたぶ》ることでしか己の地位を誇示することが出来ないような輩は、今のこの国には必要ない。自業自得だ」

「斬られてる」

俺が殺したと歳三は言った。

「酔って喧嘩になり相打ちになったと思うだろう。よもや町人に斬られたと思う者はおらんだろうよ。しかし其方は——着替えた方が良いなあ。血塗《ちまみ》れだ」

山南はそう言った。

慥《たし》かに、歳三は血塗れだった。山南に言われる今の今まで、この体に纏《まつ》わり付く不快なものが血だと思っていなかったのだ。返り血は脛《すね》に掛かった飛沫《しぶき》だけだと勘違いしていたのである。

余程夢中だったのであろうと山南は言った。

それはそうなのだ。

歳三は、夢中で殺したのだ。

殺すこと以外、何も考えてはいなかった。

「無理もない。侍に恫喝《どうかつ》されただけでも町人なら縮み上がるだろう。大刀など抜かれては堪ったものではない。普通なら腰を抜かすぞ」

——普通か。

立っている場所が違うだけで、ものごとというのはこうも違って見えるものか。

この男、身分は高くないようだが明らかに人の上に載っている。

武士の役割を果たしている。

いや、果たそうとしている。

——違う。

果たすのが当たり前だと思い込んでいるのだ。

そうでなければこんな物言いはしないだろう。

——なる程な。

この男の言うように、其処で死んでいる三人は、刀を振り回しでもしなければ己が何者か判らないような屑だったのだろう。

でも、この山南は違うのだ。

この男は、必要以上に誇示などせずとも、己が何者か識《し》っている。役目を弁《わきま》えている。否、弁えているというよりも、自信があるのだろう。源三郎の言う侍の素養とはその自信のことだろう。知識でも氏素性でもない。剣の腕前でもない。

自分は侍で、侍以外の何者でもないし、何者にもならない。

なれない、ではない。

ならない、だ。

そうした自覚と、それを裏付ける自信が、この男を強くしている。

侍であるこの男にとって町人に斬られることなどあってはならないことだし、また
あり得ないことなのだろう。

だから——。

歳三は下を向き、そして。

風のような速さで。

刀を拾って構えた。

振り下ろす前に山南は抜刀し、刀を返し峰打ちで歳三の手を打った。

歳三より速い。

痛みはなかったが、歳三の手は開き、刀は再び落ちた。指の力が抜ける場所を正確に打ったのだ。

「何をするか」

太刀捌《さば》きが極めて正確だ。

身形《みなり》もそうだが、几帳面な男なのか。その上に用心深いのだ。

「おい、血迷うでない。拙者は此奴《こやつ》らの仲間ではないぞ。おい、聞いておるのか」

——そんなことは。

知っている。

知っていて殺そうとしたとは思わないのか。理由もなく人殺しを欲する者がいるなどということは、この男の見ている世の中にはないことなのだろう。況《まし》て町人が武士を殺そうとするなど、決してないことなのだ。

「まあ、落ち着きなさい。既に其方《そなた》の身の危険は去っておる」

見ろ、もう死んでおると、山南は骸を指して言った。それから歳三を見て、ああそうだなと独りごちた。

「安心しろ。言わぬ」

「何だと」

「見逃すと申しておるのだ。拙者は役人ではないし、訴え出たり、其方を捕まえたりもせぬよ」

歳三は山南を睨《にら》み付けた。

どうしても、この男とは話が咬み合わない。

歳三の方がおかしいということは承知している。人に、人外《にんがい》の気持ちを解れと言っても無駄なことである。

それでも、通じることはある。通じるところもある。

でもこの男と通じ合えるところは何ひとつないらしい。

「まあ、そう言ってみたところで、其方《そなた》にしてみれば初見の拙者を信用することなど出来ぬか。不審がるのも解る。動揺もしておるのだろう」

山南は刀を鞘に収めた。

「拙者は、山の南と書いて山南、山南敬助《けいすけ》という者だ。元は仙台藩士《せんだいはんし》だったが、已《や》めた。今は浪浪の身だ」

仕官を止《よ》したか。

それでも侍でいられるのか。

「藩を出たのは――時勢を鑑《かんが》みるに、地方の藩で燻《くすぶ》っておっても武士としての大義は果たせぬと、そう思ってのことだが、志はあっても世過ぎはならぬものでなあ」

山南は頰を攣《つ》らせた。

「今や一介の浪士です。其方を罰するような立場にある訳ではない。だから安心しなさい。誰にも言わぬ」

「何故」

「言ったでしょう。此奴《こやつ》らの方が悪いからですよ。これは自業自得だ。だから、もう忘れることです」

「忘れる――か」

「そう言ったところで無理かもしれぬがな。何しろ――」

初めて人を殺したのでしょうしと山南は言った。

「人の命を取るのは、大罪です。傷付けるだけでも罪になる。況《まし》て其方は武士ではないし、俠客《きょうかく》の類いでもなさそうだ。己の仕出かしたことに怯える気持ちも、充分に解る」

「その大罪を見逃すかい」

「見逃すというよりも――これは災難のうちですよ。犬が咬《か》んで来たようなもの。其方は振り掛かった火の粉を払っただけでしょう。何度も言うが、あの手合は武士の風上にも置けぬ輩だ。刀を持たぬ町人に抜刀するなど――」

違う。

抜かせたのだ。

殺すために。

奴らは因縁を付けて下臈《げろう》と罵《ののし》っただけだ。挑発し、抜刀させたのは歳三だ。

多分。

殺したくなったからである。

「もし、もう少し早く駆け付けておれば、拙者が止《と》めていたが」

「あんたが殺したと」

「いや、場合に依ってはそうなっていたかもしれぬが——いや、拙者が割って入れば此奴らも収まったろうかな」

「それでも向かって来たら」

殺すか。

「相当酔っていたようだし——そういうことなら」

「殺したかい」

「いや、斬り合いにはなっただろうが、斬ったとしても殺しはしない」

相子《あいこ》にするか。

「何故」

私にも殺す理由はないからだと、山南は言った。

理詰めなのか。

「謂われがあれば殺すかい」

「殺す。お役目なら殺しますよ」

「役目——」

「武士ですからね」

武士──だからか。

「拙者が山田浅右衛門《やまだあさえもん》であったなら迷いなく罪人の首を落とすのだろうし、仇討赦免《あだうちしゃめん》状《じょう》を持っていたなら万難を排して仇を討つでしょう。その者が天下国家《てんがこっか》の害になるのであらば、誅《ちゅう》するやもしれません」

天下国家か。

「理由があれば罪ではねえか」

「そうよなあ」

山南は上を向いた。

「罪は罪でしょう」

「赦される罪かい」

「赦されはしないなあ。人殺しは矢張り大罪だ。地獄に堕《お》ちると仏家《ぶっけ》は謂うが、それもそうだろう。しかしそれを承知で義に従うが武士の在り方でしょう。滅私奉公というのはそういうことですよ」

「何に奉公する」

浪浪の身ではないのか。

「義──ですかね」

「義とは」

「町人には判らぬかもしれぬ。ただ今の世の中。何が間違っているといって、武家の在りよう程に曲がってしまったものはない。拙者はそう思います。此奴《こやつ》らが良い証拠だ。主君に仕えてこその侍だ。直参なら将軍家に仕えておるのだろうに」

「あんたは」

「拙者は藩士を已《や》めたが武士だ。仕官しておった時は主君に仕えておったが、その主君も将軍家の家臣。その家臣である拙者も同じこと。元より拙者は、将軍家に仕えておったのですよ。藩を去ってもそこのところは変わらぬ。武士である以上、義を立てるなら、武門の頭領たる徳川《とくがわ》家に仕えておると言って良いかな」

「将軍様が殺せといえば殺すかい」

「殺すでしょう」

「理由がなくてもかい」

それが理由ですと山南は言った。

「拙者は、何を曲げても士道だけは曲げぬつもりだ。何をなくしても、士道だけは捨てぬ」

「士道か」

それは。

どんな道だ。

人の道ではないのか。

「此奴らには士道がない」

山南は骸を見下ろす。

蔑《さげす》むような目付きだった。

「異国が押し寄せ諸大名は身勝手に騒ぎ、国の箍《たが》が外れかけておるというこの大事な時期に、酔って町人に斬り掛かるような不埒《ふらち》者に士道などない。勿論人としては殺すべきではありませんが、侍としては万死に値する。其方《そなた》に斬られたのも天命というものだ」

だから誰にも言わぬと、山南はもう一度言った。

「同じ侍として、其方には謝らねばなるまい。だから――まあ、忘れろとは言っても無理でしょうし、気にするなども無責任なことも言えぬが、なかったことと肚《はら》に納めるが良かろう」

人を殺したのにか。

何だか都合の良い話だと歳三は思う。

士道だの志だの、道を外し人の心を罔《な》くした歳三には、ひとつも関わりのない話である。

そして歳三は思い至る。

この山南を殺せないと感じたその理由を。

そして、同時に殺したいと思った理由を。

この男は剣術も強く、慎重で、几帳面である。それは、自信と自覚、そして信念に因って齎《もたら》される強さなのだろう。一方その信念は、立ち合って負けたなら死んでも仕方がないという覚悟をもこの男に与えているのである。

――命を取っても無駄だ。

その潔さがこの男の弱点だ。

だから勝太に負けたのだろう。

きちんとした立ち合いならば、それで負けたとて恥でも何でもないのだろう。

そんなことで傷が付くような脆《もろ》い自尊心をこの男は持ち合わせていないのだ。源三郎の言うように気迫負けした、それならそれで良いとこの男は思ったに違いない。

ならば。

いや。

どんなに卑劣な形で仕掛けられた戦いであろうとも、それをきちんとした形に整えて立ち合いにまで持ち込む——それが山南の手口だ。

そのためにこの男は用心を欠かさないのだ。それ故の慎重さなのだ。

歳三が不意を突いて斬り掛かっても、間髪を容れずに抜く。抜けば形だけでも立ち合ったことにはなる。それで負けて、縦《よし》んば死んでも、それはこの男にとって仕方のないことなのだ。

——つまらねえ男だ。

歳三は勝ち負けなどには拘泥していないし、生きることへの執着もない。人殺しなのだから殺されたって仕方がないと思っている。

しかし全く別の理由で、この男は同じような境地に至っているのだ。

気に入らない。

だから殺したい。

でも、殺しても——。

この男を殺そうとするならば。

歳三は考える。

山南は困ったような顔をした。

「簡単には割り切れまいが、此処からは早く去った方が良いでしょう。其方《そなた》、住まいは何処《いずこ》か」

住み処《か》は――。

ない。

「おや」

山南は歳三の顔を覗き込む。

「いや、気の所為《せい》かもしれぬし、人違いかもしれぬ。あまりの惨状に気を取られ、つい見逃しておったが」

何だ。

考えを乱す男である。

「いや、其方、何か見たような顔に思えるのだが――」

「さっき――擦れ違ったよ」

「ああ」

山南は膝を打った。

「そうか。もしや其方は、近藤道場に出入りしている薬屋ではないのかな。慥《たし》か、勇殿の幼《おさな》馴染《じ》みだとかいう――」

幼馴染みではない。

童《ガキ》の頃から知ってはいるが、馴染んだことなどない。

何かと縁はあるのだが、それだけのことである。

薬売りだよと言った。

そうかそうかと山南は少しだけ頬を緩めた。

「いや、奇なる縁というものはあるものだなあ。其方が――いや、それなら多少は解る。慥か天然理心流を学んだこともあるのではなかったかな。勇殿の話だと、まともに稽古もしないのに矢鱈《やたら》と強い、武芸に励めば自分も敵わぬ剣客になるだろうと、そう言っていたが」

噂に違わぬ腕だった訳だと山南は感心したように言った。

「幾ら身を護るためとはいえ、心得もなく刀は使えぬもの。斯様な立ち回りは、一介の町人には到底出来ぬことだろう。近藤道場にも町人は通っておるが、いずれも嗜《たしな》み程度、真剣の立ち合いに通用する者は一人もおらぬが――」

立ち合いなどではない。あれは。

一方的な。

――人殺しだ。

山南は転がっている骸を順に眺めた。

「それにしても――太刀筋は滅茶苦茶だが、動きに無駄はない。偶然こうなったとは思えませんね。どんなに腕に覚えがあろうと肝《きも》が据《す》わっておらねばこんな真似は出来ません。いや、この者どもも、襲った町人に刀を奪われ返り討ちに遭うというのは如何《いか》にも情けない話だが、どれだけ弱いといっても相手は刀を持った侍、しかも三人だ。怖《お》じ気付《けづ》くこともなく堂堂渡り合って倒すとは――」

天賦《てんぷ》の才というのはあるものだと山南は言う。

「あの沖田宗治郎もそうだが、何か違うものを見ているようです。動きが違う」

――沖田か。

慥《たし》かに。

違うものを見ているのだろう。

道を外れねば見えぬ景色もある。

でも。

「あれと一緒にしないで欲しい」

「あれ、ですか」

「あの小僧は侍で、俺は――薬売りだ」

「そうか。そうだ。まあ、その通りだろうな。それは町人には無用の才なのかもしれません。いやあ、でも其方《そなた》の処の薬は効くと其処此処で評判ですよ。玄武館でも使っておる者がいましたからね。そうか。いや、それならば尚更見捨ててはおけません」

「見捨てる——」

どういうことだ。

この男はあくまで侍の、上に載る者の目線なのだ。

「しかし、拙者の聞き知るところに依れば、あの薬は武州石田村の産と聞く。ならば其方も武州の者ということになる。それでは遠過ぎる。そんな恰好で街道をふらふらしていては、すぐにも見咎められるでしょうよ。あらぬ疑いを——」

「疑いじゃあねえ」

殺そうと思って、殺したのだ。

頑固な男だと山南は笑った。

「なかったことにしたのだから、もうないのですよ」

これは其方と拙者の肚《はら》の中だけで起きたことと山南は言う。

「まあ——此処からだと近藤道場が一番近いでしょう。裏道だけ通っても行き着けますよ。何かあっても困るから、拙者が同道しましょう」

さあと山南が促す。

道場に行くのは厭だ。

沖田がいる。

「着替えくらいはあるでしょう」

「ひとつ尋《き》きてえ」

山南は困惑した。

「何です」

「あんた、人を殺したことはあるのか」

「さっきも言ったが、そういう局面に立たされたことはない。殺すだけの理由がある
ないですよと山南は即答した。

相手と向き合ったことは、ない」

「そうかい」

「もしかしたら、其方《そなた》を助けるために殺すことになっていたかもしれない。その必要
はなかったのだがね」

山南はまた笑った。

「こちらからも尋《き》こう。其方の名前を教えてくれ」

俺は。

「土方歳三だ」

歳三はそう答えた。

3

眼《まなこ》まで乾いている。

干物のような肌だ。

この女は知っている女だ。

慥《たし》か伝通院《でんづういん》前の仏具屋の娘ではなかっただろうか。ただ歳三《としぞう》が知る娘は、もっと若い。まだ十七八の筈《はず》だ。地べたで踠《もが》いている女の顔はまるで老婆のようだった。膚《はだ》は水気を失い、皺《しわ》が寄って皹割《ひびわ》れている。

女はからからに乾いているというのに、女の周りはじめじめとした汚い水気で満ちている。

溝《どぶ》のような、肥溜めのような、吐《は》き気を催す程の悪臭だ。

女は何度かのた打って、歳三の方に手を伸ばしかけて、伸ばしきる前に——。

死んだ。

「死んだ」

死んでたんじゃろうと原田左之助《はらださのすけ》は言う。

「何で骸《むくろ》なんか眺めてるぞな。おかしかろ」

「生きてたんだよ」

歳三は立ち上がった。触《さわ》ったらいかんぞと左之助は言う。

「感染《うつ》るぞな。歳《とし》さん」

構わねえよというとこっちが構うわと左之助は返した。

「同じ釜の飯喰うとるぞな」

「誰も罹《かか》らねえじゃねえか」

「吉富町《よしとみちょう》の婆さんの憑《つ》き物《もの》落としのお蔭ぞな」

「くだらねえ」

あんなものが効くかよと歳三は毒突いた。

「婆が拝んで疫病《えきびょう》騒ぎが収まるなら誰も困りゃしねえよ。信じてるのか」

「病は気からと謂《い》うけん」

左之助は眼《め》を剝《む》いた。

「それに、近藤《こんどう》先生は信じとるのだろうに。奥方様も彼処《あそこ》の婆さんのご託宣があったから貰いんさったのじゃねえのかい」

あれは親の面《つら》ァ立てたんだと歳三は言った。

近藤勇《いさみ》は先年嫁を娶《と》った。周助《しゅうすけ》は隠居し、名を周斎《しゅうさい》と改めた。上石原《かみいしわら》の百姓の倅《せがれ》だった宮川勝太《みやがわかつた》は武士となり、天然理心流《てんねんりしんりゅう》四代目を嗣《つ》いで、道場主となったのだ。

「四代目の実家ァ、縁談取り次いだ野郎と縁があんだよ。四代目も、肚《はら》の底に迷いがあったからこそ、いかさまの占いで自分《てめえ》を騙しただけだろ」

「やあ、媒酌人は三人も娘掻き集めて来たと聞いたけんな、選べなかったのじゃねえのか」

「一番醜女《しこめ》を選んだそうだぜ」

なんだとォと、左之助は俳優《やくしゃ》が見得を切るような顔をした。

「何でぞな」

「道場に別嬪《べっぴん》入れちゃ、お前《めえ》らが色めき立つからだろよ」

「俺達がやと」

「何でもいいぜ」

歳三は、もう一度足下《そっか》の骸に目を遣った。

まるで動かない。

「歳さんよゥ」

「何だ」

「何でそんなもの見てるぞな。哀れとでも思うのかね」

「さあな」

死にゃ一緒だよと言った。

「それにしても酷《ひで》え有り様じゃ。その娘は――苦しくって這《は》い出して来たのだろうさな。ちょいとばっかり可愛らしい娘だったけん、惜しいことをしたのう」

死ねば一緒だ。

屍《かばね》に美醜などない。

「こいつぁ、古呂利《ころり》か」

歳三が問うと、他に何があるよと左之助は答えた。

「春先からばたばた死んでるやなかね。お上《かみ》は箱根《はこね》で止《と》めてる謂うけども、それこそ関所で疫病が止められる訳がなかろうが。海を越しとるものが棒突きに阻《はば》める道理はなかけんな。まだ婆のご祈禱《きとう》の方が験《しるし》があろうってものぞな」

疫病であることは間違いない。

「コロリってな、どうなるんだ」

「さあな。山南《さんなん》さんの話だと、腹ァ瀉《くだ》すのだそうや」

「腹瀉しで死ぬか」

「食中《あ》たりだって死ぬ時ゃ死ぬやなかね。瀉しっぷりはその比じゃあないらしいけんな。体中の水ッ気が全部尻《ケツ》の穴から出ちまうのやろ」

だからそんなに干涸《ひから》びると左之助は離れたところから顎《あご》で示す。近寄るのが厭《いや》なのだ。

「見いや。柿渋《かきしぶ》塗り損《そこ》ねた団扇《うちわ》みたいじゃなかね。そんなになっちまうのよう」

「治らねえか」

「治らんのやろ。だから早く帰《い》んでこ」

「苦しむか」

「当たり前じゃ。寝冷えしたって腹毀《こわ》しゃ辛《つら》いけんな。その何倍何十倍苦しかろ。五臓六腑が腐り出るようなものだけん。何もかも絞り出しちまうんぞな」

「長く苦しむか」

「まあな」

「死ぬまで苦しむ」

「生きた分だけ苦しむか」

汚い。

最悪に汚い。

歳三は汚いのを嫌う。

大便を垂れ流し苦しみ続けて死ぬなど、数ある死に様の中でも最悪ではないか。

歳三の母も、そして顔を知らぬ父も、肺腑《はいのふ》を患って死んだ。歳三は離されていたから目《ま》の当たりにしてはいないが、矢張《やは》り苦しがって死んだ。

咳《せき》は響く。

部屋を違《たが》えていても聞こえた。

世人は畳の上で死にたいなどと謂うが、それはどうなのか。

病というのは、人を死に追い遣る様様なものの中で、一番残酷なものなのではないのか。

「汚《きたね》え。臭《くせ》え。苦しんだ揚げ句にこれか」

「だから何だね」

「刀で斬られた方がマシじゃねえのかよ」

「怪《いな》げな男よのう。まあ、名人に一刀の下《もと》に斬り殺されるなら、その方がうんとマシや。下手《へた》に斬られるなら痛いだけやけん」

「痛《いて》えよな」

「痛えさ。俺の腹は金物の味を知っとる」

左之助は腹を叩いた。

この男の自慢である。

左之助は切腹したことがある。

原田左之助は伊予松山《いよまつやま》藩の若党と自称しているが、元元は松山藩の江戸藩邸に奉公する中間奴《ちゅうげんやっこ》であったらしい。奉公人の分際で雇い主である武士と喧嘩沙汰《けんかざた》を起こし、腹切りの作法も知らぬ下衆奴《げすやっこ》めがと罵《ののし》られその腹癒《はらい》せに腹を切って見せた――のだそうだ。

短慮である。それで見事死んだのなら立派な莫迦《ばか》だが、切り損ねておめおめ助かっているのだから、立派どころかただの莫迦である。

腹は腹癒せに切るものではない。

どう聞いてもただの死に損ないでしかないのだが、当人には自慢であるらしい。侍であるならば、切腹のし損じなど恥でしかあるまいに。

左之助は郷里に戻り若党となったらしいが、本当かどうかは知らぬ。

中間は侍ではない。脇差しを携えることしか赦《ゆる》されない。一本差しの中間から二本差しの若党になれるものなのかどうか、歳三は知らぬ。

ただ槍は強い。

種田流《たねだりゅう》槍術《そうじゅつ》免許皆伝だという。

幾度か立ち合いを見たが、槍使いは巧みで、慥《たし》かに強かった。免許などどうでも良いが、槍も立派な凶器になると、歳三は左之助の技を見て思ったものである。

左之助はしかし、何が気に入らなかったのか松山を出奔し、江戸に流れ、伝《つて》を辿《たど》って近藤と知り合い、今は道場に居着いている。食客と言えば聞こえは良いが、ただの大飯喰らいの居候である。行く処も食の活計《たつき》もないのだ。

「介錯もなく腹ァ切るんは、まあ地獄やろ。切腹は死ぬるまで刻《とき》がかかるけんな。その間、ずっと痛えし、苦しむことンなる。そう考えると、まあ斬られて死ぬのは楽かもしれん」

「痛えかい」

「死ぬ程痛え」

「死ぬために切るンだよ腹は」

左之助は厭そうな顔をした。

「だがな、歳さん」

「とっと死にゃいいんだよ。お前《めえ》みてえに生きてるから痛えのじゃねえか。生き意地の汚え野郎だぜ。腹を切ったらちゃんと死ねよ、この死に損ねが」

死に損ねの左之助様だと、左之助は戯《おど》けた。

「どうでもいいが、歳さんよ。そんなもの好き好《この》んで見物するものやないぞね。しかもこの年の瀬《せ》に。縁起でもないぞな」

左之助は急かす。

歳三はまた骸を見る。

——生きたかったか。

生きたいと思うから、苦しむ。そういうことだろう。

「あのな、それは、家の者も触《まが》ることが出来んのや。もしかしたら家の者も死に絶えてしまったのかもしれんぞね。あんたが見詰めたって、生き返るもんじゃないぞね」

「誰が生き返らせるかよ」

苦しませるだけだ。

歳三が何かするとしたら、と、ど、め、を刺す——ということになるだろう。

左之助は歩き出した。

歳三はその跡を追った。

人通りがない。表向き江戸に疫病は入っていないということになっている。しかし左之助の言う通り、実際のところは違うのだろう。

町人を中心にかなり死んでいる。

誰にともなく、大勢が殺されている。思うに、不潔だからだろう。

江戸は水捌《みずは》けが悪い。

武家屋敷は兎《と》も角《かく》、町屋、特に貧民窟は湿っていて、汚い。歳三が思うに、溝《どぶ》に蚊が涌《わ》くように病も涌くのだ。

去年から相当死んだなあと左之助は言った。

「全く、道場も閑古《かんこ》鳥《どり》だ。門弟はみんな止《や》めてしもうたし、先生にゃ子が生まれよるし、このままやとおまんまの喰い上げぞな」

「お前《めえ》が喰わなきゃいい」

「喰わにゃあ、病を呼び込むぞな」

「出てけってことよ」

歳三は本気だったが、どうも冗談と思われたようだ。

左之助は笑った。

「何とかならんものかのう」

「門人が減るなァ、近藤がヘボだからじゃねえのか」

「違うよ。みんな病を怖がって家から出んのじゃ。伝通院の坊主どもも皆、死んだけん――」

「あれは麻疹《はしか》じゃねえか」

「麻疹も疫病のうち、変わりはないぞな。熱が出るか腹ァ瀉すか、どっちにしても有り難《がた》くない話ぞね。そんな厄介な疫病《やくびょうがみ》神が往来を行き来してるてえのに、平気で出歩くのは俺達くらいのものぞな」

伝通院の僧が大勢麻疹で死んだのは春先のことだ。

それを契機に江戸に麻疹が蔓延《はびこ》った。

人が集まる場所に行くと感染《うつ》ると思うたか、湯屋や髪結い床がガラガラになった。

そうした風潮が古呂利を呼び込んだのではないかと歳三は思う。風呂にも入らず髪も結わずに家に閉じ籠って過ごすなら、家裡《いえうち》はみるみる不潔になる。垢《あか》だらけのまま水換えもしない水瓶《みずがめ》の水を飲んで暮らすなら、病にもなるだろう。

暑い時期なら尚更である。

秋を過ぎ、年も変わろうかという時期になって、少しばかりましにはなったが、それでも人通りは戻らなかった。

この病魔が何処《どこ》から来たのか、何処で涌いたのか歳三は知らない。しかし麻疹の発端が伝通院であったことは周知のことであり、故に小石川《こいしかわ》から市谷《いちがや》辺りにかけて、今も人は寄り付かないのである。病の温床と思われているのか。

近藤道場は、伝通院からそう離れてはいない。門人の足が遠退《とおの》くのも解らないではない。一部門人からは出稽古も遠慮してくれと言われているらしい。

——皆、死にたくねえか。

どうなのだろう。

人に殺されるのと、病で死ぬのとはどう違うのか。病に殺されたのでは誰を恨《うら》むことも出来まい。罰することも出来まいし、仇敵《あだ》も討てまい。

天を憾《うら》むしかない。

天は罰せない。返り討ちにも出来ない。

天は、最強の人殺しだ。

「何人死んだかのう」

左之助は間の抜けた声でそう言った。

「日本橋《にほんばし》が早桶《はやおけ》の往き来で埋まったけんの。千や二千じゃあ利《き》かなんぞな。何万かもしらん」

「そんなに殺したか」

「殺したって誰が」

天は人を平気で殺す。

大量に殺す。

何でもねえよと歳三は言った。

あの日——。

酔漢を三人斬り殺した日。

結局、血塗《ちまみ》れの歳三は山南に誘われて近藤道場に行った。

歳三の有り様を見て近藤勇も井上源三郎《いのうえげんざぶろう》も大いに慌《あわ》てた。

山南は、歳三を示し、酔った侍の斬り合いに巻き込まれて難渋していたのだと説明した。

そんな嘘が通じるかと思った。

しかし、実際のところ歳三は血塗れではあったものの無傷でもあったのだ。丸腰で侍三人と遣り合い、刀を奪って斬り殺したと思う者はいなかったのである。

――いや。
あの小僧だけは別だ。
柱の蔭から覗《のぞ》いていた沖田宗治郎《おきたそうじろう》の顔を、歳三は在《あ》り在《あ》りと覚えている。
あの眼《め》。
あの小僧は嗤《わら》っていた。
ほらみたことか。
おまえはひとごろしじゃないか。
ひとごろしがすきなんだろう。
おまえはころしたな。
ころしたのだな。
たのしかったか。
この――。
人殺しの化け物め。
お前は自分と同じ化け物だ。
人殺しを好む、人外《にんがい》なのだ。
あの小僧の眼は、そう告げていた。

気分が悪くなった。

その後、歳三は山南の勧めで正式に近藤周助の門下となることを願い出た。何故《なにゆえ》に山南の言に従ったのかは、歳三にも解らない。

もしや沖田が嫌いだったからかもしれない。

あのいやらしい小僧が大嫌いだから、その同類とされることが堪《たま》らないから、だから殺さぬための剣を学んでみようと思ったのかもしれぬ。

いや、そんな理詰めの決心ではなかったかもしれない。

ただ疲弊していただけと思わぬでもない。

どうでも良かったのだ。

周助はすぐに入門を認めてくれた。

知らぬ仲でもなし、断る理由などないということだったが、勇や源三郎の強い引きもあったのだろう。勘繰るなら、歳三を門人にすることで土方佐藤《ひじかたさとう》両家からの某《なにがし》かの援助を期待していたのかもしれぬ。事実、それは大いにあるようである。

門人になるや否や目録が渡された。

実家からの賄賂の結果ではない。

歳三は――本当に強かったのだ。

道場では山南とも互角に渡り合った。

真剣なら勝てると思ったが、殺さなかった。

殺したかったのだが。

「それにしてもいつにも増して落ち着かない年の瀬ぞな。そうは思わんかね歳さん」

「歳さん歳さん呼ぶんじゃねえ」

勇がそう呼ぶので、最近は周斎までが歳三をそう呼ぶようになった。

旧知の源三郎は兎《と》も角《かく》、血縁も地縁もない連中にそう呼ばれるのは甚《はなは》だ気に入らない。己《じぶん》は土方歳三ではあるのだが、歳さんではない。

道場に出入りしている者でそう呼ばぬのは山南と沖田くらいである。

沖田は歳三の名を呼ばない。

山南は土方殿、などと呼ぶ。

それはそれで気に入らない。

殿、というのはどうなのだ。

慥《たし》かに山南は歳三より幾歳《いくつ》か年長ではあるから、武士であればそう呼ぶものなのかもしれぬが、薬屋に殿付けというのも何だか妙である。そう言うと、今度はさん付けになった。どちらにしろ尻の据わりが悪いことに違いはない。

山南は雇われ用心棒として通ううちに道場に居着いてしまい、今では食客の一人である。原田のような半端者なら兎《と》も角《かく》、山南あたりに行き場がないということはあるまい。そもそも内弟子の他に居候を置ける程、近藤道場は儲かっていないのだ。

その上、用もないのに頻繁《ひんぱん》に顔を出す連中もいるから、今や道場は有象無象の溜まり場のようになっている。

何も望んであんなむさ苦しい処に管《くだ》を巻いていることはないと歳三は思う。

そんな近藤道場は、歳三にとって決して居易い場所ではなかった。

だが、実家や義兄の処よりはまだましである。

他人だからだ。

いざとなったら殺してしまえば良いのだ。

道場の連中ならば、相手にとって不足はない。

殺し損ねたとしてもこちらが死ぬだけである。

歳三は、幾度もその場面を想像し続けている。

例えばこの原田左之助である。原田を殺すにはどうするが良いか。

原田は、槍こそ強いが剣術の腕は並である。ただ、度胸はあるし、それなりに場数を踏んでいる。槍で攻撃されたなら危ないかもしれぬ。

しかし、原田は平素から槍を携行している訳ではない。近藤道場にも槍はあるのだが、常に手に取れる処に置いてある訳ではない。縦《よし》んばそれを手にしたとしても、屋内に於いて槍のような長物は不利になる。斬る隙《すき》は幾らでもあるだろう。

原田を近藤道場に紹介したという永倉新八《ながくらしんぱち》なる男も、そこそこの遣い手である。

永倉は原田のような居候ではないのだが、毎日道場に顔を出すし、まま泊まってもいるから、ほぼいると考えて良いだろう。

この男は神道無念流《しんとうむねんりゅう》岡田十松《おかだじゅうまつ》の門下である。神道無念流は兎《と》に角《かく》強く打つ。稽古用の防具が襤褸襤褸《ぼろぼろ》になる程の力技である。一撃に威力があるから木刀で打たれても危ないかもしれぬ。腕でも肋《あばら》でも折れるだろう。ただ、脇が甘い。流派の癖なのか永倉の癖なのかは知らぬが、胴周りの護りが弱い。対抗策は幾らでも思い付く。斬れぬことはない。

井上源三郎は簡単に斬れる。昔馴染《なじ》みである歳三を信用しているからだ。加えて源三郎は強くない。

近藤周斎も斬れるだろう。周斎は隠居の身で、奥の隠居部屋に籠っている。抜いて立ち合えばそれなりに強いのだろうが、老いている。それにそんなことが起きるとは思ってもいないだろう。

部屋に躍り込んで斬り付ければ、刀掛けに手を伸ばす前に斬れる。

沖田の場合はやや厄介である。

近藤道場に引き取られた頃はほんの童《わらべ》であった沖田は、十五を過ぎてからかなり背丈が伸びた。今や歳三よりも上背がある。それでいて、動きの俊敏さは変わらない。

天然理心流も免許皆伝の腕になっている。

沖田は人を斬っている。多分何人も斬っている。そのうえ――。辻斬りを重ねているのだ。道場の者は誰も気付いていないが、歳三には判る。饐《す》えたけだものの匂いがするからだ。

殺してやりたい。

あの若造だけは、膾《なます》のように切り刻んでやりたい。

しかし、山南が天賦《てんぷ》の才と評しただけあって、沖田は強い。

猫のようにすばしこく、虎のように獰猛《どうもう》である。沖田と真剣で斬り合うところを想像すると、歳三はぞくぞくと身が震える。斬っても、斬られても、溜飲が下がるだろう。

いずれであっても、この世から人外《にんがい》が一人消えるだけである。

近藤勇の妻子は論外だ。刀などなくとも殺せるだろう。

近藤勇は――。

勝太だった頃とは比べ物にならぬ程に強くなっている。しかし近藤の剣は腕ではなく気だ。思うに、歳三には通じない。歳三が斬り掛かった段階で近藤からは闘気が抜けるだろう。近藤は歳三を幼馴染みと言う。そんな言葉は歳三の語彙にはない。

歳三が先に妻子を殺していたならば、多少は違うかもしれない。動揺やら悲しみやらより怒気が勝れば、刃向かって来るのかもしれぬ。

だが、そんな揺れた気は役には立たぬ。驚いたり怒ったり泣いたり、そんな喜怒哀楽は邪魔になるだけだ。殺そうと思っている、否《いや》、殺そうとしか思っていない歳三に敵う訳がない。

人は、人外には勝てぬ。感情がある近藤勇に、歳三を斬ることは出来まい。

問題なのは山南である。

立ち合えば、勝てる。その自信はあった。

北辰一刀流《ほくしんいっとうりゅう》は型が決まっている。山南は慥《たし》かに強いのだが、所詮あの男の動きは型の組み合わせでしかない。先が読めるのだ。山南が動くより先に動きを読めば、斬れるだろう。

だが。

それは厭だった。

あの男とは立ち合いたくない。
侍としては死なせたくないのだと思う。だから立ち合って斬ることは避《さ》けたい。不意打
殺したいというなら一番殺したい相手なのだが、手立てには工夫が必要だ。不意打ち込
ち闇討ちは通用しない。隙は毛一筋もないから、斬り掛かれば必ず立ち合いに持ち込
まれる。それでも勝てるとは思うのだが、どうしても歳三はあの男と真剣で向き合う
のが厭だったのだ。

――山南だけを生かしておく訳にも行くまい。

だから。

近藤道場の連中は今も生きているのである。この原田左之助が大飯を喰らって笑っ
ていられるのも、歳三が山南を殺しあぐねているお蔭なのである。

いや、理由はもう一つあった。

刀がない。

歳三は刀を持っていない。

いや、屑刀《くずがたな》なら持っている。腰に差しはしないが、近藤周斎に入門した後に義兄の
彦五郎《ひこごろう》が呉れたものだ。一応恰好《かっこう》は付くし、斬れぬこともない。だが。
、、、
なまくらでは駄目である。

途中で刀を換えるにしても、最低四人は斬りたい。

いや、最初はなまくらでも良い。源三郎と原田、永倉を、先《ま》ずなまくらで斬る。

沖田とは斬れる刀で戦いたい。

沖田に勝ったなら、周斎と近藤の家族を殺す。最後は近藤である。

いや――。

矢張り山南の殺し方が問題だ。

そこで行き詰まる。

道場の連中を皆殺しにするという妄想を抱くようになってから、早いもので数年が経つ。その間に、永倉が増え原田が増え、近藤の妻子が増えた。門人は減ったが、斬りたい相手は増えた。

最近では山南の知人である藤堂平助《とうどうへいすけ》という若侍も出入りしている。山南同様北辰一刀流の遣い手だが、津《つ》藩の藤堂和泉守《いずみのかみ》のご落胤《らくいん》と自称している法螺《ほら》吹《ぶ》きの若造であり、これも甚《はなは》だ信用ならない。下手をするとこいつも斬らなければなるまい。

――まったく。

どいつもこいつも鼻持ちならぬ。

連中は一様に仲が良い。人外《にんがい》の沖田でさえ、まるで親兄弟のように睦《むつ》まじくしている。群れて馴れ合っているのだ。

反吐《へど》が出る。

近藤にだけは甲斐甲斐《かいがい》しいが他の連中には余所余所《よそよそ》しい、近藤の妻の方が好ましく思える程である。

実に居心地が悪い。

だから歳三は道場には通うが寝泊まりはしない。

相変わらず薬も売り歩いている。

距離を置かねば――。

殺してしまいそうになるからである。

藤堂が出入りするようになってからは特に気分が悪い。仲良し小良しの微温《なまぬる》い連中が訳知り顔で天下《てんが》国家を語り始めたりするのだ。うんざりする。

殺したくて殺したくて堪らない。

殺すためには刀が要る。

だから歳三は、原田を伴って刀剣屋を巡って来たのだ。左之助はよもや買った刀で斬られるとは思ってもいないだろうが。

高価《たけ》えだろう歳さん、と左之助は言った。

「大体な、あんたは贅沢ぞな。大名差しばかり覧《み》てたがの、俺達ゃ浪士ぞな。身より拵《こしら》えちゅうなら解るがのう」

「だから歳さんと呼ぶな」

斬るぞ、と思う。

「じゃあ歳三さんよ。あんた近藤さんが虎徹《こてつ》を買うたからって、よもや張り合おうって肚じゃないかね」

「ありゃあ贋物《にせもの》だ」

「ああン」

「喰うや喰わずの貧乏道場主がそんなもの買える訳《わき》ゃねえだろ。あれは慥《たし》かに良い刀だが、元は無銘《むめい》だ。細工もんに違《ちげ》ェねえよ」

近藤に刀を売り付けた刀屋が、酔って清麿《きよまろ》だろうと言い振らしていたのを歳三は聞いているのだ。近藤が幾価《いくら》で買ったのかは知らぬが、十両や二十両では利くまい。本物の虎徹なら五十両は下らないのだからそれでも廉《やす》いのだが、清麿ならば精精《せいぜい》三両がいいところである。

いやあ本物だろうと左之助は言った。

「四代目はそりゃあ喜んでいたぞなもし。あんたも見たろうに」

「目が利かねえのよ」

歳三は酒場で聞いたことを近藤に言わなかった。

あの男は人を斬ることもないのだろうから、差し料など何でも構うまい。別に切れぬ訳でもなし、寧《むし》ろ良く切れるのだ。満足しているのだったらそれでいい。

そうかのうと左之助は不服そうに言った。

人気《ひとけ》のない大路をのろのろ歩いていると、路地からひょいと知った顔が覗いた。

件《くだん》の藤堂平助だった。

「ああ、こいつァお揃《そろ》いで」

幇間《ほうかん》のような口を利く。

別に揃っちゃねえと言った。

「相変わらずご挨拶ですなあ」

歳さんと言いかけるのを左之助が止《と》めた。

「いかんぞね。土方様ァご機嫌が麗しゅうないけん、歳さんなんぞと呼んじゃあならんぞね」

「おや。左様か。何かござったか」

「こちらはな、良き刀をお求めンなってこの界隈を巡られたが、お目に適う差し料がなかったんぞな」

「刀ですか。好《よ》ければ刀屋を周旋しますよ」

「おいおい、お主の差しとるくらいの銘刀でないと、土方様はご納得せんぞな」

藤堂が佩刀《はいとう》しているのは上総介兼重《かずさのすけかねしげ》である。

こちらは近藤の虎徹と違ってどうやら本物のようだが、矢張り浪浪の身には分不相応の銘刀である。凡《およ》そ買える代物ではない。これこそが藤堂家ご落胤の証《あか》しという話なのだが、そこは怪しいものだと歳三は思っている。刀の来歴が語れないから、己の来歴の方を捏造《ねつぞう》したと考えられないこともない。

「能《よ》く喋《しゃべ》る連中だな」

左之助と藤堂は、煩瑣《うるさ》い。左之助の方は齢《とし》が近い所為《せい》かまだ許せるのだが、藤堂は嫌いだ。沖田とも山南とも違う、独特の嫌味を感じる。若い所為だけではない。

左之助はただの莫迦だが、藤堂は小理屈を捏《こ》ねるし、肚《はら》に一物《いちもつ》あるように思えてならないのである。その藤堂が、そんなことよりこれを観て下さいと言って、何やら刷り物を突き出した。

「何じゃ。瓦版《かわらばん》かい」

「そうじゃないですよ。書状といいますか、回状のようなものでしょうね。いいですか、読みますよ。尽忠報国《じんちゅうほうこく》の志《こころざし》を元とし――」

「読めるよ」

歳三は藤堂《と》の音読を止めた。

しかし左之助が続けた。

「何じゃと。ええと、公正無二、身体強健《きょうけん》、気力荘厳《そうごん》、貴賤《きせん》老少に拘《かかわ》らず――どうするというぞね」

「お召し寄せだとよ」

そう言った。

「お召し寄せって、そりゃ何ぞな」

召し抱えてくれるんだそうですと藤堂は言った。

「何処の藩が。誰を」

「きちんと読んでくださいよ左之助さん。読めるのでしょうに。志ある浪士を、お上が召し抱えるという書状です。しかも身分経歴年齢を問わずに、腕の立つ者、才覚ある者は重用すると書いてある。それだけじゃあないですよ。罪科《つみとが》も不問にするというのです。雇うのは幕府です」

「そんな阿呆《あほ》な」

嘘じゃと左之助は言った。

しかし、その紙には慥《たし》かにそう書いてあるようだった。

「何処で手に入れた」

「いや、玄武館《げんぶかん》ですよ」

それは千葉周作《ちばしゅうさく》が興した北辰一刀流の道場である。

山南も其処《そこ》の門人だったと聞いている。どの程度通っていたのかは知らない。

「いや、これは江戸中の道場に撒《ま》かれたというので、はてと思い、私が出入りしている伊東《いとう》道場に赴いてみたところ、そちらにはなかった」

「ねえだろ」

江戸府内だけでも、町道場は三百を超す数があるのだ。

玄武館に届いたからといっていちいち全部に廻って来る訳がない。

玄武館は、桃井春蔵《もものいしゅんぞう》が興した鏡新明智流《きょうしんめいちりゅう》の士學館《しがくかん》と並び、江戸でも一二を争う剣術道場なのである。その次に神道無念流の練兵館《れんぺいかん》、更に心形刀流《しんぎょうとうりゅう》の練武館《れんぶかん》あたりが続く。しかしそれ以降は、ぐっと格が下るのだ。近藤の道場など、格下どころか頭数に入ってさえいないだろう。

「いや、伊東道場に来ていないのですから試衛館《しえいかん》にも来てはいないだろうと思い、今持って行くところですよ」

「試衛館てなあ何処だよ」

胸糞の悪い呼び方である。

藤堂は間抜け面になった。あまり凹凸のない、小作りな顔であるから商家の丁稚《でっち》のように見えた。

「何を言ってるんです。あの」

「あの道場にそんな大層な名前《なめえ》は付いちゃいねえよ。大体、彼処《あそこ》の何処が館《かん》だよ。道場番付下から数えた方が早《はえ》えじゃねえか。いや、番付に載ってねえだろよ。烏滸《おこ》がましいぜ」

「いや、名前は必要ですよ」

「要らねえよ」

近藤道場で充分である。

そもそも、試衛というのは由来も知れぬ扁額《へんがく》に記された文字なのである。誰の書かも判然とせず、意味も判らなければ読み方すらも怪しいものであったのだ。道場の名ではない。

あの額は、単なる飾りだ。

床の間の掛け物か、精精《せいぜい》正月の注連飾《しめかざ》りの如き縁起物か、その程度のものだろう。何か書いてあったとしても大した意味はない。先代が知らぬと言ったのだ。

それを無理矢理号として、しかも館まで付けて道場名とするなどという行いは、愚の骨頂ではないかと歳三は思う。貧乏道場と雖《いえど》も誇りがあるというのであれば、それなりの名を考えれば良いのである。

実際、あの扁額を見た山南は試衛ではなく誠衛ではないかと言ったそうである。意味は相変わらずはっきりとせぬが、まだ誠の方が意味が通るような気がする。

――いや。

百姓上がりの道場主に、人外《にんがい》だの死に損ねだのが群がっているだけなのだから、誠も嘘もあったものではないだろう。ならば試衛の方が無意味な分、まだ良いのかもしれぬが。

どうでも良いことだ。

「まあ名前はいいです」

藤堂は言う。この若侍は地声が大きい。無駄に元気で前向きな態度も歳三には好ましくない。ただ鬱陶《うっとう》しいだけの男である。

「しかしですね、考えてみて下さいよ、左之助さん。土方さん。幕府が取り立ててくれるというのなら、そりゃあ直参ということですよ。それはつまり、旗本《はたもと》と変わりがないということなんですよ」

「旗本かいな」

左之助が眼を円《まる》くした。

「そら豪儀《ごうぎ》じゃのう」

「莫迦。扶持《ふち》を考えろ。一人幾価《いくら》で雇うてんだよ」

「書いてないですが、五十両という噂ですよ」

「五十文じゃねえのかよ」

「そんな訳はないですよ」

「だったとしてどうする。お前は行くのか」

「行くでしょう。行きませんか」

「俺は浪士じゃあねえよ」

歳三は未《ま》だ何者でもない。

「俺は――まあこれでも浪士のうちぞな。仕えとる者はおらん」

じゃあ五十両ですよと藤堂は言った。

どうするねと左之助が言う。

知ったことかと答えた。

「行くの行かねえのはお前らの勝手だが、行って何をするんだ。穴でも掘るのか。こいつぁ体《てい》のいい浪士狩りじゃねえのかよ」

昨今、不逞浪士の所業は目に余るものがある——のだそうである。真実かどうか歳三は知らない。だが世情は確実に不安を呼び込んでいる。

「あのなあ、歳さんよ。いや、待て、まあ呼び方はこの際どうでもいいじゃろう。俺達は無宿人じゃないぞな。狩られる理由がないわい」

「俺は百姓だが、在所には家もあるし身元引受人もいる。でも、お前に引受人はいねえのだろうよ、左之助。侍でなくちゃ、帳《ちょうはず》外れの無宿人じゃあねえかよ」

「俺は元松山の若党だ」

「死に損ねが」

殺してやろうか。

——矢張り刀は要る。

歳三がそう心中で呟《つぶや》いた時のことである。

悲鳴が聞こえた。

「女だ」

藤堂が叫んだ。

そんなことはいちいち叫ばずとも判ることである。聞こえている。

何故か真顔になったこの若造は、一度歳三と左之助の顔を見ると、声のした方に顔を向けて駆け出した。どうにも戴《いただ》けない。

何だというのだろう。

正義漢振っているのだ。

「行ってみた方がええかの」

左之助は眉を引き攣《つ》らせる。

「行ってどうする」

「知らんぞね」

左之助も藤堂を追った。

喧騒が止《や》む様子はない。

何か揉め事が起きていることだけは間違いないのだろうが、多分歳三には関係のないことである。そう思ってのろのろと歩き出すと、今度はぎゃっという男の声が聞こえた。

——斬られたな。

そう思った。

その手の勘働きは外れない。

速足になって辻を曲がると、長袢纏《ながばんてん》を纏《まと》った四五人の男どもが輪のようになってわあわあと喚《わめ》き散らしている。何かを取り囲んでいるのだ。真ん中に矢張り同じ装束の男が一人、地べたに転がって踠《もが》き乍《なが》らひいひいと悲鳴を上げていた。

冬の土は乾いている。雪などは、降って溶けても湿り気にはならぬ。しかし男の周りは濡れていた。いや、のた打ち回る男から何かが振り撒かれているのだ。

血だ。

あの、いつか壁に振り掛かったのと同じ汚らしい黒い血だ。何処から噴き出ているのかは判らなかった。男の横には、横座りになった若い女がいた。

女からも——。

血が流れていた。

左の肩口を斜めに斬り下ろされたようだった。致命傷ではない。

傷は浅いようだが、血は。

血は。

歳三は眼を細めた。

梅染《うめぞめ》の着物がずくずくと深紅に染まって行く。噫《ああ》。

紅い浸食は、繻子《しゅす》の帯で止《と》められている。

幼い頃に見た。

あの色だ。

女は堅気《かたぎ》の町娘には見えなかったが、商売女にも見えなかった。

遠目には若く見えたが、二十二三というところだろうか。眉根を寄せて苦悶の表情を浮かべてはいるが、怖がっているようには見えなかった。

そして。

血刀を提《さ》げた侍が一人、その脇に立っていた。

ごつごつとした骨張った顔に、吊り上がった眉。半端に伸びた月代《さかやき》に無精《ぶしょう》髭《ひげ》。着物も袴《はかま》も、薄汚れていて凡《およ》そ上等とはいえない。

ただ、刀は上等だ。

見ただけで銘までは判らぬが、大乱れ刃紋の重たそうな刀である。切れるだろう。

取り囲んでいる四五人はどうやら臥煙《がえん》の連中だ。不逞の浪士と鳶《とび》の者の喧嘩か。

――いや。

なら女が邪魔だ。女を巡る痴話喧嘩とも思えない。それでは人数が多過ぎる。

「貴様ッ、何をするか」

藤堂の裏返った声が聞こえて歳三は我に返った。

血と。

刀と。

それしか見えていなかった。

男は鼻の上に皺を寄せ、憎憎しげな表情で藤堂を睨《ね》め付けた。

「町人を斬るとは何ごとだッ」

男は無言である。

当然だ。こんな威勢の良いだけの間抜けに大声で問われたとて、答える謂《い》われはないだろう。

「野郎ッ」

数名が鳶口《とびぐち》を構えた。

矢張り町火消なのだ。

「ええい、不敵な奴。辻強盗か意趣返しか知らぬが、丸腰の町人、しかも女に手を掛けるとは見捨てておく訳にはいかん。この藤堂平助がただではおかんぞッ」

退《の》いておれと言って藤堂は火消どもの前に出て、抜いた。銘刀である。

しかし臥煙どもは口口に何かを口走り、藤堂を押し遣って前に出た。

鼻息が荒い。余程昂奮しているのか、あるいは言葉が重なる所為《せい》なのか、何を言っているのか歳三にはまるで聞き取れなかった。

——この男は遣う。

男は正眼に構えたまま、ほんの僅《わず》か切先《きっさき》を動かすだけで全員を牽制している。

「おい平助」

左之助が藤堂の袖を引いた。

「斬り合う気か」

「捨てておけるか」

「役人を喚《よ》ぶがええぞな」

「番所に届けたところで町方が来るまでの間に、こいつらみんな斬られてしまいますよ左之助さんッ」

うるせえや武士《りゃんこ》の出る幕じゃあねえやすっこんでいろぃと一人の臥煙が叫び、藤堂の前に躍り出るや否や男に飛び掛かった。男どもは次次に続いた。

——斬る気はねえな。

歳三はそう見切って、女の方に近寄った。

案の定、男は間合いを取りつつじりじりと移動している。

退路を確保しているのだ。

藤堂は正面から向き合っている。

若造は、立ち合いと勘違いしているのだ。藤堂も剣術は上手だし、それは相手の男にも判ることだろう。構えを見れば千葉門下と判る。手順を踏んで正面から立ち合えば、藤堂はそれなりに強い。しかしその強さは一対一の場合に限るし、しかも相手が立ち合いだと思っていなければ通用せぬ強さだ。

誰しも道場で向き合っている最中にいきなり背後から別の者が襲って来るとは思わない。同じように、対戦相手が突然後ろを向いて逃げ出すことなどはない。

だが、実際には――ある。

この場合は、取り囲んで退路を断つべきだ。しかし刀を持たぬ町人に囲まれたところでどうということはない。斬ればいい。抜いているのは藤堂だけだ。藤堂だけを気にしていればいい。この男の腕前なら、町人など何の障害にもなるまい。斬れば済むことだ。

しかし、こいつはわざわざ退路を作ろうとしている。

殺す気はないのだ。

だが藤堂も臥煙の連中もそんなことには気付いていない。刀を抜いている以上、そして二人も斬られている以上、こいつは斬り掛かって来るに違いないと思い込んでいるのだろう。

「俺は番屋に行く。無駄な斬り合いはせんとけ」

左之助がそう藤堂に言い残して走り出したその瞬間、男も踵《きびす》を返して駆け出した。

「待てッ逃げるかッ」

藤堂が追う。

汚い言葉を吐《は》き乍《なが》ら火消の連中も続いた。駆けッ競《くら》のようだ。

莫迦ではなかろうか。

何がしたいのだ、あの間抜けどもは。火消連中は喧嘩をしていたのだろう。

だが藤堂はどうだ。喧嘩の仲裁をしているつもりなのか。ならばまるで仲裁になっていない。

乗り込んで抜刀などすれば、火に油を注ぐようなものである。浄瑠璃《じょうるり》に出て来るような剣豪が、浄瑠璃に出て来るような旅の娘を、浄瑠璃に出て来るような山賊から救うような、そんな場面を想像しているのか。

それならば大莫迦だ。

何様のつもりなのだ。

あの男を捕まえたいのか。それとも、あの男が傷付けた町人に謝らせようとでもいうのだろうか。そういう肚であるのなら、道は二つしかないだろうに。

理《ことわり》を説くか情を唱えるか、何にせよ説得して変心させるか。

そうでないならば――力で捩《ね》じ伏せ、無理矢理に従わせるか。

いずれかである。

血の気の多い見知らぬ若造の話を聞く耳を持つ者などおるまい。

正論を吐《は》こうが法を説こうが、無駄だろうと思う。それだけの分別があれば喧嘩もせぬし人など斬らぬ。ならば屈服させるしかない。そうなら、呼び掛けなど一切不要ではないか。躊躇《ちゅうちょ》なく斬り付けるしかないだろう。相手が遣い手であるならば、尚更である。

藤堂は何と言ったか。

何をするかとはいったいどういう言い種《ぐさ》だろうか。何ごとだとは何だ。

見れば判る。刃傷沙汰《にんじょうざた》である。ただではおかぬとほざくのであれば、もう殺すしかないではないか。

殺したいならさっさと殺せばいいのだ。いや、殺すしかないだろう。間抜けな呼び掛けをした所為《せい》で、既に立ち合いの様を呈しているのだから。

稽古ではないのだ。真剣での立ち合いは殺し合いだ。

ならば殺す気のない方が死ぬ。手加減などというものは相当の力量差がなければ出来るものではない。

この騒動をそうしたどうしようもない有り様に持ち込んだのは、藤堂自身である。

ならば斬り込むしかなかろう。

そうしないから逃げられる。逃げた者を追いかけて追い付いて、それでいったいどうしようというのだあの間抜けは。

一から十まで理《ことわり》が通らぬ。

莫迦の左之助の方がずっと正しいだろう。

捕らえるのも裁くのも、それは役人の仕事だ。一介の浪士のすることではない。

否《いや》、してはならぬことである。

追い払うならまだしも、追いかけるというのは筋が違うだろう。しかも見境をなくした町人どもを引き連れて——である。追い付いたところで事態が収まるものではあるまい。

結局斬り合うのなら、逃がしたりするなと思う。

藤堂は、山南の影響なのか、忠だの義だのをすぐ口にする男である。ならば、あれで義を通しているつもりなのだろう。義だろうが不義だろうが、通そうと思うなら智《ち》慧《え》が要る。そんな当たり前のことが解らないのだろう。

忠義を志とする行いなら凡《すべ》て良しとするのであれば、その結果不忠となろうと不義となろうと構わぬということになる。それこそ無意味の極みだ。

それでもあの若造は、己の行いが正しいものだと信じ込んでいる。

それ程愚かなことはない。

仲裁どころか藤堂の行いは単に喧嘩に加わったというだけの愚行ではないか。軽挙妄動というのは、正《まさ》に今の藤堂平助の振る舞いのことである。

正しき行いというのなら、先《ま》ず傷付いた者を気遣うべきなのではないのか。あんな男に構うことなどないのだ。真っ直ぐにこの女やその男を助けるが正しかろう。

喧嘩の相手は何人もいるのだから勝手に戦わせておけばいいのだ。

歳三は女の後ろに立った。

勿論《もちろん》、助けようなどと思った訳ではない。

最初から関わる気などないのである。

搗《つ》きたての餅のように白くて柔らかそうな項《うなじ》に、後れ毛がへばり付いて脈打っている。左の肩先から胸にかけて、七八寸ばかり着物が裂けている。覗いている襦袢《じゅばん》も血に染まっている。しかし襟は切れていない。

肌も見える。

出血こそ多いが、膚《はだ》の表《おもて》をなぞった程度の浅い傷である。

女の肩越しに地べたに目を遣ると、女の前に妙なものが落ちている。

刀である。

安物のなまくらだ。拵《こしら》えもぞんざいである。

しかも。

柄の処に何かが付いている。妙に見えたのはその所為《せい》だ。あれは。

——手首か。

手首だけがなまくらを握り締めているのだ。その先に——。

男がのた打っている。その脇には拉《ひしゃ》げた鞘《さや》も落ちていた。男が転がった拍子に潰したのだろう。男の右手は、なくなっていた。

——なる程。

再び刀を見る。

なまくらの切先に僅かに曇りがある。血も付いている。

男の血ではない。

黒く汚い血が振り撒かれているのは、男が身を返す度に出血している部位が大きく動くからである。噴き出しているのではなく、己で振り撒いているのだ。

つまり。

女を斬ったのはあの男ではない。

この――地べたで見苦しく踠《もが》いている男が斬ったのだ。

否、斬ろうとしたのだろう。あの男はそれを止《と》めようとしたのに違いない。しかし止めに入るのが僅かに遅かったのだ。

歳三は地面を見る。

踏み込みは左から。しかも女にかなり近い。

振り下ろされた刀を弾き飛ばそうとするなら、女と刀の間に刃を差し入れなければならない。

だが、この位置からでは無理がある。なまくらの先端は既に女に触れるか触れないかという状況だったに違いない。そこであの男は――。

刀を手首ごと切り落としたか。

それで。

持ち主から離れた刀はそのまま落下した。その際に女の胸先を掠《かす》ったのだ。

女の悲鳴はその時のものだろう。

いや、斬られそうになった時に叫んだのか。

いずれにしてもほんの一瞬のことだったに違いない。

突如手首と刀を失った男はそのまま勢い余って前のめりに倒れ込んだ後、血を振り撒き乍《なが》ら翻筋斗《もんどり》打って転げた。男の手首を切った男は――。

――どうした。

足跡を目で追う。

一度下《さが》って、それから女の前に強く出て、その後じりじりとゆっくり大きく回っている。

つまり、男の手首を切り落とした段階で既に臥煙どもは女を取り巻いていたということか。連中は騒ぎを聞いて駆け付けたのではない、ということになる。のた打っている男も、血と泥とで真っ黒になってはいるが、揃いの長袢纏を着ているのだから同じ臥煙仲間なのだろう。先ず火消数名が女を取り囲んでいたということか。そして中の一人が刀を振り上げ、女を斬り殺そうとしていた――というのが正解だろう。

先程の臥煙五人の配置と地べたに残った足跡を観る限り、女の左後方は空いていたものと思われる。偶々《たまたま》通り掛かったか、或いは悶着を知って駆け付けたかしたあの男は咄嗟《とっさ》にその隙間に踏み込み、既《すんで》のところで女を助けたのだ。

しかし囲みの内に飛び込んだのだから、男に逃げ場はないことになる。連中と対峙しつつじりじり移動し、退路を確保しようとしていた——。

そこに藤堂が現れた。

そんなところか。

歳三の推量が当たっているのならば。

あの男は人を殺そうとしたのではなく助けようとしたということになる。

何が正しい行いで、何が正しくない行いなのか、そんなことに興味はないが、藤堂の行いが正しいとするなら、男も正しいことをしたということになりはしないか。いいやあの男の方が、的外れで間抜けな藤堂よりもずっと正しいということになる。

歳三は女の前に出て、苦しんでいる男を見下ろした。

顔の色が変わっている。

すぐに血止めをし温順《おとな》しくしていれば助《ど》かったかもしれないが、傷口を振り回して暴れたのでは詮《せん》もなかろう。匂いから察するに酒も相当に飲んでいるようだ。

助かったとして、右手がなくてはもう嶌の者は務まるまい。

歳三は腰を屈め、手首が付いたままの刀を拾った。

呻《うめ》いていた男は、動きを止《と》めて歳三を見上げた。飢えた犬が甘えるような声を喉から発している。

「痛《いて》ェか」

男は答えず、顔を痙攣《けいれん》させた。

「寒いか」

男は頷《うなず》いた。

「暗《くれ》ェか」

頷く。

なら、もう遅い。

歳三はなまくら刀を横に構えた。

手首が離れないので持ち難《にく》い。柄頭を軽く握って、真横に振った。

手首が離れて道端に落ちた。

迚《とて》も軽く。

何の手応えもなく、男の頸《くび》に傷口が開いて、其処から真横に血が飛んだ。

思った程は出ない。

もう、あまり残っていなかったのかもしれない。

男は二三度眼《め》を屢叩《しばたた》くと、親に逸《はぐ》れた童《わらべ》のような顔をして、沈んだ。

歳三は一瞥《いちべつ》もくれずに体を返し女を見下ろした。

唇の紅い女だ。

髷《まげ》が銀杏返《いちょうがえ》しなので娘と見えたのだろう。齢《とし》は歳三より少し下くらいである。

「何も——言われねえのか」

女は歳三を見上げる。動じた様子はない。

「どうなんだよ」

「何さ」

「お前《めえ》はさっきの男に助けられたのじゃねえのか」

何かひと言——何でも良いからこの女が言葉を発してさえいれば、藤堂の莫迦も抜刀することはなかったのではないか。

女ははだけた襟を直した。着物の裂け目から白い肌が覗く。矢張り傷は浅い。

「だったら——どうだってのサ」

「どうでもいいぜ」

歳三は柄を握り直した。

「怖じ気付いて言葉も出ねえなんて玉にゃ見えねえから、尋《き》いてみただけだよ」

「お見限りじゃないか。妾《あたし》は怖くって、喋るどころか悲鳴を上げるが精一杯サ」

「嘘吐《つ》くんじゃねえ」

更に持ち替える。

そのまま刀を女の鼻先に突き出した。

女は刀には目もくれず、歳三の顔を見返したままである。

「良い度胸だな」

「怖くって身が竦《すく》んでいるのサね」

声が震えていない。

本当に——まるで怖がってはいない。歳三を見切っているのか。

慥《たし》かに歳三にこの女を斬る謂《い》われはない。しかし刀を鼻先に突き付けられて何も感じぬような者は少ないだろう。町人で、況《まし》て女だ。抜いただけで震える者もいる。

「俺は今、この男を斬ったぜ」

「知ってるわえ。目の前で斬ったのじゃないか。観ていたよ」

「遺恨も何もねえがな」

「放っといたってどうせすぐに死んだだろ。早めに送ってやるな功徳《くどく》ってものさ。そんな野郎に功徳施すなんざ、物好きなことだよ」

「そんな――野郎か」

「そんな野郎さ」

歳三は背後の足許を気にする。

息は絶えているようだ。

「さっきの侍は誰だ」

知らないねえと言って、女は一度體《からだ》をくねらせた。

「お侍の知り合いなんざ、いやしないわえ。何処の何方《どなた》様だか、一向に知らないけれど、世間様には物好きってのが存外多いものサ」

「なる程な」

女は、少し笑った。

「物好きがどうなろうとお前の知ったことじゃねえということか」

「そうサねえ」

あの人に限らず、誰がどうなろうと知ったことじゃないさ――と女は言った。

「自分《あたし》自身もね」

「そうかい」

怖がらぬ筈《はず》だ。

刀が怖くないのではない。この女は——。

死ぬのが怖くないのか。

「そんなすべたは悲鳴なんか上げねえだろ」

「大事なべべがこの様《ざま》サ。すべただろうがおかめだろうが。お銭《ぜぜ》が掛かることは御免《ごめん》蒙《こうむ》りたいじゃないか。これじゃあ染め直したって着られやしない。声も上げようてえものじゃないかえ」

女は裂けた胸元を示す。

地が梅色であるから鮮やかさに変わりはないのだが、染みた血は既に乾き始めている。血痕は放っておけば色褪せて黒くなる。

「おまけに其処の野郎は汚らしい血を振り撒くじゃないか。助けるにしたって助けようってものがあるよ」

「余計なお世話か」

「余計さ」

妾《あたし》を含めてみンな余計だよと女は毒突いた。

歳三は――。

女の頸《くび》に刃を当てた。

本当に死を厭《いと》わぬのか。

女は身じろぎひとつしない。

「殺すのかい」

「ならどうだ」

歳三は刀を引いた。

女は座り直す。

「意気地《いくじ》がないね。止《や》めるのかい」

「斬る理由もねえ」

女は少し身を乗り出して、眼を細め、

「ころしたいのだろうに」

と、甘ったるい声で言った。

「何だと」

「理由がないってンなら、その野郎を斬る理由だってあんたにゃないのだろ」

「ねえよ」

「そうだろ。遺恨も何もないと言ったわえ。さっきのサ、鼻息の荒いのと違って、あんたァ人助けだの義士だのいう口じゃあないサ」

「何故そう思う」

「ふん」

ひとごろしの目じゃないか――。

女はそう言った。

「観たところ江戸者にゃ見えないし武士でもないだろ。野暮な恰好でのら付いて、百姓かね。人足かいね。その割にだんびらの捌《さば》きは上手なようだ。それなら、ただの人殺しだろ」

斬りなと女は言った。

そして胸を張る。

「人殺しに上品《じょうぼん》も下品《げぼん》もないもんだろうさ。大義名分がくっ付いていようがいまいが、遺恨があろうがあるまいが、やるこたァ同じサ。なら、理由なんかないてェ方がすっとしていていいじゃないか。さあ」

女は両手で整えた襟元を摑《つか》むとぐいと広げた。

胸乳《むなぢ》が半分露《あらわ》になった。

「さあ斬りな。斬っておくれよ。こんな、蚯蚓《みみず》が這ったような傷じゃなくって、ざっくりと、思いきり斬っておくれな」

そうすりゃあ死ねる。

死にたい——というのか。

「殺せばいいじゃないか。誰もいないよ。何もかも、さっきの侍の所為《せい》に出来るじゃあないか」

「死にてえのか」

「別に死にたくはないよ。生きていたくもないというだけさ。こんなくだらない世の中、苦労して辛抱して生きたって、疲れるだけさ。疲れに疲れて生き延びたって、腰がヒン曲がって皺だらけになって、くたばるだけじゃないか。それならひと思いに今死んだ方が、どんだけ潔いか知れたもんじゃあないからね」

「威勢の良いことだな」

「当たり前さ。こう見えたって妾ァ江戸ッ子さ。宵越しの銭ィ持たないだけじゃあない、往生際だっていいのサね。命冥加《いのちみょうが》な運びなんざ、望んじゃいないよ」

歳三は刀を下ろし、そのまま捨てた。

「何だい」

「気が失《う》せたのよ」

「度胸がないのだろ」

「俺は俺がしたいようにする。それだけだよ。お前《めえ》の都合なんざ知ったことじゃあねえよ。どれだけ啖呵《たんか》切られたって同じことだ。精精《せいぜい》腰の曲がった唐傘婆《からかさばば》ァになるまでくだらねえ世の中生きやがれ」

「何だって」

「死にてえなら勝手に死ねと言ってるんだよ。人頼みにしようなんて料簡《りょうけん》起こすなあお門違《かどちが》いじゃねえのかよ。どうせ、この男にも同じような啖呵切りやがったのだろう」

女は細い眉を歪《ゆが》めた。

「知ったようなこと言うのじゃないよこの唐変木《とうへんぼく》」

顔を伏せる。

「この喜助《きすけ》は妾の間夫《まぶ》さ」

「そうかい」

「面倒臭い男でねえ、悋気《りんき》の果ての刃傷沙汰さ」

女は歳三から視軸を外し、地べたの骸に目を遣った。

「死ねと言われりゃ死んでも良いか心中ならば猶《なお》良いかと思うたけれど、何とも情けないじゃあないか。朋輩引き連れて取り囲み、浮気相手の名を言えなんぞとほざきやがる。そんなものはいやしない。大体、己の痴話に朋輩引き入れるたあ情けない。どれだけ小さい男かと、そう言うてやったら抜きやがった。ああ、こんな屑に殺されるのかと肚《はら》を決めたに、そこに邪魔が入ったてえ次第さ」

「邪魔か」

「くだらないだろ」

「くだらねえな」

「死んじまうならそれまでだけど、生き残っちゃあ後がある。肌に傷引かれてべべ台無しにされちゃあ」

声の一つも上げるのサと、女は横を向いた。

「男はみンな同じさ。褒めて煽《おだ》てるも殴って威《おど》すも、肚の底じゃあ同じこと。思うようにしたいのだろ。何をしたって思うようにならなくって行き詰まりゃ刃物ぉ翳《かざ》すんだ。もう莫迦らしくって、生きてく気がしないのさ」

「今度は拗《す》ねるのか」

「何だよう」

「男も女も関係ねえよ。男はどうだ女はこうだとほざく奴ァ所詮男女の仕組みに乗っかってるじゃねえか。駄目だてえなら両方駄目だろよ」

「そんなこたァ承知だよ。人ってな、駄目なもんだろ」

「人並みの口ィ利くじゃあねェか。お前の察した通り」

俺は人殺しだ。

「いいか、人殺しってのは人を殺すものよ」

「妾は人じゃあないって、そう言うのかい。じゃあ何だよ。狐か何かだとでもお言いかい」

「観たところ、俺とおんなじ」

い、い、い、ひとでなしだなと歳三は言った。

「どういう意味だい」

「人ってなあ生きたがるものだ。そうでなきゃ死にたがる。生きるも死ぬも関係ねえと開き直るな人でなしだよ。俺もそうだからな。俺はその上人殺しだが、人でなしは斬られねえよ」

歳三はなまくらの柄を蹴《け》った。

刀は少し地面を滑って、男の骸に当たった。

「勝手に何処かでくたばりやがれ」

「何サ。意気地なし」

「何とでも言え。もうすぐ役人が来るぜ。面倒なら消えろ。もっとくだらねえことになるぜ」

歳三はそう言って歩き出した。

待ちなよと女は言う。

「あんた名は」

答えなかった。

「妾は」

「聞きたくねえよ」

そう言ったのだが、歳三の耳には聞こえてしまっていた。

女は、りょうというらしい。

それこそ心底どうでもいいことである。

歳三はそのまま通りを進み、藤堂達が走り去った方角に進んだ。

急ぐ気はない。どうにかしようとも思っていない。ただ、どうなったのかは知りたい気がした。

左之助が役人を連れて来る前にあの場を離れたかったというのもある。

事情を聞かれれば、歳三は正直に言うだろう。息の根を止《と》めたのは歳三なのだ。ごちゃごちゃと言い訳をする気もなかった。どうしたと問われれば俺が斬ったと言うだろう。それでどんな裁きが下されるのか見当も付かないが、いずれにしても面倒ごとではある。その場で斬られるならいいが、そうはならないだろう。あの女の言葉ではないが、くだらない。

辻を曲がり、気配を探る。

乾いた風に乗って喧騒が届く。

そちらに進む。

人気《ひとけ》がないのでそうしたことはすぐに知れる。

家家は皆、軒を閉ざしている。雨戸で病魔は防げまいにと思う。

角を曲がると臥煙《がえん》が二人伸びていた。

血は流れていないから峰打ちにされたのだろう。

半端なことをするものだ。

その先にもう一人、長袢纏が脚を押さえて蠢《うごめ》いている。骨折しているようだった。

その先。

藤堂の背中が見えた。

左右に屁っぴり腰の長袢纏が二人鳶口《とびぐち》を構えている。

その更に先に、あの男がいた。

正眼に構えているが、殺気はまるで感じられない。

藤堂も同じように構えているのだろう。

間抜けな男だ。

藤堂もそこそこ遣うから、その辺の三一《さんぴん》になら勝てるのだろうが、あの男相手では無理だと思う。力量は相手の方が上だ。

あの男に戦う気は一切ない。敵に戦意がないからこそ、暢気《のんき》に対峙していられるようなものである。もしあの男がその気になったなら勝負は一瞬で付くだろう。敵に殺意があれば、藤堂はもう死んでいる。地の利を観ても圧倒的に不利である。

加えて二人の鳶は足枷《あしかせ》にしかなっていない。息を合わせるどころか火消は藤堂を邪魔なものとしか考えていないのだろう。あれは朋輩の仇を打とうとしているだけだ。

一方、藤堂はどれだけ邪魔でも火消二人を斬る訳には行くまい。

そういう男である。

歳三なら――。

先《ま》ず余計な火消を斬るだろう。

一人斬れば、もう一人を斬る前にあの男は必ず止《と》めに入る筈だ。そういう性質の男なのだ。女を助けたのも、襲って来る臥煙を峰打ちにしたのも、その性質に因るものだろう。

そこに隙が出る。

その隙を狙えば、殺せるだろう。

ただ、残念乍《なが》ら歳三は刀を持っていない。

あのなまくらを持っていたとしても――。

あの刀では駄目だ。

矢張りそれなりの業物《わざもの》でなくてはいけないのだ。誇りだの魂だの勝手なことを謂うが、そんなことは関係ない。値の問題でもない。実際に人を斬ろうとするなら、刀は切れるに越したことはない。

歳三は近付く。

どう決着を付ける気なのか。

男が歳三に気付いた。

藤堂が顔を向ける。

こいつは――救い難《がた》い間抜けだと思う。普通なら此処で斬られているだろうに。

「歳さん」

「歳さんじゃあねえ」

「役人は」

知らねえよと言って、歳三は男の顔を見据えた。

「おい。あんた、言い訳はしねえのか」

言い訳とはなんですよと藤堂が言う。

「あんた、こいつらからあの女を助けただけだろ」

「はあ」

藤堂が左右を見回す。

「何故何も言わねえ」

「別に言うことはない」

「いい性根だな。だが収まらねえだろう。この間抜けも――斬るか」

「斬る理由がない」

「ねえなら弁解しろ。この若造は間抜けな上に思い込みが激しいぜ。猪《しし》みてえなものだ。引かねえぜ」

「ふん」

男は構えを崩し、刀を収め、歳三を見返した。

「あの者が何か言ったのか」

「余計なお世話と言ってたぜ」

「私が斬った男は」

「引導を渡しといたぜ」

おいおい歳さんと藤堂が言う。

「そのだな」

「歳さんと呼ぶなと何度言ったら判るんだ。それよりな藤堂。斬る気がねえなら抜くな。抜いたら斬れ。斬らねえならそんなものは早く仕舞えよ」

「ああ」

藤堂が刀を鞘に収めるや否や、歳三はその左頰を殴り飛ばした。

生意気な若造は一撃でその場に転がった。

「余計なお世話はてめえじゃねえかよ藤堂。関係ねえことに首突っ込んで話を大きくしてんじゃねえよ。てめえには目の前で何が起きてるか判らねえのか。目の前のことも見えねえような目で、何が見えるよ」

いい加減にしやがれと歳三は罵った。

「そんな間抜けが一人前に志だの何だの語るんじゃねえッ」

「何だよてめえは」

臥煙が顔を向ける。

「横から出て来るんじゃねえよ。てめえも邪魔すんのかよッ」

「逆だよ」

「ああン」

「邪魔してるなこの間抜けだろ。だから俺は、邪魔をするなと言ったんだ。聞こえてねえのか」

てめえらの面《つら》の横に付いてんのは耳かよと歳三は怒鳴った。

「てめえらも腰が引けてるじゃねえかよ。やるならさっさとやれよ。聞けば一人前の口ィ利きやがるが、もたもたしてるからこんな間抜けが首突っ込むことになるのじゃねえか。いい迷惑なんだよ。端《はな》から私怨に口出すつもりゃねえから、とっとと済ませろよ」

歳三は顎で男を示す。

二人の臥煙は顔を見合わせる。

くだらねえ、と歳三は思う。

さっきの女の言う通りである。こいつらは、別に何がしたい訳でもない。付き合いで女を甚振《いたぶ》り、成り行きで侍に喧嘩を為掛《しか》けているだけである。

意地だか何だか知らないが、どうでもいいことだ。

どうでもいいことで死にたいとも思うまい。

「早くしろよ」

歳三は一人の肩を押した。

わあと叫んで長袢纏は男に突っ込んで行ったが、何のことはない、首の後ろに手刀を打ち込まれてその場に倒れ込んでしまった。

――左利きか。

打った手は左だ。鞘は――右か。いずれ頭を下げて突っ込んだだけなのだから、そこを打ってくれと言わんばかりの為体《ていたらく》ではある。

歳三は残った一人に顔を向けた。

「どうするよ。町奴《まちやっこ》の意地とやらがあンだろ」

一人残った臥煙は――。

足が震えている。

「何だよ。見た通りだ。あの男はてめえ達を殺す気はねえようだぞ。今のあいつだって簡単に斬れたぜ」

さあ、と歳三は背中を叩く。

「どうすんだよ。次は斬られるかもしれねえぞ。行くのかよ。行かねえのかよ。行かねえのならその辺に転がってる朋輩連れて元のとこに戻れよ。役人も来てるだろ」

さっさとしろよと歳三がどやし付けると、臥煙は腰を抜かした。

「だらしがねえ野郎だ」

足蹴《あしげ》にする。

臥煙は侍と歳三の顔を見比べている。

「あ、あの野郎は、どうする」

「知るか。俺達には関わりのねえことだ。あいつと遣り合ったり捕まえたりする気はねえよ」

「で、でも」

おいと歳三は侍に呼び掛ける。

「余計な世話ァ焼くとこういう面倒臭えことになるんだ。あんた、どうすんだ。収まらねえぞ」

「私は――」

侍は歳三に向けて強い眼差しを寄越した。それから臥煙に向けて、

「私は山口一《やまぐちはじめ》という者だ」

と名乗った。

「先般小石川《こいしかわ》で旗本を斬り、追われておる身だ。只今《ただいま》江戸から出奔する途中だ。役人にはそう伝えろ」

臥煙は顔を歪めた。

「忘れるな。山口一だ」

幾度か小刻みに頷いた後、火消は歳三を一度見上げてから這うように後退し、やがて尻に帆を掛けるようにして走り去った。

頬を押さえた藤堂が漸《ようや》く身を起こした。起き上がれずにいたのだ。

「歳――土方さん、これは一体、どういう」

間抜けに説明する口は持たない。

「あんた」

山口さんかと歳三は言う。

「旗本を斬ったか」

「斬った。町人に狼藉を働いていた故、止《と》めたところ斬り掛かって来たので返り討ちにした」

「そうかい」

己に非はない——と思っているのか。なら藤堂と変わりはない。

「非はねえか」

「非はある。理由はどうあれ斬ったことは事実だ。私の罪だ」

「そう思うなら、裁かれるべきじゃあねえのか」

「そう思う。だが、俺が斬ったのは謂《い》わば主筋《しゅうすじ》。父の雇い主の係累だからな。まともに裁かれるとは思えないのだ。公正に裁かれるのなら入牢《じゅろう》でも死罪でも受け入れるが、それが望めぬなら逃げる」

「逃げるか」

「あんたは何者だ」

「俺は薬売りだよ」

いまだ、歳三に身の証しはない。

「町人か」

「侍じゃあねえよ。見りゃ判るだろう」

「こ、こちらの方は、伝通院近く天然理心流道場試衛館の、土方歳三さんだ。私は藤堂平助」

煩瑣《うるせ》えよと歳三は怒鳴り付けた。

「土方さん、この男――逃がすのですか」

「俺達には――いや、俺には関わりのねえことだ」

「でも」

「でもじゃあねえよ。お前《めえ》だってこいつと同じじゃあねえのか。他人の諍《いさか》いに首突っ込んで刀ァ抜いて、まるで変わりゃしねえ。お前が無事なのはこの山口が強かったからじゃねえか」

「強い――ですか」

「強《つえ》えよ。弱かったらどうだ。お前《めえ》は不逞の町人から女の命救った男を斬っていたってことになるぞ。この男の素性も何も知れねえ状態でな。こいつが旗本だったら、お前は旗本殺しだよ」

「いや――」

「能《よ》く見ろよ。見極めてから動けこの間抜け」

歳三はそう吐《は》き捨てるように言ってから侍に背を向けた。

「私を見逃すのか」

「どうしろってんだ」

振り向かずに答える。

「あんたの腕なら、俺に勝てるだろう」

「莫迦。俺は丸腰だ」

土方さんと呼んで、藤堂がやっと立ち上がった。

「いいんですかこれで」

「いいも糞もねえだろ」

「し、しかし」

「そうだ」

歳三はそこで立ち止《ど》まり、振り向いた。山口一は同じ場所に立っていた。

「あのな、忠国の浪士お召し寄せてえのに志願すりゃ、罪は帳消しだそうだぜ。そうだな藤堂」

「ああ。まあその」

遁《ふ》けるならとっとと遁けろと言って歳三は歩き出す。

「試衛館の土方か」

覚えておくと言い残して、山口一は走り去った。

「いいんですか」

「何がだ」

「ど、どうも得心が行かぬので」

「どうでもいいよ」

山口はあの女を助けただけだ。男を殺したのは――歳三だ。

あの女が喋れば役人は歳三を捕らえるだろう。だが、どういう訳か歳三には確信があった。あの女は何も言わない。

道端に倒れていた臥煙どもはいなくなっていた。

暫《しばら》く行くと、左之助が駆けて来るのが見えた。

「歳さんッ」

「喧《やかま》しいな」

「あの女ぁ何処《どこ》だ。それから侍は」

「侍は逃げた。女は知らねえ」

「どうにもこうにも」

「役人は」

「町役人を呼んだ。あの男は死んでたから、まあ町廻りの同心が来るのじゃねえか」

「ならいいだろ」

良いのかの、と気の抜けた声を出して左之助は首を傾げた。

――女も消えたか。

左之助は藤堂からあれこれ話を聞いている。藤堂は歯切れの良くない答え方でもぞもぞ語っている。

知ったことではない。

元の場所にはそれなりに人集《ひとだか》りが出来ていた。

そもそも町に人が少ないから、集るといっても弥次馬は十人もいない。

骸の周りには火消が四人、下を向いて座っていた。頸《くび》を叩かれた一人は、まださっきの処で伸びているのだ。

小者《こもの》を横に控えさせた同心が、十手《じって》で骸を弄《いら》っている。

「では何か。その方らは、その涼《りょう》なる者を取り囲み、剰《あまつさ》え手に掛けようとしていたと申すか」

「手に掛けるてえか――へえ」

「しかし女はおらぬ。訴えに依れば女と男が斬られていると」

「下手人を追っているうちに消えっちまったんで」

「待たぬか。下手人とは」

「その、浪人で」

山口一と言ってましたと、先程の臥煙が裏返った声で言った。その後通り掛かった歳三の姿を認め、臥煙は一度肩を竦《すく》めて、それから顔を伏せた。

「山口なあ。その山口は、その方らが女を殺害せしめんとするを阻止したと——こう考えて良いのだな」

「いや、その、あっしらは」

「まあ良い。続きは番屋で聞く。おい、まだか」

小者が見渡す。

戸板を持った四人《よったり》が駆けて来る。

早く乗せろと同心は指示し、それから脇にいた町役人に報《しら》せたのは誰だと尋ねた。

「へえ、その」

町役人が言い淀んでいると、俺だ俺だと歳三の背後で左之助が大声を出した。

「通り掛かったんじゃ」

「姓名の義をお伺いしたい」

「ああ。其処の先の、試衛館ちゅう道場の食客で、原田左之助という者ぞな」

「其処の先――この辺りにそんな道場なぞあったか」

近藤道場ですよと小者が告げた。

「ああ。あそこか。で、其許《そこもと》は」

藤堂は名乗り、事情を告げた。

歳三はずっと、骸を眺めていた。臥煙は歳三を見ている。

「拙者は事情も何も判らず、ただ止《と》めに入り、逃げたので追うた。しかし取り逃がしてしまいました。真《まこと》に面目ない」

藤堂が頭を下げると同心はまあまあと言った。

「話を聞いても誰が悪いのか能《よ》く判らんのです。ただ、此処に骸がある以上は殺した者がいる訳で――まあ、双方の話を聞きたかったが、肝腎の女はおらんし」

「山口という侍は、先般小石川で旗本を斬ったとか申しておりました」

「旗本殺しか。山口――なあ」

同心は怪訝《けげん》な顔をした。

「いや、もし何かあったらまた話を伺うかもしれぬが、この場はお帰り戴いて結構です。ほら、ちゃんと筵《むしろ》を掛けろ」

疎《まば》らな弥次馬を乱暴に散らしてから、同心を先頭にした一団——骸を乗せた戸板と臥煙連中は列を作って番屋の方へ去って行った。

去り際に一番後ろの臥煙が振り向いて、泣きそうな顔で歳三の方を見たのだが、棒《ぼう》突《つき》に急かされたので、結局そのまま行ってしまった。

何か言いたかったのだろうが、何をどう言ったものか考えが纏《まと》まっていなかったのだろう。

「矢張り逃がさぬ方が良かったのではないですか」

藤堂がそう言った。

「お前がそう思うならそうすりゃ良かったじゃねえか。別に俺の言う通りにしなきゃいけねえ謂われはねえだろう」

「はあ」

「まあ——」

お前はあいつには勝てねえよという言葉を歳三は呑み込んだ。しかし何かを察したものか、強かったんかのうと左之助が尋《き》いてきた。

「厳《いか》つい顔をしておったぞな。流儀までは知れぬが」

「ありゃあ」

無外流《むがいりゅう》だと歳三は言った。

あの構えは以前に観たことがある。

歳三は薬の商売《あきない》で江戸中の道場をほぼ回っているのだ。

ただ正眼に構えても、流派によって少しずつ違うものなのだ。

方やら脚の開き具合など、それはほんの僅かな差でしかないし、人によって癖がある
から確実ではない。

だが、歳三は見逃さない。

「しかもあれは左利きだ。太刀筋が読み難《にく》い。居合《いあい》なら——余計だ」

「居合」

藤堂は小振りの眼を剝いた。

「あの時、刀を鞘に収めたのは、それじゃあ」

「あんな場所で切り結ぶかよ。お前なんかが相手じゃ、さっきの火消も皆殺しになっ
ちまうだろうが。あの野郎が抜いてたのは余計な町人を峰打ちにするためで、お前と
立ち合うためじゃあねえ。あそこでお前が突っかかってりゃ斬られてたろうよ」

「いやしかし」

藤堂は不服そうに腰のものを擦《さす》った。

「左利きの居合と殺《や》り合ったことあんのか。しかもあの刀ァ業物《わざもの》だ。今てめえの首と胴が繋がってるだけ有り難《あがて》えと思え」

義人気取りもいい加減にしろと歳三は言った。

言ってから別に構うことはないかとも思った。

そして――。

歳三はあの女を思い出した。

どうするつもりなのか。

殺した方が良かったか。

それも――。

どうでもいいと思った。それよりも、矢張り切れる刀が欲しかった。

良き刀があれば。

あの女も斬っていただろうか。

見るともなしに藤堂の腰のものを見る。こんな間抜けには勿体《もったい》ない刀である。

物騒だのうと左之助が言う。

「何処も彼処《かしこ》も、殺気立っちょるぞな。異国は攻めて来る流行病《はやりやまい》は広がる、押し込みに辻斬りにと、世も末ぞなもし」

これで良い訳がないのですよと藤堂は言った。

「既に太平の世ではない。ならば我等《ら》武士《もののふ》が何とかせねば。武士は何のためにいるのですか。国を護《まも》らんでどうします。先ず攘夷《じょうい》でしょう」

「話がでけえよ」

目先のものすら見えぬ間抜けが。

そんなことはありませんよと藤堂はむきになる。

「一人一人がですね」

「一人は」

一人だ。

「そうは思いませんよ。だからこそそのこの——」

若造は懐から最前の紙を出した。

「——お召し寄せですよ。そうじゃないですか」

「なら行けよ」

「いや、皆で参加するんです。同志は多い方が良い」

「皆だと」

「はい」

徒党を組むのは嫌いだ。

――いや。

歳三は考える。

利用しろ――か。

役目を見極めれば、そしてそれを果たせば居場所は出来ると彦五郎は言っていた。

どうしても人殺しを欲してしまう歳三に、役目などあるものかと思うてはいたが。

攘夷か。

歳三は以前に見た黒船を思い起こす。

あんなものは斬れぬ。

歳三は無学だから、攘夷という言葉が何に由来する、どういう意味の言葉なのか知らぬ。平たく謂《い》えば異国人を打ち払うということのようだが、相手側にしてみればそんなものは宣戦布告に他なるまい。話し合ってお帰り戴く訳ではないのだ。打ち払うのだ。

打ち払うような粗暴なことをするならば、攻めて来られても文句は言えぬ。そうなれば、交戦するか従属するかしか道はなくなる。

圧倒的に不利だろうと思う。

勝ち目はない。

この国は、島だ。黒船に取り囲まれたなら、逃げ場はない。籠城するようなものである。城と違って堀はない。これまではあの、得体の知れぬ海原こそが堀の代わりになっていたのだ。その堀を鉄《くろがね》の塊が渡って来たのである。

上陸する場所は幾らでもある。

異人とて人ではあるのだから斬れば死ぬのだろうが、それでも皆殺しにすることは出来ぬだろう。異国はこの国の何倍、何十倍も大きい。兵隊だって何十万何百万といるのだろう。攘夷を叫んで僅かばかりを斬ったところで、報復されるのは目に見えている。

勝てる訳がない。

例えば同じような船が造れるか。

造る技術があったのだとして、財力があるか。何隻造れるのか。造ったところでどう使うか。

公儀のお膝元《ひざもと》に流行病《はやりやまい》で死んだ者の骸がごろごろ転がっているような不潔で貧しい国に、兵隊である筈の旗本が町人に因縁を付け、剰《あまつさ》え浪士に斬られてしまうような箍《たが》の外れた国に一体何が出来るというのか。

そんなものが、海の向こうの大国に戦《いくさ》を仕掛けるなど愚の骨頂だと歳三は思う。

戦は殺し合いである。

そこに光明はない。人殺しは、どんな時にも人殺しでしかない。

大義名分はない。何のためでも、誰のためでも、同じことである。

人殺しの歳三には判る。

どんな言い訳も利かぬ。人殺しには底なしの闇があるだけだ。国と国との戦は、国中の者をその闇に引き込むだけのものである。この国に暮らす者凡《すべ》てを、人外《にんがい》に変えてしまうだけの行いだと思う。

そんなことをする意味があるのだろうか。

元より人外の歳三には関係ないことだとも思う。

ただ歳三は、藤堂の如く恰《あたか》もその先に光明があるような、そんな考えなしの言説を能天気に信じ込み吐《は》き散らす連中が大嫌いだというだけである。

破落戸《ごろつき》の能無し浪士が何人集まったって異人どもは帰らねえよと歳三は言った。

「況《まし》て流行病も収まらねえだろうが。浪士なんか集めたって天下国家が変わる訳《わき》ゃねえよ」

藤堂は黙った。

俺はそんなこたあどうでもいいと左之助が言う。

「まあ、国が良くなるに越したことはないがのう。先《ま》ずは己の腹を肥やさにゃならんぞね。腹が減っては戦は出来んと謂《い》うぞなもし。攘夷よりも泥鰌《どじょう》ぞな。俺達が何かの役に立ってだな、結果こっちの腹も膨れるのなら、それでいいのと違うかの」

「役に——立つ、か」

「俺は槍使うことしか出来んが、この腕が何かの役に立つというんであれば、それはそれでいいわい。その上俸禄が貰えるならもっといいぞな」

——なる程な。

慥《たし》かに、彦五郎の言う通り人には分というものがある。

分相応の役目を与えれば、役には立つのだ。徒党を組むのではなく、役割を分担するのだと考えるべきなのか。そうなら、歳三の役割とは何だ。

人外に役目はあるか。

そういうことなんですよと藤堂は言った。

「ひとりひとりは無力でも、集まればですね」

「それが余計だと言うんだよ」

歳三は話を遮る。

「数揃えればいいってもんじゃあねえぞ藤堂。頭数さえ居りゃア世の中が動くてえのは、危ねえ考《かんげ》えじゃねえのか。莫迦ばかりが集まって莫迦なことおっ始めたら、どうしようもねえことになるぞ。止《と》められねえ」

「そうですが」

「てめえの為《し》てることが正しいかどうか、どうして判る」

「それは、志が」

「志が曲がってたらどうだ」

志が間違ってたらどうするんだよと歳三は吐《は》き捨てるように言った。

「誰に何吹き込まれてるのか知らねえが、それが正しいと何故頭から信じられるんだてめえは」

「それは——いや、頭から信じ込んでいる訳じゃないですよ。ちゃんと考えてます」

「考えてどうだ」

「考えて正しいと」

「それが合ってると何故言える。お前なんかが考えるくらいのことは誰だって考えるだろ。それ程頭がいいのかてめえは。それ以前に本当に考えたのか」

考えましたよと、藤堂は口吻《こうふん》を突き出した。

「私は私なりに」

「そうか。そんな気分になったってだけじゃねえのかよ。誰だって異人は怖《こえ》えさ。知らねえからな。でも、じゃあ打ち払えって、何だよ。考えた割には雑な結論に思えるがな」

「とし——土方さんは、昨今の国内外の動静をご存じないからそんなことを言うんですよ。それに」

「俺は無学な薬屋だぞ。その上道理も糞も弁《わきま》えねえ無頼だよ。それでもそれなりに処世てえのはあるぜ。俺の処世に照らすなら」

その結論は通らねえんだよと歳三は言った。

「どっちにしても、理が勝ち過ぎるなぁ性《しょう》に合わねえよ」

理を通すなら——。

歳三のような人外《にんがい》の居場所はこの世にはないことになる。

いや、居場所がないのではない。

存在自体が許されないということになるだろう。

無駄口を叩いているうちに近藤道場の前に至った。玄関先で井上源三郎が看板を拭いていた。

看板といっても、天然理心流道場と書かれているだけの貧弱な板片《いたきれ》でしかなく、それには近藤とさえ書かれていない。この見窄《みすぼ》らしい構えで、試衛館とは片腹痛いと歳三は思う。

源三郎はおお冷たいなどとぼやき乍《なが》ら両掌を息で温めている。年寄りという齢《とし》でもないのだが、立ち居振る舞いが野暮ったいので十は老けて見える。

「おウ、歳も左之助も戻ったか。何だい、藤堂様も一緒かね」

源三郎はどうも藤堂家ご落胤という話を真《ま》に受けているらしく、藤堂には様を付ける。仮令《たとい》真実であったとしても、こいつを敬う理由にはなるまいに。

待っとるぞと源三郎は言った。

「誰が何を待っとるぞな」

「山南さんが来てな、若先生と何やら話し込んでおったが、それから皆に相談事があるとか言うてな、お前達の帰りを待っておると、そう言うとるのだ」

「山南さんが」

萎《しお》れ気味だった藤堂が勢い良く飛び込む。

歳三が左之助の顔を見ると左之助も歳三を見ていた。

「なんじゃあれは」

左之助は眼を細め、口を歪めてから藤堂の後に続いた。

「どうした歳。俺も呼ばれておるんだ。早う入れ」

源三郎は急《せ》かす。

「俺は関係ねえ」

「関係ねえことあるか。お前《めえ》を待っておったんだ若先生は」

「俺をか」

「若先生はな、誰よりもお前を信用しとる。いや――お前を信用しとるのじゃあねえなあ。お前の、その山犬みてえな眼と鼻を信用しとるんだ」

「眼と鼻だァ」

おうよと源三郎は言う。

「お前の眼は一度に人の倍、三倍のものを見とる。鼻は嘘も誤魔化《ごまか》しも嗅ぎ分ける。勇さんはそう言う。俺もそう思うよ」

けだもの扱いかよと言うと、けだものじゃねえかと返して、源三郎は笑った。

「若え頃《わけ》のお前の乱暴狼藉の後始末は大変だったようだぜ。お前は知らねえかもしらんがの、彦さんにしろ、喜六《きろく》さんにしろ、そりゃ苦労しておった。どっかの娘ェ孕《はら》ませた時は、俺だって」

昔のことよと言った。

「そうかのう。まあ土方の家がお大尽で、佐藤の家が名主で、だから今のお前はあるのだ。普通なら勘当されておるとこだぞ。そこまでしてお前を護るなぁ」

お前が違っているからよと源三郎は言った。

「なァ、歳。そうだろ」

「俺の何処が違う」

「だからよ。その眼よ。お前は俺なんかが見てるのたあ違う世間を見てるだろ。何が見えてるのか判りゃしねえが、違うってことだけは判るよ。若先生はな、その眼を頼りにしてるンだよ」

「ってことは――勝太ァ迷っているのか。山南が持ち込んだ話が胡散臭《うさんくせ》えということだな」

「知らねえよ。兎《と》に角《かく》お待ちかねだよ。寒《さみ》いからよ、早く上がれ。戸も閉めろ」

源三郎は無愛想にそう言うと、先に框《かまち》に上がった。

道場の板間には、上座に近藤勇と山南敬助《けいすけ》が並んで座っていた。

永倉新八、沖田宗治郎、そして左之助と藤堂が向かい合って座っている。

「おう。歳さん。やっと来たか。源さんも座ってくれ」

近藤勇は、いつにも増して奇妙な顔をしていた。この男は機嫌が貌《かお》に出る。嬉しい時は朗《ほが》らかな表情になるし、虫の居所が悪いと顰《しか》め面《つら》になる。今は少なくとも不機嫌ではないようだ。しかし上機嫌ということもない。戸惑っているのか。そういうことでもないようである。

大きな口をへの字に結び、角張った顎を右手で撫でている。

——いつか見た面相《つら》だ。

この男は、迷ってはいない。とっくに肚《はら》は決まっているのだろう。ただ、即断で話に乗っかってしまっては恰好が付かぬのだ。それは如何《いか》にも短慮に見える。己を思慮深く見せかけるために結論を先延ばししているだけだ。だから。

後は、誰かに背中を押して貰いたい——そういう顔か。

——ああ。

遠い昔。

近藤勇がまだ宮川勝太だった頃。

初めて歳三のことを歳さんと呼んだ時、この男はこんな顔をしていなかっただろうか。

——否。

あの時はもっと屈託なく笑っていたかもしれない。

歳月と境遇の変化が、この男に得体の知れぬ面《めん》を被せたのだろう。歳三はそんなことを思い乍《なが》ら一番後ろに座った。

「聞いたか」

近藤勇はそう言った。

「左之助と一緒だったのなら歳さんも藤堂から聞いているのだろう。浪士お召し寄せの件だ」

お召し寄せたア何だいねと、横に座った源三郎が小声で問うた。召し抱えるんだとよと歳三は答えた。

「そのまんまだよ」

「まあ、うちには何の報せもなかったのだが、偶々《たまたま》、渡邊昇《わたなべのぼる》殿に会った際、話を聞いてな」

渡邊昇は神道無念流、練兵館の塾頭である。

「そこで、山南さんに話したところ山南さんも知っておったから、これはどうかと思うてな。山南さんも儂《わし》と同じ気持ちでな。詳しく調べてくれたという訳だ」

山南は、藤堂が渡したと思われる刷り物を黙読している。

どうだいと近藤が尋ねた。

「まあ、概ね聞いた通りのことが書いてあります。藤堂君、これは玄武館に来たものですか」

そうですすと藤堂が返事をした。

「つまり、真実ということか」

「いや、嘘ということはないでしょう。講武所《こうぶしょ》教授方の松平忠敏《まつだいらただとし》やら中條金之助《ちゅうじょうきんのすけ》が取締方に就くという話まで耳に入っていますから」

「講武所の」

左之助が声を上げた。

「それじゃあ講武所教授方の席が空くぞな。愈々《いよいよ》近藤さんにお鉢が回ってくるのじゃないかの」

「そういう話ではないだろう」

永倉新八が諫《いさ》めた。

永倉は何を考えているのか能《よ》く解らない男である。茫洋《ぼうよう》とした風貌だが、一つことを為《し》始めると脇目を振らずに一心不乱に励み、何が何でも必ず遣《や》り遂げる。剣術もそうである。覚えたい技があると、習得するまでは決して稽古を止めない。

永倉は、剣術のために松前藩《まつまえはん》を辞《や》め、名も改めて剣を学び、武者修行の行脚もしたのだという。ただ、若くして神道無念流を修め、心形刀流道場で師範代まで務めていたこの男が、何を思ってこんな貧乏道場に執心しているのか、そこのところがどうにも判らない。近藤勇にも判らないらしい。

歳三が見るに、どうもこの永倉という男は人の下に付くのを嫌う性質《せいしつ》のように思える。別に出世したいと思っている訳ではないのだろう。だが子分だの家来だの、そういう立場が我慢ならないのではないか。藩士を辞めたり姓を変えたり——剣術を学ぶためというだけならば、そんなことまでする必要はないだろう。

永倉は此処では客分である。師範代でも塾頭でもない。見上げも見下げもしないのである。偉ぶることもないが諂《へつら》うこともない。近藤勇と対等の間柄なのである。

だから読み難《にく》い——ということもあるか。

「近藤さんの出世の話ではなく、我我の身の振り方の話だ」

「そりゃそうだが、俺もその紙は読んだが、能《よ》く解らんぞな」

何が解らないと近藤が問うた。

「人を集めておるのは解る。だが集めて何をするんか、知れん」

原田君の言う通りですよと山南が言った。

「平たく言えば、遣る気のある者は集まれと書いてあるだけです。才覚のある者は優遇するとも書いてありますし、特赦も与えると書いてありますが、それで何をするとはっきり書いてある訳ではない」

「そうじゃろ」

「これは確実ではないが、私が聞いて来たところに依れば――将軍警護の役が振られるという噂です」

「将軍様かな」

源三郎が声を上げた。

「上様を警護奉るのか。浪士がか」

「浪士だけではない。どうも町人であっても構わぬというような書き振りですね」

「そりゃあなかろう」

近藤が再び顎を掻く。

「幕府御雇いで将軍警護職となれば直参と変わらぬではないか。というよりだな、無役の直参など掃《は》いて捨てる程おるだろう。何故そ奴らを使わんのかな」

策略なのかもしれませんねと山南は言った。

「策略だぁ」

近藤勇は大きな口を開けた。

「何の。誰が。幕府の策略かい。こりゃ体《てい》のいい浪士狩りだと」

そうじゃありませんよと山南は言う。

「実際、幕府が世に溢《あふ》れる不逞浪士の処遇に窮していることは事実ですから、これはその手の連中を何とかしたいという目論見《もくろみ》でもあるのでしょうが――私の言っているのはそこのところではない。この回状に記してある趣旨は、要は山岡鉄太郎《やまおかてつたろう》らが松《まつ》平春嶽《だいらしゅんがく》に奏上した、急務三策そのものですよ」

そりゃ何じゃと左之助が問う。

「一つ、攘夷の断行。一つ、大赦の発令。一つ、英才の教育。これまでの罪科を赦し逸材を集めて教育することで、速やかに攘夷を成し遂げねばならんという、まあそういうことです」

その触書《ふれがき》に書いてあるのと同じなんだなと近藤が言った。

「それが何故策略だ」

「山岡は虎尾《こび》の会の同志ですよ。背後にいるのは清河八郎《きよかわはちろう》です」

「清河――というと、あの」

「そう。倒幕派の清河です」

「それは、一方で薩摩《さつま》を煽《あお》るだけ煽り、一方でその薩摩を旗印にして人を集め、幕府を倒すと吹いて廻っていた、あの清河のことですか」

藤堂が知ったような口を利いた。

「何故清河が出て来るのですか」

「虎尾の会というのは憂国の士の集まりで、清河はその盟主だよ、藤堂君。急務三策を作ったのは清河だ」

ならいかさまじゃないですかと藤堂は言った。

「薩摩藩に倒幕の意志がなかったことは、春の寺田屋《てらだや》騒動の時の島津《しまづ》侯の計らいからも明白ですよ。清河は大法螺《おおぼら》吹きですよ」

「そうとも言えぬよ」

山南は紙を板間に置いて腕を組んだ。

「慥《たし》かに島津様は倒幕ではなく、公武の合体を望んでいらしたようであるが——いずれにしても今の幕府の遣り方に少なからずご不満をお持ちではあるのだろうし、下下《しもじも》に過激な藩士が多いのも事実だ」

「しかし、そうだとしても、清河は慥か——凶状持ちではなかったですか」

おう、と左之助が声を上げた。

「思い出したぞな。慥《たし》か去年だったか、甚右衛門町《じんえもんちょう》で町人の首を斬り飛ばした男じゃあなかったか。その清河ちゅう男は」

斬られたのは町人を装った幕臣であったそうですと山南は答えた。

「そうかの。何でもすッ飛んだ首が瀬戸物屋の大皿の上に載ったちゅうて、豪《えら》いこと騒ぎになっておったが」

「清河は北辰一刀流免許皆伝の腕前です。玄武館で学んだ、まあ謂《い》わば同門でもありますから、そこそこ話も聞こえて来るのですが——あれは横浜の外人町を襲うという企みが幕府方に漏れて、内偵されていたんだそうですよ。斬られたのは町人に扮した捕吏《ほり》です」

「なる程のう。でも、それで追われて、慥か逃げたのじゃろ」

——首を斬り飛ばしたか。

加減が判らないのだろうと歳三は思う。

腕が良くても人を斬ったことがなければ、結果どうなるのか判らぬのだ。どんな状況であれ首を刎《は》ね飛ばす必要などないだろう。曲芸ではないのだ。

「そのために企ては頓挫し、清河の取り巻きは皆捕縛されて、妾《めかけ》まで捕まったと聞いています」

そりゃ何だかなあと左之助が首を捻《ひね》った。

「どういう男じゃ」

頭は良いのですよと山南は言う。

「策士というなら策士なのでしょう。考え方の是非はさて置き、人心を掌握する術《すべ》には長けている。元は出羽清川村《でわきよかわむら》の町人で、学を修め大望を以《もっ》て一家を成し、名を清河と改めて私塾を開いた人物です」

「町人なのか」

「ええ。清河という姓も出自の村名に由来するものなのでしょう。一文字変えていますが」

「同じじゃろ」

「小川の川では小さいと、大河の河に字を変えている。そういう男ですよ。まあ大言壮語の類いです」

信用ならん気がするのうと左之助は独りごちた。

待て待てと近藤が止《と》める。

「いずれにしても、その清河というのは回天《かいてん》の者なのだろう。徳川《とくがわ》に弓引こうとする者が、何故徳川に施策を言上するのだね」

「勤王であろうが佐幕であろうが、こと攘夷という題目に関しては同じ方を向く。また、散らばっている不満分子を一つ処に集め、それを手駒として使えるというのであれば、これは幕府としても悪い話ではない。そうした者の中にも英傑は多くいるのでしょうし、また、そうでない者――所謂《いわゆる》不逞の徒は、まあ纏《まと》めておいた方が監視もし易い。ですから」

「まあ、幕府側にしてみれば悪い話じゃあねえのか。それじゃあ山南さん、そいつは倒幕を諦めて、幕府方に付くと決めたということか」

「いや――」

山南は顔を歪めた。

「そう単純な話ではないように思います」

「まあ、儂《わし》は田舎者だし、正直難しいことは判らんよ。しかし悪い話ではないのだろう。講武所の教授方が取締の御役に就くのであれば、下手なことは出来まい」

講武所は、神田《かんだ》にある幕府の武芸訓練所である。国防のため、旗本御家人に武芸全般を教授するために作られたのだと聞いている。

近藤はその教授方になりたがっていたのだ。

「そこが狙い目なのだと私は思いますよ」

「狙い目とは」

「あれだけ熱心に倒幕を説いていた男がこうも簡単に転向するとは、私には思えないのです。清河は策謀家です。腕も立つ。ただ目的のためには兵隊が要る。それなりの数を集めるには、弁舌だけでは無理だ。だから――」

「しかしなあ」

どう思う歳、と近藤は突然歳三に振った。

「何を」

「何をじゃあねえよ。この話よ」

「簡単じゃあねえか」

歳三には、山南のように話をややこしく考える癖はない。世には考えるまでもないことの方が多い。

「その清河にとって、英才ってなあてめえのことだ。なら、罪を赦せってのもてめえのことだろう。倒幕だか勤王だか知らねえが、首ィ刎ね飛ばしたり異人を襲ったりした、そういう罪科《つみとが》を帳消しにして、学も才もあるてめえを重用しろという、そういうこったろうが。で、そいつがしたいなあ異人を打ち払うことだろ」

「まあ、そうだ」

「何処にも将軍様のためなんて書いてねえし、そいつも言ってねえのだろうに」

「そうだが」

ならそのまんまだろと歳三は言った。

「幕府の金で人集めて、異人諸共《もろとも》幕府も倒そうってことじゃねえか」

「そうか。いやそれは——」

土方さんの見立て通りですよと山南が言った。

「だってあんた、将軍警護と言ったじゃあないか」

「はい。将軍上洛の機《おり》に警護をするというのが、どうも建前となるらしい。しかし近藤先生の仰る通り、警護なら幾らでもいるんです。わざわざ海のものとも山のものとも知れぬ輩《やから》を集める必要もないでしょう。それに、その後はどうなるのか」

「後とは」

「何人集まるのか知れたものではないが、烏合《うごう》の衆《しゅう》を集めるだけ集めておいて一度警護して終わりなんて、そんな妙な運びはないでしょう。額は兎《と》も角《かく》、支度金は出るんです。即ち何かを継続的にさせることになる。そんな連中がずっと将軍警護をする訳もない。ならば当面の目的は攘夷ということになるのでしょうが」

「異国と戦うための兵隊か」

「その野郎の兵隊だよ」

歳三はそう言った。それ以外に考えようがないと思う。

「幕府に組を作らせて、後に私物とする、ということか」

そんなことが出来ますかと藤堂が言う。

「許されんでしょう」

「許されねえことと出来ねえことは一緒じゃあねえだろ。許されなくっても出来ることってなァあるんだよ」

間抜けめ——と、最後のところを歳三は呑み込んだ。

許されぬというのなら、人殺しは絶対に許されぬことだろう。しかし出来ぬことではない。

歳三は。

ついさっきも、殺した。

「なら——どうします」

藤堂は歳三を見る。

「どうするって何をだよ」

「そんなものに、参加は出来ないでしょう」

「そう思うならしなきゃいいだろ」

「反対か、歳」

近藤が問う。

「あのなあ、近藤さん。俺は最初からどうでもいい。あんたがお召し寄せに行きてえと考えているのかどうかも聞いてねえんだよ。何か、此処にいる連中みんなで脚並み揃えて参加するんだという話なのか。そんなの各々《おのおの》の勝手じゃあねえのか。反対も糞もねえよ」

「そうだな——」

近藤はまた顎を擦《さす》る。

「儂はな、良い機会だと思うていたのだ」

「何のだ」

「いやなあ」

近藤は道場を見渡した。

「正直道場《ここ》も、もう遣って行けぬのだよ」

それはそうだろう。

流行病《はやりやまい》の所為《せい》で通って来る門人は減っている。

元より天然理心流の門弟は百姓町人が多い。だから在所を廻る出稽古も多い。そうなると一人ではやって行けぬ。今は食客の原田や山南、果ては沖田や永倉までが稽古に赴く。出稽古は一日掛かりになるが、実入りは少ない。教える方の頭数だけは要るのだが、その頭数が喰えるだけの儲けは出ないのである。

彦五郎の援助がなければ迚《とて》も続けては行けないだろう。

「米櫃《こめびつ》も空だ」

「なら閉めろ」

「そうは行かねえよ」

それもそうなのだろう。

隠居もいる。嫁も娶《と》り、子も出来た。棒を振って悦に入《い》っていた勝太は、天然理心流四代目近藤勇になったのだ。何者とも知れぬ歳三とは違う。

「儂の代で看板下ろす訳にゃ行かねえよ。これでも四代目だ」

「だから何だよ」

「召し抱えられれば、俸禄が出るだろう」

「喰う話かよ」

左之助と変わらない。

「いや、それだけじゃねえよ。名を上げ、功を成すためには、何かしなくちゃならねえだろ」

「何かなあ」

名。功。誉《ほまれ》。

興味はない。

「縦《よし》んばこの道場が繁盛したって、それはそれだけのもんだよ。喰えるかもしれねえが、どうにもならねえのだ。商人じゃねえのだから、儲かりゃいいってものでもねえだろ。儂は贅沢がしたい訳じゃねえ」

「そうかい」

上に載っかりたいか。

「皆は侍だ。原田とて、中間《ちゅうげん》の出とはいえ武門の者だ。だが、儂と歳さんは百姓だよ。郷士《ごうし》だなどと気取っているが、侍じゃあねえ。だが、儂は侍になった。わざわざなったのだから、もう後戻りは出来ねえ。なった以上は、侍であり続けなくちゃならねえのだ」

珍しく能《よ》く喋る。

その昔は何も言わぬ子供だったというのに。

「その為《ため》にはな、何かしなくちゃあならないのだ、何かをな。これはその良い機会になるかと、そう思うたのだがな」

近藤はあからさまに残念そうな顔をした。

「なら」

乗りゃあいいじゃねえかと歳三は言った。

「何だと」

「機会なんだろ。どんな糞話でも機会には違《ちげ》えねえ」

「土方さん」

藤堂が鼻息を荒くした。

「しかし清河八郎は信用出来ませんよ。そうでしょう山南さん」

「信用は出来ぬな」

「ならしなきゃいいだろ」

「どういうことかな、土方さん」

「信用出来ねえと知れているものを信用することはねえ、と言っているんだ。おかしいか」

「おかしくはないが――」

「近藤さん。あんた、上に載りたいかい」

　歳三はそう言った。

「載るだと。扠《さて》、何のことだ」

「偉くなりてえかと聞いている。名だの功だの誉れだの、そういうことは俺には解らねえがな。侍として人の上に立ちてえのかと尋《き》いてるんだよ」

「それは――偉くなるというか」

「難しく言おうとするなよ。あんた百姓だろうに。薬売りの俺にはどうでもいいことだが、其処の藤堂だのの話を聞けば、侍には義だの忠だのてえ大事なものがあるんだろ」

「義は――人として」

　講釈はいいんだよと言って、歳三は藤堂の話を止《と》める。

「士分てえのは何かを作るものじゃあねえだろ。物を売ったり買ったりするものでもねえのだろうに」

　その通りと山南が応えた。

「武士の役目は、本来別にあるのでしょう。しかしそう考えるなら、今の世、武士は武士としての役目を果たしておらぬのかもしれぬ」

「二本差せば、まあ百姓町人よりは上にいるってことになる。あんたはそれだな、近藤さん。でもな、それだけじゃあ何の役にも立たねえ。剣術売って糊口《ここう》を凌《しの》ぐ二本差しの商人《あきんど》だ。いや、あんただけじゃねえ。此処にいる連中はみんな同じだぜ。恰好は付いてるが、恰好だけの侍じゃねえか」

言い過ぎじゃあねえかのと左之助が言う。

「どんだけ言っても言い過ぎってこたァねえぞ。浪士なんてな、ただの役立たずだろう。下駄屋でも棺桶屋でも人の役には立ってるぜ。みんなそれで世過ぎしてるんじゃねえか。浪士なんてもなァ、侍なのに侍の役目が果たせねえ役立たずじゃねえか。使い道がねえからただの屑になるンだ。何故《なぜ》役目が果たせねえかと言やあ、そりゃ仕えてねえからだ。士分ってのは誰かに仕えてこそじゃねえのか」

何かを言おうとした藤堂は結局口を閉ざした。

山南が再びその通りだと言ったのだ。

「仕えるものがいなきゃ、忠も義もねえのだろうに。なら何でもいい、仕えろって話だよ」

「な、何でもいいとはどういうことです」

藤堂が乗り出す。本当に暑苦しい若造だ。

「何でもいいのさ。勤王とかいう連中が天子様を担ごうとするなあ、幕府が気に入らねえからだろ。将軍様は駄目で天子様なら良いって話じゃあねえ筈だぜ」

「いや、それはですね」

だから講釈はいいんだよと歳三は藤堂を制した。

「要は近藤さんの身の振り方の問題だろ。今は、担ぐに担げねえ。上には何もねえからな。忠も義も果たせねえんだよ。そうだろ。でも、何でもいいから召し抱えられれば、そこに忠義は生まれるのじゃねえか」

「だが、清河は」

厭なら離れりゃいいんだよと歳三は言った。

「近藤さん。あんたが清河とかいう野郎の言に乗って天朝方《てんちょうがた》ァ担ぐってのなら、それでもいいさ。そうでねえなら、化けの皮が剝がれたところで背《そむ》きゃいいだけのことなのじゃねえか」

「清河の策に乗って――逆に利用するということか」

山南はそう言った。

「利用か」

いつか彦五郎もそのようなことを言っていた。

何かを自《おの》が利の為に用いる——という意味だろうか。

利を単に益と捉えるならば、如何《いか》にも鼻持ちならない言い種《ぐさ》のような気もするのだが、何かを成し遂げるための手段と為《な》すという意と解するならば、それは当たり前のことでもあるだろう。

「何でもいいよ。機会だというなら、そりゃ要は入り口じゃねえのかい。一度潜ったら二度と出られねえとか、道が違っててももう戻れねえとか、そりゃそういうものなのか。清河とかいう野郎は人を縛る術でも遣うのかよ」

「しかし、詐術と知りつつ参加するというのは、抵抗がありますよ。清河の真の意図が倒幕にあるというのなら、それを知りつつ手を貸す、ということになりはしませんか」

藤堂が口を尖《とが》らせる。

「得心なりません」

「だから」

てめえが厭なら止《よ》せばいいだろうと歳三は投げ遣りに言った。

「俺は近藤さんに尋かれたから答えただけだ。てめえの身の振り方なんざ知ったことじゃあねえ」

「そうだな」

歳三さんの言う通りだなと永倉が続けた。

「判断は各々《おのおの》がすべきだよ藤堂」

「それは——そうですが」

「我我は若先生に仕えておる訳ではない。勿論、互いに信頼を寄せる間柄ではあるのだが、同志とはなり得ても主従の間柄ではない。意見を述べるのは良いが、勇さんの判断に倣うことはないのだ」

「そうだとしても——いいや、それはそうなのですが、信頼するお方だからこそ、看過出来ぬことではありませぬか。畢竟《ひっきょう》、不義なる道と知れている行いに知人友人が加担するのを黙して眺めている訳にはいかんでしょう。それでは同志としての義も立たぬことになる」

不義か。

まだ決まった訳じゃあねえだろうがと歳三は言った。

「全部憶測だ。熱《いき》り立つんじゃねえ莫迦」

「何ですと」

藤堂は右の腿に力を入れた。多分片膝を立てようとして堪《こら》えたのだろう。

「いや――」

山南もその僅《わず》かな動きを見逃さなかったようである。

「それも土方さんの言う通りだよ藤堂君。清河八郎は信用のならぬ男だが、だからといってそう簡単な男でもないのだ。今の段階では表に出て来ている訳でもない。何を考えているのかは判らぬが、現状は幕府も虎尾の会の連中を信用しているのだ。このお召し寄せは、清河が勝手に出したものではなく、幕府が発令したものだ。君は、幕府を疑うか」

「疑います」

「忠義を立てるべき幕府を、お上《かみ》を疑うか」

「幕府は騙されているという話なのでしょう。私は騙している清河を疑いますよ」

「それはどうか。今はまだ、背後に清河がいると勝手に思うているだけではないか」

いるでしょうと藤堂は言った。

「山南さんが見破ったんですよ」

「推し量ったというだけのこと。まあ、まず間違いはないと思うが」

「いや、山南さんの目筋に間違いはない。いますよ。後ろに清河がいるなら――」

いるならどうだと歳三は言った。

「どうだ——って」

「てめえは何か。その清河とかいう野郎の臣下になるのか藤堂」

藤堂は眉間《みけん》に皺を刻み、歳三を睨《にら》み付けた。

「何を言うんだ」

「あのな、この触れ書きは清河とかいう男が出したのじゃねえと、てめえが信用してる山南さんも言ってるじゃねえか。聞いてねえのか」

「いや、だから」

「後ろに誰がいようが、お触れ出してるのも幕府、金出すのも幕府なんだろ。五十両だか五十文だか知らねえが、鐚銭《びたせん》一枚だって貰えば貰った方が雇われ者だ。出しゃ出した者が雇い主なんだよ。裏があろうがなかろうが、これはお上に雇われる、って話じゃねえか。だから近藤さんだって考えてるんだよ。話の筋が見えてねえのはてめえだけだ藤堂」

藤堂は苦虫を嚙み潰したような顔になる。

「額の問題じゃあねえ。十万石だって一文だって俸禄に違《ちげ》えはねえんだからな。貰えば親方は将軍様だ。そうなれば、初めててめえの大好きな忠だの義だのが生かせる身分になれるんだと、そういうことじゃあねえのかよ」

「そういうこと――ですね」

山南が受けた。歳三は、正直に言えばこいつに肩を持たれるのは厭だ。どうせまた理屈を拵《こしら》えるのだろう。

「ここで身を引けば、何も出来はしない。幕府にご注進をしたところで我我が考え付くようなことなら、勿論幕府も疾《と》うに知っていますよ。清河の素性は知れているのですから」

「幕府は知っていて、騙されているというのですか。それとも騙された振りをしているということか」

判らぬよと山南は言った。

「裏の裏があるのか、ないのか、そこまで察することは出来ぬ。もしかしたら本当に騙されているのかもしれぬ。だが、判らぬのだから動きようもない。我我はただの浪士だ」

「清河を討てば」

何でじゃと左之助が割って出た。

「そいつぁ慥《たし》かに胡散臭いが、何を考えておるのかは判らんぞな。それを俺達が斬るちゅうのはどうじゃろうなあ。一文にもならんぞ」

「銭金の問題ではないでしょう」

「いや、そうじゃけども、その何と言うかのう」

「我等《ら》には清河を討つ大義名分がない——ということでしょう」

永倉が言う。藤堂は顔を顰《しか》める。

「それは、その、義のために」

その義が見えぬということだよ藤堂君と、山南が諭《さと》すように言った。

「君が幾ら将軍様の御為《おんため》と思うたところで、清河を誅殺するような蛮行でその意気を示すことなど出来ぬよ。幕府が、逆に清河を利用しようとしているのであれば、その目論見を阻害することにもなるし」

「それ以前の問題だ」

永倉が山南の言葉を止《と》めた。

「事情も詳《つまび》らかにならぬし、企みが知れた訳でもない。もしそうした奸計《かんけい》が明らかになったのだとしても、我等はそれを裁く立場にはない。目付なり大目付なり、然るべき役儀の者に届け出をするのが筋ではないか」

違うかなと永倉は落ち着いた声で藤堂に問うた。

藤堂は答えなかった。

「このようなあやふやな段階で討つなどと考えるのは、危険だ。気に入らなければ殺してしまえというのと変わらん。それこそ、清河等のしていることと同じではないのか。我等は士分ではあるが、浪浪の身。人を成敗する職権などない。それこそ不逞浪士のすることではないか」

撤回しますと、藤堂は小声で言った。

「清河が今、如何《いか》なる身分なのかは知らぬ。幕府に何かを委嘱されておるのなら、肚《はら》の底はどうであれ、幕府方の者。それを斬るということは、幕府に弓引くも同然。また、清河がいまだ下手人として追われている身であるのだとしても、捕えるのが道だろう。斬ったなら斬った方が悪いのだ。違うか」

「で、ですから、撤回します。気が逸《はや》ってしまいました」

藤堂は下を向いた。

「討つというのは行き過ぎだったと思います。しかし、ではどうすべきなのですか」

また――べきである。

どうすべきかではなくどうしたいかだろうと歳三は思う。

解りましたよ――と、突然元気な声がした。沖田だった。

歳三は顔を背ける。この小僧の声を聞くと吐《は》き気がする。

「何が解ったのか沖田君」

山南が問う。

「永倉さんのご意見は至極ご尤《もっと》もですけど、裏を返せば、大義名分さえ手に入れれば良いということになる訳ですね」

「いや、そうだが」

「謀反人を誅して良いという身分になれば、殺しても構わないということでしょう」

「いや、待てよ宗治」

腕組みをして黙していた近藤が口を開いた。

「殺す殺さねえというのは、関わりのない話だぞ」

「そんなことはありません。土方さんの言う通り、少額であれ幕府の禄を食《は》むのであれば、それは将軍様の臣下ということですよね。忠義を立てるのは将軍家ということになります」

「そうだが」

「幕府の禄を食むものが将軍家に対する謀反を目にしたならば、これは誅するのが当たり前ということになるでしょう。つまりこのお召し寄せに応じさえすれば、大義名分が出来る、ということ。違いますか」

「まあそうだ」

「その清河という人が何をしたいのかは解りませんが、何かするならお召し寄せの後なんでしょう。いつ何処でどんなことをするのかは知りませんが、それが倒幕に結び付くようなことであるならば――」

殺せばいい。

「逆臣殺したって捕まりはしませんよ。こちらは召し抱えられているんですから、寧《むし》ろ褒められる。忠臣としては当然のことですからね」

沖田は多分、溝鼠《どぶねずみ》のように貧相な面《つら》の瘦《こ》けた頰をひん曲げて――。

笑っているのだ。

「そういうことですよね、ひ、ひ、ひじかたさん」

――何だ、この男。

「殺していい身分かそうでないかは大きな違いですよ近藤先生。仮令《たとい》悪事の証しを摑んだとしても、今の私達には、永倉さんの言う通り告げ口くらいしか出来ないんですから。一介の浪士が願い出たところでお聞き入れ戴けるかどうかは怪しい。でも、召し抱えられた後なら」

殺してもいいんです。

「逆臣を斬れば忠臣ですよ。今のままなら不逞浪士です。大違いじゃないですか。土方さんはそこのところを言ってるのじゃないですか」

そうなのか歳と近藤は問うた。

歳三は答えなかった。

「儂は、藤堂君の心は解る。だが永倉の言うのが正論だ。しかし宗治の言う通りだとも思う」

「迷うなよ近藤さん」

歳三はそう言った。

「要はどうしたいか、だ。そして、そうするためにはどうするかだ。清河だか何だか知らねえがそんな道化者は何の妨げにもならねえよ。先《ま》ずは、あんたがどうしたいかだろ。最初にそれを言えよ」

歳三は近藤を見据えた。

目の横に、あの卑俗《いやら》しい沖田の笑顔が見切れている。正面からは二度と見たくない面《つら》だ。

近藤は口を横一文字に結んで、むう、と声を漏らした。

山南が難しい顔をする。

「殺す殺さぬは別にしても、沖田君の意見は慥《たし》かに一理あるかもしれません。敵の動向を探るためには、懐に飛び込むというのも一つの手でしょうし」

——そういう話じゃあねえ。

敵だ味方だという考え方が先ず歳三には理解出来ない。

何にも仕えず何にも属さぬ者には敵も味方もないではないか。強いて言うなら攻撃してくる者は敵かもしれぬ。そのように捉えれば自分以外全ては敵となる可能性がある。

今の言い様だと、山南はどうも討幕派を敵と見做《みな》しているらしい。藤堂も武門の頭領たる将軍を主とするようなことを言っていた。

しかし、近藤は佐幕とも攘夷とも言っていない。

近藤は自らの立場を明確に表明してはいないのだ。

そうしたことに就いて、近藤勇は平素から述べることを殆《ほとん》どしない。

そもそも百姓である歳三や近藤にとって、それはそれ程身近な問題ではないのだ。

山南にとっては当たり前のことも、そうでない者にとっては熟考を要する難問となる。対立するもう一方の意見も聞かずに、丸呑みに出来るのは、思うに藤堂のような愚か者だけである。

永倉が口を開いた。

「理屈は承知したが、まだ清河が幕府を裏切ると決まった訳ではないのではないですか。憶測だけで斬るの討つのという話をするのは如何《いかが》なものか」

「清河が何もしないなら、その時はこちらも別に何もしなければいいだけのことじゃないんですか。そうでしょう。その時は与えられた御役を精一杯こなせばいいだけのことですよ」

沖田がそう言った。

「つまり宗治は参加する、ということなのか」

近藤はまた顎を擦《さす》っている。

「はい。私は行くつもりでした。義兄も行くという話を風の噂に聞きましたから」

「義兄というと、そりゃあ林太郎《りんたろう》さんか」

それまで他人ごとのようにぼうっと話を聞いていた井上源三郎が気の抜けた声を発した。

そういえば沖田の姉の連れ合いは婿養子《むこようし》であり、しかも周斎門下の八王子千人同心《はちおうじせんにんどうしん》だったという話を耳にした覚えがある。義兄も天然理心流だったということだ。源三郎の兄は千人同心の世話役であるから、何か関わりがあるのかもしれぬ。

どうでも良いことだが。

「近藤先生には機《おり》を見てご相談させて戴くつもりでおりました」

「そうかい」

近藤は益々《ますます》渋面を作った。

「何を迷ってるんだ」

歳三は尋《き》く。

「肚《はら》ア決まってるんだろ。莫迦が吠えようが利口が諭そうが、関係ねえことじゃあねえのかい」

「うむ」

「あんたの好きにしろよ」

歳三は。

そう言って。

そこで突然、考えを改めた。

そして、決めた。考えることではないのだ。決めることだ。

「面倒《めんど》臭《くせ》えぜ。人を集めてうだうだ言うようなことか」

腰を浮かせると、待てと近藤は止《と》めた。

「いや、他でもない。儂の気を鈍らせておるのはこの道場のことよ。お召し寄せに参加するとなれば、近藤道場《こ こ》はどうなる」

「隠居がいるだろ」

「養父《ちち》は反対なのだ。例えば、宗治でも永倉でも残るというなら話は別だ。歳さんがいてくれるのでもいいのさ。だから皆の意見を聞きたかったのだ」

「今度はお家の事情かい」

理屈だの事情だの、そういうものに左右されて人は曲がってしまうものなのか。

「まあ若先生には御内証《ないしょう》も御子もあるし、閉めるてえ訳にもいくまいがな、俺あたりが残ったのじゃあ、やって行けぬだろうしなあ」

源三郎が言う。

くだらない。

そういうことではない。

「俺が尋いてるのはな、行きてえか行きたくねえかだよ」

歳三は立ち上がる。

近藤は悩ましげに顔を歪めて、

「行くしかないと思うた」

と言った。

「そうかい。なら行け」

「だからだな」

「行きたいなら行くことを前提に算段しろと言ってるんだよ。行きたくても算段が出来ねえなら諦めるしかねえだろうよ」

「それはそうだが、その算段がだな」

「この道場はな、俺から日野《ひの》の彦五郎に頼む。金でも人でも、何でも出すだろう」

「彦五郎さんにか。しかし」

「あんた、義兄弟じゃなかったか」

近藤は、歳三の義兄佐藤彦五郎と義兄弟の杯を交わしている。

それにいつだったか、彦五郎は歳三のために出来ることなら何でもしてやるというようなことを言っていたのだ。

「お前はどうするんだ。歳」

「俺も行くよ」

歳三はそう言うと近藤に背を向けた。

「そう——なのか」

近藤は歳三の背中に向けて裏返った声を投げ掛けた。

驚いたのだろう。

驚いても当然だろう。歳三自身、今の今まで行くつもりなどなかったのだから。歩を進めようとすると近藤は引き止《と》めるように待てよと言った。

「おい、行くのだな。本気なんだな歳さん」

「執拗《しつけ》ぇな」

悪いかと言った。

「いや、悪いことはないさ。悪くはないが——」

土方さん、と山南が呼ぶ。

「私も——意外だ。勝手にあなたは参加しないものと思っていた。参加されるというのなら、その腹積もりをお聞きしたい」

面倒臭い奴らだ。

「理由はねえよ。俺は侍じゃねえからな。勤王も佐幕も、そもそも関わりはねえ。誰に義理がある訳でもねえだろう」

そんないい加減なと藤堂が言う。

「関わりがないって、土方さん。この国の在り方を決める大事《だいじ》じゃないですか」

「そうなのかもしれねえが――決めるのは侍なんだろ」

俺は薬売りなんだよと歳三は吐《は》き捨てるように言った。

「何か、その大事ってのは、百姓町人が口を出せるものなのか。下下《しもじも》の言い分を聞き入れて決めてくれるもんなのか。そうじゃねえだろうが。今のこの国は、そういう仕組みになってねえのだろうが。お上《かみ》に百姓の言い分聞き入れる耳があったなら、一揆も逃散《ちょうさん》も起きてねえよ」

「それはそうだが――」

「俺は、そういう身分じゃねえんだよ。俺は」

ただの薬屋だと、歳三は繰り返した。

「でもな、そのお召し寄せってな、士分に限らねえっていうじゃねえか。なら構わねえんだろ」

構いませんと山南が答えた。

「いいか藤堂。てめえらだって二本差してるだけで、俺と変わりやしねえんだぜ。天下国家を語るなァいいが、仲間内で面突《つら》き合わせて語ってるだけじゃあ、何も変わりやしねえんだよ」

「いや、しかし」

「しかしじゃねェよ。てめえに何が出来るよ。自分の気に入らねえ連中を斬るってえのかよ。そりゃ何だ、世直しかよ。それで直るのかよ、世の中は。その、てめえが小莫迦にしてる清河とかいう野郎は、慥《たし》かに如何様《いかさま》野郎なんだろう。だが、その野郎の方が余程ましだぞ。聞けばそいつも町人だってェんじゃねえかよ」

「町人だろうが侍だろうが――」

「町人がな、天下引っ繰り返そうと思うなら、如何様でも何でもしなくちゃあ遣りようがねえってことよ。清河とかいう男は、何であれ大勢を動かして、何かしらはしてるじゃねえか。異人殺そうが焼き討ちかけようが、天下は引っ繰り返りゃしねえだろうが、それでも僅かばかりは傾くだろうよ。だからこそ煙たがられてンじゃねえのかよ。いいか、清河とかいうのがもしも身分の高《たけ》え武士だったなら、それは騙したり罪を重ねたりしねえでも済むことなんだぞ」

「いや、でも、奴がしていることはですね」

「清河とかいう男の行いが正しいのか正しくねえのか、そんなこと俺は知らねえんだよ。考《かんげ》えたことがねえからな。何故考えねえかといえば、俺が考える立場じゃねえからだ。そういう立場になりゃ考えるし、考えりゃ解ることだろ。でも俺は今、そういう立場にゃいねえんだよ」

藤堂は黙った。

「善し悪しは兎《と》も角《かく》、この度のことだって、町人上がりが幕府を動かしたってことなんだろ。なら、ぶつぶつ能書き垂れてるだけのてめえよりましだと言ってるんだよ」

「土方さん」

山南が言う。

「それではあなたは——例えばこのお召し寄せの背後に清河がいるのだとして、その清河の話に乗ると、そういうことでしょうか」

「そうじゃねえよ山南さん。あんたも判らねえ男だな。今の俺は乗るか降りるか判断する立場にねえ。だから」

「なる程」

山南は勝手に呑み込んだようだ。

「この誘いに参加したならば、その段階であなたは士分と同じ立場になる——全てはそれからだと、そういうことですね」

「どうでもいいよ。行きたくなったから行くだけだ。厭になったら抜けるだけのことだ。俺は其処の近藤さんと違って、何のしがらみもねえ」

歳三は振り向いて近藤を見た。

「どうなんだ近藤さん。俺はこれから武州《ぶしゅう》に行くぜ」

「日野宿か」

「暇乞《いとまご》いよ。まあ無沙汰ばかりしてるから今更どうでもいいことなんだがな。あんたの返答次第じゃ、彦五郎に話してもみるぜ」

近藤は腕を組み、眼を閉じて、噤《つぐ》んだ口を目一杯横に広げてから、

「儂も行くよ」

と言った。

「これから先代と話す」

「そうかい」

そう言って歳三は稽古場を出た。

預けてあった葛籠《つづら》を背負い、草鞋《わらじ》を履く。

――喋り過ぎだ。

己はいつからこんなに語るようになったのかと、歳三は思う。

大体、言葉にしないと通じない莫迦が多過ぎるのだ。子供《ガキ》の頃は通じなければ殴っていた。長じてからはそうも行かぬ。

通じずとも構いはしないのだが。

――どういう腹積もりか、か。

山南というのは厭な男だ。肚《はら》の底を見透かしているようなことを言う。当然、山南なんぞに見透かせている訳はないし、見透かされたところでどうということはない。

歳三自身、何の腹積もりもないのだ。深読みしたならした方が悪い。

ただ。

近藤の言う通り、この面倒な騒ぎが何かの機会になることだけは確かだと、そうは思ったのである。

――何の機会だ。

それは。

その時、歳三は背中で不快な気を感じ取り、咄嗟《とっさ》に振り向いた。

廊下の端に。

沖田が顔を覗かせていた。

微笑《ほほえ》んでいる。

無性に腸《はらわた》が煮えた。歳三は土間の草履を摑んで投げ付けた。

草履は沖田の袴の裾に当たった。

そう。

――俺は。

歳三は結びかけていた草鞋の緒を締め直し、道場を出た。

――俺は。

人を殺せる立場になる。

そういうことか。

歳三が思うに、支度金は出ないだろう。あの条件ならば必ず人は集まる。ただ来るのは役に立たぬ連中ばかりだろうと思う。お城の金蔵と雖《いえど》も有象無象に配る程小判が唸《うな》っている訳はないから、支給されたとしても雀の涙程に違いない。

しかし、参加するからには支度もせねばなるまい。いや、ことが知れれば厭でも支度はさせられる。あの彦五郎が放っておく訳がない。彦五郎のことだから、五十両の支度金が出るという噂があれば、それが単なる噂であったとしても、五十両に相当する支度をしてくれるだろう。

決して、それを見込んだ訳ではない。歳三は、そこまで浅ましくはないのだ。

ただ。

――刀、だ。

拵《こしら》えなどどうでもいい。

五十両あれば、切れる差し料が買える。

佐藤の家にも土方の家にも刀はある。黙っていればそれを持たされることになるだろう。そんなものは要らない。

彦五郎にその気持ちがあると知れたなら、その時は、刀の他は何も要らぬと言うべきだろう。

ただ、切れる刀があれば良いのだ。

歳三は首を振った。

それで良いのか。

今までにも機会は幾らでもあった筈である。何もなかったとしても、もし歳三が頼んでいたなら、家人親類がその頼みを断るとは思えない。彦五郎は元より、土方の家も同様である。

だが歳三は一度も無心がましいことをしたことはない。

縁を切りたいとまでは思わぬが、恩を受けるのもまた厭だったのだ。身内の世話にはなりたくなかった。何としても離れていたい。

それは偏《ひとえ》に――。

己が人殺しだからである。

そうした肩肘《かたひじ》を張ったような在り方は、また、ある意味で歳三の歯止めともなっていたのである。

刀を持てぬ、持つことが出来ぬ場所にいること。

持ったとしても、人を切ることの出来ぬ身分でいること。

斬りたくとも斬れぬところにい続けることが、歳三の唯一の歯止めではなかったのか。

しかし。

歳三は、人殺しだ。人殺しだが、あの沖田のようにだけはなりたくない。

この度は。

脳裏に先程の、下卑た沖田の貌《かお》が浮かんだ。頭の中の小僧はにや付いている。いつか墓場で自分の刀を見せた時と同じ、吐《は》き気がする程厭な笑顔だ。

そのにやけた面《つら》は、声に出さずともこう告げている。

殺したいのでしょう。

人を斬りたいのでしょう。

良かったですねえ。これで。

もう斬っても良くなるのですよ。

としぞうさん。

「煩瑣《うるせ》え」

歳三は虚空に悪罵を吐《は》き出した。

薄暗い裏道を抜け、堀端に出る。

いつか――。

酔漢を三人斬り殺した路地の入り口が堀の向こうに見えた。

立ち止《ど》まって、見詰める。

もう陽は落ちている。

腰に手を遣る。

此処に、刀があれば。

自分は堪《こら》えることが出来るのか。

自在に人を殺せる武器を常時携えていたとして、果たして歳三は己を律することが適うのだろうか。

山南は、侍としての一分《いちぶん》が立つならば人も斬ると言った。藤堂は義のためならば悪を誅するのは当然のようなことを謂う。今日出会った山口という浪士は、女を助けるために人を斬った。

歳三はどうだろう。

沖田は、人を殺すために義も忠も利用する気だ。

歳三が踏み出そうとしている場所は、そういうところではないのか。

己は沖田と同じではないのか。

――否。

同じなのだ。

柳の枝が風に揺れた。

「漸《ようや》く見付けたよゥ」

ぞっとした。

その声が近くで聞こえたからである。

歳三は、人気《ひとけ》に対しては敏感である。どんなに離れていても目筋が及ぶうちであるなら容易に知れる。近くであれば隠れていようと気付く。それは気配というような茫洋としたものではない。見て聞いて嗅いで知るのである。

だから平素は驚くことなどない。

柳の枝の下に。

女がいた。

風が止《や》む。揺れていた枝が垂れてその顔を隠す。もののけかと思う。そんなことはない。つまらぬことを考えていた所為《せい》で五感が鈍っていたのだろう。

「捜したよ」

「てめえ――」

あの、昼間の女か。

女は枝を掻き分けた。

「何だねェ。そんな面《つら》ァして。亡魂《ゆうれん》でも見たような臆気《ぞぞけ》ぶりじゃあないかね。思いの外、気が小さいわえ。こりゃ買い被りだったかねェ」

「ふん」

用はない。

「見世物小屋でもあるめえに、柳の下での幽霊振り、客もいねえし哀れと思い、通り掛かりに怖がってやったまでのことだ」

おやおやこいつはご親切なことと女――りょうとかいったか――は眼《め》を細めた。

それから急に眉根を寄せて、

「どうしたのサ」

と、声音を変えて言った。

「何がだじゃあないサ。昼間《さっき》たぁ別人のような顔だからサ」

「そうかい」

「素気《すげ》ないねえ」

暖簾《のれん》を潜るようにして枝垂れ柳を除け、女は歳三の前に立った。

「妾《あたし》がどんだけ捜したと思うているのだね」

「捜される覚えはねえ」

「おや」

笑う。

「てめえこそ何だ。情夫《いろ》の骸ォ打ち捨てて、逐電《ちくでん》したんじゃなかったかよ。こんなとこら付いてていいのかよ」

妾は何もしてないものサと言って女は横を向いた。

着替えている。昏《くら》いので色柄までは判らぬが、切り裂かれた着物ではない。

「それにあんな男に未練はないからね。いいや、あの男だけじゃあない、妾はね、この世に未練がないのサね。生きていたってつまらぬだけの憂《う》き世なら、地獄巡りの方が余程ましってものじゃあないかサ」

「何がだ」

「なら」

死ねよと言った。

「そうさ。だから捜してたんじゃあないか」

「何だと」

殺しておくれと女は言った。

「御免だな」

「何故《なぜ》さ」

「何故も糸瓜《へちま》もねえ。何故俺がお前を殺さなくちゃアならねえ」

女は歳三の正面に立って、上目遣いで睨《にら》み付ける。

蠟《ろう》細工のような肌だ。

「何だよ」

「あんた——殺したいのじゃあないのかい」

怒っているのでも哀しんでいるのでもない。愉《たの》しそうでもない。

殺したいのだろ、そうなのだろうと女は繰り返した。

弓の弦《つる》を擦《こす》るような、妙に耳に残る声音である。

「殺したい筈サ」

「てめえ、気が狂《ふ》れてるのか」

「ああそうだよ。妾《あたし》は気が狂れておるのサね」

「人斬りを見て動転したか」

「そうじゃあないよ。あんなどうでもいい男、それこそどうでもいいのサね。死んで清清《せいせい》したわいな」

「そのどうでもいい野郎に殺されかけておかしくなりやがったのか」

「笑わせるねえ」

女は睨《にら》んだまましなを作った。

「寝惚《ねぼ》けたことォ言うじゃないか。小娘じゃあるまいに、あんな腰抜けに嚇《おど》されたって、どうてえこたァないよ。女一人斬るのに浴びる程酒喰らってさあ、朋輩引き連れて押しかけて、啖呵《たんか》も切らずに繰り言述べて、抜いたはいいがなまくら刀——結局何も出来やしない。もう、ほとほと呆れて、開いた口が塞がらないのサ」

「そうかよ。でも俺は関わりねえ」

「妾は——」

あんたに殺して欲しいのサ、と女は言った。

「あんた人殺しじゃあないか。いいだろう」

「だから御免だよ。死にてえなら首でも縊《くく》れよ。ぶら下がるのが厭なら堀にでも飛び込めよ。溺れなくたってこの時期だ。濡れて流れて風邪でも引いて死にやがれ」

歳三が行こうとすると女は袖を引き、前に回って縋《すが》った。

「駄目さ。駄目だそんなのは」

「何が駄目なんだよ」

「妾はね、あんたに——」

斬られて死にたいのサと、女は駄駄を捏《こ》ねるように言った。

「首吊りはサぁ」

女は歳三に縋り付いたまま、顔を見上げて悩ましげに眼を細めた。

苦悶というより、どことなく愉悦の表情のように思えた。

「汚らしいだろ」

そう。

首吊りは穢《きたな》い。

「死んじまった後のことなんざどうでもいいのだけれど、それでもちっぽけな一生の最後の最後、あんな無様な姿になるのは御免さ」

「てめえ」

首吊り見たかよと歳三は言った。

女は、眼の縁をほんのりと紅く染めた。

「見たサ」

「そうかい」

「妾は、ぶら下がってる父親《てておや》の下で十日過ごしたんだ」

そう言うと、女は歳三の胸に一度顔を埋《うず》め、それからさっと身を引いた。

指先だけはまだ歳三の襟を摑んでいる。

「何だ。見物してやがったか」

「ずっと見てたサ」

「あんなものは見てるものじゃあねえだろ。下ろせよ」

「まだ二歳《ふたつ》か三歳《みっつ》さ。ならどうすることも出来やしないじゃないかぇ。くたばってることさえ解らなかったわいな。でも、はっきり覚えてる。その時分のことなんざ、何ひとつ覚えちゃいないけどね、あの死に様だけは忘れない。今でも目の前に見えるようさ」

そういうものか。

そこだけは解る。

「汚らしい汁が垂れて、臭くって、汚くって」

でもずっと見てたんだよと女は言った。

「目が離せなかったのサ」

人は——。

「人はこんなに汚らしいものなのかと思ってさァ。梁《はり》から下がった父親はねえ、あれは血が下に溜まるのかいねえ。脚の先なんか浮腫《むく》んで、青黒くなっちまって、逆様《はんたい》に顔は煤《すす》けた障子紙みたいでさァ。筋も伸びきって、頸《くび》なんざ、もう轆轤《ろくろ》っ首みたいになっちまってってね。これが父親なのかと思うて、ずっと見ていた」

「そりゃあ——てめえの親父じゃあねえよ」

親父の骸だと歳三は言った。

「骸はもう人じゃあねえよ。人の成れの果てだ」

「ふん」

女は口許だけで笑った。

「あんな風に成れ果てたかァないのサね。首吊りァ大嫌いだよ。溺れンのだって大差はないじゃないか。ほら、土左衛門《どざえもん》だって、あれはろくなもんじゃあないよ。膨《ふく》れてさ、みっともないじゃないかサ」

「骸なんてものはな、放っときゃいずれ腐るんだよ。厭なら死ななきゃいいじゃねえか」

「生きてたって腐るよ」

女は昏《くら》い瞳で横の柳を見た。

「腐るじゃないか」

「そうかもな」

「膚《はだ》は涸れて乾いて、弛《たる》んで、指も肘も節榑立《ふしくれだ》って、背骨はヒン曲がる。髪は抜けて足腰は萎《な》えるのさ。それよりも先ず、腸《はらわた》が腐るだろ。いいや、腐るのは性根だよ。生きりゃ生きる程に胸の裡《うち》は腐る。どろどろと腐る。違うかい」

「ならどうだ」

「恨んだり妬《ねた》んだり、蔑《さげす》んだり詰《なじ》ったり、甘えたり拗《す》ねたり怒ったりするじゃあないか。好きだの嫌いだのどれも澱《おり》のようなものだよ。違うかい」

違わない。

そんなものは皆、執着だ。

「そういう、のろのろしたモンが溜まって行くだけさ。一日《いちんち》生きりゃ一日分、十日生きりゃ十日分、どうでもいい思いは溜まるんだ」

肚《はら》の底に。

胸の奥に。

頭《こうべ》の隅に。

「そうだろう。どうやったって外には捨てられやしないんだからね、想いなんてものは。溜まって溜まってそして腐るのさね。澱《よど》んだ泥沼の水みたいに腐って、汚らしい匂いを発するのさね」

女は顔を歪めた。

「人なんてな、塵芥《ごみ》溜めみたいなものじゃあないかえ。賢かろうが莫迦だろうが、正しかろうが間違っていようが、みんな同じさ。生まれ落ちたその時から人は腐り始めるのさ。

「死んだって腐るんだよ」

同じだろと言った。

違うよと言って、女は白い指を歳三の襟から離し、突き放した。

「死ねばもう何も溜まりやしないだろ。それに普通は腐る前に埋《い》けるのさ。埋《うず》めちまえば土と一緒だ。中のものも外のものも、みんな混じり合っちまうじゃあないか。そうなりゃもう何もないんだ。違うかい」

「地獄も極楽もねえか」

あるかいそんなもんと言って、女はやさぐれる。

「神も仏もないだろ」

「ねえか」

あったら――。

「あんたなんか生きちゃいないよ」

この人殺し。

尤《もっと》もだ。

「神や仏があるのなら、この憂《う》き世はもっと生き易いのだろうサ。そしてこの世が生き易かったなら、神も仏も要らないのサね。だからそんなものは」

不幸《ふしあわせ》の影みたいなものだよ。

突然、凍て付くような風が吹いて歳三の頬に当たった。

「罰当《ばちあ》たりな女だな」

「あんたこそ信心があるとは思えないけどね」

信心か。

考えて見れば、歳三は生まれてこの方神信心仏信心をしようと思ったことがない。

神仏は疎《おろ》か、人も信じない。

いや、己《じぶん》すら信じてはいない。

人程不確かなものはないからだ。

人外《にんがい》であるとはいうものの、歳三もその内ではあるだろう。

信念は思い込みに過ぎず理念は見方に因《よ》って変わる。情念などは瘧《おこり》のようなものである。

人は、真理を知ることは出来るだろうが、真理に沿って生きることなど出来ぬものなのだ。確かなものなど何もない。朝と夕では何もかもが違っている。違わぬと思い込める間抜けや、ひとつ処からしか世間を見られぬ阿呆や、熱に浮かされ続けるお調子者だけが、己を信ずる。信ずることが適う。

絶対に正しいことなどこの世にはない。凡《すべ》ては刹那《せつな》的に判断するよりない。五感を鋭く磨き、瞬時に判断するしかないのだ。そのためには素早く考えることだ。

そして何より、何も信じないことだ。

思い込みは全ての妨げになる。

過剰な理《ことわり》は判断を遅らせる。

情は、五感を鈍らせる。

慥《たし》かに、歳三は神を頼ることをしない。仏に縋ったこともない。頼むことも願うこともない。

信じていない。

凡百《あらゆる》局面で、その場その場を、全力で切り抜けて行くだけだ。

そして遣りたいようにするだけのことだ。

何だねと女は言う。

「嗤《わら》ってるのかい」

「俺は」

嗤わねえよと答えた。

「何だか知らねえが、てめえが死にてえってことだけは解ったぜ。だが、俺とは関わりがねえと言っているんだ。そうだろ」

違うだろと女は言う。

「妾はね、ただ死にたいのじゃないんだよ。あんたに――」

斬ってくれと言っているのさ。

「同じことだろ」

「同じじゃあない。あんたは」

人斬りだ。

「あんたがあの表六玉《ひょうろくだま》の頸《くび》斬った時に判ったんだ。判っちまったんだ」

「何が」

「剣術《やっとう》の上手な野郎はごろごろいるよ。何がどうしたんだか知らないけどね、あっちでもこっちでも棒振ってやがる。百姓町人までもが道場に通う世の中だ。でもね、連中は、どんなに上達したって誰も人を斬りゃしないんだ」

「当たり前《めえ》だろ」

じゃあ何のために習うンだいと女は言った。

それは歳三も、その昔に思ったことである。

「あんたは平気で斬る。あんたは人殺しだ。そうだろ」

「そうだ」

俺は人殺しだ。

「そんな奴はいないのサ」

「斬られてえのかよ」

「そう――さ。首吊った父親《てておや》はそりゃ汚らしかったけどね。次の間《ま》で死んでたおッ母さんは」

綺麗だったもの。

「妾のおッ母さんはね、ぶら下がった父親に斬られて死んだ。袈裟懸《けさが》けに、ばっさりさ」

「何だと」

そうか。

この女も。

こいつも見たか。

「つまらねえ。不義密通で重ねて四つ――って寸法かい」

聞きたくもない。

「てめえ武家の出か」

「とんでもないよ。お侍が首なんか吊るものかい」

それはそうである。

「妾の家業は刀剣屋だったんだ。切れる刀ァ売る程にあったのさ。腕がなまくらだって、能《よ》く斬れたんだろうさ。それだけのこと。それに、おッ母さんは不義なんか働いちゃいなかった。父親が狂うていただけさ」

「痴《し》れ者か」

「そうなんだろ。それこそ能く知らないし、どうでもいいことだけどねえ。後から聞いたところに拠りゃあ、妾の父親てぇのは朝から晩まで怒鳴る殴る、そりゃあ酷《ひど》い男だったんだそうだよ。それは妾も何となく覚えてるよ。優しい声なんざ聞いたことがない。父親は、癇癪《かんしゃく》持ちの喧嘩買いの、ろくでなしだったんだろうさ。で、商売《あきない》とはいうもんの、やっとうの心得があるじゃなし、そン時ゃ偶々《たまたま》手元に売り物があったんだろうさ」

女は人差し指と中指を立てて何かを切るような仕種をした。

「瞋《いか》って、斬って、殺して、慌てて、それで怖くなって首吊ったのだろうさ。妾がいることなんか忘れる程に、怖じ気付いたのだろうさ。屑だよ。腰抜けさ」

「なる程な」

胸糞の悪い男だったか。

「おッ母さんの骸は綺麗だった」

女は堀の方を見た。

「深紅《まっか》な血がね、こう、襖《ふすま》に掛かってさあ。どんな襖絵よりも綺麗だったよ。それで畳にもどんどん血溜まりが広がってねえ。白っぽい着物がさあ、みるみる染まって行くんだよ」

朱く。

紅く。

赤く。

そう。

遠い日。

中空に上がったあの血飛沫《ちしぶき》。

「見比べるまでもないよ。死ぬならおッ母さんのように死にたい。そうすりゃあどんなにサッパリすることか。そう思うだろ」

「知らねえよ」

死にたいと思ったことはない。

歳三は、殺したいと思うだけだ。

「なら、てめえを助けたあの――」

山口一とかいったか。

「――あの野郎は、とんだお節介焼きだったってえことになるな。あの時あの野郎が割って出ずに、あのままバッサリやられてりゃあ」

無理だよとまた女は嘯《うそぶ》く。

「あんな屑野郎にちゃんと斬れる訳がないだろ。あれは、妾の父親《てておや》と変わらない、腰抜けだ。あんなのに人が斬れるかい」

「親父には斬れたんだろ」

「斬れる刀だったのさ。あんたも見ただろ。あんな錆《さび》刀、菜切り庖丁の方が切れるくらいサ。それにあの臆病者は、妾を殺す気なんかなかったんだよ。血の一筋も見りゃ妾が泣いて謝るとでも思ったんだろ。そういう男だよ」

未練たらしくて度胸がなくてそれなのに偉ぶってるだけの――。

「人の皮被った鶏《にわとり》野郎さ。女をものだと思ってるンだ。いつだって言いなりになると思ってやがる。言うこと聞かなくなったって、脅しゃ済むと思ってやがる。妾は猿回しの猿じゃないんだよ。それにね、縦《よ》しんば殺す気になったとしたって、あの屁っぴり腰じゃ何も斬れやしないよ。なまくらで傷付けられたって、ただ痛いだけじゃないか。でも」

あんたなら。

「あんたの腕なら、妾を斬れるだろうさ」

斬れるだろ、斬れるだろうさと女は繰り返した。そして歳三の方に向き直ると、懇願するような貌《かお》になって、

「斬っておくれよ」

と、言った。

「斬れねえよ」

そう言った。

「どうしてさ」

「見て判らねえか。俺は丸腰だ。刀なんざ持ってねえよ」

持っていたら——。

斬っていたか。

斬っていたかもしれぬ。

歳三は人殺しを求める人外《にんがい》だ。ならば考えるまでもない。斬らぬ理由はない。

いや。

そうだろうか。

「刀がありゃいいのかい」

「いや」

何だい人殺しは見掛け倒しかねと女は言う。

「女は斬らないなんてくだらないこと口走るのじゃあないだろうね」

「諄《くで》ェな。女も男もねえだろ」

　女だからとか。

　男だからとか。

　そういう浅はかで莫迦らしい区別は歳三にはない。いずれ斬れば血の出る、人という生き物だ。

「じゃあ――」

「執拗《しっこ》いなてめえも。俺は」

　斬るならば。

　矢張り、切れる刀が要る。

　なまくらは使いたくねえんだよと言った。

「てめえの言う錆刀なんざ持ちたくもねえよ。殺すなあ簡単だが」

　あんな刀では肉は切れるが、骨まで断ち切れるとは思えない。

　それでは。

　あの。

　美しい血飛沫《ちしぶき》は上るまい。

「綺麗に死にてえのだろ」

「綺麗に死にたいのさ」

「ふん」

他を当たれと言った。

「てめえを助けたあの野郎なら斬ってくれるのじゃあねえか。いい差し料を持ってたぜ」

「あの男はあんたとは違う」

「どう違う」

「行きずりの女助けるような奴は、理由がなくちゃ人は斬らないよ」

「理由はあるだろ。俺に言ったように綺麗に死にてえと頼め」

「そんなのは――」

女は睨《にら》む。

理由にはならないか。

ならないのだろう。少なくともあの男は斬るまい。

「妾の目は確かだ。妾を斬ってくれるのは、あんただけだ。あんたしかいない。あんたのような人殺しでなくちゃ、駄目だ」

買い被るなよと言って、歳三は女を避《よ》けるようにして橋の方に向かった。

「待ちなって」

「いい加減にしろ。てめえなんかと無駄話してる暇ァねえんだよ。何度も言わせるんじゃあねえよ。刀がねえんだよ」

「刀ならあるさ」

女は——りょうはそう言った。

「何だと」

「言っただろ。妾の家は刀剣屋だったんだ。もう二昔《ふたむかし》も前に潰れちまったけど、一本だけ残してあンのさ」

「それがどうした」

「妾の——」

おッ母さんを斬った刀だよとりょうは答えた。

「それだけはどうしても手放せなかったのさ。店畳む時も残して貰った。世話になった家を出る時も持って出た。喰うに困っても売らなかった。身を売ったってこれだけは売るまいと思って、離さずにずっと持ってるンだ。研ぎにも出したし、手入れもしてるよ」

いざという時に。

「あれで斬って貰おうと思ってサ」

一太刀で。

「おッ母さんみたいにね。だから、ずっと捜してたんだ」

妾を殺してくれる人を。

「切れるよ。必ず切れる。妾は刀のことは能《よ》く知らないけどね、今なら五十両六十両はくだらない銘刀だそうさ」

「嘘臭《くせ》ェ話だな」

ホントだよと女は怒鳴った。

「和泉守兼定《いずみのかみかねさだ》だよ。目利きに見て貰った時もそう言ってた。正真正銘の銘刀だよッ」

「兼定だと――」

兼定といっても色色である。

どの兼定かにも依るが、そのくらいの値が付くものはあるだろう。

「あんたにやるよ。だから――」

「斬ってくれ――か」

「斬っておくれかい」

その気になったらなと歳三は言って、橋に足をかけた。

「妾は涼だ。刀は必ず持って行くから、必ず。必ずあんたに渡すよ。だから、名前を教えてお呉れな。あんたは――」

「俺は――土方歳三だ」

歳三は涼に背を向けたまま、そう言った。

4

斬れる――。

そう思った。

抜いた時に、もう手応えがある。

腰で寝ている間は迚《とて》も収まりが良いのだが、鯉口《こいぐち》を切った途端に鞘《さや》からすらりと抜ける。やや長いから持ち重りがするが、その重さが寧《むし》ろ心地良い。

反《そ》り具合も申し分ない。

硬く真っ直ぐな鋼《はがね》の背。

その先に――。

殺すべき相手がいる。

切先《きっさき》は、正確に的を指し示している。一分の狂いもない。

殺意が一点に集中する。その点が貫いているのは知った貌《かお》である。
名は知らぬ。
聞いたが覚えていない。
この刀で屠《ほふ》る、その最初の獲物がこの男になるとは――思ってもいなかった。
標的は、流山《ながれやま》で若き日の歳三《としぞう》を打ち据えた浪士――柳剛流《りゅうごうりゅう》の使い手であった。
当然のことだが、あの時よりも老いている。風体も見窄《みすぼ》らしい。
一方、歳三の方はまるで違っている。
今の歳三は、誰が見ても立派な侍である。
黒羽二重《はぶたえ》に黒袴《ばかま》、月代《さかやき》も綺麗に剃り上げ、髷《まげ》も町人のそれではない。
いいや、みてくれは紛《まご》う方なき武士であった。何よりも――。
腰には鞘を携えている。
いや――今歳三が両手で握っている刃物は、鍬《くわ》でも庖丁でもない。
刀だ。
佳《よ》い得物である。
早く――斬りたい。
いや、斬り殺したい。

遺恨はない。決して以前打ちのめされた、その仕返しをしたいという訳ではなかった。言うなれば、成り行きである。

成り行きではあるが、行きずりではない。偶然出遭ったということではない。

浪士組で一緒になったのである。

ならば伝通院《でんづういん》からずっと一緒だったということになるのだが、人数が多かった上に別別の隊に振り分けられていたから、京に着くまでまるで気付かなかったのだ。

京で。

こういう仕儀となった。

歳三は昂揚している。

これまでの例は、偶《たま》かそうした状況が訪れていたに過ぎない。

そうでない場合には、歳三は刀という凶器を持っていなかった。今は違う。

殺そうと欲するまま、殺したいように――殺せるのだ。

この刀は切れる。

和泉守兼定《いずみのかみかねさだ》。

涼《りょう》という女がくれたものだ。

あの日――。

あの晩。物狂いのようになった涼を振り切って、歳三は夜のうちに江戸を出て日野《ひの》宿の彦五郎《ひこごろう》の許《もと》に向かった。身の振り方を決めたことを報告するため、そして近藤《こんどう》道場の行く末に就いての相談をするためである。

そう言ってしまうと聞こえは良いのだが、要は——無心だ。

頼みごとをするのは厭《いや》だった。

これが歳三ただ一人《いちにん》の身の上のことであったなら、顔を出しもしなかっただろう。歳三は他人から施しを受けることを好まない。況《まし》て、恩ともならぬ身内の援助など真っ平御免だ。それを自ら乞いに出向くなど、以《もっ》ての外である。

しかし。

ことは近藤道場の存亡に関することでもある。

道場主の近藤勇《いさみ》が浪士召し寄せに参加するとなれば、道場は立ち行かなくなる。それでなくとも閑古鳥《かんこどり》が鳴いている貧乏道場であるから、主不在で続けられる訳もない。そのうえ内弟子の沖田《おきた》も師範代待遇の永倉《ながくら》も、居候の原田《はらだ》や山南《さんなん》も挙《こぞ》っていなくなるだろう。出入りしている藤堂《とうどう》も同様である。縦《よ》んばその中の誰かが召し寄せに行かずに残ったとしても、そもそも連中はそれぞれ流儀が違うのだ。内弟子の沖田でさえ生え抜きではない。

天然理心流《てんねんりしんりゅう》は隠居した周斎《しゅうさい》ただ一人ということになる。そうなれば、出稽古で生計を立てている近藤道場は成り立たぬのだ。看板を下ろすよりなくなる。

彦五郎と勇は義兄弟の杯を交わした仲である。

そうでなくとも、先代周斎も勇も彦五郎の剣術の師であることに変わりはない。子細を知れば、いずれ彦五郎は金を出すか、人を出すか、自ら手を貸すか——必ず何かの支援を申し出るだろう。

それだけは想像に難《かた》くなかった。

他のことなら兎《と》も角《かく》も、武士としての勇の、出世栄達の端緒となるような話であるならば、何を横に退《の》けても手を貸すに違いはなかった。歳三は、動機はどうであれその勇に同行する恰好《かっこう》になるのだ。

参加の意志を示せば当然、歳三にも支援は施される筈《はず》だった。

仮令《たとい》歳三自身にその気がなかろうと、近藤を餌に無心しに行くのと変わりはなかったのである。

浅ましいと思った。

でも、振り切った。

自分のような人外《にんがい》が恰好を付けても始まらぬ。所詮己の中の問題でしかない。傍目《はため》から見たならば、恥じるようなことではないだろう。

義兄に会い事情を話している途中、清河《きよかわ》とかいう男もこのような心持ちなのではなかろうかと歳三は思ったものである。正論を並べ立てることで己の利を得る――口先と腹中の間に大きな溝《みぞ》がある。騙《だま》している訳ではないが騙しているのと変わりない。背徳《うしろめた》いというよりも、上滑《うわすべ》りしていて尻の据わりが悪かった。

ただ、後に演説する清河当人を目の当たりにして、歳三はその時の推量は見当外れだったと思い直した。どうやら清河は己の利こそ正義そのものと信じて疑わぬ性質のようなのだった。言の葉と肚の底に乖離《かいり》はないようだった。無理矢理に溝を埋めているのかもしれなかったのだが。

その時の歳三は、溝を埋められぬままに状況を告げた。

義兄は――。

大いに喜んだ。

その喜びようは、歳三の予想を僅《わず》かに上回っていた。

出来ることなら自分も参加したいと、義兄は言った。

その後、彦五郎は迅速《じんそく》に動き、近藤勇の生家宮川《みやがわ》家や土方《ひじかた》の家とも相談して、道場への支援を決めた。留守中の金銭的援助や、代稽古——特に武州《ぶしゅう》方面の出稽古は彦五郎が行うということになったようである。

彦五郎は江戸に赴き、周斎と面談して説得し、近藤勇他一門のお召し寄せ参加は本決まりとなった。

歳三にも餞別《せんべつ》を兼ねた支度料ということで、五十両という金が渡された。

噂の支給金と同額であった。

額面に関しては、歳三の予想した通りだったと言える。

偶然ではない。彦五郎とはそういう男なのだ。思うに、人を使って巷間の風聞を聞き集め、支度金の額面上限を知り、その上でそれは出ないと踏んだのだ。そして上限と同額を用意して呉れたのだ——と思う。

歳三は金のことはひと言も口にしなかった訳だが、彦五郎の性質を熟知していた訳だから、これは無心したのと同じことである。歳三はその全額を遣って刀を求めるつもりだった。

だが結局歳三は、その金で差し料を買うことをしなかった。

買う必要がなくなっていたからである。

日野に一泊し、近藤道場に戻ってみると、それは届いていた。

井上源三郎《いのうえげんざぶろう》の話だと、朝起きてみると門前に置いてあったのだそうである。落とし物か忘れ物かと見てみれば、短冊に、
しえいかんひじかたさま――。

と、女文字で記してあったのだという。

紫の布で包《くる》んだ細長い桐箱であった。

歳三のものであればと拾い上げた源三郎は、それが刀であるとすぐに察したそうである。歳三が差し料を探していたことは周知の事実であったから、何処《どこ》ぞで購《もと》めたものが届けられたのだろう、と考えたらしい。

買ってなどいなかったが、覚えはあった。

涼の刀だ。

涼の母を斬った刀だ。

涼が自分を斬らせるために、歳三に呉れると言った刀だろう。

物狂いの戯言《たわごと》と歯牙にもかけていなかったのだが、真実《ほんとう》だったということになる。

開けてみると案の定、幾重にも布で包まれた刀身が入っていた。

之定《のさだ》だった。

二代である。二代兼定の銘《めい》は独特で、定の字の疋の部分が之に見えるため、俗に之定と呼ばれているのである。世に謂《い》う千両兼定である。

勿論《もちろん》千両もする筈はないのだが、百や二百の値は付く。千両と謂うのは価《あたい》千両、それ程の神品《じんぴん》ということだ。

二尺八寸はある。異例に長い。

銘刀だ。

息を吞んだ。

吸い込まれるような地金の色。鎬《しのぎ》に現れた苛烈《かれつ》な柾目《まさめ》。

焼き幅の狭い小乱れの刃文。処処《ところどころ》に小豆《あずき》粒程の乱れが浮く。

美しい。

その美しさは即《すなわ》ち凶器としての信頼となるだろう。歳三の目にはそう映る。歳三にとって佳き刀は、人を斬るための優れた道具でしかない。

ただ。

歳三には、あの女からこんなものを貰う謂われがない。そもそも自分を斬らせるために刀を呉れるなどという気の狂《ふ》れた話は聞いたことがないし、もしあったとしてもその条件で貰い受ける莫迦《ばか》はいないだろう。

だが、返そうにも歳三は涼の居所を知らない。あんな、何処《どこ》に巣喰うとも知れない悪婆擦《あばず》れを捜し回ってまで返してやる義理もない。否《いや》、このまま二度と会うことはないかもしれぬ。

ならば。

次に会うことがあったなら、その時に斬ってやればいいのだ。あの女がそう望んでいるのだから、文句はあるまい。

道場の連中が寄って来たので歳三は刀を仕舞った。何だと執拗《しつこ》く問われたので、会津《あいづ》兼定だと答えた。会津兼定は同じ和泉守兼定でも十一代。新刀なら、廉《やす》くはないが買えぬものでもない。

嘘を吐《つ》いた段階で、刀は歳三のものになった。歳三が之定の所有者であると自覚した――と考えるべきだろう。

手入れはされているようだったが、そのままではどうしようもなかった。鞘も柄も何もなかったのだ。歳三は彦五郎から貰った金で刀を研ぎに出し、拵《こしら》えをさせた。装束も揃《そろ》えた。

それでも金は大分余った。

そうしているうちに、召し寄せの日になった。

二月四日。

伝通院処静《しょじょう》院《いん》大信寮《だいしんりょう》には二百五十名を超える浪士が集結した。

莫迦莫迦しい程の数である。

両国の花火のようだと歳三は思った。

凡《およ》そ統率出来るような人数ではない。

博徒らしき者や渡り中間《ちゅうげん》のような連中も多く交じっていた。

結盟というには程遠い、ただの破落戸《ごろつき》の集会のようなものだった。

その中に——今、対峙している男もいたことになる。

判る訳もない。

翌日、有象無象は浪士組という侮蔑的な呼称を授けられ、幾つかの隊に小分けにされた。

歳三や近藤は三番隊に配属された。

芹沢鴨《せりざわかも》という胡散臭《うさんくさ》い男が小頭になった。

三番隊は人数が多く、途中で編成が変わって六番隊になったのだが、どういう訳か芹沢とその取り巻き連中は、数多くのいざこざが起きたというにも拘《かかわ》らず、歳三達と離されることはなかった。

赭《あか》ら顔の巨漢である芹沢は、水戸天狗党《みとてんぐとう》の残党だとか囁《ささや》かれていたようだが、それは多分嘘である。

歳三の見る限り、芹沢は武士ではない。名も偽名だろうと思う。横浜《よこはま》村辺りで天狗党の名を騙《かた》り、豪商を強請《ゆす》っては金をせびり盗っていた小悪党がいたと聞くが、それが芹沢であろうと歳三は思っている。豪放磊落《ごうほうらいらく》を装っているが、その程度の器にしか見えない。

今、目の前で刀を構えている男は五番隊だったらしい。隊が違えば京までの道中行程も異っているし、宿も違うから、顔を合わせることなどなかったのだ。

壬生《みぶ》に入って、初めて気付いた。

男は、腰を低くした。

手にしているのはその昔歳三を嚇《おど》した時の刀である。

男の背後は土塀である。

これ以上は下がれない。

「中中《なかなか》の差し料だな」

嗄《しわが》れ声で男は言った。

答える謂われはない。

一瞬、男の躰《からだ》の均衡が崩れた。

踏み込もうかと思ったが、崩れ方が妙だったので踏み止《とど》まった。

「貴様――」

男は肩の力を抜いた。

「貴様、いつだったか、もう覚えてもおらぬが――あの」

歳三はゆっくりと刀を下ろす。

「間違いない。お前はあの、いつぞやの小僧ではないのか。ほら、棍棒《こんぼう》で闇討ちを繰り返していた――」

相手の殺意がやや薄れたように感じた。これではいけない。

「忘れたか。流山の」

そんなことは。

どうでもいい。

歳三は構え直し一歩踏み出した。

「拙者を斬る気か。貴様達の謀《はかりごと》を耳にしたからか。片腹痛いな。聞かれたなら、拙者を斬るよりも諦めるが良い。大体、ここで清河八郎《はちろう》を斬ってどうなるか」

清河は、京までの道中では口を噤《つぐ》んでいたが、壬生に入るなりに正体を現した。馬脚を露《あら》わしたという訳ではなく、初めからそのつもりだったのだろう。清河は到着早早浪士組全員に署名をさせた上表文を作ると――こともあろうにそれを朝廷に対して提出したのであった。

この上表文の提出により、浪士組は幕府とは切り離され、突如として尊王派の一団とされてしまったのである。

清河は自らが宿としている鳳翔《ほうしょう》山新徳寺《ざんしんとくじ》に浪士一同を集め、尊王攘夷《じょうい》の先鋒となれと大演説をぶった。

大樹公《たいじゅこう》の警護などは、既にしてなかったことにされていた。

読み通りではあったのだが、ここまであからさまに動くとは誰も思っていなかっただろう。疑団を抱く前に呆気にとられたというべきか。だが、それで済ませられる話ではない。当然のこと乍《なが》ら反発もあった。

山南や藤堂は特に憤った。

そして清河を斬ると言い出した。

歳三は正直どうでも良かった。だがこの話に、同宿だった芹沢が乗った。

そして、近藤も賛同した。

歳三が思うに、近藤は能《よ》く解っていなかったのだろうと思う。

その時近藤の胸中に去来したことといえばただ一つ、幕府を裏切れば直参には成れぬという、それだけのことだったのだろうと、歳三は思う。

清河に従えば、結果として幕府に弓引くこととなるのだ。

数が多いとはいえ、高高二百数十名である。しかも浪士組は得体の知れぬ有象無象の集まりでしかない。それで倒幕が叶うという実感は、どうしたって持てるものではない。そんなもので倒せるなら疾《と》うの昔に誰かが倒しているだろう。天子様を担ごうが、何処かの藩を抱き込もうが、そこは変わりがないことである。

清河がこの先どう動く腹積もりなのかは未知というよりないし、もしかしたら余人には計れぬ勝算があるのかもしれない。

ただ現状、勝ち目はない。

負ければ逆賊だ。

しかし、ここで清河を討てば忠臣となる。

尊王だの佐幕だのという話ではないのだ。

近藤勇は、浪士組を侍としての地位を得るための足掛かりにしようとしただけなのであるから、そう考えるのは当然といえば当然のことだったろう。

本来の浪士組取締である鵜殿鳩翁《うどのきゅうおう》は、幕臣である。

因《ちな》みに、本来取締に就く筈だった講武所《こうぶしょ》教授方松平忠敏《まつだいらただとし》は、浪士組結成前にその役を辞している。人数の多さとその無頼さに辟易《へきえき》したためと噂されているが、真実は知れぬ。

後任となった鵜殿鳩翁は安政の大獄の折に失脚した男で、攘夷の立場ではあるらしいが、目付を務めた歴《れっき》とした幕臣であり、決して討幕派などではない。

清河さえ討ってしまえば道は正せると考えるのも、解らぬではない。

いや。

芹沢は兎《と》も角《かく》、近藤は間違いなくそう考えたのだ。結果、清河討つべしという密談は、芹沢近藤を巻き込むことで迅速に纏《まと》まったのだった。

男の刀身が僅かに下る。

闘気が逃げている。

「いいか、能く考えてみろ。清河は金蔓《かねづる》だ。拙者も貴様も、まだ何も利を得ておらぬだろう。造反するにしてももう少し待て」

「煩瑣《うるせ》え」

てめえは喋《しゃべ》り過ぎだと歳三は短く言った。

「見た目は大いに変わったが、青臭いところは同じだな。慥《たし》か、以前にも申したであろうが。剣術というのは、斬らぬために学ぶのだと――」

覚えている。

瞭然《はっきり》覚えている。

「抜かずに、斬らずに済ませるために、武士は刀を携行しておるのだと、そう言っただろう」

「ああ」

歳三は身じろぎもせず、男を観察した。

あの時こいつは――。

自信満満だった。見下ろす眼は歳三を蔑《さげす》んでいた。だが、見上げている歳三は、この男をどう思っていたか。何とも思っていなかったのではないか。怖さも何も感じなかった。些細《ちっ》とも恐ろしくなかった。打ち据えられて屈辱を感じた訳でもない。丸腰の歳三が帯刀している侍に勝てる訳がない。それはこいつも言っていた。

その通りだ。

だから歳三が打ち据えられたのは当たり前のことなのである。当たり前でなかったのは――。

こいつが歳三を斬り殺さなかったことである。

あの時のこいつの自信は、手にした刀と、取り巻きと、そして武士という身分が保証していたのだ。刀も持たず、独り身で、身分も低い歳三に対し、それは絶対のものであったのだろう。

今はどうだ。

覚えておろうと男は言った。

「ならば刀を収めよ。どう立ち回るが賢いか、能《よ》く考えろ」

「それは」

命乞いかと歳三は問うた。

「い——命乞いとは、どういう意味だ」

「そのままだ」

「何を言うか。見れば立派な武士の身形《みなり》だが、中味は昔のままではないかと言うておるのだ。武士は簡単に抜くものではない」

「先に抜いたな、てめえだよ」

歳三は一歩左に移る。

退路を断つためだ。後ろを向いて走り出しでもしない限り、逃げられはしない。

「そもそもお前達は清河を斬ってどうするというのだ。こんな京くんだりまで連れて来られて、ここで放り出されて、それで良いのか。清河八郎は信用ならぬかもしれぬが、他の取締はお飾りだぞ。あの男の好きなままさせておるではないか。何の力もないのだろう。だが、少なくとも清河は」

歳三は挑発するように刀を構え直し、更に左に回り込んだ。

男は塀を背にする恰好になる。

左右が空くが、届く。動く前に斬れる。

「どうしてもやるというのか」

男に闘志が甦《よみがえ》る。印象ではない。

歳三は、相手の筋肉の動きを読んでいる。

「貴様、百姓ではなかったのか。ならば大樹公に義理もなかろう。何故《なにゆえ》に幕府方に加担する」

「してねえよ」

「ならばどうして清河を斬るなどという蛮行に出るのだ。奴が尊王を説いたからではないのか」

時流を見ろと男は怒鳴った。

「今の幕府は盤石ではない。将軍様と天子様、そして夷狄《いてき》の三竦《さんすく》み、いずれが勝つかは判らぬことだが、つまらぬ理屈に搦《から》められて道を誤れば先はないのだ。言うまでもなく、我等《ら》浪士は幕臣ではないのだぞ。主《しゅう》なき者、謂《い》わば勝手気儘《きまま》な身だ。何処《どこ》に付こうが良いではないか。勝機を読め。ここで天朝方に付いたとしても、それは裏切りではないぞ」

関係ない。

歳三にはそもそも裏切るような相手がいない。縦《よし》んば己が裏切りに当たるような行いをしたのだとしても、別に構いはしないだろう。

だから、まるで的外れである。

「考えろ。頭を使え。此処《ここ》は江戸ではないのだぞ。王城の地だ。天子様の御座《おわ》す処だぞ。良いか、清河は朝廷に上表文を出しておる。ならばここは、様子見をすべきところではないのか。清河に従っておれば某《なにがし》かの」

「利か」

男は黙った。

「利がありゃどうだ」

「どうだとは」

「斬った方が利があるなら、斬るのか。てめえは欲得ずくで人を斬るのかよ」

「斬るさ」

男から再び戦意が抜ける。

「いいか、義だ忠だとほざいたところで、結局は生きるための方便ではないか。幕府の屋台骨が確乎《しっか》りしておるならば、それは仕官のための方便ともなろうさ。だが今は違うだろう。侍になりたての貴様は、そういう小理屈を並べて侍振《ぶ》っておるのだろうがな、局面が変われば忠義を立てる相手も変わるのだ。当然のことではないか。世に忠臣二君に仕えずなどと謂うがな、そんなもの、今の時勢には糞の役にも立たぬ空論だろう」

「もういいか」

「何」

「てめえの能《よ》く動く口は、もう動き終ったかと尋《き》いている」

「何だと」

間合いを計る。

初めて之定で人を斬るのだ。

刃を合わせたくはない。刃毀《はこぼ》れするような斬り方もしたくない。

何処《どこ》を、どう斬るか。

歳三は考える。一度に幾つもの動きを考える。

「き、貴様」

「俺はな、侍じゃあねえ。昔と同じだ。ただ——今は、刀を持っているというだけだよ。義も忠もねえよ」

「なら」

「損も得もねえ。それが解らねえのかよ」

「な、なら」

「幕府も朝廷もどうでもいい。まして清河なんて半端な野郎は、眼中にねえ」

あれでは駄目だ。

間近で清河を見た、歳三の率直な想いである。

弁は立つ。頭も良いのだろう。知識もある。計算高く、率《そつ》がない。

だが、それだけで人は束ねられない。策士策に溺れると謂うが、清河は溺れぬよう溺れぬよう心掛けているだけのようだった。

頭が良いからだろう。だが、そこがいけない。気を回し機嫌を取り理を説き納得させる。そして煽《あお》る。そこまでは良い。だが鼓舞するだけで人は動かぬ。

今、目の前にいる男がそうであるように、人は下衆《げす》なものだ。下衆を動かすのは先《ま》ずは欲である。清河は慥《たし》かに言葉の端端《はしばし》に利得をちら付かせる。こいつのような考えなしの莫迦は、そのちら付いた利に何かを夢想するのだろう。

だが、そんなものには何の証《あか》しもない。

絵に描いた餅は喰えはしないのだ。気付かぬ方がどうかしていると思う。事実、近藤などは直参旗本《はたもと》という、もう一枚の絵に描いた餅の方に靡《なび》いたのだ。

清河に欠けているものは、怖さだろうと歳三は思う。

それは、この男にも欠けているものだ。

まるで怖くない。

餅は、見せるだけではいけないのである。ちゃんと撒《ま》かねばならぬのだ。きちんと撒《ま》きさえすれば人は群がって来る。だが、撒いただけではいけない。餅は喰えばなくなるものなのだ。

餅を拾った者どもを従わせるには、怖がらせるしかない。喰うた分以上は従え、従わねば命がないと、そう知らしめてやるしかないのである。

幕府はそうやって家臣を縛って来たのだ。

従わねば必ず罰が下る。

閉門蟄居《ちっきょ》、改易減封《かいえきげんぽう》。お家断絶。

切腹。

打ち首。

言うことを聞かねば殺される。

何百年だか知らないが、武士と名の付く連中は、そういう形で従属させられて来たのである。

高《たか》が絵に描いた餅をちら付かせる程度で寝返る訳がないではないか。

この男にしても、清河の考えに賛同した訳でも、清河に忠誠を誓った訳でもないのだ。見せられた餅が喰えるまでの辛抱だと、そう思っているだけだろう。

くだらない。

では何故《なにゆえ》と男は言った。

「何故に拙者を斬るのだ。斬ろうとするか。貴様は何のために――同朋のためか。あの、六番隊の連中のためなのか」

まだ喋り足りないか。

「あんな奴らはどうでもいいよ」

そう言った。

「どうでもいいのか。聞けば、連中は江戸の試衛館《しえいかん》とかいう」

「そんなものはねえ」

「何だと。しかし、そうだ、あの芹沢とかいう天狗党の男は」

「あれも贋物《にせもの》よ」

芹沢鴨は、清河八郎とは正反対の男だ。

多分、頭は悪い。そして歳三同様に武家の出ではないと思う。

それでも腕は立つ。だが、強いだけである。芹沢はそれを知っている。自分が強いだけの能なしだと熟知している。

だから、芹沢は他人を恐怖させることで支配しようとする。

その手口は見苦しい程である。

兎《と》に角《かく》、威張る。

そして脅《おど》す。

恫喝《どうかつ》するだけではない。些細なことで暴力を振るう。

町人を強請《ゆす》って金品をせびり盗るのと同様の手口である。

要するに芹沢はただの破落戸《ごろつき》なのだ。俠客《きょうかく》よりも始末に悪い。

しかも、卑怯である。

芹沢は鉄扇《てっせん》を携行している。

これは相手が武士であることを計算に入れた上で選ばれた得物なのだと歳三は読んでいる。町人相手の強請りと違い、武士相手に乱暴狼藉を働いたとなれば、下手《へた》をすれば斬り合いになる。

斬り合いは避《さ》けるべきなのだ。

芹沢がどれだけ強くても、斬り合いになれば確実に不利になるからだ。

これは、勝ち負けの問題ではないのだ。お役目道中での刃傷沙汰となれば間違いなく罰せられる。そうでなくとも仲裁が入るだろう。何であれ上意に従えば、芹沢の支配力は弱まる。無視して勝っても罰せられはするし、それでは勝ち損である。負ければ言わずもがなである。だから芹沢は、相手が抜く前に先ず鉄扇で打つのである。鉄扇であるから、打撃は大きい。下手をすれば怪我をする。

それで大方の者は戦意を喪失してしまうのである。

この場合、どんなに痛かろうが怪我をしようが、泣き言繰り言は言えまい。斬り合いになったというのならまだしも、扇で打たれただけなのである。これは打たれた方の、単なる不覚でしかない。しかも、芹沢はそこで大笑いをするのである。

こうしたことを繰り返す。痛みを伴う恐怖心は、確実に人を萎縮させる。

そうして芹沢は伸《の》し上がる。周囲の連中は、やがて芹沢の機嫌を取るようになる。そういうものなのだ。

芹沢鴨は、上洛の途中で浪士取締役手付に出世している。取り巻きも増えた。

正《まさ》に無頼である。

歳三は、斬りたいというなら清河よりも芹沢を斬りたい。

どんな理由があったのか歳三は知らぬが、近藤勇も道中先番宿割《さきばんやどわり》という役目を拝命した。一足先に宿場に入り、人数分の宿を手配するという役目である。二百数十名の大所帯であるから、宿といっても寺や民家を借りて割り振ることになる。手が足りなかったのだろう。

本庄《ほんじょう》宿でのことである。

宿割役に不手際があり、芹沢の宿がなかった。取り忘れたのだ。

その時芹沢は、どうせ儂《わし》は無宿者じゃと豪語して、取り巻きに材木を集めさせ、宿場の真ん中で篝火を焚くと言い始めたのだった。道の真ん中に薪が積まれた。

最初、それは篝火というよりも焚き火の態《てい》であった。

まだ底冷えのする時期である。暖を取る気なのかと思いきや——。

火が放たれると、すぐに宿場の者どもは腰を抜かした。

それは、もう、篝火でも焚き火でもなかったからである。

堆《うずたか》く積み上げられた材木――それは薪ではなく剝がされた戸板や壊された大八車などであったのだが――は、轟轟《ごうごう》と燃え盛り、焰《ほのお》は夜天に噴き上がり、宿場全体を紅く染めた。

如月《にがつ》の本庄宿は乾いていた。

火柱は時にぱちぱちと爆《は》ぜ、崩れ落ちて火の粉を散らした。

芹沢は大笑していた。平素よりの赭《あか》ら顔が酒気を帯びて一層に紅く、加えて火燈《ほあかり》に炙《あぶ》られてもいた芹沢鴨は、恰《あたか》も地獄の獄卒のようであった。

本庄宿は他の宿場よりも商家が多い。

街道に沿って様様な切り店が軒を並べている。燃え移ればどれ程の被害が出るか知れたものではなかった。慌《あわ》てた名主や町役人が止《と》めに入ったが、勿論芹沢に聞く耳などありはしなかった。

加えて、どういう訳か浪士組の支配は姿を現さなかった。

清河を始めとする上の者どもは間違いなく芹沢を敬遠していたのだ。

だからこそ芹沢は取締役手付になれたのだろう。気に入られて引き上げられたのではない。

関わり合うのは面倒だから権限を与えておけば温順《おとな》しくするだろうという、浅慮の末の判断であろう。しかし、そんなことで芹沢のような欲深い愚人が収まる訳はないのだ。付け上がるだけのことである。

同じ隊であった山南や藤堂が憤った。武士にあるまじき蛮行と言うのであるが、芹沢は武士ではないのだから当たり前だと歳三は思った。そこに気付いている者はあまりいないようだった。

血の気の多い藤堂やものごとを深く考えぬ原田は芹沢を斬ると息巻いたが、永倉が止《と》めた。芹沢には取り巻きがいる。この狭い宿場で、しかも燃え盛る火の前で斬り合いなどしたなら、果たしてどのような惨事になるか判ったものではない。

止めるのは当然のことだ。

歳三はその時。

ただ火を見ていた。

その炎は、いつか日野宿を焼き尽くした炎に重なった。

それは、地獄の業火《ごうか》である。その火の中で。

歳三は初めて人を殺した。

そう——。

やがて。

歳三の眼の中で、夜空に噴き上がる火の粉が青空に散じる血飛沫《ちしぶき》に変じた。

姉と見た。

初めて人が死ぬのを見た。あの日からずっと――。

――俺は人殺しだ。

歳三は呑み込んだ。

人殺しであるために。

歳三はこの浪士組に加わったのである。そう考えるよりない。

人殺しである歳三は、一介の町人として市井《しせい》に暮らすことなど出来ぬのだ。

刀を持つ身分となり、嘘でも人を斬る大義名分を手にすることが、人殺しとしての歳三の、人としての歯止めであろうと、そう考えたのではないのか。

ならば。

この狂騒は収めねばなるまい。こんな愚者どもの諍《いさか》いで道を阻《はば》まれてはならぬ。

この段階での殺し合いは浪士組そのものの崩壊を招き兼ねない。

ここで引き返しても、解散となっても、意味はない。

否、寧《むし》ろそれでは困るのだ。

刀を持ってしまった歳三が、人を斬らずにいられるとは思えない。このままぽいと野に放たれてしまったのでは、歳三はただの辻斬りに堕してしまうことだろう。

それではあの、大嫌いな、沖田と同じになってしまう。

歳三は、思案に暮れただ狼狽《うろた》えている近藤勇を捕まえて、ひと言、

——謝れ。

と言ったのだった。

謝るしかあるまい。

実際のところ宿を取り忘れたのは近藤ではなく同役の者であったようだが、そんなことは関係ない。あの手の莫迦は顔を立てさえすれば収まるものなのだ。

何故か芹沢と同じ隊に配属された、山南、藤堂、永倉、原田、沖田——そして歳三は、試衛館という、あるのだかないのだか判らない道場の一派と見做《みな》されている。

子細を知る者にとって、それは烏合《うごう》の衆《しゅう》でしかない。

近藤道場は道場としては三流以下、門人が百姓ばかりの天然理心流は、ただの田舎剣法でしかない。しかも、天然理心流の生え抜きは近藤勇ただ一人《いちにん》。後は他流の寄せ集めなのだ。内弟子の沖田でさえも元は他流である。

歳三も目録こそ貰っているが、免許皆伝はしていない。

思想信条もばらばらであり、結束力も何もない。

顔見知りという以外に何の繋がりもない。

しかし知らぬ者にとっては話が別である。江戸者でもなく、侍ですらなく、頭も悪い芹沢が、そんな実情に気付いている訳もないのだ。芹沢鴨にとって、近藤勇は試衛館一派の頭目以外の何者でもないのである。

その近藤が芹沢に恭順の姿勢を示すなら、騒ぎは収まるだろうと歳三は踏んだ。

近藤が頭を下げれば、芹沢は試衛館一派を傘下に加えたということになる。

勿論勘違いである。勘違いではあるが、芹沢は気付くまい。

愚かだからだ。愚か者はものごとを一面からしか見ない。近藤が右を向けばその手《て》下《か》は皆右を向くと思っているのに違いない。

芹沢がそうだからである。

芹沢鴨は、他人を支配し、言うが儘にすることに無上の喜びを感じているようだった。それこそが、鴨を鴨たらしめている。一人でも多くの侍を貶《おとし》め、言いなりにすることで芹沢は己を保っている。歳三にはそう見えた。

だから。

歳三は芹沢が侍ではないと判じたのである。

近藤は躊躇《ちゅうちょ》した。横にいた藤堂や原田は、謝罪することはないと主張した。

近藤に責任はない。否、仮令因《たといもと》が近藤の過失にあったのだとしても、この無法はそれとは別の問題だというのである。

それはそうだろう。

だが、筋が通れば良いというものではないのだ。このままでは宿場中が燃える。

歳三は近藤にこう言った。

侍として堂堂と行け――。

そして百姓に戻って謝れ――。

近藤はぎょっとしたようだった。

氏だの、素性だの、身分だの、役職だの、そういうものはどうでも良いものだと歳三は思う。

それは、衣装だの道具だのと変わらぬものである。畑を耕《たがや》すのに刀は要らぬ。裃《かみしも》で野良仕事をする者もいない。それは、そうしてはいけないからではなく、そうでない方が便利だからだ。侍も泳ぐ時は漁師と同じく裸になる。裸にならねば泳ぎ難《にく》いだけである。裸になってしまえば、漁民も武士も変わりはない。

家柄も役職も同じようなものだ。

中味とは関係ない。
目に見えぬ衣装道具のようなものである。
ならば、着替えられるし持ち替えられるのだ。
それを、歳三は彦五郎から教えられた。己の欲するものになれば良いのだ。なった
なら、その役目を果たせば良い。
生まれや育ちが外見を、そして身分を決める訳ではないのだ。それらは何を欲する
かで選び取るものだ。
ならば。
もっと融通無碍《ゆうずうむげ》にあるべきだ。
近藤は戸惑ったがやがて呑み込んで、芹沢の許《もと》に向かった。背筋を伸ばし、胸を張
り、威厳を持って。
それでいい。
そして歳三は炎《ほむら》を見詰めた。
黒い影になった近藤は、一言二言述べた後、平身低頭した。足を開き腰を屈め股覗《のぞ》
きでもするかのように頭を下げた。下げ続けた。
そう。

熱《いき》り立つ藤堂を歳三は押さえた。

同じく黒い影の芹沢は、腹を突き出して大笑し、下がったままの近藤の後ろ頭を鉄扇で何度か叩いた。それを見た永倉が、堪《こら》え切れなくなったのか刀に手を掛けた。それも歳三は収めた。

そう。

先程目の前の男がほざいた御託《ごたく》と同じこと——ここは様子を見るところだと、そう思ったのだ。

但し。

利を得るための様子見ではない。

殺し時を見定めるための様子見である。まだ、まだ早いと歳三は思ったのだ。

即ち。

芹沢鴨は自分が殺す——と、その時歳三はそう決めていたことになるのだろう。燃え盛る炎を瞳に映した時、歳三の心は決まっていたのだと思う。

この下衆《げす》は俺が斬る、と。

しかし今此処では斬れぬ。

歳三が手を出せば斬り合いになる。

藤堂も原田も温順《おとな》しくしている訳もない。芹沢の取り巻き連中も黙ってはいないだろう。乱闘になる。そうなれば。

大勢死人が出ることになる。それは構わない。

だが、それだけの不始末が起きてしまえば、浪士組がこのまま温存されるとは思えない。解散になるかもしれぬし、そうでなかったとしても乱闘に関わった者は外される。罰せられることもあるだろう。結果的に歳三は、人を斬れる立場を得ることが難しくなる。

加えて、歳三は——之定の切れ味を試していない。

あんな。

狂騒の中で試したくはなかった。

芹沢を斬るなら、ちゃんと斬りたい。そう思ったのだ。

歳三の思惑通り、莫迦な芹沢は機嫌を直した。それどころか寧《むし》ろ上機嫌になった。

己が大将に昇り詰めたかのような気分になったのだろう。

それ以来、歳三はずっと、あの不細工な巨漢を斬る時機を見計らっている。清河よりも斬るなら芹沢が先だと思っている。

正直なところ、歳三は清河八郎という男に興味が持てないのだ。

生きようが死のうが、どうでもいいと思う。

斬れと言われれば躊躇《ためら》いなく斬るけれど、そうでなければ放っておくだろう。

歳三の見るところ、清河は放っておいても遠からず死ぬ。あの手の男は利用価値がなくなれば存在価値もなくなる。そうなれば始末されるだけである。

口は上手《うま》いかも知れないが、口先で切り抜けられるとも思えない。

思想とやらが邪魔をする。尊王だの攘夷だのという能書きが勝ってしまうなら、本気の命乞いなど出来はしまい。

半端に剣術が出来るというのもいけない。それこそ命取りになる。どんなに強くても、一度に何十人も倒せる訳がない。暗殺には正正も堂堂もないのだ。本気で暗殺する気なら大勢で掛かるに決まっている。

そうなれば逃げるしかない。

しかし、腕に自信がある者は中中《なかなか》逃げることをしない。正しい者は必ず勝つなどという戯言《たわごと》を信じていたり、その上で己の正しさを疑わぬような莫迦は、概ね死ぬ。

だから清河は死ぬだろう。

死ぬ者を斬ることもない。

芹沢は違う。

芹沢鴨は何もかもが虚栄で出来上がっている。あの男は己が正しいなどとは毛の先程も思っていないだろう。恫喝し恐怖させ支配する——それだけで良いのだ。芹沢には思想もない。御託もない。恫喝と鉄扇しかない。弱い者を潰し、強い者を屈し、周囲を服従させて、その結果享楽に溺れるだけだ。


そういう奴は、死なない。

不貞不貞《ふてぶて》しく生きる。

生き延びるためならどんな卑怯な手でも使うだろう。

殺すなら、芹沢だ。

「貴様は——」

何を信じるのだと男は言った。

「芹沢が贋物とは、一体どういうことだ。清河暗殺も、あの男が中心になって企まれたものではないのか」

「だから」

そんなことは関係ない。

「利得を得たい訳でもない、大義名分もない、ならば何故《なにゆえ》に貴様は刀を抜く。それは何のための差し料だ」

知れたこと。

刀は――。

人を殺すための道具だ。

人を殺すため以外に抜く意味などない。持つ意味もない。

歳三は刀を下ろした。

見る。

男はまだ抜き身を構えている。

切先がやや震えている。こいつはあまり若くない。

同じ姿勢で構え続けているのだ。刀身の重さが堪《こた》えるのだろう。

歳三は。

鞘に収めた。

男はふうと深く息を吐《は》き、構えを崩した。そして漸《ようや》く判ったかと言った。

歳三は――少し笑った。

「少しは賢くなったようだな。俺はこれから新徳寺へご注進に行く。貴様も一緒に来い。試衛館の連中や芹沢と繋がりがないというのなら、話は早い。何もあんな連中に義理立てすることはない。利のある方に転ぶが当世風だ」

男はそう言って、刀を収めた。

ぱちりと鯉口《こいぐち》が鳴る、少し前。

歳三は刀を返しつつ一歩踏み込むと、逆袈裟《ぎゃくげさ》に――。

斬った。

――切れる。

素早く退《ひ》く。

男は何が起きたのかまだ判っていない。歳三は体を返し、塀に背を付けた。

男が体勢を崩す。

途端に、大量の真っ黒い液体が噴き出た。前に、後ろに、そして真上に。

上手く避《よ》けたつもりだったが、袴と草鞋《わらじ》が汚れた。

歳三は残骸に目を遣る。

男の体は斜めに裂けていた。切り口は真っ直ぐである。

肋《あばら》も肺腑《はいのふ》も切れている。

眼を大きく見開き、口を半開きにし、まるで生きているかのような顔で、男は事切れていた。

自分が斬られたことさえ気付かずに死んだのだろう。

歳三は懐紙《かいし》を出し刀身を拭《ぬぐ》った。

顔に寄せて、改める。

傷みはない。刃毀《こぼ》れもない。曇りもない。

しかし、このままにしておいてはいけない。すぐにでも手入れをする必要があるだろう。人の脂は刃物を駄目にする。もう一度懐紙で丁寧に血糊を拭き取り、歳三は刀を鞘に収めた。

良い得物だ。

だが。

長過ぎる。

屋外なら良い。

しかしこの長さは屋内の立ち合いには向かないのではないか。

普通に立ち回れば、柱や鴨居《かもい》に当たってしまうだろう。動きを小さくするなら、結局斬るのではなく突くしかなくなる。

――それはどうか。

突きが悪いということではない。

充分に殺傷出来る。

ただ、小競り合いになった時に、多少だが先が読み難《にく》くなる気がした。屋内での斬り合いも考えておかねばなるまい。その場合は――。

そもそも、建物の寸法や構造なども知っておく必要がある。上方《かみがた》の家屋は江戸のそれよりも造作《ぞうさく》が確乎《しっか》りしているように思う。町屋や旅籠《はたご》などでも違うのだろう。京はまた別なのかもしれぬ。

止宿している八木《やぎ》の屋敷はそれなりに広い。

八木家は代代苗字帯刀を許された壬生住人士の長であるという。郷士《ごうし》を束ねる家ということだろう。格式もあり、豊かでもある。

それでも、歳三の生家の方がずっと大きい。

まだ遠目にしか見ていないが、町屋はどこも間口が狭い。その代わりに奥行きがあるのだという。道は真っ直ぐだ。

関東とは違う。

――誰かいる。

角を曲がると人がいる。そう感じたから、一応柄に手を掛けた。

今斬った男の仲間が、残り二人はいた筈だ。

「おゥ」

顔を出したのは原田左之助《さのすけ》であった。左之助は眼を剝《む》いていた。

驚いたのだろう。

「歳――いや、土方さんか。驚いたぞな」

「どうした」

「どうしたって、あの小池《こいけ》とかいう男はどうしたね」

そりゃ誰だと尋《き》いた。

「誰だって、あんたが追って行った男じゃなかね」

「ああ」

斬ったと言った。

そう、たった今斬った。

そして斬ったことを隠す必要もない。斬ったから斬ったと言える。

――こういうことか。

歳三はもう一度刀の柄を握った。

今までは違っていた。人を殺したら罰せられる。それが当たり前だろう。当然、公言など出来るものではない。でも今は違う。

同じ人殺しなのに――。

——今の方が狂っているな。

そう思った。

人外《にんがい》である歳三が、人外である故に人を斬り、それが許されてしまうというのであれば、それはあきらかに狂うている。人外は人外の扱いを受けるべきだと、歳三自身はそう思う。

でも、違ってしまった。

望んだことではある。歳三は取り敢えず人殺しが人殺しとして生きて行ける狂った場所に辿《たど》り着いたことになるのか。

斬ったかのと左之助は感心したように言って、それから歳三の総身を見回した。

「そりゃ、返り血か」

「ああ」

袴と草履が汚れている。

「他の二人は」

「ああ。野口《のぐち》と——平山《ひらやま》じゃったかな。あれが追うて行ったがな」

芹沢の腰巾着である。

「山南は」

「山南さんと藤堂も一緒に出て行ったが、ありゃいかん。あいつらとは水と油じゃ」

芹沢の乱行は、近藤や山南の所為《せい》にされている節がある。

本庄宿の騒乱の始末も、結局は近藤と山南がしたようなものだ。

近藤が平謝りをしたため、芹沢は機嫌を良くしたが、だからといって芹沢が己の蛮行を悔い改めたという訳ではなかった。

火を消し止《と》め、後片付けをしたのも、鉄扇で殴られた宿役人の介抱をしたのも、歳三や左之助を始めとする三番隊の者である。勿論、芹沢の側近である野口も平山も何もしていない。二人は芹沢にくっ付いて悠悠とその場を退場しただけだった。

のみならず。

芹沢は案内された宿に三番組御宿と記されているのが気に入らないと言い始めた。尽忠報国《じんちゅうほうこく》の士として人後に落ちるつもりなく常に一番であらんと欲すると、ごねたのだ。

一番組頭でなくては厭だと言うのである。

歳三は見ていないが、永倉の話だと、自ら札の三の字を削り取って一に変えたということである。こうなると幼児《ガキ》が駄駄を捏《こ》ねるようなものでしかない。いいや、芹沢は形《なり》のでかい幼児なのだ。

取締連中もこれには苦慮したという。取締の一人、山岡鉄太郎《やまおかてつたろう》はこの不始末の責めを負い役を辞するとまで言い出したそうである。

芹沢が役を得たのは、どうもその結果であるらしい。

一番隊長にはなれなかったが、取締役手付にはなったのだ。

取締役手付というのは、要は無役ではあるが取り敢《あ》えず偉いというだけの位なのだろう。真《まこと》に莫迦莫迦しい役職だと思う。それで納得させようという取締連中も大概愚かしいとは思うけれども、納得してしまう芹沢はもっと愚かしい。

清河八郎は肚《はら》に一物《いちもつ》を仕込んでいる。山岡を始め、取締の多くに、その清河の息の掛かった者が採用されている。一方、幕臣の鵜殿鳩翁にも取締役筆頭としての体面がある。

山岡鉄太郎は、虎尾《こび》の会の一人であるから、当然清河とも関わりが深い。だが同時に、山岡は幕府講武所の世話役を務める人物でもあったのだ。

六尺を超える巨漢《おおおとこ》で、剣豪としても名高い英傑であるから、浪士どもへの睨《にら》みは利く。道中半《なか》ばで山岡に降りられたりしては、鵜殿も清河も共に困ることになるのだろう。特に急な交代劇で役に就いた鵜殿鳩翁にしてみれば、山岡抜きでお役を完遂することなどは考え難《にく》かったに違いない。

鴨殿は多分、清河のことなどは最初から全く信用していないのだろうと思う。

思惑はそれぞれである。しかし高が破落戸《ごろつき》の駄駄如きで潰されてしまうのは厭だったに違いない。

そう、高が破落戸なのだ。

芹沢鴨はその程度の男だ。お里は知れていたということだろう。狂犬には構わない方が良い。殺せぬのなら餌を与えて隔離しておくしかないだろう。

しかし、そうしてみると狂犬は、自らが狂犬であることを利用して、不始末の責を負うどころか出世した――ということになる。芹沢は、頭は悪いが利に聡い。凡《すべ》てはそこまでを見通した算盤《そろばん》ずくの蛮行であったのかもしれない。

割を喰ったのは近藤であり、そして山南敬助《けいすけ》であった。

空いた三番組頭の役は、山南に任された。

山南が侍だったからだろう。

歳三はそう思う。

山南の素行は一から十まで侍のそれである。これは氏《うじ》や素性の問題でも、身分役職の問題でもない。山南敬助は武士という役を、正《まさ》に身を以て熟《こな》している。判で押したような侍だ。

芹沢は一応温順《おとな》しくはなったものの、平素の素行を改めることはしなかった。

取締役手付である芹沢は、鶏殿の駕籠の後、隊列の最後尾に付いて、悠悠と道中を送ったが、宿場に入ると必ず悶着を起こした。

芹沢の予《かね》てからの側近である平間重助《ひらまじゅうすけ》、そして野口健司《けんじ》と平山五郎《ごろう》は三番組に残っていたため、悪行の始末は組頭の山南が肩代わりすることになった。

苦情は悉《ことごと》く山南の許《もと》に届いた。

草津宿《くさつ》では、道中目付も兼任していた六番組組頭村上俊五郎《むらかみしゅんごろう》が、芹沢達の素行を見兼ねて山南を激しく叱責した。村上は山岡の門人である。師と仰ぐ山岡を苦吟させた芹沢に強い悪感情を抱いていたことは、想像に難《かた》くない。

だが芹沢本人を攻撃する訳には行かなかったのだろう。

取締役手付を糾弾すれば、浪士組全体が再び紛糾し兼ねない。そうなれば山岡の立場が悪くなることも考えられる。取り巻きを押さえてしまえば芹沢も好き勝手は出来ぬと踏んだのだろう。

山南は珍しく激昂し、強く抗弁をした。

慥《たし》かに平間、野口、平山三名の監督責任は自分にあるが、煽動している芹沢は取締役手付、ならば取締役筆頭に責を問うのが筋だろうと山南は言ったそうである。

村上山南共に一歩も引かず大いに揉めたが、鵜殿と山岡が間に入ってことなきを得たと聞く。

その時も、山南は侍としてあるべき態度を取ったのだろう。

山南は怒りを露《あらわ》にしてはいたようだが、その怒りも自らの不遇不満を訴えるが故に涌《わ》いた瞋恚《しんい》ではないのだ。武士として筋が通らぬことに憤慨していただけなのだ。

とことん喰えぬ男だと、歳三は思う。

「山南さんはそもそも清河襲撃には反対じゃろう」

左之助はそう言った。

そうなのかもしれない。

「ありゃ、先《ま》ず正式に話し合いを申し出て、議論するのが筋じゃ、とか言うておったぞな」

言いそうなことではある。

「ただのう、芹沢がのう」

「何だ」

「いや、清河襲撃の謀《はかりごと》が取締方に漏れれば、責めを負うなあ山南さん、そして近藤先生ぞな」

「何故だ。芹沢の方がうんと偉いのじゃねえのか」

八木家に於て、芹沢以下四名は母屋に寝泊まりしている。近藤とその一党——と思われている歳三達には長屋が宛《あ》てがわれた。使用人扱いである。近藤は元百姓だからそれが当然だと芹沢が言ったらしい。

「まあのう。あの扱いはのう」

俺も我慢がならんと左之助は言って、土を蹴った。

「何じゃろ。天狗党だか何だか知らんけど、近藤先生は曲がり形《なり》にも天然理心流四代目ぞな。俺だって二本差しじゃ」

「黙れよ。恰好じゃねえんだよ。俺も近藤さんも百姓だし、てめえも元は一本差しの若党だ。文句が言える筋じゃねえ」

「山南さんや永倉は武士ぞな。藤堂だって沖田だってそうじゃろ。まあ文句も出ようがの」

「そうだな」

芹沢は莫迦だから、そういう形でしか己を示せないのだ。

「やらせておきゃいいんだよ。それに原田よ。芹沢と平間ぁ、ありゃ武士じゃあねえぞ」

「何じゃと」

左之助はまた眼を剝いた。

「本当かね。ありゃ、水戸藩士じゃろ。天狗党じゃ」

違うよと歳三は答える。

「ありゃただのならず者だぜ。腕っ節は強いかもしれねえが、何だ、その」

尽忠報国の士じゃろと、左之助は言った。

「それだ。ふん。笑わせるな」

山南と違い、芹沢は武士という役をひとつも熟《こな》せていない。尽忠だの報国だのという題目に頼らねば、ただのならず者、良くて精精《せいぜい》地回り程度にしか見えはしないだろう。だから威張るしかないのだ。他の者を踏み付けて、無理矢理その上に載るしかないのである。武士の上に載れば、まあ武士に見えないこともない。

近藤は恰好の踏み台である。

だが、載ったところで芹沢は武士の役を果たそうとしない。あの男が欲しているのは、ただ目先の享楽であり、我欲のみである。だから侍になり切れないのだ。

つまり。

芹沢も清河を斬る気はない――。

歳三はそう踏んでいる。

「あれはな、金と力が欲しいだけの欲ッ集《たか》りだ。俺の目筋が正しけりゃ、天狗党の名を騙《かた》っただの強請《ゆす》り屋だ」

「そうかのう。しかしあの――野口か、ありゃ歴《れっき》とした水戸藩士だそうだがの。聞けば永倉の同門で、神道無念流《しんとうむねんりゅう》免許皆伝だそうじゃ」

「藩士じゃねえだろ。浪士組だぜ」

「元、ちゅうことぞな。それからあの隻眼《かため》の男――平山か、あれも水戸じゃという話だが」

「平山は西の出だろう」

言葉が違う。

「どうでもいいさ。ただ、あいつらぁ皆、天狗党なんかじゃねえよ」

与太者だと歳三は断じた。

「それじゃあ、近藤先生や山南さんの立場はどうなるぞな。そんな連中に百姓扱いされて見下され、焚き付けられて清河襲撃に加担させられて、揚げ句尻拭いさせられるンか」

「焚き付けたってえなら、寧《むし》ろ藤堂の間抜けだろ。そもそもあれが言い出したのじゃねえのか」

「まあ、そうか」

清河討つべしと言い出したのは藤堂である。

芹沢一派がそれに乗ったというのが正しい。

乗ったといっても討つ気はないのだ。口だけである。歳三にはそう思える。ひと騒ぎ起こして一同を混乱させ、収拾の過程で己だけが利を貪る——連中は常にそういう手口なのだ。

「藤堂は、ありゃあ——お前等《ら》の身内だろ。外から見りゃ近藤山南一派だ。元は山南が何処かから連れて来た若造じゃねえか。その藤堂が出元なんだよ。いちいち迷惑な野郎だが、あんなの身内に抱えてるお前等が悪いんじゃねえか」

お前等って何ぞなと左之助は不服そうに言う。

「俺達と言うべきじゃろ。あんたも仲間じゃないのかね」

「俺はてめえらと杯交わした覚えはねえよ。それよりも——野口と平山は、どっちに追って行った」

「何じゃ。あんた、行くんか」

「行くよ。芹沢の取り巻きなんぞ、毛一筋も当てに出来るもんじゃあねえぞ。逃がすか斬り損ねるか、わざと見逃すかもしれねえ。それこそ新徳寺に駆け込まれたりしたら後が面倒じゃねえか。そうなりゃ原田、てめえの身内が危ねえのだろう」

「まあのう」

ここで騒ぎが起きれば、正に芹沢の思う壺である。どう転んでも損をするのは近藤とその一派ということになる。それだけは避《さ》けるべきなのだろう。さっき殺した男の言い分ではないが、今はまだ動くべき時ではない。

——俺も奴と同じか。

いずれこの辺りにいる筈じゃと左之助は言った。

「俺も追うて来たのじゃからな。しかしあんた、土方さん、人斬った後だちゅうに」

平然としておるのうと、左之助は言った。

人を斬るのも。

俵を切るのも。

行いとしては一緒である。

歳三は耳を澄ませた。見えずとも音は届く。微かでも僅かでも近くで何かが動いているなら。

竹籔《たけやぶ》が動く音。
砂が舞う音。
あれは。
花が散る音。
土を踏む音。
地べたを摺る音。
衣擦《きぬず》れ。
鍔《つば》鳴り。
いや、鳴り損ねだ。
歳三は駆け出した。
おいおいと左之助が追って来る。
「何ぞね」
動いている。
争っている。
四人。
いや、五人か。

何処を目指し、何処を走っているのか。土地勘がない。
それでも歳三には判る。遠くはない。
二度角を曲がる。
何処かの寺の裏手だろうか。
――いた。
野口と平山だ。抜いている。
男一人が臥している。いずれかに斬られたか。
一人は刀を構えてはいるが、腰が据わっていない。
その前に、まるでその男を護るかのように、もう一人。
――あれは。
歳三は止《と》まり、咄嗟《とっさ》に木蔭に身を潜めた。原田が追い付く。
「ど、どうした」
歳三は睨《にら》み付ける。
原田は息を呑んで黙った。
「邪魔をするか」
野口の声だ。

「其処《そこ》をどけ。其許《そこもと》には関わりあるまい」

「関わりはないが、通り掛かってしまったのでな。江戸から来られた浪士組の方方とお見受けするが、斯様な場所で殺し合いとは、尋常ならぬこと。子細をお聞かせ願いたい」

「関わりなき者に聞かせる子細はない」

「ならば退《ひ》く訳には行かぬ。縦《よし》んばこの者に非がなければ、貴殿らが悪党ということになる」

其奴らは謀反人だと男が叫んだ。

「こう——言うておるが」

「謀反人などではないッ」

「謀反人と言うなら——」

平山の言葉を野口が制した。

「我等《ら》は倒幕を目論む悪人を誅せんと欲しているだけ。その男はそれを邪魔しようとしておるのだ。それだけでは納得して戴《いただ》けぬか」

「なる程。なれば、其方《そのほう》は」

間に立った男は顔を向け、護っている背後の男に問うた。

「勤王の浪士か」

答えはなかった。

答えられまい。どれだけ清河が高説を垂れようと檄《げき》を飛ばそうと、浪士組の中で自らを倒幕派と自覚している者がいるだろうか。ほんの数日前まで将軍警護の職に就くと信じ込んでいたのである。

「違うのか」

男は答えなかった。

あれも――武士ではない。

歳三が斬った男と同じ五番組に配属された者だろう。五番組の頭は武士の形《なり》はしているが、甲州《こうしゅう》の侠客だと聞く。脚の開き具合が、武士には見えない。ならば余計に、尊王も佐幕も関係あるまい。

――どうする。

「あ」

左之助が小さく声を上げた。

気付いたのだろう。

あの、間に立っている男は――。

——山口一《やまぐちはじめ》と言ったか。

あの女、涼を護《まも》った男である。小石川で旗本を斬ったため江戸を捨てると言っていたが、京にいたか。

「弱ったな。いずれの言い分を信ずれば良いのか。名乗りもせず、ただ謀反人だの倒幕だのと申し立てられても——」

わあ、と叫んで背後の男が真ん前に刀を構えたまま山口目掛けて突っ込んだ。

田舎俠客である。竹槍と間違えている。山口は驚きもせず、一刀の下に——。

男を斬り捨てた。

左利きの居合である。

「疚《やま》しき者程騒ぐ。この度は——そう思うて良いのかな」

野口と平山は、僅かに身を固くした。

この展開を予想していなかったのだろう。

「そ——其許《そこもと》は正しいことをしたのだ。そう思うて戴いて良い」

野口はそう言って、刀を収めた。

それから、まだ呆然としている平山を促して、そそくさと消えた。

山口はその後ろ姿を見えなくなるまで見送ってから、歳三達の方に顔を向けた。

「見世物ではないぞ」

歳三は木蔭から身を覗かせた。

「あんた、余程の世話焼きだな。他人の揉めごとに首突っ込むのが好きなのか。それとも」

通り縋《すが》りに人斬るのが好きかと歳三は言った。

「其方《そなた》は――」

山口は眼を細めた。

「試衛館の――土方だったか」

「ただの土方だよ」

「ただの薬売りではなかったのか」

「残念だが、薬は持って来なかったもんでな。山口だったな」

「今は名を変え――斎藤《さいとう》と名乗っている。追われる身だからな」

「斎藤一か」

歳三は近寄り、斃《たお》れている二つの骸《むくろ》を確認した。

手前で死んでいる男は平山が斬ったのだろう。地面に残った足運びから知れる。平山は隻眼ではあるがそれなりに遣うようだ。もう一つの死体は。

「大《てえ》した腕前だな」

山口――斎藤は殆《ほとん》ど動いていない。

しかし返り血も浴びていない。

「今の連中を知っているか」

「まあな」

「言っていたことは真実か」

「あんたが斬ったこいつも、あいつら二人も、同じくらい屑《くず》だ。どっちを斬ったとしても大差はねえよ」

「どういうことだ」

「あんたら侍の謂《い》う大義名分はどっちにもねえと俺は思うぜ。あんたが何をしたいのか知らねえが、こいつらには関わらねえ方がいいな」

「そうか」

斎藤は己が斬った男の骸を見下ろした。

「勤王――佐幕、か」

そう呟《つぶや》いて、斎藤は頭《こうべ》を垂れた。

「こいつらは」

「勤王でも佐幕でもねえよ。そいつは甲州の侠客だと思うぜ」

「そうか。さっきの連中もか」

あっちは水戸の強請《ゆす》り屋だと歳三は言った。

そうかと斎藤は短く言った。

「斬るべきではなかったか」

「あんたが斬らなきゃ連中が斬っていた。連中に斬れなきゃ」

俺が斬ったと歳三は言った。

「あんたが」

「ああ」

あんた達は佐幕派なのかと斎藤は尋《き》いた。左之助が答えた。

「俺達ゃ浪士組ぞな。将軍警護のために幕府に召し寄せられた者《もん》じゃから、まあ、倒幕派ではない——筈じゃったがな」

「どちらが正しい」

斎藤は歳三に顔を向けてそう言った。

「何が」

「幕府を倒すこと、幕府を佐《たす》けること、いずれが正しい」

斎藤は歳三を見る。

「好き好きじゃねえか」

歳三は投げ遣りに答えた。

「好き好きか」

「武門の頭領は大樹公《たいじゅこう》ぞな。武士として忠義を通そうとするなら、倒幕なんてこたァ考えるのも許されんことじゃろう」

左之助は藤堂の受け売りのようなことを言った。

その口振《くちぶ》りから、本心でないことは容易に知れたのだが。

「しかしその将軍は天皇《すめらみこと》に臣下の礼を尽くすべきだという考え方もあるだろう。忠義というなら、勤王こそが真の忠であり義であるという考えもある」

「そりゃ」

そうだなと左之助はすぐに撤回し俺には正直判らんと言った。

「どうでもいいとは思わんが」

私にも判らないと斎藤は言った。

「武士として、侍としてどうするが正しいか。忠義は時に正しい判断を曲げることがある。主家が間違った命を下しても、遂行せねばならぬ時もあるだろうからな」

その誤りさえも、臣下として受け止め責《と》を負うが武士なのだと、いつか山南が言っていたように思う。

あれは——。

初めて会った日のことだ。

人殺しは大罪であるが、仮令《たとい》大罪であったとしても命じられれば行うのが士道だと山南は言っていたのではなかったか。悪行の報いは、命じた者ではなく行った者が受けるのが筋だということだろう。

「かと言って武門の者という縛りをなくしてしまうなら余計に判らなくなるのだ。どちらも正しいし、どちらも正しくない。そう思えて来る」

私は正しいことがしたいのだと斎藤は言った。

「侍だから、町人だから——そういう話ではないのだ。立場は違えど正しいものは正しいし、正しくないものは正しくない。違うか。どれだけ主《あるじ》が陽は西から昇ると宣《のたも》うたところで、日輪は東より出ずる。そこに変わりはなかろう。百姓も職人も陽は同じように照らすだろう」

「正しいこと——か」

歳三は足許の骸を再び見た。

「正しくねえ奴は――殺してもいいと、そういうことか」

斎藤は一瞬喉《のど》を詰まらせ、それから違うと声を荒《あら》らげた。

「人殺しは正しい行いではない」

矢張りそう言うのか。

「ならするな。これはあんたが殺した骸だぞ」

「そうだ。私が斬った」

「正しい行いをしてえのじゃないのか。正しい行いをするために正しくねえ行いをするのか」

どうなんだよと歳三は怒鳴った。

「恰好付けてるんじゃねえよ。あんた、何人斬った」

斎藤は黙った。

「大義のためだの正義のためだの、小理屈を付けるのは止《よ》せよ。やってることたァ同じじゃあねえか。何のためでも人斬りは人斬り、人殺しじゃねえか。俺は、侍じゃねえからな、大義の何たるかなんて知りやしねえ。誠が将軍にあるのか帝《みかど》にあるのかも知らねえよ」

歳三は骸を蹴《け》った。

「でもな、武家だってどっちだか判らねえんだろ。なら決着が付くまでは両方に大義があることになるだろうよ。大義のためなら殺していいというンなら、殺し合いになるだけだ」

「それは」

「理屈はどうでもいいんだよ。どうであろうと、此処は今、殺し合いの場になってンだろうがよ。これは、てめえが今斬った死骸だろうが」

だから俺は此処に来たんだと歳三は言った。

おいおい歳さんと左之助が袖を引く。

「何を言い出すぞね」

「いいんだよ。俺はな、人を斬るためにこんな恰好してこんな処に来たんだ。それだけだ。あんた、今、この野郎が刀突き出して突っ掛かって来なかったら、斬っていたか」

「いや――」

斎藤は歳三から視軸を逸《そ》らせた。

「そういうことだ。黙ってたって斬り掛かって来る奴がいるんだ。避《さ》けてるだけじゃ生き残れねえさ。斬り返すしかねえ」

もう一つ尋くと歳三は言う。

「こいつが丸腰だったら、あんたは斬ってたか」

「斬る——ものか」

「そうだろう。あんたが丸腰でも斬れやしねえだろうな。佩刀《はいとう》してるってことはそういうことなんだ。良いも悪いもねえのさ。こいつは」

歳三は腰を叩く。

「人殺しの道具だ。少なくとも俺にとっちゃそれ以外の何ものでもねえ。魂でも、証しでもねえ。これは武器だ。それ以外に使い道はねえよ」

だから。

刀で正義なんかは行えねえよと歳三は言った。

「こいつを差してるってことは、人を斬るぞと言ってるようなものだし、同時に斬られても仕方がねえということよ。俺はそう心得てるがな」

本来——。

人が持ってはいけないものだ。

そうも思う。人殺しは大罪だと誰もが謂う。歳三もそう思う。

ならば人を殺す道具は、罪を作り出すためだけにあるもの、ということになる。

「莫迦はすぐに大口を叩きやがるし、何かといえばそれを言い訳にしやがるもんだがな、一人二人斬ったところで世の中は変わりやしねえよ。百人千人殺したって同じだろうぜ。何万人何十万人が命落としたって、そりゃ全部無駄死にだ。将軍の首級《みしるし》取ったって、帝の寝首掻いたって、同じことだと俺は思う。あのな、人殺して変わる世の中なんて、ねえんだよ」

「ならば——」

「人殺しのねえ世の中が正しいと思うなら、殺すんじゃねえよ。一人も殺さねえで何とかしろ」

そうなれば。

歳三は排除される。

ひとごろしだからである。

「それが出来ねえならぐだぐだ言うなよ。どんな理由付けたって人殺しは人殺し、どんな言い訳も利かねえんだよッ」

歳三はもう一度骸を蹴った。

「正しいことがしてえだと」

「そう——だ」

「なら余計なことに首を突っ込むんじゃねえよ。頭丸めて山にでも籠もればいいだろう。そうしてればそのうち――」

世の中も変わるかもしれねえよと歳三は言って、斎藤に背を向けた。

左之助は何故かおたおたと辺りを見回した。

「歳――いや、土方さん、どうするぞな」

「帰るに決まってるだろ。今頃さっきの二人がてめえの手柄を吹聴してるところだろうがな」

見上げると、気味の悪いものが靄靄《もやもや》と空を覆っていた。

――桜か。

夜桜だ。そういえば、未《ま》だ咲いていた。

そんなに好きじゃない。どうせ散るのならばさっさと散ってしまえと、そんな風に思ってしまうのだ。そう思ってしまう自分があまり好きになれぬから、歳三はあまり桜を好まない。

待てと声がする。

「私は今、会津の知人の周旋を受け聖徳太子流《しょうとくたいしりゅう》吉田《よしだ》道場で師範代めいたことをさせて貰っている。場所は――」

「別に聞きたくねえよ」

歳三はそう言った。

「俺達はこの先――壬生の八木家におるぞな。いつまでおるかは判らんが」

余計なこと語ってるんじゃねえと左之助に言って、歳三は桜の下を抜け、一度も振り返らず、無駄に幾度か道を曲がり、大きな通りに出た。

暫《しばら》く無言で歩いたが、やがて左之助が口を開いた。

「土方さんよ。あんた、さっき、まるで人を斬るために京に来たようなことを言うておったが――」

「悪いか」

「悪い、というかな」

左之助は足許に視軸を落とした。

「別にいかんとは言わんぞな。じゃが、巧《うま》く言えんが」

「てめえはどうなんだ」

「どうって、俺は――」

「勤王か佐幕か答えられねえような野郎が、こんな物騒な処に何しに来た」

「そりゃ、その」

「直参か。直参ってな将軍家に直接雇われるってことだろうが。雇い主を倒すのかてめえは」

「じゃから」

「じゃからじゃねえよ。どうでもいいのだろうが。死に損ねが、調子に乗ってくっ付いて来ただけなのじゃねえのか。藤堂だの山南だのが言う、志《こころざし》とか大望とかいうもんが、てめえにあるか」

あるような、ないようなじゃと左之助は答えた。

「そんなもんだろ。浪士組の大半がそうだろうぜ。芹沢に至っては我欲しかねえ。そんなもんに天下国家語られちゃ堪《たま》らねえよ。一人一人が考えて、好き勝手に振る舞って、纏《まと》まる訳がねえ」

「考えるなちゅうのか」

「逆だよ。皆がまともに考えてたらこんな世の中にはなってねえよ。考える役目の奴の頭が悪《わり》いんだよ」

俺も頭ァ悪いぞなと左之助は言った。

「莫迦が幾ら考えたって、難しいことが判る訳《わき》ゃあねえのさ。莫迦に判ることはただ一つだ」

「何ぞな」

「人をぶっ殺してただで済むような世の中は間違ってるということよ。今の世は狂ってるのさ」

そんな。

狂った世の中だから。

人外《にんがい》の歳三にも居場所がある。

「まあ、そうかもしれん」

「俺はさっき一人殺したぜ。別に何ともねえ。てめえも役人に報《しら》せたりしねえじゃねえか」

「そうじゃ」

「狂ってるじゃねえか。人殺しは大罪なんだ。誰に尋《き》いたってそう言うんだよ。その罪は、一生かかったって償い切れねえものだろうよ。いいや、死罪にならぁ。死にゃ死んだで地獄に堕《お》ちるンだよ。大ごとだ。それなのにどうだ。ほんの一刻《いっとき》の間に三人斬られてる。斬られてるんじゃねえな。斬ったんだよ。一人は俺が殺したんだよ。てめえも知ってるだろうが」

てめえは俺を咎《とが》めたかと歳三は問うた。

「咎めやしねえじゃねえか。てめえだけじゃねえ。多分、誰も咎めやしねえのさ。俺が武士の恰好をしていて、相手も武士で、此処が勤王派と佐幕派の入り乱れた狂った時代の。狂った場所だから。

「そういう処に調子に乗ってのこのこやって来たんだ俺達は。人殺しに来たのと変わりがねえだろうが」

左之助は少しだけ残念そうな顔をした。

この男にしては珍しい表情だと思った。

「肚《はら》ア括《くく》るしかないかの」

「どういうことだ」

左之助は自分の腹に手を当てた。

「金物の味はの、歳さん。痛《いて》ェものだよ。俺ア、あの小池を追うて、もし見付けていたとしても、斬っていなかったと思うのだ。斬り合いになったかもしれんが、殺せたかどうか、そりゃ判らんぞな。剣の技量の問題じゃあないのだよ。俺にはあいつを殺すだけの理由がねえのだ」

「理由か」

「強く憎んでいるのでもねえ。怨んでもいねえ。困る程邪魔でもねえ。親の仇でもねえのよ。理由があれば殺すのか、殺していいのかという話だが、それでも何にもないのよりはマシじゃ。密談を聞かれたから殺すちゅうのは、どうも身に染みた話じゃあなかった。捕まえるというなら判るが、殺すという頭ァなかったぞな。だがな、たった今、判ったぞな」

「どう」

今度は殺すよと左之助は言った。

「殺すか」

「間違っておるとは思うがの。狂うているとも思うがの」

間違っていて、狂うているよと歳三は言った。

「それでも、それしかないのかもしれん。いや、それしかないんじゃろが。一本差しから二本差しになって、浪士組なんぞというもんに名を連ねた以上は、あんたのように肚ァ括るしかないのじゃろう」

「迷うなら止《や》めろ」

殺されるだけだ。

止められんわいと左之助は言う。

「俺は、腹ァ切り損ねてまでわざわざ一本多く差したのよ。それ程までに二本差しになりたかったのだ。侍がそういうもんなら、まあ」

そうするだけじゃわいと、左之助はそう言った。

辛《つら》そうに見えた。

それで普通なのだろう。

何の躊躇《ためら》いもなく人を殺せる自分が矢張り普通ではないのだと――。

そう思うこと自体、ある意味で逃げているということになるのかもしれない。

人外《にんがい》だ、並ではないのだと、そういう囲い込みをしたからといって正当化される人殺しなどはないのだろうし、またあってはならないとも思う。

暫く無言で歩いた。

八木家の門を潜り、一声掛けて返事を待たずに長屋の戸を開けた。

眉根を寄せた藤堂が入り口に据わり込んでいた。

奥の方にいた永倉がどうしたと声を掛けて来た。

近藤が顔を上げる。

「小池は土方さんが斬った」

左之助が言った。

そして、続け様にそうじゃと声を上げる。

「藤堂よ。あの、山口一とかいう男を覚えとるか。いつだか火消と揉めとった――」

「覚えていますが、何です。そんなこと、今は関係ないでしょう」

「関係ないこたぁないぞな。逃げた三人のうちの一人を斬ったのはあの男ぞな」

「はあ」

藤堂は一層顔を顰《しか》めた。

「でも小池とかいう男は土方さんが斬ったのでしょう。後は野口と平山が始末したのじゃないんですか。自慢げに捲《まく》し立ててましたよ」

「違うわい。そら法螺《ほら》じゃ、法螺。のう歳さん、あんたが言ってた通りぞな。奴等《やつら》手柄を捏造《こしら》えとるぞな。一人は、まあどっちかが斬ったのかもしれんが、最後の一人を斬ったなァ、あの男ぞな。なあ歳――あ、土方さん」

歳三は答えなかった。

どうでもいいことだ。

「あいつらぁ、何だか知らねえが精進落《しょうじんお》としに色街に繰り出したぞ」

何処《どこ》にお銭《ぜぜ》があるのだかと井上源三郎がぼやく。

源三郎は道中の組こそ違っていたのだが、宿は同じにされたのである。

「歳、お前も人斬ったなら女郎でも買《こ》うて来たらどうだ」

「てめえで行け」

歳三はそれだけ言って、座敷に上がった。

「斬ったのか」

近藤が問う。

「新徳寺に駆け込むと言って聞かなかったからな」

そうかいと近藤は答えた。

左之助は藤堂相手に先程の経緯を語り出した。莫迦は莫迦に相手をさせておけばいい。歳三は真っ直ぐに山南の前に進んだ。

「それで――どうする」

山南は顔を上げる。

「どうとは」

「清河を斬ったって始まらねえだろう。あんたもそう考えてると思うんだがな。どうなんだ」

「土方さんもそう思うか」

「そりゃ俺の推量通りあんたもそう思ってるって意味だな」

どういうことだと近藤が尋く。

「芹沢もそうだろ」

歳三はそう言った。

「待てよ。まあ言い出したのは藤堂だが、乗ったなあ芹沢さんだ。ついては相談しようというので一席設けたのも向こうだ。儂《わし》らは呼ばれたんじゃないか」

近藤は疑っていない。

「本気の訳《わき》ゃねえだろ」

歳三は近藤を見つつ、山南の前に座った。

「人殺しの相談を料亭でするか。大声で吹きやがって、そっくり聞かれちまってこの始末じゃねえか」

芹沢はただ、このまま落ち着いてしまうのが面白くなかっただけだ。清河の引いた図面通りにことが運んでしまえば、芹沢は清河のただの子分に堕《だ》すことになる。元水戸天狗党の猛者《もさ》でも浪士取締役手付でもなくなってしまうのだ。それはつまり、利を貪れる立場ではなくなるということでもある。

尽忠報国ではない。

尽欲報私とでもすべきである。

「奴は、俺達を煽って騒ぎを起こしたかっただけだ。てめえで話を混ぜッ返すだけ混ぜッ返しておいて、てめえで収めるんだ。芹沢にしてみりゃ近藤さん、あんたは手下だからな。どうとでもなると思ってるんだよ」

「そりゃ——心外だな」

「俺は、清河は放っておいたって失脚すると思うがな。どうだい」

山南は口を結んだ。

「芹沢はその後釜を狙ってるんだろうよ。てめえの影響力《ちから》を取締連中に見せ付けてぇだけだろ」

そりゃ酷《ひど》いと藤堂が声を上げた。

左之助の講釈を横に、こちらの話に聞き耳を立てていたのだろう。

「酷《ひで》えのはてめえだ」

歳三は顔も見ずにそう言った。

「私は——」

藤堂は立ち上がったらしい。声の位置が上がった。

「義心が抑えられなかっただけです。あの演説を聞いたでしょう。あんな無法、黙ってはおられんでしょうに」

「何が義心だよ。あのな、清河が寝返ったことは周知の事実だろう。あんだけ派手に打《ぶ》ち上げたんだぞ。他の取締が黙ってる訳がねえよ。あまりにもいけしゃあしゃあとしてやがるから、呆れてるだけじゃねえのかい。どうなんだ、山南さんよ」

それは土方さんの言う通りだろうと山南は言った。

「浪士組一同の署名が付された清河の上表文は正式に受理されている。奏上を御受けになられた帝は、歌を詠まれたと聞いています」

「同意した覚えはないッ」

「煩瑣《うるせ》えよ藤堂」

歳三が言うと藤堂は黙り、所在をなくして座った。

「奉じたことのみならず、御歌のことまで私の耳に届くくらいだ。取締お歴歴は当然ご存じのことと思う」

藤堂は横を向き、

「では何故何もしない」

と負け惜しみのように言った。

「何もしていないと何故判る」

山南が諭《さと》すように言う。

「浪士取締は我等《ら》浪士を取り締まるのが御役。清河八郎は、浪士ではないのだよ藤堂君。勝手な判断でことを起こせる筈もないではないか」

「江戸表に判断を委ねているというんですか。そんな悠長な——」

「軽挙妄動よりは良い」

永倉が言った。

「わ、私が軽挙妄動だというんですか永倉さん」

「少なくとも軽挙ではあったな」

「そんな——」

少し黙れ若造と歳三は言った。

「何も江戸まで走ることァねえ。山南さんよ、将軍は今、何処だ」

「正確には判りませんが、既に江戸は出発して御座《おわ》すでしょう。四五日のうちには上洛されるのではないでしょうか」

「ならその前に沙汰ァ下るな」

「私もそう思います」

沙汰とは何だと近藤が尋《き》いた。

「清河と、俺達への沙汰よ」

「いや、待て」

俺達は何もしておらんぞと近藤は言った。

それが咎められるようなことを何もしていないという意味か、浪士組としての働きを何もしていないという意味かは判らなかった。

「大樹公《たいじゅこう》御道中に向け、既に使者は出ていると思います。あの建白書が、侍従の板倉《いたくら》周防守《すおうのかみ》辺りの目に留《と》まったなら、勿論黙ってはいないでしょう。直《ただ》ちに何らかの沙汰が下る」

「罪に問われるか」

「いや――それはないと思うが」

帰れと言われるだろうなと歳三は言った。

「帰れって、江戸にか」

「そんな危ねえものを、こんな危ねえところに置いておくかよ。将軍警護の連中が勤王倒幕に寝返ってるてえ話なんだぞ。其処に将軍送り込むのか」

「そうだが」

「だからって二百何人捕えて殺すかよ。誰が捕えるんだよ。所司代にでも頼むのか」

「だから清河を討てば――」

それが軽挙だと言ってるんだと永倉が繰り返した。

藤堂は悔しそうに床を叩いた。

「何故です。大樹公ご上洛の前に何とかしなければいかんでしょう。少なくとも、我等《ら》に倒幕の意志なしと示すためには、奸賊《かんぞく》清河を討つのが何よりじゃないですか」

「殺せば済むという話ではない」

永倉が続けた。

「永倉君の言う通りだよ」

山南が藤堂に顔を向けた。

「ここは何としても上意を待つべきだ。私達は現在、清河八郎の配下にある。しかも望んで下に付いた身です。主従でいうなら我等が従。清河を討つというのは下の者が上の者を討つ——不忠ということになる」

「そうですが、清河こそが逆臣ですよ。不義は不義ではないですか」

「藤堂君」

山南が語気を荒らげた。

「君は、ならば、もし幕府が過ちを犯したら幕府を討つというのか。それこそが倒幕派の理屈だろう」

「それは――」

藤堂は言い淀《よど》む。永倉が言う。

「俺は、山南さんの言うように清河の家来になった覚えはないが、殺せば済むとも思わない。もし清河を殺せば、多分」

罰せられるぜと歳三が続けた。

「何故ですッ」

藤堂は全員の顔を見回し、最後は歳三に視軸を定めた。

歳三は答えなかった。本当に面倒臭い男だと思っただけだ。

「清河は――」

今はまだ幕臣だからですよと、山南が代わって答えた。

「ば、幕臣って――明らかな寝返りじゃないですか。あの上表文が何よりの証拠《あかし》ですよ」

「だから」

山南が横にあった文机《ふづくえ》を叩いた。

山南は平素は温厚で激することはない。藤堂には特に優しい。

その山南も、逆上《のぼ》せ切った若造には流石《さすが》に苛《いら》付いているようだった。

「だからその証拠を幕閣に提出して沙汰を待っているんでしょうよ、取締役方は。いいですか藤堂君。取締筆頭の鵜殿鳩翁はお飾りの見張り役ですよ。実質上の取締筆頭は清河です。浪士組採用自由のお墨付きを持っているのは清河なんだ。お墨付きは幕府が、つまり上様が出されたものですよ。それを持つ者を勝手に裁く訳には行かないでしょう」

「そうですが――」

「いいですか、清河の不忠をお上にご報告するということは、即ち幕府の清河に対する評価が正しくなかったのだと上申するということ。清河に作為ありとしたところで見張り役自らの役儀怠慢を申し出るのと変わりがないことになる。鵜殿様にしても切腹覚悟のご注進である筈。君は腹を切る覚悟があるのですか」

藤堂は下を向いた。

「お上を立てるなら、ここは何かの理由を付けて即時撤収――ということか」

近藤がそう言うと、その辺が落とし所でしょうねと山南は答えた。

「浪士組を江戸まで引かせ、それから清河の処遇を決める――そんなところだと思いますね」

処遇を決める前に殺すだろうと歳三は読んでいる。

山岡ら他の取締は兎《と》も角《かく》、こうなってしまえば清河は邪魔なだけである。

「お墨付き——か」

免状だの肩書きだの、そういうものは時に刀より強いことがあるという。そうしたくだらない決まりごとが世の中には——特に武家にはあるのだと、最前斬り殺した男がその昔言っていた。

いずれが偉いか。

いずれが強いか。

いずれが正しいか。

そうしたことが紙切れ一枚で決まるらしい。

武家を気取っている芹沢は、そうした決まりには敏感なのだ。

「だから芹沢は本気じゃねえと言ったんだよ」

歳三は言った。

「清河が首から提《さ》げてやがる天鵞絨《ビロード》の嚢《ふくろ》があるだろ。あれが、そのお墨付きだとよ」

そうなのかと永倉が言う。

「そんなものを——」

「あれが奴のお護りよ」

上様のお墨付きに刃を向けられる幕臣はおるまいなあと近藤が言う。

「慥《たし》かに——」

「刃を向ければそいつが逆賊だ」

「百姓や侠客なら別だがな」

歳三はそう言って、近藤を見据えた。

「俺やあんたは、芹沢にとっちゃ百姓だ。芹沢はちゃんと知ってるんだよ。そもそもあの男は天狗党だと吹いているのじゃねえのか」

「そういう噂だな」

おかしいだろと歳三は言う。

「能《よ》くは知らねえが、天狗党なら尊王攘夷が信条じゃねえのか。なら幕府に楯突《たてつ》いてんじゃねえのかい」

その通りだと山南が答えた。

「そうなら何で清河の寝返りに肚ァ立てるよ。逆に喜ぶだろう。天狗党の本隊は、この京目指して進軍してえぐらいの勢いじゃねえのか」

「それもその通りだ」

そもそも、そうした話は全《すべ》て山南から聞いたのだ。

それを知っていておかしく思わない方がどうかしていると歳三は思う。

「そうだとしたらどうして清河を斬る気になるんだよ。だからよ。何から何まで茶番なんだよ芹沢って男は。判っててやってるんだよ」

最初から清河を斬る気はないかと言って永倉が腕を組む。

「芹沢も芹沢だが、一方で清河も清河だ。あの清河という男――将軍家のお墨付きを首からぶら提げて倒幕の上表文を御所に持って行ったということになるのか。稀に見る厚顔無恥だな」

永倉の言う通り、そういう意味では大した玉だと歳三も思う。

担がれたか――と近藤が言う。

「いずれ簡単な話ではないから、あの大言壮語を上手く使えるかもしれんと思うたのだが――担いだつもりが、担がれたのだな、俺達は」

近藤は苦虫を嚙み潰したような顔になって、角張った顎《あご》を擦《さす》った。

短慮だ。

裏表がなさ過ぎる。

「どうする、山南さん」

「そこです。私は――」

担ぎ返しゃいいだろうと、歳三は言った。

「どう——やって」

「芹沢は莫迦だ。担ぎ易い。清河なんて放っておきゃいいんだよ。あの手の山師野郎は、必ずてめえの足踏んで転ぶよ。手を出すだけ無駄だろうぜ。後は、どれだけ上手に奴と切れるか、次に何を選ぶかだろ」

「切れるとして、それは」

「沙汰のあった時だろう」

「どんな沙汰が下るかは判らぬぞ」

「沙汰に従うこたぁねえ」

「判らぬな。上意に従わぬということでは、同じことになるのじゃないか」

「そうかな。山南さんは俺達が清河の配下だというが——なら抜けりゃいいだけのことだろ」

浪士組を抜けるのかと近藤が妙な声を出した。

「この、京でか」

「江戸に戻りゃ組は解散だと俺は思うがな。どうだい」

判らないと山南は言った。

「このままということはまずないだろうと思う。それこそ上表文に連名があるのだから、同罪と見做《みな》されるかもしれぬし——もしかしたら清河に同調しておる者も何割かはいるだろうしな。その場合は——どうなるかな」

「まあ、罪に問われずとも、元の木阿弥だろうが」

良くても元通りかいと、左之助が言った。

「何じゃそれは。まっこと無駄な道中ぞな」

悪くすれば逆賊の一味となり果てるぞと永倉が言った。

「一蓮托生は御免だな。だが我等《ら》は端《はな》からこうした予見を持って参加した筈だ。そうではなかったか」

そう。

最初から袂《たもと》は分かつつもりだったのだ。

「浪士組、抜ければ死罪なんて決まりはねえぞ。幕府に義理立てるってぇなら、清河を殺《や》るんじゃなく抜けるが筋だ。沙汰が下った時が抜け時なんじゃねえのか」

「そうか。遅くはないか」

「表向きはどうだか知らねえが、沙汰が下った段階で清河のお墨付きとやらの御利益《ごりやく》はなくなってるのじゃあねえのか」

「うむ」

山南が首肯《うなず》いた。

「慥《たし》かにそれはそうでしょう。建前は別にして、幕閣に於いて清河八郎は失脚したに等しいことになる。しかし何処で抜けようが浪士組を抜ければただの浪士となるだけだ。元の木阿弥というなら一緒ではないか」

「だからよ。そこで――」

芹沢を担ぐんだと歳三は言った。

「どうやって担ぐのだ」

「煽《おだ》てりゃ乗るよ」

莫迦なのだ。

「清河組から芹沢組になるんだと言えばいいのよ」

「いや、土方さん。そう簡単なものではないだろう。そんなもの幕府が認めるか」

認めさせるんだよ、あの莫迦野郎を使ってなと歳三は言った。

「俺達は長屋暮らしの使用人扱いだからな。そういうことはお偉い芹沢先生に頼めばいい」

「頼むって――」

「芹沢は、会津に顔が利くんだそうだぞ」

多分、見栄である。

小者《こもの》か若党に知り合いがいる程度だと思う。

それでも、そう嘯《うそぶ》いていたことは事実だ。

「会津か――」

「そうか。会津か。先年設けられた京都守護職に就かれたのは、松平肥後守《ひごのかみ》――でしたね」

山南は己が頸《くび》の後ろを撫でた。

「しかし、そう上手く行くものだろうか。容保《かたもり》公はご病身で、守護職拝命を再三固辞されたと聞くが」

「ただ、手が足りぬという話は聞いている」

永倉が言った。

「まあ、不逞浪士の取り締まりだけではないからな。この京の町はそちこちがきな臭い。端《はた》から眺めているだけでそれは判る。それに、御家門を藩主に戴く会津は親幕の藩、将軍守護を是とする藩だ。清河のようなことにはなるまい」

どうかなあと近藤が首を捻《ひね》る。

「まあ。そこは芹沢に任しゃいいんだよ」

駄目なら駄目で打つ手はあるだろう。少なくとも清河を屠《ほふ》るなどという悪手よりはずっとましである。

「慥《たし》かに京都守護職の預かりになれば幕臣にはなれるだろう。だが、もしも上手くことが運んだとしても——だ。その運びでは、あの芹沢を上に戴くことになるぞ。いいのか歳」

「斬りゃいいじゃねえか」

そう言った。

歳三はそのつもりだ。

「斬る——のか」

「斬るなら清河じゃねえ。芹沢だろうよ。ただ」

使うだけ使ってから斬る。

それだけだ。

歳三が入り口の方を見ると。

沖田が微笑《ほほえ》んでいた。

胸糞が悪い。

歳三は今でも、この薄汚い鼠の顔を見ると吐《は》き気がする。何よりこの男の笑顔が嫌いだ。見透かしたような、卑屈な笑みを目にする度、唾《つば》を吐《は》き掛けたくなる。

沖田総司《そうじ》。

もう誰も宗治郎《そうじろう》とは呼ばず、自らもそう名乗っている。字も変えたらしい。

こいつは――。

多分、本当に歳三の腹中を見透かして笑っているに違いない。

歳三が沖田を厭《いと》うのは、思うにこの唾棄すべき人外《にんがい》が己《じぶん》と歳三は同じだと考えているからである。それは違う。歳三と沖田は全く違う。ただ、歳三の腹の中は多分沖田に見透かされた通りなのだ。だから――歳三は沖田が嫌いなのである。

歳三があれこれと見苦しい画策をしているのは国のためでも仲間のためでもない。況《いわ》んや忠義のためでもない。攘夷も幕府も関係がない。

歳三は偏《ひとえ》に。

人殺しをするために考えを巡らせているだけだ。得体の知れぬ女が呉れた、この能《よ》く切れる刀で、何人も人を斬る、そのためだけに歳三は考えを巡らせ、人を使い、足場を固めようとしているのだ。浅ましい限りである。

唾棄されるべきなのは他でもない歳三《おのれ》の方だろう。

「芹沢さんは強いだろう」

近藤がいきなりそう言った。

そういう問題ではありませんよ近藤先生と山南が言う。

「土方さん。あなたは簡単にそんなことを言うが、もしもことが上手く運んだとしても、ですよ。その時は芹沢は我等《ら》を束ねる上役となるのだろう。そうならなかったとしても、我等には芹沢を斬る理由がないだろう」

「あるよ」

「何処に」

「いつか永倉が言っていたが、俺達は横並びだ。主従関係にはねえ。今の処はそれでいいと思うが、芹沢はそうじゃあねえ。俺はな、あの本庄の宿で、あんたに頭ァ下げろと言ったよな、近藤さん」

そうだったなと近藤が小声で答える。

「あんたは頭を下げた。百姓のように下げた。下げさせたのはこの俺だ。あんたは侍になった。侍大将になるつもりだろう。それなのに、俺はあの莫迦を、あんたの上に置いた」

「まあ、あの場は」

「あの場もこの場もねえ。あいつは一度自分に頭を下げた者ァずっと格下にしか見ねえ男だ。あの火の中であんたが下げなくてもいい頭を下げてるのを見た時、俺は芹沢鴨を斬ると決めた。」

「何だと」

「頭下げさせたのは俺なんだよ」

「しかし歳さんよ、儂《わし》が頭を下げたな、方便だ。あんたもそんなことを言ってた筈だぞ。あのままじゃ宿場が焼けていたかもしれんし、そうなれば」

浪士組が京に入ることはなかっただろう。

いや、浪士組という座組《ざぐみ》自体が反故《ほご》にされていた筈だ。

それでは――。

「いや。これから先、あんたに頭ァ下げさせねえよ」

そう。

歳三が本当に担ぐのは、芹沢などではない。あんな莫迦はどうでもいい。歳三が担ぐのは――。

近藤勇である。

近藤は神輿《みこし》だ。

神輿を高く上げる。上げれば上げる程、歳三は動き易くなる。

近藤を押し上げることで歳三は――。

戸口を見る。

沖田がにや付いている。

そう、近藤を持ち上げ、頭上に押し戴くことで、歳三は。

――人を殺そうとしている。

まあどうでもいいぜと歳三は言って、腰を上げた。

「山南さん、あんたァ侍だ。学もある。先行き間違えねえように能《よ》く考えてくれ。特に――間抜けが踊らねえように頼むぜ」

歳三は藤堂を横目で見た。

「それは勿論だが――」

何処に行くと近藤が問うた。

「この長屋は狭《せめ》えからな。息苦しいぜ。精進落としだよ」

それだけ言って、歳三は戸口に向かった。戸を潜る際に。

中の連中から見えぬよう歳三は沖田の襟首を摑《つか》んで引き出し、戸を閉めた。戸に押し付ける。

「流石《さすが》だな。土方さん」

沖田は頰を歪《ゆが》めて笑った。その攣《つ》った頰を、歳三は思い切り殴った。

沖田は頰を押さえて蹲《うずくま》った。

踵《きびす》を返して外に出る。

行く当てもなかったが、連中の顔を見ていたくなかった。

その夜、歳三は八木家には帰らなかった。

野宿は慣れている。

山南の予測通り――というよりも歳三の読み通り、浪士組帰府の下知が届いたのはそれから三日後、三月三日のことだった。

その間、清河は浪士組を引き連れての御所拝観をする腹積もりだったようだが、それは実現しなかった。

芹沢は自分が反対したのだと吹聴したが、そんな訳はないと歳三は思う。

それにしても清河は、幾ら何でも遣り過ぎである。そこまで遣って他の取締役達が見過ごす訳もないだろう。歳三達の読み通りなら上表文の件は既に幕閣の耳に届いている。将軍上洛を目前にして、そんな目立つ振る舞いを許す訳にも行くまい。鵜殿らが阻止したのに違いない。

そんな危ない状況下ではあったのだけれど、では壬生に留まっている浪士組の面面が皆、緊迫した状態にあったのかと問えば、答えは否《いな》と言うよりない。勤王だ佐幕だという議論が交わされていた訳でもない。

元よりただの寄せ集め、清河がどれほど高邁な思想を語ろうと、届かぬ者には届かぬのだ。どれだけ横車を押そうとも、そもそも車に乗っていない。これは暖簾《のれん》に腕押しのようなものであろう。

勿論、中には山南や藤堂のような者もいる。

しかしそれは少数派でしかなかった。

寧《むし》ろ、清河の寝返りを受けて浪士組の箍《たが》は緩んだように思えた。このまま何もなければ遠からず底も抜けるだろうと歳三は思った。

上洛後、僅か十日程でこの為体《ていたらく》である。そんな輩《やから》を幾ら束ねたところで、攘夷だの警護だのが叶う訳もない。所詮は烏合の衆でしかなかったということだろう。

こうした有様は簡単に予測出来たことだったのだけれど、歳三はそれでも多少は呆れたものである。当然乍《なが》ら、先行きに対して見通しを立てていた者も少なかったのだろうと思う。

そこに突然の上意である。

これでは幾ら腑抜け揃いでも動揺はするだろう。

散散引き回された揚げ句に雇い主を討てと言わんばかりの高説を垂れられ、何もせぬうちに帰れというのであるから、まあ無茶な話ではあるだろう。

帰府の理由は江戸の治安警護、攘夷活動のため——ということであったようだ。

帰府令の翌日、将軍が上洛した。

そもそも将軍警護のために京までやって来た者どもに対し、入れ違いに戻れというのであるから、これは誰が聞いてもおかしな話ではあるのだ。

「矢張り江戸に戻れという話じゃったの」

左之助が言う。

大喰らいの死に損ねは、どこで調達して来たのか、蒸かし芋を頬張っている。

長屋の中には所在なげな永倉と源三郎が暇を持て余している。

奥では近藤が肘を枕に横たわっていた。

歳三は戸口の前に座っている。

戸口には木箱が積んである。

江戸から、武具が届いたのだ。送り状には試衛館とあったが、歳三の義兄や近藤の実家が揃えてくれたものだろう。

「幕府方はあの上表文とやらを読んでおるのかのう。山南さんの話に依《よ》れば、あからさまに倒幕と書かれてこそおらんが、将軍家を蔑《ないがし》ろにするような書き振《ぶ》りじゃと聞いたが」

そうなのだろうと永倉が答える。

「新徳寺の演説を聞いただろう。清河八郎は、浪士組は尊王の名の下《もと》に攘夷を断行するのだと力説しておったが、幕府を佐《たす》けるとは一言も口にしなかったではないか。寧《むし》ろ幕府方とは離れて活動するようなことを言っていたではないか。もし誰か事情を知らぬ者が聞いていたなら、勤王浪士の集会とでも思うただろう。あれは、倒幕という言葉を使わなかっただけだ」

「なら、当然処罰されるかと思うたがのう。土方さんは平気じゃと言うとったし、山南さんもそんなことを言うておったが、気が気ではなかったぞな。俺達は名を連ねておる」

「幕府にも体面があるンだろ」

源三郎が惚《とぼ》けた声で言った。

「鳴り物入りで集めておいて、悉《ことごと》く裏切りましたじゃ話にならんて。清河にしたって一旦は信用したんじゃからな」

「まあのう。つまりは、お偉方も人を見る目がなかったちゅうことじゃ。さて、どうするぞな」

「当然、不承知ということになる相談だが——その旨、誰にどう伝えるのだ。土方さん、どう思う」

「ああ」

永倉の問いに、歳三は生返事をした。

歳三は箱の中味を確認している。鉢金《はちがね》だけの兜《かぶと》に、胴。これは人数分ある。元元道場にあった槍や刀なども入っていた。

「おい土方さん。そんなもの、役に立たなくなるかもしれぬぞ。場合に依ってはまた送り返さなくてはならぬ」

「これは、此処以外に使う場所のねえもんだよ」

兜を手に取る。

これを被るために、歳三は月代《さかやき》を剃《す》った。既に半端に伸び始めているのだが。

目を遣ると永倉が歳三を訝《いぶか》しそうに見ている。相変わらず胸の裡《うち》が知れぬ男だ。歳三は腰を上げて、横たわっている近藤の前に移動した。

「近藤さんよ」

「おう」

「果報は寝て待ての体《てい》かよ」

「まあな。考えておる」

無駄だ。

「あんた強くなりてえのだろ」

「何だと」

「そして、偉くなるのじゃなかったか」

何だいきなりと言って近藤は半身を起こした。

「江戸を出てからこっち、怠《なま》ってやしねえか。せめて棒でも振ったらどうだよ」

「それは、お前」

「あんたァ童《ガキ》の時分から莫迦みてえに棒振るだけが取り柄だったのじゃねえのか。あんたの好きな清正《きよまさ》はすることがねえと寝てるような男だったのかよ」

「うむ」

近藤は億劫《おっくう》そうに起き上がる。

「まあ、歳さんの言う通りかもしれん。だが、落ち着かなくてな」

「殺されるぜ」

そう言った。

「何故だよ」

「今、俺達は何でもねえ、ただの寄せ集めだ。だがな、近藤さん。厭でももうすぐ立ち位置は決まるぜ」

「立ち位置――だと」

「おう。清河と決別するってことは幕府方に付くと強く表明するということだ。それはな、殊更強く知らしめなくちゃなるめえよ。俺達は、清河と共に江戸に戻れという上意に背こうとしてるんだぜ」

「そうだが」

「だが、これは上意に背くのじゃねえ、清河と一緒にされちゃ堪らねえと申し出るってことだ。そりゃつまり、倒幕派の連中と敵対することを天下に表明するということになるんだろうよ」

この町には。

討幕を目論む者は掃《は》いて捨てる程いる。そんな場所で強く佐幕派を標榜《ひょうぼう》するなら。

殺し合いになる。

そう。ただの殺し合いだ。

どちらが正しいのか、いずれの道を進むべきなのか、それは歳三には判らない。正しいと思い込めればそれで良いのかもしれないが、愚鈍でない限りそれは難しいことだ。

歳三も考えなかった訳ではない。寧《むし》ろ深く考えたのだ。

それでも、どちらかを選ぶことは難しかった。

歳三は武士ではない。かといって百姓でもない。歳三は幕府から恩恵を受けている訳でも、利を得ている訳でもないのである。一方で幕府に迫害されている訳でも、搾取されている訳でもなかった。歳三は、そういう身分だったのである。そしてそういう処から眺めるならば、勤王にも佐幕にも大きな差はなかった。

今の政《まつりごと》の行く末が袋小路であることは歳三にも判る。

だが、ならば倒してしまえ、壊してしまえというのは短絡である。天辺《てっぺん》の首をすげ替えれば良くなるという保証もない。外側から眺めれば、ただの権力争いにしか見えない。そこには、忠も義もなかった。

ただ一つ――そんなどうでもいいことに大勢が半端に関わることで、世の中が歪んでしまっていることだけは間違いなかった。互いに己が正しいと信じ込み、罵《のの》り合い憎み合い、そして殺し合う。

間違っている。

狂っている。

人殺しが許される世の中などあるべきではない。

でも。

そう——なってしまっている。

歳三は何日か前に浪士を斬り殺した。隠してはいない。

だが何の咎めもなかった。

人人の口の端にも上らなかった。

間違っている。

狂っている。

そして、そうした間違った、狂った場所こそが、歳三のような者の居場所なのだろう。他所で生きるのは難しい。そう思う。

ただ。

「あんたに死なれちゃ困るんだよ」

歳三はそう言った。

近藤はその狂った場所に歳三が居続けるために必要な看板なのである。

「永倉も原田も、最前よりどうするかどうするか言ってるがな、どうかなった後のことを考えろ。てめえらは頭使うのが役目じゃねえ。どうするかは山南辺りが考えるだろうよ。そんな様《ざま》じゃあどうかなった後、直《す》ぐにも斬られて終《しめ》えだぞ」

永倉は一瞬にして考えを巡らせたらしく、素早く居住まいを改めた。

左之助はまだ芋を喰っている。

「得物の手入れくらいはしておけ」

そう言った。

近藤も愛刀を引き寄せた。

紛《まが》い物の虎徹《こてつ》である。

そこに、藤堂を連れた山南が戻って来た。

戻って来たといっても何処に行っていたのか歳三は知らない。

山南は土方さん、と呼んだ。

「どうも、我我はやや読み違いをしていたのかもしれない」

「何を読み損ねた」

「清河は――喜んでおるようだ」

何でじゃと左之助が言った。

芋が閊《つか》えたらしく、大喰らいは噎《む》せた。

「将軍不在の御府内に戻れば、浪士組を使って好き勝手が出来ると――どうもそういうことであるらしい」

「莫迦だな」

そう思いますかと山南は尋《き》く。

「てめえの足許が見えてねえようだな。潮時じゃねえのかい」

「そう思います。そんな話が漏れ聞こえて来るというのは、それだけ脇が甘いということでしょう。清河は即日出立の意思を示したらしいが、流石《さすが》に浪士どもからも疑義や不平が頻出しているようで、鵜殿様もそれは無視出来ず、ある程度日延べをする指示を出されたようだが」

「なら今だろ。今こそ筋を通すべきだという話じゃねえのかい」

「ええ。この間の話だと、ここで芹沢鴨を使う――ということですね」

「そうだな」

担ぎ出すなら今だろう。

歳三は近藤を顧みた。

「よし。儂が話す」

近藤は重い腰を上げ、虎徹を摑むと、芹沢さんは母屋におるかと誰にともなく問うた。

「今日も朝から呑んでおる」

と、源三郎が応えた。

「今朝な、酒持った新見《しんみ》がやって来よった。俺はあの男は好かん」

新見錦《にしき》は芹沢《せりざわ》の側近であるが、壬生での宿割は別になっている。惿《たし》か中村《なかむら》という郷士の家が割り当てられている筈だ。

今の言葉通り、源三郎は新見を嫌っている。歳三郎は道中新見と同じ隊だったようだが、そこでいざこざがあったのかもしれない。何があったか歳三は知らない。

「出来上がっておるかな」

近藤は、大きな口をへの字に結んだ。

「しかし早い方が良かろう」

こうなった以上はそう思いますと山南は答えた。

「まあいい。あの赤鬼はいつも酔《よ》うておるようなものだ」

そう言うと近藤は山南と藤堂を避けて、母屋の方に向かった。

大丈夫かのうと源三郎が言う。

「平気じゃろ。どうする気なのかは知らんが、近藤先生があゝいう顔をしておる時は大概平気ぞな。で、どうするのかな」

芋喰ってる場合じゃねえだろよと歳三は言う。

「沖田の小僧は何処だ」

「さてのう」

歳三は喚《よ》んでこいと言って左之助の尻を蹴った。

「何じゃい。あんな奴のことは知らんぞ」

捜して直ぐに連れて来いと歳三は言った。芋の尻尾を銜《くわ》えた左之助は不承不承立ち上がった。左之助がそのまま出て行こうとするので、歳三は廁《かわや》にでも行くのかてめえはと一喝してやった。それから置き放しだった差し料を取って渡す。

「弛《たる》んでんだよ」

「おう。すまん」

左之助は素直に刀を受け取って出て行った。

あの沖田のことである。用がないならろくなことをしていない筈だ。獣でも見付けて殺しているか、下手をすれば人を斬っている。

そういう男だ。

他の者は気付いていないが、沖田は京までの道中でも、犬猫を見付ける度にこっそり殺していたのだ。

楽しそうに。

「行くなら全員揃ってだろ」

歳三が言うと、その方が宜《よろ》しいでしょうねと山南は答えた。

「この顔触れなのだと、きちんと表明した方がいい。まだ誰も正式には申し出ておらんようですからね」

「おい」

何を始めるんだと永倉が問う。

「どうも話が見えぬ。先程の近藤さんの態度を見るに、近藤さんは既に諒解《りょうかい》されていることとなのだな。しかし芹沢なんかを引っ張り出して、どうしようというのか。また——切り込みか。清河を斬るか」

永倉は藤堂を睨《にら》み付けた。

「あんたまで寝惚《ねぼ》けたことを言うんじゃねえよ」

歳三の言葉を山南が継いだ。

「浪士組取締に対し、正式に脱退を申し出るのですよ」

「江戸を出る前《めえ》からそういう話だっただろ。忘れたのかよ永倉。今が正《まさ》にその時機だということだよ」

永倉は相変わらず本音の覗けぬ貌《かお》のまま、オウと言った。

「それは――」

「離反――するか」

い、いや、清河と離反するのですと山南は言い直した。

「我等《ら》は所期の目的を果たす。これは離反ではなく分派ですよ。そして、あくまでこちらが正当と強弁《きょうべん》しなければならない、そのための」

芹沢鴨だ。

強談判《こわだんぱん》にはお誂《あつら》え向きである。

四半刻もせず、近藤は戻った。

近藤は戸を顔が見えるだけ開け、

「出ろ」

と言った。山南、藤堂、永倉、井上の順で出て、歳三は最後だった。

長屋の前に並ぶ。

近藤の背後には、赭《あか》ら顔の巨漢がいた。近藤は左に退《よ》けた。

「芹沢先生にもご賛同戴いた。これより――」

近藤は見回し、原田と沖田がいないことを確認した。

「揃い次第新徳寺に行く」

山南は、一度歳三の顔を横目で見て、それからそそくさと芹沢の前に出ると有り難《がと》うございますと頭を下げた。

「いや、礼には及ばぬ。当たり前のことじゃ」

芹沢は鉄扇で山南の肩を突《つっ》いた。

背後には新見、平山、野口、そして平間が揃っていた。

そこに沖田を伴った左之助が戻った。左之助は戸口に芹沢が仁王立ちになっているのを見て一瞬たじろいだが、一同が神妙な顔をして並んでいるのを目にすると、姿勢を正して一礼した。

よいよいと芹沢は言った。

「揃うたのか」

揃いましたと近藤が答えた。

「揃うたのなら、皆の前で確認しておくがな、近藤。先《ま》ず、我等《ら》は、清河の言い分には賛同出来ぬ、またこの度の召還には応じ兼ねる――」

そういうことだな近藤、と芹沢は傲岸不遜《ごうがんふそん》に言った。酔っているのかどうかは判らない。元よりこういう男である。

近藤は左様ですと答えた。

「その上で——家茂《いえもち》公のご上洛を受け、我等本来の責務であった将軍守護の職をば全うするために——」

分隊ですと近藤が小声で言う。

「そう、組を分けるのだな。つまりこういうことだろう。裏切り者の清河隊は尻尾を巻いて江戸に逃げ帰れば良い、正しき芹沢隊は、この京の地に残って上様に尽くすぞと、まあ、そういうことでいいな」

永倉が顔を顰《しか》めて歳三を見た。

永倉にとって芹沢隊という呼称は納得出来るものではあるまい。

永倉は、人の下に付くことを嫌う性質なのである。況《ま》して芹沢如きの配下と明言されてしまうのは不本意以外の何ものでもあるまい。

しかし近藤と山南は、左様ですと異口同音に言った。

永倉はその声を耳にするとまた無表情に戻り、今度は芹沢を凝眸《ぎょうぼう》した。

近藤は慇懃無礼《いんぎんぶれい》な態度で続けた。

「意思表明はしていないものの、同じ想いの同志も多い筈です。芹沢先生が声を上げれば、他の賛同者も付いて来るでしょう」

一番名乗りかと芹沢は笑った。

「何ごとも一番はいいわ。のう、新見君」

「実《まこと》に。清河の如き戯《おど》け者に上を取られていたままでは、芹沢先生の鉄扇が泣きます。あのような者の甘言に躍らされ、黙して後塵《こうじん》を拝すなど、笑止千万。今後は清河に代わり――」

それは心得違いだ新見さんと近藤が言った。

「な、何故《なにゆえ》に」

新見が目を剝く。

「芹沢先生と清河などを比するのは、そもそも失礼ですぞ。清河などは所詮は口先だけの酒屋の倅《せがれ》。幕臣の末席を汚すだけの小物。浪士組の取締筆頭は、鵜殿鳩翁様でございます。帰府にあたっては鵜殿様も江戸に戻られるのであろう。芹沢先生にはその跡を取って戴くのですぞ。謂《い》わば将軍直属」

能《よ》く言った近藤と芹沢は肉厚の顔を綻《ほころ》ばせた。

「百姓の出の割には目先が利く。そういうことだよ新見君。では、参ろうかな」

新見は近藤を睨《にら》み付けた。

芹沢の横に近藤が並んで歩き出した。更に新見と平間、野口と平山が続いた。山南と藤堂が並び、残りはその後を追った。

自然に隊列めいたものが形成されたが、山南と藤堂の後ろはやや開いていた。源三郎と沖田、左之助と永倉が並び、歳三は最後に付いた。

「近藤先生はどうしたぞな」

左之助が小声で言う。

「長いこと一緒におるが、あんなに弁舌が立つとは知らなかったぞな。あれなら芹沢は要らんのと違うかい」

「莫迦」

歳三が言う。

「看板を盾に出来るかよ」

盾かねと言って左之助は小鼻を膨らませた。

実際のところ、歳三も多少意外には思ったのだ。近藤は歳三が思っていた以上に処世を心得ている。牛の如く言葉足らずの童《ガキ》だった、あの勝太《かった》ではない。

気に入らないと永倉が言った。

「土方さん。あんた、この前も近藤さんに頭は下げさせないと言ったな。だが、此《こ》度《たび》のこれは媚《こ》び諂《へつら》い頭を下げて頼んだ結果ではないのか。それでは鮒《ふな》の糞のように芹沢の尻にくっ付いている連中と同じではないか」

「違うよ」

それは違う。

どう違うと永倉は言う。聞こえるぞなと左之助が止《と》める。

「見ろよ」

歳三は示す。

「近藤さんは頭なんか下げちゃあいねえよ。ことある毎《ごと》に頭ァ下げずとも、あの大将にとっちゃ一度下に見たもんは、ずっと下扱いだからな。なら別に媚びることも諂うこともねえさ。下に付いたまま、堂堂と胸張って、頭あ上げりゃいいんだよ」

「いや、だが」

「勿論」

頭の上にはアレが載っかってると歳三は言った。

「近藤さんが上がれば上がる程、あいつも上がるんだ。上がって文句を言う奴じゃあねえさ。腰巾着の連中はそこが判ってねえ」

だから。

新見も、平間も野口も平山も――連中は芹沢の子分に過ぎない。

だが近藤は子分ではない。下に見られているというだけである。

その証拠に近藤は今、芹沢と肩を並べて歩いている。

平素の近藤勇らしからぬ先程の抗弁も、芹沢を上げつつ、新見以下の連中とは差を付けておくためにした、近藤一流の牽制であろう。

「近藤さんが上がるってことは横並びの俺達だって一緒に上がるってことなんだよ永倉。ただな、いずれにしろ看板は要るんだ。近藤勇は、俺達の看板役を買って出てくれたということだ」

そう思えと歳三は言った。

「それは諒解している。しかしその近藤さんの上に奴がいるのは」

今だけだよと歳三は言う。

永倉は振り向いた。

「土方さん、あんた」

「今だけだ」

歳三は繰り返した。

先頭が門前に着く。芹沢が表を掃いていた小僧を怒鳴り付け、やがて幾人かの僧が現れて、一行を中へと導いた。

しんがりの歳三が門を潜《くぐ》る。

その時。

歳三は何かの匂いを嗅ぎ取った。

通りを挟んだ桜の樹の下。

いいや、けだものの匂いだ。

浪士が一人立っていた。痩《や》せぎすの、三白眼の男が凝乎《じっ》と歳三を見詰めている。浪士組の一人だろうか。見た顔だ。

歳三は見返すことをせず、そのまま境内に入った。

本堂に通された。

清河が尊王攘夷の大演説をぶった場所である。

芹沢が本尊と向き合うように陣取り、その後ろに近藤、新見が座った。

平間ら三人は横に付けずに、その後ろに並んで座った。沖田は何の衒《てら》いもなく、その三人の隣に落ち着いた。この小僧には、物怖《ものお》じも何もない。

歳三は無言で山南を促す。

山南は躊躇《ためら》った後、芹沢派の三人を沖田と挟むようにして座った。

残りは最後列に落ち着いた。

暫くは誰も姿を見せなかった。

やがて姿を現したのは、清河八郎ただ一人だった。

「何ごとか」

「鵜殿様は」

「鵜殿様はお忙しい。お上に随行された方方と——」

貴殿では話になりませぬなと芹沢は胴間声《どうまごえ》を発した。

「な、何を申すか」

末成《うらな》りの冬瓜《とうがん》のような男だと歳三は思う。

「浪士組に帰府の要請ありという触れが出たことは承知しておる。貴殿はそれを承知され、一日も早く江戸に戻るため浪士一同に支度せよと仰せのようだが」

「上意を容《い》れるは当然」

「何故《なにゆえ》の上意であるか。お上のご意志であるならば、何故に取締筆頭よりのお達しがないか。真《まこと》の上意であるなら浪士組を一堂に集め説明し、即刻引き上げとなる筈ではないのか」

貴殿は一体何をしておられるのかと芹沢は怒鳴った。

「な」

清河は息を呑んだ。

芹沢は無頼である。気圧《けお》されたら負けなのだ。負けたら理屈は通じない。

「生麦《なまむぎ》の事件は其許《そこもと》も知っておられよう。英国はあれ以来、理不尽なる強談判を続け軍艦を差し向けるとまで言い出しておる。夷狄《いてき》を討ち払うが我等《ら》浪士組が御役目であるならば、ここは取って返して横浜村に出向き、打って出るしかあるまい。それが攘夷の急先鋒としての」

「攘夷結構。だが我等が御役目は将軍警護。我等は上様をお護りするために此処におるのだッ」

芹沢は床を鉄扇で叩いた。

「上様が横浜村にお出向きになられるのであれば喜んで随行致そう。その上様は今日只今《ただいま》、何処《いずこ》に御座《おわ》すかッ。江戸かッ。横浜村かッ。違うッ」

二条《にじょう》のお城じゃと芹沢は寺中に届く程の大声で言った。

奥にいる他の取締に向けて言っているのだ。

「いや、であるから急務を」

黙らっしゃいと芹沢は怒鳴る。

「お上の御身をお護りすることを上回る急務などあろうか。将軍ご上洛の一報を受けて、諸侯が陸続とこの京に入っておることは貴殿も当然ご存じであろうが。毛利《もうり》も入洛、島津《しまづ》も向こうておる。都は討幕派の輩で充ち満ちておりますぞ。仮令《たとい》夷狄を討ち払《はろ》うても、お上の御身に何かあったなら元も子もないではないか」

「いや」

いやではないわと芹沢は片膝《かたひざ》を立て、鐺《こじり》で床を突いた。相手に喋らせないのが芹沢の交渉術なのだろう。

「貴殿は、二言目には尊王だ攘夷だと囂《かまびす》しいが、其許の献上した上表文に対し、天子様は何か仰せになったか」

「畏れ多くも御歌を――」

「御歌を賜ったは有り難《がた》きことであろう。だがそれで、天子様は我等に何をせよと仰せになられたのか。天朝よりのご沙汰はいまだに何もないではないか。それで帰れと言われても承知は出来ぬぞ。本当に上意なのか。貴殿の一存ではござらんのか」

「何を莫迦なことを」

「莫迦とは何か。だからこそこうしてお伺いに来ておるのだ」

浪士組引き揚げは真に上意かと芹沢は更に声を上げた。

「貴殿は信用出来ぬ」

「な、何を、拙者はこうして」

清河は首から提げた嚢《ふくろ》を握った。

「ならば何故《なにゆえ》、他の取締の方方がこの場におらぬのだ。先日の集会に於いても貴殿以外のお歴歴は顔を出されなかったではないか。もしや貴殿、尊王の名の下に我等《ら》を利用し、お上に弓引くつもりではないのか」

「く、繰り言もいい加減にせい。尊王はこの国の民として当然のことである。幕臣として帝を敬い、夷狄を討ち払わんと――」

「能書きは聞き飽きたと申しておるが判らぬか。それは建前でござろう清河氏。浪士組二百余名のうち、貴殿の弁舌に同意し士気を上げた者が何名おろうか。皆一様に当惑してござるぞ。それも、貴殿の言葉の端端に倒幕の意が汲めたからに相違ござらぬわ。貴殿の真意が那辺《なへん》にあるかを幕閣もお見通しなのでござろう。だからこその帰府令ではないのか。江戸へ戻れと謂うは、貴殿への上意ではないのかッ」

「黙れ黙れッ」

清河は刀に手を掛けた。

歳三は可笑《おか》しくなった。

今、刀に手を掛け額に筋を立てて憤慨している清河は、元元武士ではないという。それを煽っている芹沢も、まともな侍ではない。歳三は武家の出ではないと踏んでいる。芹沢の後ろで踏ん反《ぞ》り返っている近藤もまた、百姓上がりだ。野口だの平山にしても、出自は怪しいものである。

歳三も百姓だ。いや、百姓ですらなかった。

出自に目を瞑《つぶ》ったところで、此処にいる全員が主君を持たぬ、誰にも仕えていない浪士であることに違いはない。幕府に雇われたとはいうものの、名前からして浪士組なのだから浪士であることは確実である。

浪士とは、武士の役目が果たせない武士である。それが。

寄って集《たか》って天下国家を論じているのだ。尊王だ攘夷だ、将軍だ帝だと口角泡を飛ばして主張しあっているのだ。

滑稽《こっけい》だ。

真剣ではあるのだろう。精一杯武士の役を演じているのだ。

それでも、この者どもに天下を変えることなどは出来ない。

これは、侍ごっこだ。

——いや。

凡《すべ》てがそうか。

誰もが皆、役を演じているだけではあるのだろう。

芹沢はもう一度床を突いた。

「清河氏。それでは伺うが、貴殿はお上《かみ》にご拝謁を願い出たのか」

「何だと」

「いや、身分低く謀反人の疑いさえある貴殿如きのお目通りが叶うとは拙者も思いはせぬ。思いはせぬが、貴殿は上様よりお墨付きを賜り、そのご警護の名目で二百余名を召し抱え、大枚を叩《はた》いてこの京の地まで連れて来た身であろう。それが、上様ご上洛とあっても拝謁さえ願い出ぬというのはどういうことか。一体どうやってお護りするつもりであったのか」

「そのようなことは貴殿が如き一介の浪士が案ずることでは——」

「拙者ならば」

芹沢の声は本堂中に響く。

「今すぐにでも二条の城に赴き、ご拝謁が叶わずとも周辺の警護を致すわ。それが当たり前ではないかッ」

——煩瑣《うるせ》え。

怒声である。

歳三は顔を背けた。

その気がないからであろうと芹沢は益々《ますます》声を張り上げる。

「貴殿が学習院《がくしゅういん》に上表文を奉じられたのは、我等《ら》が到着した翌日のことではなかったかな。その折は筆の速きに感心したが、此度《こたび》はどうじゃ。上様がご到着なされて幾日過ぎておる。貴殿は何をされた。何も出来ぬか。ご到着の前日に引き揚げの令が出されておるからか。実《まこと》、尽忠報国の志あるならば、そのような下知を受くるは屈辱ではないか。上意と雖《いえど》も貴殿の配下にある二百余名のため、異を唱えるが組を束ねる者の役目ではないのか。それがどうじゃ」

清河は震えている。

怒っているのだ。多分、この男に人を騙す気などはないのだ。分不相応なことを考え、分不相応なことを仕出かす——その才覚だけはあるのだろう。

しかし、何を考え、何を仕出かしたところで——。

それは常に、この男の身の丈に合わぬものとはなるだろう。

そこに無理が生じる。無理を埋めるのは虚勢である。

清河は、真面目に考えてもいるのだろう。ただ、その理想を実現するためには、恐ろしく多くの虚勢を張ることになる。

芹沢にそんなものはない。ただ弄《もてあそ》んでいるだけのようだった。

どうじゃどうじゃと芹沢は煽《あお》る。

「貴殿は幕府に見限られておるのではないのか。ならば行動を共にすることなど出来ぬわ。我等《ら》一同は、お上のお役に立つためならば命を抛《なげう》つつもりでこの地に赴いたのであるぞ」

「せ、芹沢氏。黙っておれば、次から次へと益体《やくたい》もないことを並べ立ておって。愚弄するにも程があろう」

「抜くか」

芹沢は鉄扇を翳《かざ》した。

「幕府に忠を尽くすと申し上げている我等に刃を翳すか。されば倒幕の意志ありと取られても致し方なし」

「何をッ」

──使う。

多分、芹沢は敵わない。清河は、剣の腕だけは確かなようだ。

清河が抜く前に。

何ごとかという響く声が鳴った。

――山岡か。

山岡鉄太郎が廊下に立っていた。

巨《おお》きな男である。

「何を騒いでおられる清河殿」

「騒いでおるのは私ではない」

「ならばその手を収められよ」

山岡は強い口調で言った。

清河は何か大きなものでも呑み込むようにして手を放した。

一方芹沢は――笑った。

「おう、これは山岡氏。恍《とぼ》けられては困る。奥におられたのなら、聞こえておったであろうよ」

芹沢は脚を崩して座り直した。

「其許《そこもと》か――」

山岡は鼻の上に皺《しわ》を寄せた。

「それもご承知の筈じゃがな。拙者は大声で名乗りましたぞ。浪士組を代表して芹沢鴨が参ったと。尽忠報国の徒たるこの芹沢が参上致しました——とな」

山岡は大きな溜め息を吐《つ》いた。

山岡は本庄《ほんじょう》の宿の一件でも芹沢のとばっちりを喰っている。

「浪士隊帰府のお達しは、慥《たし》かに出されておる。江戸に戻り夷狄《いてき》の動きに備えよというのも、幕府からのお達しである。清河殿が仰せになったことは——正しい」

「それでは我等《ら》はこの京の都に、花見をしに来たということですかな。有り難《がた》いことですな。今年は遅咲きであったから、見事でござった」

「そうではないが、情勢は刻一刻と変わっておるのだ」

「これはまた、英傑として名高い山岡殿のお言葉とも思えませぬな。我等一同、そんなことは改めて言われずとも重重承知しておる。その変わる情勢に鑑《かんが》みて、我等はこうしてお伺いを立てに来ておるのですぞ。そう、尋《き》いておるのだ。我等を京まで連れて参ったのは、お役目があったからでござろう。そして、それを上回る急務が出来たのであれば、何故《なにゆえ》きちんと説明が為されぬのでござるか。何故にだらだらと引き伸ばしておる」

「調整をしておるのだ」

「取締のお歴歴で、各々《おのおの》お考えが違う、ということであろうか。それは困り申したのう。何かと言えば口を利くのは其処の清河氏ただ一人。我等は清河氏のために集まった訳ではない。是非とも他の取締役様のご意見を伺いたいものじゃのう」

「い――」

意見は同じだと山岡は言った。

「上意に従うのみ」

左様かと言って、芹沢は腰を浮かせた。

「それではこれより、我等は二条のお城へと赴き、板倉周防守様にお目通りを願い出ることと致す。上表文の件もござるしな」

「そんな無法が罷《まか》り通るかッ」

無法はどちらじゃと芹沢は怒号を上げた。

「山岡殿。拙者は貴殿の顔を立てて穏便に話しておるのだ。其処の清河などはまるで信用しておらん。浪士組が皆、その男の詭弁《きべん》に誑《たぶら》かされたと思うたら大間違いであるぞ。我等は大いに疑《うたご》うておる。もし清河八郎に僅かでも倒幕の意志があるならば、そんな者には従えませぬからな」

「待て、待て芹沢。口を慎め。選《よ》りに選って、と、倒幕などと」

「違いましょうや」

「当たり前だ。清河殿に倒幕の意志などない。あれば、この山岡も連座して責めを問われよう」

「ほう。ならば——近近問われることになりはしませぬかな」

「何をッ」

参ろうと言って芹沢は立ち上がった。

「ことを荒立てずに済まそうと思うておったのだが、これでは埒《らち》が明かぬわ。板倉様に——いいや上様にご拝謁を願い出ようではないか。我等《ら》以外にも同じ想いでいる同志は大勢おるのだ。ここは、上様警護役浪士組として、大挙して参ろうではないか」

止《よ》せと山岡は言う。

「そんなことをしたら不逞浪士として処分されてしまうぞ」

「何故じゃ。将軍警護のために集められた我等が上様の下《もと》に馳せ参じることの何が悪い。集めたのは貴殿らではないか」

行くぞと芹沢は促す。

「上様が江戸に行けと仰せになれば、その場から東下しようではないか。先《ま》ずは拝謁してからじゃ」

何が望みだと山岡は言った。

「どうしたいのだ、其許《そこもと》は」

「望みなどない」

「芹沢」

山岡は芹沢の前に立ってその顔を覗き込むようにした。

大柄な芹沢よりも丈がある。

「何度も申し上げておる。東下は不承知。予定通りこの地でお上の警護を致す」

「それは――出来ぬ」

「ならば只今この場で、分隊を申し入れる」

「分隊だと」

「組を分けて戴きたい。浪士組総員に意志を確認し、京に残る者はこの、不肖芹沢鴨がお引き受け致す」

「か」

勝手にめされよと裏返った声で言い、清河八郎は乱暴に足を踏み鳴らして本堂を出て行った。

「おや、お墨付きを持っている御仁が今、勝手にせいと仰せだが」

「芹沢よ。お主――」

芹沢は山岡の二の腕の辺りを摑み揺すった。

「山岡殿」

「山岡殿山岡殿。いやいや、多くは仰いますな。山岡殿も大変なお役儀、何かとご心労も多いことでござろう。そのお立場を想うと胸が痛むわ。いや、我等《ら》は別に悪事を為そうとしておる訳ではござらぬ。ただ本懐を遂げたい、上様のお役に立ちたいというだけでござる」

山岡は腐ったものでも見るような顔付きになった。

「いや、解っておる。解っております。この芹沢は皆呑み込んでおる。一度は志を同じゅうした者として、山岡殿も今更清河を切り捨てることは出来まい。かといってこのままでは御身も」

危ないのでござろうと鴨は囁《ささや》く。

「難しいことは申しておらぬ。我等がこの地に残ることをお赦《ゆる》し願いたい、ただそれだけなのだ。お上のために尽くそうとして咎められてしまったのでは叶いませぬからな。如何《いかが》かな。他の取締役の方方にも其許《そこもと》からお話し戴けぬか」

「もう良い」

山岡は芹沢を突き放した。

「それはご諒解戴いたと受け取って宜《よろ》しいか」

「清河殿ではないが、ご勝手にめされよ。但し、浪士組本隊は時機をみて江戸に向かう。そこは譲れぬ」

「結構」

結構結構と芹沢は暑くもないのに鉄扇を開いて煽いだ。

「皆の者、聞いたな。確《しか》と聞いたであろう。本来であればその旨一筆戴きたいところだが、拙者はこの山岡殿を深く信頼しておる」

芹沢鴨は呵呵大笑《かかたいしょう》し、一同に退席を促した。

山岡鉄太郎は苦虫を噛み潰したような顔をしている。

芹沢一派は満足そうに本堂を出たが、立ち上がった近藤はそれを見送り、山岡に丁寧に会釈をした。

「近藤。其許の計略《はかりごと》か」

山岡はそう言った。近藤は何も言わず、もう一度会釈をして踵《きびす》を返した。

「未《ま》だ――」

山岡はその背中に言う。

「未《ま》だ先は読めぬぞ。川の流れは変わるもの。過信はならぬ。充分にお気を付けめされよ」

山南と藤堂が振り返ったが、矢張り何も言いはしなかった。

全員を見送ってから、歳三も後に続いた。

僧侶どもがあちこちから鬼でも見るような目付きで眺めている。

凄かったのうと左之助が言う。

「能《よ》く喋る清河が何も言えなかったぞな。だがのう」

これで良かったのかと左之助は小声で言った。

これからが正念場ですよと山南が答える。

永倉は一言も口を利かなかった。

門を抜けると上機嫌の芹沢が笑みを浮かべて立っていた。

取り巻きどもを侍らせて、まあこんなものじゃろう、などと言っている。沖田も混じって談笑していた。

取り入るのが早い。

この溝鼠《どぶねずみ》は、上辺を取り繕《つくろ》う才覚だけはあるらしい。

尤《もっと》もこいつらは皆、上辺だけの繋がりでしかない。

「どうだ近藤、芹沢組旗揚げの前祝いに、ひとつ島原《しまばら》か祇園《ぎおん》にでも繰り出さぬか」

近藤は歳三をちらりと見た。

山南が透《す》かさず言った。

「芹沢先生、我我は――これより来るべき時に向けた準備を致そうと思いまするが」

「準備とは何じゃ」

「先《ま》ずは、すぐさま組内よりの賛同者を募るべきかと」

芹沢は片頬を攣《つ》らせた。

「心配は要らんぞ、山南。こうなったからには、急《せ》いても仕方があるまい。残る者は残るわ。頭を下げて回るようなみっともないことだけは決してしてはならんぞ。頭数など、何とでもなるからな」

「そうではございましょうが――」

貧乏性だのうと言って芹沢は笑った。

「まあいいわ。近藤、行くぞ」

近藤はもう一度歳三を見遣ってから、

「お供仕《つかまつ》ろう」

と言った。

沖田もにや付いたまま、当たり前のように付いて行った。

良いのかと左之助が繰り返す。

「近藤先生はまあ解るが、何で総司が行くぞな。遊ぶ金なんかなかろうに」

放《ほ》っておけと歳三は言った。

「沖田は芹沢に集《たか》る気だ。あの莫迦は、持ち上げりゃ何でもしてくれるよ」

「銭も出すかの」

「足りなきゃ踏み倒すだろ。芹沢にはまだ働いて貰わなくちゃならねえからな。精精持ち上げておくがいいのよ。それは――俺達の役目じゃあねえ」

永倉は黙って門の扁額《へんがく》を眺めている。源三郎は顔を曇らせ、

「俺はあちこち回って来るよ」

と言った。

「別に頭ァ下げぬがなあ、ことの次第を皆に報《しら》せておいた方がいいのと違うか」

私も回りましょうと山南が言う。

「いずれ、説明は必要だ」

藤堂を連れてけと歳三は言った。

若造は口を尖《とが》らせている。永倉以上に気に入らない様子である。

この若造は短慮の男だから独りにしては何を仕出かすか解ったものではない。山南もそこのところは呑み込んだらしく、藤堂を誘って歩き出す。源三郎は黙したままの永倉を引っぱって行った。源三郎という男は、その辺りの機微を察する性質を持っている。こうした時には要る男である。

左之助と歳三が残った。

「歳さん。俺ァ矢張り心配だ。清河の言いなりになる気もねえし、此処に残るが道だと言われれば、それもそうかとも思うが、あの芹沢鴨はのう。あんなもんの子分でいいのか」

「芹沢の下に付く気はねえよ。言っただろ。俺は――」

歳三はそこで。

匂いを嗅ぎ取った。

刀に手を掛け三歩下る。流石《さすが》の左之助もすぐに気付いて振り向いた。

山犬のような動きで男が斬り込んで来た。桜の下で歳三を見ていたあの、痩せぎすの男だ。男の剣は左之助の鼻先を掠《かす》め、歳三の眉間《みけん》に振り下ろされた。

ぴたりと止《と》まる。

切先まで一寸。

左之助は刀に手を掛け、何じゃおのれはと吠えた。

男は微動だにしない。

「斬る気がねえなら抜くんじゃねえよ」

歳三はそう言った。

「肝《きも》の据わった男じゃな」

男はそう言って、切先を更に近付けた。大刀ではない。

脇差――否、小太刀《こだち》か。

動きが大きく速かったので、一瞬小振りな大刀に見違えたのだ。

短い。

だから距離も近い。

「はったりじゃねえようだの。普通であれば刃を突き付けられれば切先を見ちまうもんだが、お前《めえ》は俺の腕や肩を見とる」

言葉に――僅《わず》か訛《なま》りがある。

「何故斬る気がねえと思う」

「後半歩《あと》踏み込めば、其処の男の首筋も俺の額も斬れてただろ」

「まだ――斬れるがな」

「いいや。この体勢だと——てめえが突くのと俺がてめえの胴を斬るなあ同時だ。後ろも空いてるぜ」

左之助は、既に抜刀出来る体勢に入っている。

「相打ちだってか」

「俺は殺せるかもしれねえが、後ろのあいつは殺せねえ。だから、てめえは確実に死ぬ。二人とも殺せたのに殺さず、わざわざ望んでこんな形に持ってくような莫迦ァいねえよ。てめえの方も見切ってたんだろ」

どういう魂胆ぞな、と左之助は怒鳴った。

男は小太刀をすっと引き、鞘に収めると、振り向いてお前《めえ》は何処の者だと左之助に問うた。

「何処の者とは何ぞな」

「浪士組なんだからの、長州《ちょうしゅう》や土佐《とさ》じゃなかろ」

「松山《まつやま》じゃ」

男はふうんと鼻を鳴らした。

——こいつ。

矢張りどこかで見た覚えがある。

「てめえこそ何処だ。陸奥《むつ》か」

この抑揚は北の言葉だ。

男はもう一度歳三を見た。

「動じん男だの」

「殺す気もねえ野郎に動じてどうするよ」

思い出した。

「てめえ——取締役の一人じゃねえのか。浪士じゃねえだろう」

男は笑った。

笑窪《えくぼ》が出来た。

左之助が前に回った。

「本当か。まっこと取締役かのう。いや、こんな取締おったかの。道中でも見掛けんかったが——」

左之助の言う通り道中では姿を見ていない。

つまり、そういう役目ということか。

かなりの手練《てだれ》である。

「離れて見張ってやがったな」

「どうして判った」

そう。こいつは。

「伝通院で見た」

男は舌打ちをした。

「目端《めはし》の利く男だな。目立たねえようにしてたつもりだが、油断がならねェわ」

「てめえ――会津か」

男は歯を見せて笑った。

「本当に油断がならねえわ。まあ俺は会津のもんだ」

「藩士じゃねえな。旗本か」

喰えねえ男だなと言って、男はゆるりと歩き出す。

本当に取締かなと言って左之助が顔を覗く。

「能《よ》く判ったのう」

「ただ流儀が知れねえ。今の太刀筋は――何だ」

「判らねえか」

「立ち合ったことがねえよ」

会津五流の一つ、神道精武流《しんとうせいぶりゅう》よと男は言った。

「他はお察しの通りだ。俺は浪士組取締役の一人《いちにん》だよ。一人だが、下っ端だわな。取締並の出役だ。役目は鵜殿様の警護と、浪士どもに何か不始末があった時の──掃除役だ」

なる程。汚れ役か。

「その掃除屋が何の遊びだよ」

「お前《めえ》こそ何の遊びだ。あの厄介者を担ぎ出して悶着を起こして、一体《いってえ》どうするつもりだ」

「どうもこうもねえ。どうせ聞いていたのだろうが。あの芹沢の胴間声《どうまごえ》は向こう三軒までまる聞こえだっただろうが」

まあなと男は言う。

「お前《めえ》達がどう先を読んでるのか知らねェが、そんなに上手くはいかねえぞ。浪士組で残留を希望する者《もん》は少ねえ」

一割ってとこかと歳三は言った。

「良い読みだ」

「一割というと、二三十人ということになるぞな。そんなもんでいいのかの。今とそう変わりないぞな」

構わねえよと歳三は言う。

「今はな」

「ほう。だが先のことは兎《と》も角《かく》、後ろ盾を得るには頭数が少ねえと思うがな」

「後ろ盾――か」

「金子《きんす》が要るだろ。勿論、勝手に動くことなんぞ出来んだろうが、動くにしても軍資金は必ず要るわ。金蔓《かねづる》でもあるのか」

「ねえよ」

近藤名義で日野の彦五郎にでも無心をすれば、それなりの額は調達出来るのだろうが、送金して貰ったところで高が知れている。

「勘定高《だけ》えのかそうでねえのか知れぬ男だな」

「勘定なんかしてねえよ」

歳三は遠くを見据えている訳ではない。常に足許《あしもと》を見ている。ただ踏み出すためには一歩先を見なければならず、進むためには道を読まねばならない。それだけだ。

そのうえ。

歳三が進もうとしているのは。

人殺しの道だ。

その修羅の道を歩むために、歳三は周囲の莫迦どもを利用しているに過ぎない。今はただ、偶《たまさ》か行き先が同じか、同じだと勘違いしている連中が多いというだけのことである。

「そうとも思えぬがの」

男は横目で歳三を見た。

「思うに、お前《めえ》、京都守護職辺りに目を付けてんじゃねェんか」

そっちこそ良い読みだと歳三は言う。今更隠しても仕方がない。誰でも考え付くことだろう。

「容保公は簡単ではねェぞ」

「そうかい」

男は立ち止《ど》まって、また笑った。

「まあ――出来ぬ相談ではないかもしらんがな」

「そうかい」

図らずもまた、桜の前だった。

男は歳三を値踏みするように見回した。

探っているか。

「てめえ――俺達が清河八郎を斬るのじゃねえかと思って、ずっと監視していやがったのじゃねえのか」

「斬る気だったろ」

その気はねえよと言った。

それは本当のことだ。

「だが――三人斬ったな」

一人じゃと左之助が余計なことを言った。

「俺は骸を三つ始末したがな」

「あ、あんたが片付けたんか」

だから掃除役だよと男は言う。

「ご苦労なことだな」

「莫迦が多いからな。苦労も絶えねえのさ。ま、お前《めえ》なら疾《と》うに察していることだろうが、清河は強いぞ。あの男、話は理詰めだが剣は出鱈目《でたらめ》だ。奴の剣捌《さば》きには理《ことわり》がねえのだ。勘働きなのか何なのか、太刀筋も読み難《にく》いし力の加減もねえ。自分でも解らんのだろ。だから――隠密廻の首刎《は》ね飛ばしたりすんだ」

矢《や》っ張《ぱ》り飛ばしたのかと左之助が言う。

「立ち合ったら引き分けはねえぞ」

「斬り合いに引き分けなんかねえだろうよ。共倒れはあるかもしれねえがな」

「そうかな」

男はそう言うと。

いきなり小太刀を抜いて歳三の喉許に当てた。しかし歳三も同時に鯉口《こいぐち》を切り、男の肋《あばら》の下に脇差を突き立てていた。

左之助が慌てた。

「な、何をするんじゃ」

男はまた笑窪を見せた。

「これは――引き分けだろ」

「相打ちじゃねえか」

「違うわ」

男は歳三の頸《くび》に当てた刃をぐいと押す。

「俺が刃を引けばお前《めえ》は死ぬ。でもお前が突けば俺は死ぬわ。何故突き入れねえ。急所だぞ」

「てめえがやらねえからだ」

「やるかやらねェか、俺の動きを見切ったのだろ、さっきと同じだ。しかも、お前《めえ》は俺が抜く前にこっちの動き見切りやがったな」

「どうしてよ」

「その、長《なげ》ェ方を抜かれていたら俺はもう御陀仏《おだぶつ》だ」

「まあ――な」

この男は、小太刀が得意なのだろう。

そうだとしても、この間合いであるならば――そして本気で殺す気があるのであれば――必ず大刀を抜くだろう。

手が掛かったのが短い方だったからこそ、歳三も脇差を抜いたのだ。

清河はこれが出来ンのだよと男は言って、小太刀を歳三の頸から離した。

「相手の動きなんか見ねぇ。手加減もねぇ。あれが強いのは、臆病だからなのだろうな。身を護《まも》るためなら何でもすンだ。お前《めえ》が清河であれば、俺は斬られていたろ。俺が清河なら、まあ相打ちだわ」

歳三は刀を突き付けたまま、

「こっちはまだ――殺せるぜ」

と言った。

「そうだな。だが、殺さねェ方が身のためだぞ。俺を殺したら——後始末する奴がいねェからな」

「ふん」

歳三は刀を収めた。

男も同時に収めた。

「使うなお前《めえ》。ただ、流派が判らんのはこっちも一緒だ」

「流派はねえよ。俺は侍じゃねえからな」

風が吹いて、花弁が舞った。

まあその腕なら何とかなるなと男は言う。

「あのな、言っておくが清河の首を土産にしたって、会津中将は動きやしねえぞ」

「諄《くど》いな。清河は斬らねえ」

あんな男に興味はない。

「他の連中もか」

「知らねえよ。別に口裏合わせちゃいねえ。俺達は別に一枚岩じゃあねえよ」

「芹沢は」

「斬らねえだろうな。いや、あいつには斬れねえよ」

利が薄い。

腕も及ばないだろう。

「お前《めえ》なら斬れるかもな」

「そうかい」

「だが止《よ》せ」

「執拗《しつけ》えな。そんなに清河殺して欲しくねえのかよ。何か、今ぁまだあれが取締役だからか。幕臣だからかよ。将軍の体面があるてえのか」

莫迦なこと言うな当たり前じゃと左之助が袖を引く。

「相手が誰であろうと、ご公儀が人殺しを容認する訳がないぞな。詮議の済んだ科人《とがにん》なら兎《と》も角《かく》のう。そうじゃろうが」

「そうでも――ねえだろ」

見逃されている。

「黙って隠れていりゃいいものを、わざわざ面《つら》ァ晒《さら》して斬り掛かってまで来たんだぞこいつぁ。殺す気もねえくせによ。そりゃどういう料簡《りょうけん》だと言ってるのよ」

「腕試しだよ」

男は桜の幹に手を突いた。

「お前《めえ》ら浪士組、数だけは多いが使い物になる奴は少ねえからな。六割方は屑だ。屑が騒ぐと何かと面倒だろ。芹沢が良い例だわ。あの男、道中もう一騒ぎしてたら」

「てめえが斬ってたか」

男は答えなかった。

「でもな、屑でねェ場合はもっと手間が掛かるんだよ。芹沢のような莫迦がごろつこうが管巻《くだま》こうがどうにでもなるが――お前達《めえ》は」

男は左之助を見て、それから歳三に視軸を戻した。

「得体が知れん」

「だから試したのか」

「清河襲って返り討ちに遭うような連中なら放《ほう》っておけばいい」

「清河護るがてめえの役目か」

「逆だよ」

男は幹を叩いた。

桜が少し散った。

「清河殺しは、俺の仕事だ」

男はそう言った。

「何を言うんぞな。あんたも同じ取締出役じゃろう。それとも清河に何か私怨でもあるんか。いや——仕事というのじゃあ」

「掃除屋なんだろ」

歳三は左之助が余計なことを言う前に遮った。

「煤《すす》払いに溝浚《どぶさら》いか。綺麗好きだなおい」

何とでも言えと男は言う。

「清河八郎は俺が仕留める。ただ京では斬らねえ。今はまだ——駄目なんだよ」

「将軍がいるからか」

「さあな。そんなことは俺の知ったことじゃあねえ」

泳がせる気だなと歳三は言う。

「あの男は泳がせりゃ泳がせる程に馬脚を露《あら》わす——そう踏んだのか。だからわざと江戸に戻すかよ」

実際、清河は帰府を喜んで受け入れたのだと山南が言っていた。

どうでもいいぜと男は言った。

どうでもいいよと歳三は答える。

「何度言っても信用はしねえだろうが、手は出さねえよ」

「そうしろ。いいか、清河は、江戸でこの俺が始末すンだ。だから邪魔ァしねェでくれや」

強い一陣の風が吹いた。

一瞬男の顔が花吹雪に霞んだ。

勝手に殺せよと歳三は言った。

そして。

思った。

「一つ尋《き》きてえことがある。てめえは——どうして人を殺すんだ。侍たる者武士たる者、上意には忤《さから》えねえか。それとも大義のためか」

「何だとォ——」

男は顔や体に付いた花弁を払い落とし、ふうんと妙な声を上げた。

「考えることでもねえな」

「そうかい」

仕事だからだと男は答えた。

「仕事——だと」

「仕事よ」

「お役目じゃあねえのか」

「大義だとか忠義だとか、国政だとか、小難しいことを考《かんげ》えるのは俺の仕事じゃあねえ。武士にも色色あるだろうしな。士道ってのは誰にもあるのだろうが、それも身過ぎ世過ぎの道だろ。それで禄を食《は》んでるんだからな。なら飯の種だよ」

「飯の種か」

利得を求めている訳でもねえか。

「大したことじゃあねえ」

「人殺しがか」

「お前《めえ》に言われたかねえ。京でも斬ってるじゃねえか。それに罪を決めるのはお上だぜ。俺ァ咎められてねえよ」

「ふん」

そんな風に言い切る者に、歳三は初めて会った。

誰もが――何だかんだと理由を付ける。付けはするが人殺しは大罪だというところだけは共通して認めていたのだ。

そういうことを考えるのも俺の仕事じゃあねえよと男は言った。

「ま、それが罪だと謂《い》われたら、その時は仕方がねえ」

獄門《ごくもん》にでも磔《はりつけ》にでもなるさと男は笑った。

そして面白《おもしれ》ェ男だよお前《めえ》は、と言った。

「それで――何だ、もう少しあの芹沢を使う気か」

「関係ねえだろ」

「ありゃいつまでも飼っておく程、有り難《がて》ェものじゃねえぞ」

知ってるよと言った。

「お前等《めえら》――使えるかもな」

「てめえに使われる気はねえ」

どうかなと男は言う。

「俺の兄貴は会津藩士での、しかも京都守護職の公用人だわ。今も本陣の光明寺《こうみようじ》にいる。俺から容保公にお目通りが叶うよう、話を通しておいてやるよ」

「余計なことすンじゃねえよ」

「後ろ盾は要るぞ」

「恩を売る気なら無駄だ」

まあいいと男は言って、それから言葉を失くしている左之助の横に立ち、お前《めえ》も面白ェよ松山と言った。

「松山は故郷ぞな。俺は原田だ」

「そうか。まあ、上手くやれや。俺は——佐々木《ささき》只三郎《たださぶろう》だ。お前《めえ》の名前《なめえ》も聞いておこう」

俺は。

「土方歳三だ」

そう歳三は答えた。

5

刀身に己《じぶん》の貌《かお》が映る。

——切れるか。

二尺三寸一分六厘。五寸ばかり短い。その分、やや軽い気がする。

同じ和泉守兼定《いずみのかみかねさだ》ではあるが、之定《のさだ》ではない。十一代の作である。

新しい刀だ。

手にしてから幾日も経っていないものである。手入れは何度もしているが、未《ま》だ手に馴染《なじ》んではいない。それでも、これを使う。

切れ味は兎《と》も角《かく》、屋内での斬り合いに之定は長過ぎるのだ。

家の中には障害物が多くある。硬い物に当たれば刃《は》毀《こぼ》れもするし、曲がったり、折れたりもする。梁《はり》や柱に喰われてしまっては仕損じることにもなる。

否《いや》、仕損じるだけではない。相手次第では殺《や》られてしまうことだろう。だからといって物に当てぬように立ち回るのではいけない。気が散るし動きが小さくなる。斬り難《にく》い。一撃で済むものも済まなくなる。二の太刀《たち》三の太刀と無駄に浴びせるのは、歳三《としぞう》の好みではない。

短い方が良い。

一度強く握って、鞘《さや》に収めた。

差し料替えたんですねと、沖田《おきた》が言った。

「替えましたよね」

「どうでもいいだろ」

にや付いている。

この小僧は愉《たの》しくて仕様がないのだろう。虫酸《むしず》が走る。

それに、どう答えたところで返って来る言葉は知れている。この溝鼠《どぶねずみ》は、その刀は人を斬り易いですかだとか、それでこれから人を斬るんですよねとか、そういう益体《やくたい》もないことしか言わないのだ。

「まあ」

人が斬れれば一緒ですよねと沖田は言った。

案の定、である。

何も答えなかった。

ぱちぱちと屋根が鳴る。

午過《ひるす》ぎから落ちて来た秋雨は夕刻から雨足を強め、既《すで》に土砂降りである。

長月は雨が多い。一雨毎に涼しくなるなどと能《よ》く謂《い》うが、歳三はこれまでそれを実感したことがなかった。京師《けいし》の夏は江戸よりもずっと蒸し暑い。特に今年の夏は濃密だったから、真実《ほんとう》にそう感じたものである。

今宵《こよい》などは肌寒い程だ。

濡れた所為《せい》もある。

本日は島原《しまばら》の揚屋《あげや》、角屋《すみや》で宴が催された。

厄払いという名目である。

九日前に局長の一人であった新見錦《しんみにしき》が切腹した。

また、三日前には副長格だった田中伊織《たなかいおり》が死んだ。

いずれも芹沢鴨《せりざわかも》に極めて近い人物であった。流石《さすが》の芹沢も、側近同朋の立て続けの死に気鬱《きぶさ》ぎ気味になり酒量も増えていた。

そこで、筆頭局長を励ますための酒宴——という名目であった。

茶番だ。

新見は切腹ではない。

自刃に見せ掛け歳三が殺した。

田中を斬ったのは沖田である。

込み入った偽装工作をした訳ではない。いずれもその場に居合わせた近藤《こんどう》が偽証しただけである。新見は暗殺謀殺ではなく自害、田中は倒幕浮浪に拠る犯行と、近藤は断言したのだ。

ただ言い切っただけである。

しかし近藤は芹沢同様局長なのであるから、その言葉は重い。くだらぬ肩書きでも有効に使えるということを歳三は思い知った。実にくだらないことだが。

芹沢は疑ってこそいたかもしれぬが、面と向かって嘘だろうとも言えなかったのだろう。百姓上りの田舎者が、小賢《こざか》しい虚言を弄《ろう》するなどと思ってはいなかったのかもしれぬ。

角屋を選んだのにも理由がある。

角屋は文人通人が好む一流の揚屋であり、屯所からも近いということもあって、宴を開くことも多い。

しかし。

芹沢一派は角屋に嫌われている。

無頼は酔って騒ぎ、時に暴れる。

そもそも芹沢は揚屋と廓《くるわ》の区別もないような男なのである。些細なことでも拒絶されると暴言を吐《は》き、刀まで抜く。刃傷沙汰こそ起こしていないものの、鴨居《かもい》には刀傷が残っている。

このひと夏、芹沢が客として揚がった後は必ず苦情が来ていた。

そうした苦情を引き受けるのは、主に近藤である。夏の間中そんなことを繰り返していたのだから、嫌われても当然である。嫌がられても乗り込むような男ではあったが、それでも出入りを拒まれていることぐらいは承知していただろう。

話を付けたのは近藤である。

近藤は、芹沢が揚がるのはこれで最後になるからと、角屋に宴会を認めさせた。

――そう。

芹沢達は、したたかに呑んだ。

否、呑ませたのだ。良い気分に持ち上げ、駕籠で送りだしたのが一刻ばかり前のことである。

歳三は歩いて帰った。

傘も差さなかったから、しとどに濡れた。歳三は傘が嫌いなのだ。武州《ぶしゅう》では半裸で暮らしていたようなもので、そうであれば傘など邪魔なだけである。濡れるのは構わないのだ。だが、利き腕が塞がっているといざという時の対応も遅れる。

しかし侍装束の場合は多少厄介である。

濡れた着物は重くなるし、身に吸い付く。動きに制約が出る。これではいけない。

だからすぐに着替えた。

この雨では、道一本渡っただけでまた濡れる。

屯所代わりに使っている前川《まえかわ》邸は元元歳三達が押し込められていた八木《やぎ》邸長屋門の筋向かいにある。大層広い屋敷である。

長屋は雨漏りが酷《ひど》かった。あそこにいたのでは、この雨は堪《たま》るまい。

広間には床《とこ》が伸べてある。

近藤、藤堂《とうどう》、井上《いのうえ》は夜着に着替えている。井上に至っては、既に横になっていた。

斎藤《さいとう》は隅の方に片膝《かたひざ》を立てて座っている。

「土方《ひじかた》さん、女も斬りますか。それとも女は斬らせてくれますか」

沖田がにや付いて言った。

おいおいと寝床から井上源三郎《げんざぶろう》が顔を出す。

「女も斬るのかい」

沖田はそりゃ斬るでしょうと答えた。

それが当たり前というような口調である。

「同衾《どうきん》してるんですよ。暗殺なんですから皆殺しです」

そりゃどうかのうと源三郎は眉間《みけん》に皺《しわ》を寄せる。

「本宅には童《わらべ》もおるが、八木さんとこには迷惑がかからんようにして欲しいがな」

それはありませんと山南《さんなん》が言う。

「仮令《たとい》何があろうと、八木さんのご家族には擦《かす》り傷ひとつ負わせませんよ。皆、そこは心得ています。そもそもご主人はご不在です」

話は付けてあるのだ。

「いやあ、源之丞《げんのじょう》さんがおらんのであれば余計に心配じゃないか。於内儀《おないぎ》と、子等《ら》だけなのだろう。巻き添えにならんか」

源三郎は起き上がった。

「怖い思いはすることでしょうが、手に掛けたりはしませんよ、井上さん」

山南がそう言うと、沖田は口を尖《とが》らせた。

「でも見られたら生かしておく訳にはいかないんじゃないですか。我我の仕業だということは伏せておかなきゃいけないんでしょうに」

物騒なこと言うな総司《そうじ》と源三郎は言う。

「見られたって口止めすりゃあいいことだろうに。知らぬ仲でもあるまいよ。芹沢の振る舞いで一番迷惑しとるのは、八木さんのところだろうが」

「でもね、源さん」

見られぬようにやれと近藤が言った。

幾分、強張《こわば》っている。いつになく声が高い。

「見られなきゃ済むことだ」

「そうはいかんですよ近藤先生。あそこ、暮らす分には狭くはないが、それ程広い訳でもない」

「そうだがな」

「縁側から玄関に抜けるぶち抜きの二間に六人寝てるんでしょう。しかも子供が寝てるのは隣の部屋なんですよ。音も立てず気配もさせずに何人も人が斬れますか」

「だがな」

「勘違いするんじゃねえ」

歳三は恫喝《どうかつ》するように言った。

「近藤さんも山南さんも、こんな糞野郎に話合わせることたぁねえ。いいか沖田。これはな、暗殺じゃあねえんだよ」

「暗殺でしょう。寝込みを襲うんだから」

「そうじゃねえ」

歳三は鐺《こじり》で沖田の喉笛を軽く突いた。

「暗殺を装った公務だよ」

「いや、でも」

「てめえは何にも判ってねえな。闇討ちならこんな人数は要らねえんだよ。公務でもねえのに大将の近藤さんまで巻き込むかよ。俺達以外の隊士どもを遠ざけたのは、単に信用してねえからだよ。使えねえからだ。いいか、これは仕事だ」

――そう。

春先に佐々木只三郎《ささきたださぶろう》が言っていたことの意味が、歳三にもやっと判った。

これは、仕事なのだ。

これから。

芹沢鴨を殺す。

──やっと、殺せる。

お膳立てをするのに半年も掛かった。いや。本庄《ほんじょう》宿の騒ぎの時、既《すで》に殺そうと思っていたのだから、もっとである。

歳三は腰の新しい得物を摑《つか》む。

「局長芹沢鴨行状宜《よろ》しからず、速やかに処断せよ──但し表向きは尊王派の浮浪どもの仕業に見せ掛けるべし──そういう御下命なんだよ」

「見せ掛けるのでしょう」

「表向きそうしろってことだ。いいか、的は芹沢一人だ。芹沢の妾《めかけ》のお梅《うめ》は、俺達の顔を知っているし、生かしておいちゃ面倒だ。同衾してるなら殺すよりねえよ。でもな、平山《ひらやま》と平間《ひらま》が引き込んだなあ商売女だろ」

「芸妓だよ」

源三郎が言う。

「あの連中、俺を小間使いか何かと思うていやがる。帰るまでに馴染みの芸妓を屯所に喚《よ》んでおけと来たもんだ。癪《しゃく》に障《さわ》るわい。八木さん家《ち》は連れ込み宿じゃあねえだろうによ」

角屋の女将《おかみ》に頼んだよと源三郎は言った。

「俺が喚ばされたな、桔梗屋《ききょうや》の吉栄《きちえい》と、輪違屋《わちがいや》の新米芸妓の糸里《いとさと》よ。平間ぁよ、ありゃ若《わけ》えのが好きなんだ。糸里なんざまだ尻の青い小娘だわい」

放っておけと歳三は言った。

「見られてもですか」

「誰か判らねえだろ」

「八木の家の者は判るでしょう」

「判ってもいいんだよ。主人にいられちゃ拙《まず》いがな」

「どういうことです」

「あのな、八木源之丞ってのはただの町人じゃねえんだよ。苗字帯刀許された、壬生《みぶ》郷士《ごうし》の長だぞ。郷士ったって近藤さんや俺の家みてえな侍気取りの百姓じゃねえ。八《はち》王子《おうじ》の千人同心《せんにんどうしん》と一緒で、有事の時には武士として戦うが役目だ。それが賊に押し入られて、まんまと大事な客分の首取られて、応戦もしなかったというのじゃ咎《とが》められても仕様がねえだろうが」

だから。

わざわざ理由を作って外泊して貰うことにしたのだ。

気を回したのは山南だった。

「源之丞殿がご在宅であったなら必ずや迷惑が掛かる。その場にいて何もせねば、士道に背く、腰抜けと言われ兼ねないでしょう」

山南はそう言った。

「ならいっそ、留守宅にして貰えば良かったじゃないですか」

「それは如何にも不自然でしょう」

山南が顔を顰《しか》める。

「土方さんの言う通り、此度《こたび》はあくまで暗殺を——装わなければいけないんですからね」

山南は、芹沢一派の日日の所業に関しては肚《はら》に据え兼ねていたようだが、暗殺には反対だったようだ。内内《ないない》にとはいえ、始末せよという上意があったから従ったまでだろう。

そういう男なのだ。

「でも、おかみさんや子供達だってお梅同様に我我の顔は能《よ》く知ってますよ。いいんですか」

「いいんだよ」

判ったところで何も言うまい。

源之丞の立場もある。それ以上に命は惜しいだろう。

その上。

「婦童《おんなこども》が誰に何を言上しようと、関係ねえんだよ。いいか、奉行所も所司代も——」

守護職配下だ。

守護職が止《と》めれば動きはしない。

「いいか、此度《こたび》の仕儀は、あくまで会津《あいづ》中将《ちゅうじょう》御預《おんあずかり》——新選組《しんせんぐみ》の仕事なんだよ。意趣返しでも天誅でもねえんだ。判らねえのかよ。ただ、表立っては出来ねえ仕事だというだけだ。そうでなきゃ、こんな茶番が通用するか」

暗殺は、あくまで偽装だ。

「暗殺を装うのは、その方が幕府のためになるからだ。それだけのことだ。勘違いするんじゃねえぞ小僧」

歳三は沖田の頸《くび》の付け根を鐺で押した。

「あいつが悪い奴だから殺す訳じゃねえ。邪魔だから始末するのでもねえ。迷惑だから排除するのでもねえ。嫌いだから斬るのでもねえんだよ。雇い主である公儀からそうしろという御下命があったから、俺達はただそれを遂行するってだけだ。世のため人のためじゃなく、幕府のために殺《や》るんだよ」

――そう。

先日、近藤と歳三は内内に喚び出しを受けた。

喚び出したのは、京都守護職公用人である手代木直右衛門《てしろきすぐえもん》であった。

手代木は会津藩士であり、容保《かたもり》公の懐刀でもある。

そして――。

佐々木只三郎の実兄でもある。

手代木の仕事は、謂わば調整役である。朝廷や諸藩とも緊密に遣り取りをし、所司代や奉行所と連携し、ことを上手く運ぶために動く。それが手代木の仕事だ。

表立つことこそ一切ないが、浪士組を抜けた歳三達にあれこれと便宜を計らってくれたのも手代木その人なのである。容保公が京都残留浪士差配の難役をすんなり引き受けたのも――つまり、歳三達が会津松平《まつだいら》家御預になれたのも、この手代木の取り計らいが大きいと考えて良いだろう。

佐々木が口を利いたのだ。

芹沢は、会津に取り入ることが出来たのは恰《あたか》も自らの功績であるかのように嘯《うそぶ》いているし、実際そう信じ込んでもいるようなのだが、それは勿論《もちろん》、あの屑《くず》野郎の功績などではない。それは断じてない。

新徳寺《しんとくじ》での談判の翌日。

近藤他数名は芹沢に率いられて京都守護職本陣である光明寺《こうみょうじ》に乗り込んだ。

しかしその際は容保公へのお目通りすら叶わなかったのだ。

考えるまでもなく、それは当たり前のことなのである。藩邸内に知人がいるというだけの一介の浪士と面会する藩主など、いよう筈《はず》もないではないか。会えぬのは解り切ったことだった。

ただ、大声で騒ぎ続ければ、いずれ上にも聞こえることだろう。

歳三はそのために、誰よりも声の大きい芹沢を選んだのである。

それだけだ。

芹沢のような莫迦《ばか》の使い道はその程度のものでしかないだろう。人目を引くために上げる花火のようなものである。莫迦が無策で乗り込んで上手《うま》く運ぶことなどは、万に一つもないのだ。相手にされぬことは最初から知れていたことである。

ただ、門前払いにはならなかったという。

歳三は同行しなかったので詳しくは判らぬが、応対はすべて手代木がしたそうである。それも佐々木只三郎が兄に根回しをしていたから——なのだろう。そう思うよりない。

そもそも、容保公に残留浪士差配という難役就任を打診したのは在京中の老中、板《いた》倉周防守《くらすおうのかみ》である。上意だったからこそ、容保公も面倒な役目を引き受けたものと思われる。決して芹沢が頼み込んだから雇ってくれた訳ではない。

あの男は単に悪目立ちしていただけで、何ひとつとして役に立ってはいなかった筈である。幕閣への影響力など皆無だろう。

芹沢と近藤はその後容保公宛の嘆願書を提出しているのだが、その時点で既に容保公の差配就任は決定していたようである。上の方で話は付いていたのだ。そして、老中に根回ししたのも多分、手代木なのである。

それだけではない。一部浪士の京都残留が認められたことさえ、元を辿《たど》れば佐々木が動いた結果なのだろうと、歳三は考えている。

清河八郎《きよかわはちろう》は、所詮複数いる取締役の中の一人に過ぎない。浪士お召し寄せの発案者であろうとも、首からお墨付きをぶら提《さ》げていようとも、決定権がある訳ではないのだ。それは山岡鉄太郎《やまおかてつたろう》とて同じことである。そんな連中からどれだけ言質《げんち》を取ろうとも、どうなるものでもないだろう。浪士組全体のことを決められるのは取締筆頭である鵜殿鳩翁《うどのきゅうおう》に他ならない。否、本当に決めるのは幕府であり将軍なのだ。

そういうものである。

否、そうでなくてはなるまい。

済《な》し崩しに居残り、既成事実として無理矢理に認めさせるような道筋を歳三は思い描いていたし、実際に世間もそう見ている節もあるのだけれど、それは違う。

浪士組分隊、京都残留は、どうであれ正式に認められた沙汰なのである。そうでなければ京都守護職の配下になどなれよう筈もないのだ。

歳三は、ものごとはどうにでもなると思っているし、どうなってもいいと思ってもいる。そこは変わらぬ。筋など通さずともなるようになるし、どう足掻いても駄目なものは駄目だ。

しかし。

その反面、どうにかするためには筋を通した方が遥《はる》かに早く、確実だということを歳三は学んでいる。

筋を通すためには手続きが要る。それは時に難儀なことでもあるし、そのためにあれこれと策を弄《ろう》さねばならぬこともある。

面倒である。

その面倒ごとを、佐々木と手代木の兄弟が肩代わりしてくれたということになるのだろう。

これが偶然の成り行きなのか、将《はた》また仕組まれたことであったのか、歳三は知らない。また、それはどちらでも良いことである。勿論、佐々木にしても手代木にしても肚《はら》に一物《いちもつ》はあった筈なのだ。歳三達残留浪士を利用することで、何らかの利なり得なりがあると判断した結果のことなのだろう──とは思う。

この世の中というものは、そういう各々《おのおの》の勝手な思惑が絡み合い、諸々の条件が重なり合って、その結果出来上がり運んで行くものなのだ。

こうすべきだとか、こうしたいとか、そんな御託《ごたく》は役に立たない。どれだけ強く願おうと無駄なのだ。幾ら強く思ったところでその通りになるものではない。正しいから通るという訳でもない。

結局、なるようになるのだ。

此度《こたび》は上手く転んだというだけのことなのだろう。

──それならそれでいい。

利用するだけである。

歳三達が新徳寺に乗り込んだ、ほんの数日後のことである。

突如、京都残留を希望する浪士を正式に募る──というお触れが出された。お触れを待つまでもなく、山南らによって取り纏《まと》めは済んでいたから、話は早かった。

残留を表明したのは近藤を中心にした歳三ら八人と、芹沢、その取り巻きである新見、平山、平間、野口《のぐち》ら六人、千葉周作《ちばしゅうさく》門下の根岸友山《ねぎしゆうざん》という男とその一派の、計二十三名となった。

予想通りの人数である。

そこに、山口一《やまぐちはじめ》改め斎藤一が加わった。

残留組のみならず京での新規加入者が認められたというのも、偏《ひとえ》に分隊が正式に認められた故のことだろうと思う。

だが、斎藤の加入に関して言うならば、歳三は読み違えている。

斎藤は、何だか知らぬが、正しいことがしたい、のだそうである。

そんな戯言《たわごと》をほざく男が加わりたくなるような有り難《がた》い集団とは、到底思えなかった。縦《よし》んば興味を示すことがあったとしても、芹沢の言動を目の当たりにすれば離れるだろうと、そう思っていた。

斎藤は、尊王攘夷《じょうい》は兎《と》も角《かく》、佐幕倒幕に関してはいずれの立場をとるか考えあぐねていたようだった。武士として——いや武士と言う立場を離れても、か——どちらが正しいのか判じ兼ねていたのだろう。その斎藤が、僅《わず》か十日ばかりの間に佐幕こそ正当と判じたとは思えない。

どれだけ熟慮を重ねたところで、そんなものは決められるものではない。考えれば考える程、判らなくなるものだろう。藤堂の如きものを考えられない阿呆でない限り、また山南の如き士道とやらに搦《から》め捕られている囚人《めしゅうど》でない限り、簡単に決められるものではない筈だ。

そうでなければ、二百人からの浪士が清河あたりの口車に乗せられて踊らされることなどなかった筈である。

何が正しいのか判っていた者など只《ただ》の一人もいなかったのだ。だからこそ、将軍警護の名目で召し寄せられたにも拘《かかわ》らず、清河の幕府軽視の言に乗せられたりもしたのだろう。清河の言葉に疑問を感じなかった連中は、変節したのではない。最初から何も考えていなかったのだ。

帰府した連中が、その後どうなったのか歳三は知らない。だが、清河の思惑が頓挫したことだけは間違いない。連中は結局、否応なしに幕府のため働かされることになるのだろうと、歳三は思う。

清河は死んだ。

浪士組本隊が江戸に向けて出発した日の、丁度一月後のことだそうである。旅程を考慮するならば江戸に戻って間もなく——ということになる。

詳細は不明だが、あの清河が自死する筈もなく、また刑死したとも思えない。ただ、清河は己の足許《あしもと》が全く見えていなかった。遠くを見過ぎていた所為《せい》か。だから調子に乗ってうかうか馬脚を露《あら》わしただろうことは、想像に難《かた》くない。しかしそうであったとしても、警戒心だけは人一倍強い男だったようだから、逃げ足も速かったに違いない。

それでも逃げ切れなかったか。しかし縦《よ》しんば捕まったのだとしても、即処刑という運びにはなるまい。町家の出とはいえ、幕府から低からぬ役職と権利を委託されている人物である。取り調べもなく首を落とされることなどないだろう。ならば殺害された、と考えるべきだろう。

佐々木の仕事だ。

どんな手を使ったのか、自分で手を下したのか、歳三には知る由もない。あの小太刀《こだち》の使い手が自ら清河の頸《くび》を切り裂いたのか、それとも奇手を操り人を使って謀殺したのか、それは判らない。しかし佐々木自身が言っていたことなのだから、これは間違いあるまい。佐々木は、あれは自分の獲物なのだと言い切ったのだ。俺が殺すから手は出すなと、それが仕事なのだとあの男は言った。

佐々木が殺したのだ。清河八郎を。

いずれ、佐々木只三郎という男がただの鼠ではないことだけは確かだろう。

――佐々木只三郎。

歳三は思い出す。

浪士組本隊が江戸に向けて出立する前日のことである。

歳三は佐々木に会っている。

矢張り桜の樹の下だった。何か用があって待ち伏せていたのか、偶然行き遭ったのか、佐々木は樹下に立っていた。歳三が気付くのは当たり前で、気付けば必ず立ち止《ど》まると思っているようだった。

佐々木は言った。

土方よ――。

この後ァ色色とあるだろうが、一つだけお前《めえ》に言っておきてえことがある。だから聞け。今の世の中ァ、狂うておるように見えようがな、この国はお前《めえ》が考《かんげ》えている程に無法じゃあねえのだぞ――。

歳三にはどういう意味か解らなかった。

この都では、今、あちこちで人が殺されておる。侍は人を斬ってもいいものなのだと、斬られれば斬られ損だと思うておる者もおる――。

実際、町家の者もとばっちりを受けておるのだろう。だがな——。

そんなことはねえと佐々木は言った。

そんな訳はねえ。いいか土方よ。仇討《あだうち》には赦免状《しゃめんじょう》が要る。無礼討ちだとて厳しい詮議がある。全てはご定法《じょうほう》に照らされておるのだ。武士なら誰彼構わず殺していいなどという法は、ねえのだぞ——。

忘れるなよと佐々木は言った。

どんな理由があっても、法が認めねえ殺しはただの殺しだ。尊王だろうが攘夷だろうが、佐幕だろうが倒幕だろうがそれは関係ねえのだぞ。大望があろうが志《こころざし》が高かろうが人殺しは人殺しだ。天誅だろうが意趣返しだろうが、手続きを踏まねばただの人殺し。殺した者は咎人《とがにん》だ——。

だから。

取り締まるのだ——。

いいか、都に跋扈《ばっこ》する浮浪どもと、お前達《めえ》浪士組の違いはただ一つだ。雇い主が幕府か、そうでねえかというだけのことよ。どんな大義名分があろうとも浮浪どもが人を斬ったら、それは罪なのだ。仮令《たとい》藩主の命であっても罪なのだ。命じた藩主諸共罰せられるのだぞ——。

そして。

佐々木は歳三の眼を睨《にら》み付けるとこう言った。

お前《めえ》、人殺しが好きだな——。

歳三は。

ただ睨み返した。

人殺しという行いは、どんな時も、何であろうとしてはいけねえことだろうよ。大罪だ。人を殺したら必ず罰せられるのだ。どんな形であれ罰せられるのだ。獄門になるか遠島になるか入牢するか、どんな形であっても罪は必ず償わねばならんのだ。どんなに乱れた世の中であっても、どんなに人心が狂うておっても、そこだけはきっちりしておかなくてはならんのだ。国の箍《たが》が緩んでも、そこだけは変わらねえのだ。ただな——。

罰するのはお上《かみ》だ——。

佐々木はそう言った。

天下を治めてる連中が罪科《つみとが》を決めるのよ。縦《よし》んば幕府が倒れたとしても、人殺しは露見したら必ず罰せられる。天朝方が幕府に取って代わったとて、人殺しを見逃すような世の中にはならねえ。人殺しというのはな——。

それ程罪深《ぶけ》えものなのだと佐々木は言った。

何が変わったとてそこは変わらねえ。だが、もう一度言うが、罰するのはその時その時のお上《かみ》なのだぞ――。

いいな、土方よ――。

佐々木は歳三の顔を覗《のぞ》き込む。

罪人だって人には変わりねえだろ。どんな大罪を犯しても、人は人だ。人を殺しゃ人殺しよ。でも首切り役人は罪にはならねえだろう。何人首刎《は》ねたって捕まることはねえ。連中はそれで俸禄を貰っておるのだ。街中で刀振り回してる凶状持ちがいたとして、同心捕方《とりかた》がそれを捕えようとして乱闘になり、それで凶状持ちが死んだとしても、殺した連中は罪には問われねえだろう。だが逆に同心が死んだら、凶状持ちの罪は増す。間違いなく、獄門磔《はりつけ》だ――。

俺がしているのは、そういう仕事なんだよ――。

仕事か。

どんな悪い奴でも勝手に殺せば罪になる。幕府転覆を目論む不逞の輩《やから》も、勝手に殺せば捕まるのだわ。乱れて狂うた世の中でも、法は生きてるのだ。決して無法ではねえ――。

そう――か。
そうだったのだ。
不義密通は重ねて四つ――それは、定法でそう決められていたからだ。
あの、幼い日に見た女は、法によって鮮血を噴き上げるよう定められていたという
ことなのだ。
人を斬ったお前《めえ》がのうのうと町を歩けるのは、俺が後始末をしたからで、俺が後始
末をしたのは、そうしろと親方から命じられていたからだ。親方ァ――。
幕府だ――。
人殺してえならそういう身分になるしかねえなと佐々木は言った。
ただ、どんな身分だって勝手は出来ねえぞ。老中だって奉行だって、勝手に殺せば
罪になるのだ。私怨私闘は一切認められねえのだ。私利私欲などは論外だ。判断する
のも上の者だ。下知がなければ仕事にはならねえ――。
覚えておけと佐々木は言った。
歳三は。
何故俺にそんなことを言うと、尋《き》いた。
佐々木は笑窪《えくぼ》を作って、お前《めえ》は使い道があるからだ、と言った。

折角《せっかく》お膳立てをしてやったのだ。使う前に死なれちまっちゃあ、元も子もねえからの。まあ、お前のような人殺しは本来生かしておくべきじゃねえのかもしれんが、まあ、精精《せいぜい》働いて貰うわ——。

歳三は横を向いた。

佐々木も背を向けた。

もう一つ——。

佐々木は、立ち去り際にこう続けた。

自分で手を下すことばかりを考えるなよ。人を使え。別に、お前《めえ》自身がやらずともいいことだ。軽軽しく抜くのは止《よ》せよ、土方——。

佐々木只三郎は、そう言い残して去った。

多分、あの男は京に舞い戻るだろうと歳三は思った。

佐々木の仕事は江戸にはない。実際、佐々木はその後舞い戻っている。今も京にいるのだ。

——肚の底の。

知れねえ男だと歳三は思う。

そして、部屋の隅に目を遣る。

斎藤は先程と同じ姿勢を崩していなかった。無言で、微動だにしていない。

この斎藤一という男の心中も歳三には計り難《がた》いものである。此度の仕儀も果たしてどう受け取っているものか。

正しいことがしたいのだと斎藤は言う。芹沢鴨が正義の人でないということは、衆目が認めるところだろう。芹沢はどう欲目にみたところで正しくない男だ。正しい訳がない。しかし、だからといってそれを討つことが正しい行いなのかどうか、それはまた別の話である。

否、正しくないからといって殺してしまうというのは、明らかに間違っている。

でも。

――これは仕事だ。

そう、私怨でも、私闘でもない。私利私欲のためでもない。わざわざそういう形に持って行ったのだ。半年の時を費やし、様様な策を弄《ろう》して、念入りに――。

歳三は芹沢鴨殺害を暗殺から仕事に擦り替えたのだ。

勿論、佐々木の助言を受けてのことである。

芹沢を殺す――。

そのためにしなければならないことは何か。

歳三は早い時期にある程度の目算を立てていた。

残留浪士組の評判を落とす。徹底的に悪評を立てる。

それしかあるまい。

しかし幾つか読み違いもあった。

先《ま》ず。

鵜殿鳩翁が残留組の取り纏め役を命じたのは、芹沢ではなく家里次郎《いえさとつぐお》と殿内義雄《とのうちよしお》の二名だったのだ。佐々木がどのように動いたのかは不明だが、鵜殿にしてみれば情勢に鑑《かんが》み残留も致し方なしと判断したのだろう。ただ芹沢を天辺《てっぺん》に載せることだけには抵抗があったということか。

家里は兎《と》も角《かく》、殿内は道中で芹沢と悶着を起こし、その所為《せい》で目付役から降格された男である。ならば当て付けのような人事でもある。そういう意味では、芹沢の影響力というのも僅かとはいえ、ない訳ではなかったのかもしれぬ。ただ、その程度なのだ。大勢に影響はない。

どうであれ、芹沢が望んでいた残留組の長になることは叶わなかった訳である。

歳三はそこを逆手に取り、利用することを目論んだのだ。

家里と殿内。

この二人は、特別強い結び付きを持っていた訳ではない。強いて共通点を挙げるなら、二人とも派閥を持たず、誰の傘下にもなかったというところだろう。

残留組は、近藤派、芹沢派、根岸派に三分されている。

近藤が芹沢に子分扱いされていることは周知のことであったから、事実上は芹沢派とそれ以外、ということになる。

但し、それぞれと関係性の薄い残留希望者というのもいなかった訳ではない。

家里と殿内は、そうした者を纏めて自分達の閥を成そうと目論んだようだが、失敗している。二人が纏め役を拝命する前に、山南らによって残留の意思確認はされており、その段階で残留意思を示した全員がいずれかの派閥に与《くみ》するような恰好になってしまっていたのである。

尤《もっと》も、その多く――多くといっても四五人なのだが――は、根岸の下に付いた。芹沢は嫌われていたのである。

粕谷新五郎《かすやしんごろう》という男など、元水戸藩士であったにも拘らず芹沢には与せず、根岸達と合流している。

当然だろう。

芹沢は――贋物《にせもの》なのだ。

粕谷は倒幕派でこそなかったようだが、尊王攘夷の志を強く持つ男であった。数年前藩を抜けた後もあれこれ活動していたらしく、水戸藩からも処分を言い渡されている。江戸の水戸藩邸にも睨《にら》まれていたようで、帰府することに対しては何かと差し障りがあったのだろう。そうした性質経歴を汲む限り、芹沢が真実《ほんとう》に天狗党《てんぐとう》縁故の人物であったなら――どれ程芹沢の性根が腐っていようとも――意気投合していて不思議ではない。否、その方が自然な流れであったろう。

それなのに粕谷は芹沢を避《さ》けている。

芹沢一派に加わったのは、斎藤同様京で参加した佐伯又三郎《さえきまたさぶろう》という、生国も経歴も不明の、得体の知れぬ男だけだった。芹沢は偉そうに振る舞うし、羽振りも良い。芹沢の行状を知らぬ者にとっては組で一番の実力者に見えたのだろう。佐伯もそう考えて傘下に入ったのだと歳三も思っていた。

それは――違ったのだが。

結局、家里も殿内も、道中二人がいた隊の組頭であった根岸友山に擦り寄るよりなかった。思想的に同調した訳でも、旧知の仲であったからでもない。単に芹沢を避けたというだけの提携である。

これは均衡を欠く配置だ。

纏め役の二人が共に根岸派ということになれば、当然根岸友山優位ということになり、芹沢鴨の組内での順位はぐんと下がってしまう。そうなればあの芹沢が黙っている訳はない。放っておいても内紛が起きることは火を見るよりも明らかだった。

だが、歳三にはそれを待つ時が惜しかった。

煽《あお》る。

煽って戦わせる。

戦わせて芹沢に勝たせる。

それから——。

芹沢を殺すのは、それからだ。

ただ殺すのならいつでも殺せる。

しかし殺しても良いという、殺せという下知を出させるには。

策が要る。

残留浪士が正式に会津公御預となったのが、弥生《やよい》十二日。延び延びになっていた浪士組本隊の江戸への出立が翌十三日。その三日後の十六日、残留組一同で松平容保公に拝謁するという運びになった。

歳三は、拝謁の際の並び方に目を付けた。

本来であれば芹沢は先頭にいた筈である。尽忠報国の一団を引き連れ、松平肥後守《ひごのかみ》の真正面に座るのは、芹沢鴨であった筈だ。

少なくとも芹沢はそう思っていただろう。

だが、間違いなくそれはない。

家里と殿内が真ん中である。続くのは根岸だ。芹沢は良くて四番手、根岸派一党の後に連なるとなれば、更にずっと後ろということになるだろう。

並ぶ順などは本来どうでもいいことである。しかし莫迦程そういう序列順番といった些事《さじ》に拘泥《こうでい》するものなのだ。芹沢のようなくだらない男に限るなら、列の後先は大きな問題となるに違いなかった。

肝心なのは芹沢本人がその点に気付いているのかどうかということであった。

沖田を使ってみた。

誰にでも取り入る小僧は芹沢一派とも近しくしている。

山南も藤堂も永倉《ながくら》も、肚《はら》の底では芹沢を毛嫌いしている。そこまで嫌《きろ》うてはいないだろう原田《はらだ》井上も、芹沢の目に余る行いには呆れ、距離は置いている。だが、沖田は何も気にしていないようだった。

そういう男なのである。

芹沢を煽《おだ》てて焚き付けろと言うと沖田は嬉嬉として引き受けた。心底厭《いや》な小僧だと思った。

芹沢は——案の定ごねた。

殿内の処に怒鳴り込み、談判したらしい。談判といっても、いつものように恫喝しただけだろう。結局芹沢は真ん中に座って拝謁した。

芹沢にしてみれば念願が叶ったということになる。

いや——芹沢にしてみれば最初からそうなって然り、当たり前のことだったのだ。会津公召し抱えが成就したのは、偏《ひとえ》に己の手柄だと、あの男は信じ込んでいたのであるから。

どうであっても、その一件で芹沢一派と家里殿内、根岸一派との軋轢は大いに増した。

芹沢は上機嫌で八木邸に戻ると源之丞に言い付けて板を調達させ、近在の大工に削らせて、自ら松平肥後守御預浪士宿と揮毫《きごう》すると、八木邸の門にそれを掲げた。

そういうことが好きなのだ。いや、そういうことをしなければ、自分《おのれ》の正当性を自らに担保することが出来ない男なのだろう。

憎憎しくそれを眺める殿内の顔を歳三は能《よ》く覚えている。

その日を境にして、歳三達は宿を八木邸の長屋門からこの前川邸に移した。

勿論、芹沢との微妙な距離を保つための策である。近藤は、標札が掲げられた建物を使って良いのは芹沢先生だけですと、持ち上げた。

その三日後、歳三は井上源三郎とともに源三郎の兄松五郎《まつごろう》を訪ねた。

井上松五郎は八王子千人同心世話役であり、大樹公《たいじゅこう》上洛に随行して京に入っていたのであった。松五郎からは上洛後すぐに連絡があり、近藤沖田などと共に歳三も幾度か会っている。同郷同門の馴染みということになるが、歳三にしてみればそれ程親しくしていた訳でもないから、何とも思わなかった。

その松五郎が八木邸を訪ねて来たという。丁度、容保公に召されて歳三達が光明寺に赴いていた、その最中のことだという。

何かあると、歳三は踏んだ。

だから会いたくもないのに面会に行くことにしたのだ。一人で行っては怪しまれるから源三郎を伴った。

四条《しじょう》の芝居茶屋に揚がり、飲みたくもない酒を飲んだ。

大した話ではなかった。

将軍の東下が延期されるらしいという話だった。

弟よりは腕が立つものの弟同様毒にも薬にもならぬ男である井上松五郎は、将軍が江戸に戻ることになれば警護役たる歳三達も当然同行することになるのだと――当たり前のようにそう考えていたようだった。折角苦労して京に残れる運びになったのであるから、将軍滞京中に活躍する機会が持てるのであれば、それはその方が良いわいと、松五郎は笑い乍《なが》ら言った。

そんなことは関係ない。

他の者は知らぬが、将軍が何処《どこ》に行こうと歳三は京を離れる気などない。そもそも将軍を護るつもりもない。

しかし。

使える話だとは思った。

戻るなり、歳三は近藤を介して芹沢に進言した。

浪士組の名で、将軍滞京延長を願う建白書を出せ――と。

帰府が延長されるのは決まっていたことである。しかしそれを知る者はいない。

公表される前に建白書を提出すればどうなるか。決定に反対する内容ではないのだから、それで延長が取り止《や》めになることなどはあるまい。一方で、延長されたのは建白書が出されたからなのだと、余人は受け取るだろう。

企んだのは歳三だが、吹き込んだのは近藤である。

近藤がどのように芹沢を懐柔したのかは知らない。手の内を明かしたのか、明かさずに踊らせたのか、いずれにしても芹沢は断るまいと歳三は踏んでいた。どんなことであっても名が上がることであれば、芹沢は必ず乗る。

そして、莫迦は簡単に乗った。

建白書は連名にさせた。

勿論、筆頭は芹沢である。根岸と、根岸の派閥数名には話をし、連名にも加えたのだが、家里と殿内はわざと飛ばした。根岸に話を通したのは家里と殿内を孤立させるためである。二人を外すというのも芹沢の好むところだったようである。

建白書は老中板倉周防守に提出された。

日を待たずに将軍出立延期も明らかになった。

殿内と家里の顔は――潰れた。

溝《みぞ》は益々《ますます》深まった。

殿内は、特に怒った。だが、莫迦莫迦しいことで怒るとろくなことがない。体面だの世間体だのに拘《こだわ》ると必ず身を滅ぼす。殿内などはそこで身を引くべきだったのだろうと、歳三は思う。

その数日後。

将軍帰東延期を受け、警護に当たる残留浪士と会津藩士の交流を深めるための催しが設けられた。お膳立てをしたのは勿論手代木である。

八木邸からも程近い、宝幢三昧寺《ほうどうさんまいじ》という寺で壬生大念仏狂言《みぶだいねんぶつきょうげん》とかいうものを観覧した。

笛を吹き鳴らし太鼓や鉦《かね》を打ち鳴らして、面を着けた者が舞踊るというだけのものだった。お囃子《はやし》が煩瑣《うるさ》かったことしか覚えていない。

こんなものを一緒に見たところで交流が深まるものかと歳三は思ったものである。

ただ。

参加したのは芹沢一派と歳三達だけであった。家里一人は大坂《おおさか》に出向いていて不在だったのだが、他の者は悉《ことごと》く壬生にいたのに、である。

報《しら》せなかったのだ。

連絡は八木邸に来たのだ。

手代木が意図的に殿内根岸を外したとは考え難《にく》い。使いの者は単に標札が掛かった場所に行ったのだと考えるべきだろう。他意はなかったのだ。それでも、会津からの伝言を受けたのは芹沢鴨その人だったのだ。

これには、流石《さすが》の根岸一派も業《ごう》を煮やした。

報せなかったとはいえ内密にしていた訳でもない。隠そうとしても同じ壬生にいるのであるから、直ぐに知れることではあっただろう。言わなかっただけだ。

殿内はその日のうちに動いた。

何をする気であったのか歳三は知らない。もう知る術もない。

旅支度をし何処かに行こうとしていた殿内義雄は、何処にも行けぬまま、死んだ。

沖田が斬ったのだ。

建白書の件にしろ、交流会の件にしろ、これはあからさまな嫌がらせである。それを受けて殿内や根岸がどう動くのか、知りたかった。だから狂言の途中で沖田を抜けさせ、動向を見張るように言い付けたのだ。沖田は矢張《やは》り嬉嬉として出掛けた。誰も気付かなかった。

溝鼠《どぶねずみ》は夜半まで戻らなかった。

前川邸に戻った沖田は、莞爾《にこにこ》していた。

――三太刀《みたち》浴びせましたよ。

歳三に向け、沖田はそう言った。

その時は、何のことか判らなかった。

翌朝、四条大橋の袂《たもと》で殿内の死骸が見付かった。袈裟《けさ》懸《が》けに斬られていた他、頭と左手に刀傷があったそうである。

闇討ちと思われた。

歳三は、様子を見ろとは言ったものの殺せとは言っていない。

問い詰めると沖田は、動きが不審だったから殺しましたと臆せずに言った。

歳三は沖田を殴った。

沖田は──。

そんなに羨ましいんですかと言った。

歳三は詰《なじ》る気も失せて、沖田に背を向けた。

人外《にんがい》として見るならば沖田の方が正しいのかも知れぬと──そんな風にも思ったからだ。

近藤にだけそのことを告げた。

歳三の報告を受けた近藤は大きな口をへの字に結び、どうしたものかと言った。近藤は沖田の本性を見抜いていない。あの小僧が、生きものを、特に人を殺すことを無性に好む外道であるということを、近藤は知らないのである。当惑したとしても仕方があるまい。

沖田が殿内を斬る理由など何処にもないのだ。あの小僧の本性を知らずして理解出来る話ではないだろう。のみならず、それは本来、役人に届け出るべき事柄なのである。佐々木が言っていた通り、それが仕事でない人殺し——闇討ちであるならば、必ず裁かれるべき案件であっただろう。

歳三は、先ずは内内に芹沢に相談しろと助言した。

芹沢は役人に届けろとは決して言わぬ。寧《むし》ろ喜ぶに違いないと思ったからだ。

その通りになった。

芹沢は沖田を呼び付けると、手柄だと言って酒肴を振る舞った。

無茶苦茶な反応である。一方、喜んでその杯を受ける沖田もまた、理解し難《がた》い怪物だと歳三は思った。

結局、殿内義雄が在京浪士組の筆頭でいられた期間というのは、僅か半月余だったということになる。

しかし、この沖田の妄動は結果的に功を奏することとなった。

瓢簞《ひょうたん》から駒《こま》とはこのことである。根岸一派は、殿内殺害を芹沢による粛清と受け取ったのだ。

根岸友山は——逃げた。

伊勢《いせ》参りに行くという、驚く程に童 染《こどもじ》みた言い訳をして、根岸友山とその一党は尻を絡《から》げて都を離れて行ったのであった。

相当慌《あわ》てていたのだと思う。遠からず芹沢に殺されるとでも思ったのだろう。

慌てていた証《あか》しに、根岸達は自分達の派閥の浪士を一人置いて行ってしまった。

阿比留鋭三郎《あびるえいざぶろう》というその男は、上洛してすぐに体調を崩してずっと寝込んでいたのである。その回復を待つこともせず、根岸は病人を近藤に托して、そそくさと出立してしまったのだった。阿比留は元元家里の息の掛かった人物であったから、家里が戻れば何とかなると考えたのかもしれない。

阿比留を托す者として近藤を選んだことからも、根岸が芹沢を恐れていたことは明白である。殿内を殺したのは芹沢だと考えていたに違いない。

まあ、芹沢鴨が邪魔者を排除したのだと誰でもそう受け取るだろう。

下手人が近藤一派の沖田総司だなどとは、毛程も思っていなかったことだろう。

それにしても伊勢参りとは笑わせると、歳三は思ったものだ。勿論根岸達が伊勢などに行く筈もないことは芹沢も近藤も承知していたことである。

余計な者は要らぬよと芹沢は笑っていた。

そう。

──てめえが。

一番邪魔だと歳三は思った。

風の噂に聞くところ、根岸達一行は江戸に舞い戻ったらしい。もしかしたら本隊を追いかけて合流するつもりであったのかもしれない。根岸達がいつ江戸に到着したのかは判らぬが、その時点で多分、清河は殺されていたのだろう。その後、連中がどうなったのかは知らない。

どうでも良い。

鵜殿の作った残留浪士の仕組は、一月保《も》たなかった。

月が変わって間もなく病床にあった阿比留も死んだ。

外遊中の家里を除いて、在京浪士は芹沢を頂点とする芹沢一派と、歳三達近藤一派だけになってしまったのであった。

それでいい。芹沢には天辺《てっぺん》に載っていて貰わなければ困るのだ。天辺で精精《せいぜい》威張り散らし、好き放題悪行を重ねて貰わねばならぬのだ。

在京浪士組の評判を落とすだけ落とし、その上で総《すべ》ての不祥事の責任を取って貰うために──である。

不祥事はすぐに起きた。

卯月《うづき》になれば暑くなる。

桜も疾《と》うに散っており、既に春ではない。都は初夏の相を見せ始めていた。

しかし、壬生に溜まった浪士どもは依然として冬支度なのであった。

江戸を出て凡《およ》そ二箇月。伝通院《でんづういん》に召し寄せられた時、本堂は深深《しんしん》と冷えていた。道中も風は冷たかった。芹沢が本庄宿で火を焚いたのだとて、元を辿れば暖を取るためだったようである。

寒かったのだ。

しかし、着替えなどないのであった。

着た切りの浪士どもは汗塗《まみ》れで汚らしかった。

会津公御預になったとはいうものの、それはなったというだけ。浪士は浪士なのである。話だけは通ったものの、俸禄を貰った訳ではないのだ。

慥《たし》かに見窄《みすぼ》らしかった。

それなりの恰好をしていたのは歳三くらいのものである。

歳三は出立前に侍装束を新調している。洒落《しゃれ》のめした訳ではない。それまで半裸で過ごしていたようなものなのであるし、それで佩刀《はいとう》したのでは野盗の如くになってしまう。だから已《や》むを得ず仕立てたのだ。

汚れが目立たぬよう黒地を選んだし、仕立てて二月《ふたつき》であるから、まだ草臥《くたび》れてはいない。半襟などは擦《す》り切れてしまったが、暖かくなってからは襦袢《じゅばん》を着ないことにしていた。

ただ、他の連中はそれこそ着の身着のままで出て来た筈だ。

山南の羽織は擦り切れていたし原田の袴《はかま》は破れていた。近藤などは季節外れの綿入れを着ていた。むさ苦しいし、見窄《みすぼ》らしい。しかも、不潔だ。

取り締まるべき浮浪の方がまだこざっぱりとしていただろう。

芹沢はそこが気に入らなかったようだ。

卯月に入った辺りから、芹沢は金が要る金が要ると言い始めた。

金は——要るだろう。

要るに決まっているのだ。

そんなことは最初から判っていたことである。元より歳三達が会津の後ろ盾を欲したのは、組を維持するための金を引き出そうとしたからなのだ。勿論、幕府の正式な許諾が欲しかったということもあるのだけれど、金が先である。権威だの名誉だのを欲した訳ではない。金に困らぬ程の立場になれるのであればそれで済むことだし、それなら話は早いのかもしれぬが、それ程偉くなれる筈もなかった。

八木邸にしろ前川邸にしろ、借り賃を払っている訳ではないのだ。屋根があるだけましというもので、その屋根とていつまであるのか知れたものではなかった。

そんな状態が永遠に続くものではないということは童《こども》でも判ることである。

金は要るのだ。

だが金策をする前に、先《ま》ずは会津に掛け合うべきなのである。否、召し抱えが成った段階で、きちんと交渉しておくべきことだったのだ。それに就いては山南が早くから提言していたことである。

その通りだろう。

雇うというなら条件を提示すべきだし、雇われる方も同様である。

山南の言う通り、いの一番に交渉しておくべきことであったろう。

止《と》めたのは歳三だ。

放っておけば会津は何もしないだろう。そうすればすぐにでも組は窮する。窮すれば、先陣を切って動くのは芹沢だと思った。

頭《かしら》だからではない。芹沢が誰より金を遣うからである。

動くといっても、芹沢がまともな動き方などする筈もない。正当な手続きを踏んで金品を得るような、まともな男ではないのだ。

歳三の睨《にら》んだところ、芹沢鴨は元元強請屋《ゆすりや》である。

歳三の見立て通りなら、水戸《みと》天狗党を騙《かた》り尊王攘夷を盾にして、商家から押し借りをする不逞の輩《やから》こそが、芹沢鴨の本性――ということになる。

どれだけ出世しようとも、身分が変わろうとも、そうした渡世に一度でも手を染めたことのある者は、窮するにつけ必ず同じことを繰り返すものである。

簡単だからだ。

頭を下げて頼んだり愛想を振り撒《ま》いたり証文を認《したた》めたり粘り強く交渉したり――そういう七面倒臭いことはしない。勿論働きもしない。金品を得るためには労働が必要なのだということを理解していないのだ。それなくして得られる金――借金は返済が必要なのだということも解らないのだろう。

恫喝こそが、連中にとっての労働なのだ。

押し入って怒鳴れば、幾価《いくら》かでも金は出る。そうした金は返す必要もない。

芹沢は必ずそちらを選ぶと、歳三は考えたのだ。

そして、押し借りの際に芹沢は必ず会津の看板を出す。京都守護職配下壬生浪士組という肩書きは、伝家の宝刀となるに違いない。

何しろ、それは事実なのだから。

水戸天狗党は騙りだったのだろうが、壬生浪士組は虚偽ではない。ならば芹沢は必ず名乗る。

当然、問題になる。

押し借りの肩書きは大抵嘘なのだ。

しかし、それが本当だということになれば――。

皺寄せは全て京都守護職へと回ることだろう。苦情陳情があるだけではない。金を返せと言われるに違いない。上方《かみがた》の商人《あきうど》は坂東のそれとは違う。その辺の浮浪の仕業というのならいざ知らず、会津公お抱えが強請りをしたとなれば話は別である。

必ず取り返すだろう。

それでいて、役人は動き難《にく》いのである。奉行所も所司代も、守護職の下に就いている。その守護職預の仕業となれば、簡単に捕え咎めることも出来まい。

歳三は。

そこを狙ったのである。

狙いは見事に当たった。

阿比留が死ぬ、少し前。

芹沢は、大坂に金策に行くと言い出した。新見と野口を連れて行くという。

歳三は、すぐに覚った。

新見というのは、出自も何も能《よ》く判らない男である。

芹沢一派の連中が何処か腰巾着めいて感じられる中、新見だけは芹沢の右腕といった風に見えた。威張り散らすという点では芹沢に引けを取らない。遊興に明け暮れ酒色に耽り、乱暴狼藉も堂に入ったものである。

多分。

新見は、芹沢の強請屋時代の相棒だった男なのだ。

武士ですらないかもしれぬ。

野口は水戸藩士だったらしい。永倉の同門ということだし、辛うじて武士ではあるのだろう。但《ただ》し、何故藩を辞したのかが判らない。思うに芹沢を天狗党に仕立てたのが野口だったのではないか。歳三はそう推察していた。

——強請る気だ。

そう直観した。

だから、その時歳三は同行したいと申し出たのだ。

芹沢鴨の蛮行を、一度は確認しておくべきだと思ったからである。

近藤と、永倉を誘った。

永倉には特に見せておきたかったのだ。心中の計り難《がた》い永倉が如何なる反応を示すのかも知りたかった。ただ、近藤にも永倉にも、何が起きようが決して口も手も出すなと念入りに言い含めた。

黙って見ておれば良い。

芹沢は別に同行を厭がることはなかった。

のみならず、どうせなら沖田も来いなどと言い出した。

沖田は喜んで付いて来た。殿内暗殺の一件以来、沖田は芹沢に可愛がられていたのである。

大坂の平野屋《ひらのや》という両替屋から百両を押し借りした。

思った通り芹沢は京都守護職の名を出して、脅《おど》し賺《すか》した。

それでも最初はやんわりと断られたのだ。先方は詫び料として五両を出した。

ただの浮浪なら、その五両を受け取って引き上げるというのが常なのだろう。五両でも大金である。それが一声で手に入るならしめたものとするのが普通だろう。しかし、芹沢は引かなかった。その辺の喰い詰め浪士とは役者が違うのである。無礼者と怒鳴り、剰《あまつさ》え腰のものに手を掛けて、役人を呼べとまで言った。

歳三は——。

感心した。

役人を呼ばれて困るのは、本来ならば強請っている方の筈である。その強請屋本人が役人を呼べと言うのなら、強請られている方は打つ手がなくなってしまう。

実際、手代は番所か何かに行ったようなのだが、程なくして青い顔をして戻った。京都守護職の看板を掲げられたのでは、小役人の手に負えるようなものではないのである。芹沢は見透かしている。

やがて主人が奥から出て来て、慇懃無礼《いんぎんぶれい》に切り餅四つを差し出した。

一応、証文めいたものも書いた。

それには月末に返済すと記した。

どうせ反故にする気なのだから何とでも書けるのだ。

主に芹沢と新見が交渉した。

近藤は、野口の横に何も言わずに座っていた。永倉は苦虫を嚙み潰したような顔で店先に立っていた。沖田は一人、愉しそうにしていた。

歳三は、芹沢の一挙手一投足をただ凝乎《じっ》と見ていた。

金百両は芹沢の懐に納まった。

その金で——。

全員が夏物を仕立てた。

紋付きの単衣《ひとえ》に、小倉織《こくらおり》の袴。

揃《そろ》いの羽織を仕立てようと言い出したのは近藤だったと思う。

近藤は、浪士組を赤穂《あこう》義士のような装束にしたかったらしい。歳三は反対した。見てくれに拘《こだわ》るなど莫迦莫迦しいことである。しかし芹沢が賛成したので、歳三は反対するのを止《よ》した。

市井《しせい》の者共からただの浪士に見られたくない――というのが芹沢の意見であった。

それこそどうでもいいことだと思う。

程なくして大丸呉《だいまるご》服店《ふくてん》から届けられた羽織は迚《とて》も着られたものではなかった。夏物ということだったから、生地は麻である。近藤の案を入れたのだろう、義士宜しく袖口は段段筋《だんだらすじ》に染め抜かれていた。ただ、暑苦しいのは敵《かな》わぬという芹沢の言を入れたものか、地色は浅葱《あさぎ》色《いろ》に染められていたのである。

派手――というより、みっともない。酷過《ひどす》ぎる。

まるで飴《あめ》売りか山猫回しのようであった。届けに来た大丸呉服の手代さえも、これで良いのかという顔をしていた。近藤も呆れた。赤穂義士には見えない。恥ずかしくて羽織れたものではないだろう。頼み方が悪かったのだ。

こんなものを羽織って町を闊歩したのでは、目立って仕様がない。慥《たし》かにただの浪士には見えぬかもしれぬが、幇間《ほうかん》か東西屋《とうざいや》にしか見えぬ。そうではないと知れ渡ったところで、今度は一目で素性が知れることになる。

狙われる。

逃げられる。

どのような職務が振られるのかは全く不明だったが、何をするにも不向きであることは間違いなかった。芹沢もそう思ったようだが、それ程厭でもなかったらしく、公務の時だけ着れば良いだろうということになった。

公務にこそ向かないだろうと歳三は思った。

その羽織が届いたのと機を同じくして、入隊を希望する者が数名、芹沢の許《もと》を訪れた。どうやら家里次郎が旅先で周旋した者達らしかった。家里は同志を増やすためにせっせと近隣を回っているものと思われた。

殿内が死に、根岸一派が遁走したことも知らずに——である。

そうしてみると間の抜けた話ではあったのだが、頭数が欲しかったことは事実である。上を取りたがるような者は一人も要らぬが、下を支える者は多い方が良い。家里の声掛かりということで芹沢は難色を示したが、近藤が説得した。

芹沢と近藤が吟味し、佐々木《ささき》愛次郎《あいじろう》他数名を採用した。

在京浪士全員に対し松平容保自らによる召集令が届いたのはその直後、卯月十五日のことだった。どうやら将軍下坂に当たり警護を命ずということであるらしかった。初仕事である。

正式に警護を命ずる前に、容保公直直《じきじき》に浪士全員の面通しをしたいという思し召しであった。

衣を新調しておらねば恥をかいていたぞと芹沢は笑った。

ただ、全員が珍妙な羽織を着用させられた訳だから、恥というなら大差はない。慥かに、そうした場面でしか着る機会はない。

芹沢は先頭を切って光明寺の門を潜《くぐ》った。目の上の瘤《こぶ》が取れた赤鬼は、如何《いか》にも堂堂としていた。浅葱色の段段《だんだら》羽織という珍妙な一団がそれに続いた。田舎芝居でもこのような妙な衣装は着けないだろう。

芹沢は破顔して隊士を紹介し、稽古試合まで披露した。

歳三も藤堂と対戦した。藤堂は矢鱈《やたら》と発奮していたが、歳三は適当に棒を振っただけである。

どんな境遇にあろうとも、棒振りを真面目にする気にはならない。

それでも、ひ弱な京都守護職は感心した。否、感心した振りをしていただけかもしれない。一方で芹沢は増長した。こちらは肚の底から増長していた。新参を含めた全員のお目通りを済ませると、芹沢は満足そうに呵呵大笑《かかたいしょう》した。

近藤も、喜んでいた。

単純な男である。

そして。

芹沢を頭に戴《いただ》く京都残留浪士の集団は正式に京都守護職配下、壬生浪士組となったのだった。

芹沢一派は、否、芹沢鴨は、大いに喜んだ。

連中は珍妙な羽織を着たまま、花街に繰りだした。

だが、近藤を担ぐ者共の方は一様に複雑な心境だったようである。

特に永倉と山南、藤堂あたりは、会津公拝謁の後、あからさまな危惧を抱いたようだった。

芹沢にではなく、近藤勇《いさみ》に——である。

芹沢が調子に乗るのは一向に構わぬが、近藤までその尻馬に乗るのはどうかというのである。

歳三は別に構うまいと思った。大勢に影響はない。それに、童《ガキ》の頃から侍になりたがっていた男が、漸《ようや》くちゃんとした武士になれたのである。多少はしゃいだとしても致し方あるまい。

そう思ったからだ。

しかし永倉は譲らなかった。このままでは近藤が芹沢になってしまうと永倉は言った。芹沢の押し借りの現場を見た所為《せい》もあったのだろう。

実際、間抜けな浅葱色の羽織を着て無邪気に笑っている近藤は、莫迦にしか見えなかったのだけれど。

源三郎が、中の者の意見では埒《らち》が明かぬから兄松五郎にでも諫《いさ》めて貰おうと提案した。仕方なく歳三も松五郎に会ったが、松五郎にしてみればそれがどうしたという話である。

結局何もしなかった。

騒ぐ程のことではないのだ。

寧《むし》ろその段階では近藤にも芹沢に調子を合わせていて欲しかった。

その方が遣り易い。

それに。

歳三は、芹沢や近藤に接している時の容保公の心中に、微かな揺れがあることを見て取っていた。笑う芹沢に向けた眼差しに僅かな憂いが籠められていたことや、微笑《ほほえ》むその頰が攣《つ》っていたことを、歳三は見逃していない。

芹沢は水戸藩士、しかも元天狗党を標榜《ひょうぼう》している男だ。水戸と会津に相容れないものがあることは言うまでもない。そうでなくとも芹沢の人品骨柄に触れれば、誰でも一抹の不安を抱く筈である。何も感じないというのであれば、それは余程の虚《うつ》け者ということになろう。

松平容保も、当然何かを敏感に察したのだろう。

芹沢を見る目にはそういう色が付いていた。

あの目は、嫌悪の目だ。

一方、近藤を見る目に、そうした色は付いていなかった。

近藤に対して会津公が何を思ったのかは判らぬ。しかし。

芹沢鴨は——要らぬ。

松平容保はそう感じた筈だ。

そうでなくてはなるまい。それが普通の感覚だ。そして、そう思って貰わなければ歳三の策が成就しないのである。芹沢は疎《うと》まれねばならない。

将軍が大坂に向け出立したのは二十一日のことであった。

警護といっても、将軍の横に付ける訳ではない。立派な随行が大勢いるのである。壬生浪士組は大層な行列の最後尾に、ただだらだらと、鮒《ふな》の糞のように付いて歩くだけであった。

しかも二十人余の全員が、例の巫山戯《ふざけ》た揃いの羽織を着て――である。

面白くも何ともなかった。

寧《むし》ろ不快であったと思う。

こんなことをするために――鮒の糞になる権利を獲得するために、大勢が侃侃諤諤《かんかんがくがく》の大騒ぎをしていたのかと思うと、歳三は可笑《おか》しくて仕様がなかった。

道中別に何ごともなく到着し、宿に入った。

それ以降も、何をするでもなかった。

将軍がいる間、滞在するというだけである。

芹沢はその日のうちに飽きたらしく、取り巻きを連れて遊廓に揚がった。新町《しんまち》の吉《よし》田屋《だや》という貸座敷が気に入ったようで、連日入り浸り昼から飲んでいた。他の者はそこまでだらけることはなかったが、それでも夜は酒宴になった。

何をしに行ったのか。

常に宿に残っているのは新参者数名と、斎藤一くらいだったと思う。

歳三はのら付いていた。

大坂に入って三日目だったか。

矢張り当てもなく歩いていた歳三は、常安橋《じょうあんばし》の会所近くであの恥ずかしい浅葱《あさぎ》色の羽織を認めた。

近藤、芹沢、平山、そして山南であった。酒宴の帰り道だったのだろう。その一団が会所に差し掛かった、その時。

会所の中から、男が出て来た。

其許《そこもと》等はッ――。

男はそう大声で言った。

驚いているような、怒鳴るような、裏返った声だった。

それは、家里次郎だった。

いったい、これは――。

家里はそう言った。

果たして何処を回っていたのか皆目判らぬが、思うに家里はその段に及んで猶《なお》、何も知らずにいたのだ。

一月前に殿内が死んだことも。

根岸達が遁走したことも。

家里は、ただ壬生浪士組将軍警護のため在坂中とだけ聞き付けて、大坂に立ち寄ったのだろう。しかし来てはみたものの、どうも様子が怪訝《おか》しい。宿にも、派手な羽織を着た新参者がごろごろしているだけである。そこで、事情の判る者を探し、話を聞いていた——ということだったのだろう。

はて何方《どなた》でしたかな——。

芹沢は戯《おど》けてそう言った。

もしや将軍警護の御役を放り出して伊勢参りに行ってしもうた根岸とかいう卑怯者の隊にいた、何とかいうお人であったかな——。

ええい、芹沢ッ——。

家里は言葉を失った。

そこで歳三は、厭なものを見た。

会所の中に溝鼠《どぶねずみ》がいた。

沖田だった。その時、家里がそれまで会所の中で話を聞いていた相手は沖田だったのだ。

何をどう話したのか。殿内を斬ったのは沖田自身なのだが。

沖田は笑っているようだった。

遠目であったが、そう見えた。

誰であろうとこの大事な時に留守をしおって。貴様のような腰抜けは壬生浪士組には不要じゃッ――。

芹沢がそう言うか言わぬかのうち。

家里は身を屈めた。

腹を。

突かれたのだ。目にも止《と》まらぬ早さだった。突いたのは。

沖田だった。

家里さんお腹をお召しかな――。

沖田はそう言った後、刀を引いて振り翳《かざ》し、前のめりになった家里の首を。

刎《は》ねた。

ならば介錯仕《つかまつ》る――。

近藤も、山南も、平山さえも啞然《あぜん》としていた。首は転がらずそのまま地面にぼたりと落ち、首を失った胴体はその首を求めるかのように、首の上に崩れ落ちた。

この人邪魔なだけですよ。そうですね、芹沢先生——。

沖田はそう言った。

歳三は吐《は》き気を覚えた。その時、歳三は沖田が人を斬るところを初めて見たのだ。

己の姿を見たような気がした。

家里は切腹ということで処理された。どんな子細があろうとも往来でいきなり腹を切るような奇矯な者が然《そ》ういる筈もないのだが、目撃していたのは芹沢達だけなのであるし、そうだと言い切られてしまえば疑う理由もない。近藤達にしても、話を合わせるよりなかっただろう。

将軍在坂中である。

初仕事で刃傷沙汰は拙《まず》い。

大樹公警護の大役に出遅れた不徳を羞《は》じての切腹であったようだが力足らず、死にきれぬ様浅ましくまた哀れで、武士の情けと介錯を致した——。

芹沢は役人にそう説明した。

沖田はそこまで見越していたか。

家里の腹の傷は慥《たし》かに浅く、説明に矛盾はなかった。だからといってそんな莫迦なことがあるかと考える役人もいなかったようである。

そして歳三は。

沖田の使い道を知った。

その日を境に、沖田は本性を隠さなくなった。

それでも隊士の多くは沖田総司の人外《にんがい》としての本性に気付いていない。

そもそも蚊を潰すように笑い乍《なが》ら人を殺せる者がこの世にいるとは思っていないのだろう。

八木家の子供達と遊んでいる沖田の笑顔を目にする度に、歳三は肝《きも》が冷えるが如き厭な気分になった。

その場に居合わせた山南だけは何かを察したのだろう。

それ以来沖田とは距離を取っているように窺《うかが》える。近藤は立場上接し方を変えることも出来ないのだろう。いや、近藤の場合は、まだ沖田を何処かで信用しているのかもしれぬ。

――忌忌《いまいま》しい。

反吐《へど》が出る。それでも使い道はある。

歳三はそして斎藤から目を離し、小僧を見た。

刀の柄《つか》を湿らせている。実に愉しそうだった。

「未《ま》だですかねえ」

沖田はそう言った。

「もう一刻《とき》は経ちますよ」

「明りが消えたのはもっと前だと思うがな。雨戸があるし能《よ》く判らん」

源三郎が応えた。

「まだ子等《ら》が寝付いていないのではないかの」

近藤が言うと、寝てますよと沖田が返した。

「起きてたって別にいいじゃないですか。いいんでしょ」

沖田君、と山南が諫《いさ》める。

顔が強張っている。

歳三は考える。

この山南という男は人を斬ったことがあるのか。あったとしても、夜襲などはしたことがあるまい。それ故の強張りか。

それとも。

「何があっても、八木さん一家にご迷惑の掛からぬようにせねばならんのです。そこだけは忘れないでください」

「押し入って人を斬ったら、それだけで迷惑だと思いますけどね。それに最初から口裏を合わせて貰えるんなら、別に見られたって構わないのじゃないですか」

「童《こども》に見せるものではない」

「眠ってたって起きますよ。起きれば見るでしょう。隣の部屋じゃないですか。縁側に出ちゃえば障子一枚ですよ。表玄関の方からも回れるんだし。まあ――暗いから何が何だか判らないでしょうが」

「沖田」

歳三が止《と》めた。

「暗闇に紛《まぎ》れて」

睨《にら》み付ける。

「童《ガキ》斬るんじゃねえぞ」

そう言った。

沖田は口をヒン曲げて、気味の悪い笑みを浮かべた。そうじゃそうじゃ暗いんだから気を付けろよと源三郎が暢気《のんき》に続けた。

「本当に――」

ずっと正座して背を向けていた藤堂が呟《つぶや》いた。

「これでいいんですか」

「いいとは」

「いや――」

藤堂は黙った。

考えているつもりでいる考えなしは、理屈と気分の区別さえ付かないのだろう。

「何だご落胤《らくいん》。怖じ気付いたのじゃねえか。なら裏切って、お向かいにご注進にでも行くかよ」

歳三は藤堂の鬱陶《うっとう》しい背中を見たくなかったから、顔も向けずにそう言った。

「そんなことは――」

「半年前《めえ》、清河斬るとか息巻いていたのは誰だよ。清河なら良くて芹沢は厭か。あんな男でも身内だからかよ。局長だからか」

「それは」

藤堂は何か言いかけて止《や》めた。

「清河だってあの時は身内だったのじゃあねえのか。しかも将軍様お墨付きをぶら提げたお偉方だったじゃねえかよ。てめえはそれを斬るべきだとほざいたんだぞ」

「解ってます」

「解ってねえよ。いいか、あの時は未《ま》だてめえ達が疑ってただけで、清河が謀反人だなんて確証はなかったんだぞ。でもてめえは斬ると言ったんだ。清河が強請《ゆす》り集《たか》りをしたかよ。町家の娘を手込めにしたかよ。誰彼構わず斬った上、商家に大砲《おおづつ》撃ち込んだのかよ。どうなんだよ。どっちが」

どっちが悪い。

斎藤が顔を上げた。

「さっきも言ったがな、隠密裏に芹沢を排除しろと言ってるのは、会津だ。京都守護職だ。つまり幕府だ。お上《かみ》だよ」

「いや、だから、そうだとしても遣り方が」

見なくても判る。

藤堂は口吻《こうふん》を突き出している。

「遣り方がどうだってんだよ。てめえがあの時に望んだ通り、清河も死んだじゃねえか。あれを排除したのは幕府だよ。お前の代わりに、幕府の命を受けた誰かが殺してくれたのじゃねえか。同じようにしろと、今度は俺達が命じられたんだ。不服があるのか」

喜べよと歳三は言った。

「それとも何か。正正堂堂と遣りゃいいってのかてめえは。遣り方なんてどうでもいいことだ。これは上意なんだぞ。それに清河なら良くて芹沢は駄目だというてめえの理屈が解らねえ。いいや。何であろうと誰であろうと」

人殺しは人殺しだ。

沖田が愉快そうにしたので歳三は黙った。

雨音だけになった。

その時、隅にいた斎藤が刀を摑んだ。同時に戸ががたがたと鳴った。

「合図かな」

沖田が立ち上がる。

しかし、開いた戸の向こうに立っていたのは、蓑笠《みのかさ》を付けた永倉新八《しんぱち》だった。

「おう新八かい。どうじゃ」

源三郎が床を抜けて立ち上がり、手拭いを渡した。

「酷《ひど》い雨だ」

永倉は笠を取る。

矢張り真情の汲めぬ顔付きであった。

「それは――」

「それは判っておる。角屋の方はどうなんだ」

角屋にはまだ大勢の隊士が残っている。余計な者を遠ざけておくためにわざとしたことだ。芹沢殺害を恙《つつが》なく遂行するためである。

「皆、酔い潰れて寝ている。何人かは遊廓に行った」

「野口は」

野口はどうしたと近藤が問うた。

野口健司《けんじ》は芹沢の側近の一人である。新見錦、田中伊織亡き後、平山平間の命運も風前の燈火《ともしび》となりつつある今、最後の芹沢閥と呼んでも差し支えないだろう。

芹沢を八木邸に向かわせるため、野口は隔離することにしたのだ。

芹沢は花癲《いろぐるい》である。気持ち良く酔うと特に女を欲しがる癖《へき》がある。

芹沢の愛妾梅は八木邸にいる。いいだけ煽てて飲ませれば、酔い潰れる前に芹沢は必ず帰宿する筈だ。

だが、芹沢がお付きの者を一人も侍《はべ》らせずに行動するとも思えなかった。

四人となれば敵娼《あいかた》を含めて八人。酒宴なら兎《と》も角《かく》、取り巻きどもも女と同衾するとなると、八木邸は狭い。八人は無理である。その場の流れで廓《くるわ》に揚がられたりしてしまったのでは元も子もない。

そこで、取り巻きの数を減らすことにしたのだ。当初の計画では平間も引き剝がすつもりだったのだが、芹沢に同行すると早早に言い出したので、好きにさせることにした。無理な工作をすれば怪しまれることになる。

女を入れて六人はぎりぎりの数であったが、芹沢は八木邸を選択した。

平山平間の相手をする女二人も八木邸に喚《よ》ばせている。他の隊士が八木邸に向かうことは考え難《にく》かったが、野口さえ押さえておけば何とかなると踏んだ企みは、間違いではなかったということになる。

それでも万が一ということはある。

永倉は、角屋に残った者の動向を監視していたのだ。

「野口は来ない。一人で貸座敷にいる」

「まあ来ないだろうよ。大将の閨《ねや》房覗きに来るようなことはせぬさ」

そうではないと永倉は言った。

「邪魔することはしない」

「永倉さん。貴公——真逆《まさか》、野口に今宵のことを漏らしたのではないでしょうね」

山南が問うた。

「同門の誼《よしみ》で口を割った訳ではないのですね」

「違う」

永倉は静かに――怒鳴った。

「野口は気付いていた」

「気付いてただと。そんな筈はないだろう」

近藤は顎《あご》を擦《さす》り、それから歳三に視軸をくれた。

「いいや。あいつは、佐伯を斬った時からこのような日が来ることを予測していたようだ。新見の死も――切腹とは思っていない」

佐伯又三郎――。

斎藤と共に京で残留浪士に合流した男である。望んで芹沢の閥に入り行動を共にしていたが、八月に朱雀千本《すざくせんぼん》で殺害されている。

斬ったのは野口だ。

斬らせたのは芹沢である。

芹沢は、佐伯は生国を隠していたが元は長州《ちょうしゅう》藩士であり、倒幕浮浪どもが送り込んだ間者であったのだと説明した。

嘘である。

そんな訳はないのだ。

佐伯が合流したのは残留浪士が京都守護職御預《おんあずかり》になる前のことなのである。その段階では未《ま》だ海のものとも山のものとも知れぬ浪士の集団に過ぎない。長州だろうが薩摩《さつま》だろうが、間者など入れる意味は全くない。

芹沢も下手《へた》な嘘だとすぐに思ったのだろう。佐伯が芹沢の私物を盗み売り捌いたためだったと釈明した。

芹沢は一角《いっかく》なる珍獣の角で作ったという根付を提げていた。慥《たし》かに、一角はうにこおるとかいう高価な薬となるという。佐伯がそれを盗んだというのだ。

私欲のため偸盗《ちゅうとう》するなど士道に背く——ということであるらしい。

ただ隊士に不心得者多しと思われては新選組の沽券に関わる故、長藩間者としておいたのだと芹沢は言った。

それも嘘である。

佐伯は、間者ではあった。

しかし同じ間者でも長州の手の者ではない。佐伯は幕府の密偵だったのである。芹沢鴨は、最初からまるで信用されていなかったのだ。歳三はそれを佐々木只三郎から聞いていた。ただ、黙っていた。吹聴出来る話ではない。だが慥かに、その一件がこの度の仕儀を招き寄せた因《たね》となっている可能性は高い。

永倉は言った。

「野口の話だと、佐伯は板倉周防の息が掛かった者であったらしい。我等《ら》を、否、芹沢を内偵していたのだそうだ」

「真実《まこと》か――」

近藤は口を開けた。

「いつ何処で露見したのかは知らぬが、芹沢はそれを知り、野口に斬らせたのだ。芹沢はあのような男だから別に気にしてもいなかったのだろうし、いざとなれば野口を処断するつもりでいたのかもしれぬのだが、当の野口にして見れば気が気ではあるまいよ。それなのに芹沢の方は何処吹く風で乱行を続けたのだ。考えてもみろ。商家を焼き払い、揚げ句の果ての吉田屋での狼藉だ。あれは――」

大坂の吉田屋で芹沢が起こした騒ぎの際は、永倉も酷《ひど》い目に遭っているのだ。

先月末。

老中酒井《さかい》雅楽頭《うたのかみ》下坂に当たり新選組市中巡邏《じゅんら》の要請が大坂奉行所よりあった。芹沢近藤を筆頭に二十名余で大坂に出向き、十日余り滞坂した。

市中巡回といっても町をうろ付くだけである。例に拠って日暮れには酒宴となる。

芹沢は好んで吉田屋に揚がり、常に同じ芸妓を喚《よ》んだ。

芹沢は小寅《ことら》という芸妓に懸想していたのである。

芹沢は、したたかに飲んだ後、同席していた永倉に小寅を喚べと命じた。

小寅は、芹沢が吉田屋に初めて揚がった日に目を付け、以来懸想し続けていた芸妓であった。

だが、小寅は芹沢のことを毛嫌いしていた。見ただけで虫酸《むしず》が走ると言っていたのを歳三は聞いている。そんなだったから、小寅は当然座敷に上がるのを嫌がった。

芹沢は烈火の如く怒り暴れた。

仕方なく永倉は自分の馴染みの鹿《しか》という芸妓を喚び、付き添って顔だけでも見せてやってくれと頼み込んだ。鹿に付き添われて小寅が顔を見せるなり、芹沢は小寅に帯を解けと命じた。衆目の前で犯そうというのであった。

歳三もその場に居合わせたが、その時既に芹沢鴨は狂うていたのだ。まともでないことは一目で判った。

小寅は拒んだ。

当然だろう。

芸妓は娼妓ではない。いや、仮令《たとい》夜鷹総嫁《よたかそうか》であろうとて、そのような屈辱に従う訳はないのである。冗談としても笑えない。しかも、芹沢は本気だった。

鹿と永倉が間に入り、何とか酒宴となったのだが、芹沢は執拗《しつこ》かった。

小寅は頑《かたく》なに拒否した。

芹沢と肌を合わせるのだけは、どうしても厭だったのだ。

一夜明けても芹沢は収まらなかった。宿に戻っても吉田屋の女共の態度が気に入らないと言って暴れ、宿を滅茶苦茶に荒らした。そして小寅と鹿の首を刎《は》ねるから連れて来いと、宿の主人に強要した。

常軌を逸していた。

本当に首を刎ねればどうなるか。

多分、もう後はない。

歳三は止《と》めなかった。その場にいた隊士にも止めることをさせず、静観せよと申し付けた。多くの者は好きにさせなければ芹沢が収まらないからだと、そう理解しただろう。

それは違う。そう言ったのも、芹沢を追い込むための策である。

芹沢の前に引き出された女二人はがくがくと震えていた。声も出せないようだったし、目も見えていなかったのだろう。人というのは、恐怖に曝《さら》されると斯様に醜態を晒《さら》すものなのかと、歳三はその時思った。

芹沢は、濁った眼で女共を見下した。そして平山と歳三に、首を刎ねろと命じた。

見兼ねた永倉が割って入った。

我慢が出来なかったのだろう。

平素から己を律し我を出さぬ朴念仁《ぼくねんじん》が頭を下げたので、芹沢は多少なりとも気を良くしたようだった。

これで収まったとしても充分悪評は立つ。だからこの辺で済ませても良いかと、歳三はその時そう考えてもいたのである。

だが——芹沢は収まらなかった。

頸の代わりにその者共の髪を切り落とせと、赤鬼は命じたのだ。

——芹沢《こいつ》も。

後戻り出来ぬところまで来ているのだと歳三は思った。

そして指示通り女の髷《まげ》を切り落とした。平山も同じようにした。言うことを聞かなければその場は収まらぬ。その場にいた誰もがそう感じていた筈だ。再び永倉が止めに入っても面倒だと思ったので、歳三は素早く仕事をした。

男であらば首が飛んでおったわいと、芹沢は大笑いした。

鬼畜の所業だ。

女がざんばら髪で人前に出ることは出来ぬだろう。

頭巾でも被らねば、町を歩くことさえ儘《まま》なるまい。

後《のち》に聞いたところに拠れば、後始末に汗を流したのは永倉だったようだ。小寅には身請け先を周旋し、鹿は永倉自身が身請けして、どこぞに嫁がせたそうである。

そういう男なのだ。

髪を切った際、普段内面を覗かせぬ永倉が憤りらしき表情を垣間見せたのを、歳三は能《よ》く覚えている。

歳三はといえば――。

のさりと落ちた黒髪を見て、これで芹沢は詰んだ――と思ったものである。

最初に押し借りをして以降、大坂に於ける壬生の浪士組の、否、芹沢鴨という無頼漢の評判は著しく悪いものになっていたのだ。大坂町奉行所に至っては、あからさまに警戒していた筈だ。

芹沢はその期待を裏切らず大坂で多くの問題を起こした。

このひと夏で、である。

未《ま》だ新選組を拝命する前――壬生浪士組と名乗っていた頃に、歳三達は幾度も下坂している。

大坂に潜伏している不逞浪士の取締を命じられたのである。実際に幾人かは捕まえているのだが、いずれも小物で、大した手柄ではない。しかし起こした騒動はその手柄の比ではなく、大きかった。

水無月《みなづき》の初めに下坂した際も、芹沢は騒動を起こしている。

北新地《きたしんち》の貸座敷で大坂相撲の力士十数名と乱闘騒ぎを起こしたのだ。

その際は、相撲取り五名を斬り殺し、八名を負傷させている。

人死にが出ている。

況《まし》て相手は浮浪どころか武士ですらない。勿論ただで済む筈もない。

但し。この騒動は、酒宴の最中に角力《かくりょく》どもが大挙して討ち入って来たため、その場に居合わせた沖田、斎藤、永倉らが応戦した結果なのであり、芹沢一人がしたことではない。

だが、原因は芹沢が作った——ことになっている。

その日、芹沢一行は堂島川《どうじまがわ》で舟遊びをしていたという。

芹沢の取り巻きである平山、野口はさて置き、後は近藤の派閥ばかりであったようだ。沖田一人ははしゃいでいたようだが、永倉、井上、山南、斎藤は、ただ付き合っていたというだけだったようである。

気乗りがしなかったのだろう。

普段から口数が少ない斎藤などは、まるで船酔いでもしたかのように不愛想に見えた——らしい。

井上や永倉はまだ斎藤の性質を知っているが、芹沢達は後から入隊した斎藤のことを殆《ほとん》ど知らない。不機嫌そうにしている斎藤を具合が悪いと判じた芹沢達は、肝が細いと詰《なじ》り、散散《さんざ》嘲笑して、腰抜けがおっては興醒めと鍋島河岸《なべしまがし》で下船し、北新地で飲み直すことにしたのだという。

その際。

一行は蜆橋《しじみばし》という小さな橋の上で、大坂相撲の一団と出会《でくわ》した。

先頭の芹沢は大柄である。一方の角力者はもっと大きい。橋は狭く、どちらかが避《よ》けなければ渡れない。

芹沢が道を譲る訳もなく、相撲取りもまた横柄ではあった。

相撲取りというのは、その容貌から手形なしでも関所を抜けられるという渡世である。のみならず佩刀《はいとう》を許される者までいる。しかも行き遭ったのは大坂相撲の名門である小野川部屋《おのがわべや》の力士達なのであった。ただの町人ではなかったのだ。一方芹沢達は、ただの浪士にしか見えない。

力士側に一切の遠慮はなかったようだ。芹沢も同様であったから、橋の中央でかち合った両者は当然退《の》け退かぬという押し問答になった。その際に肩がぶつかったかしたのだ。

芹沢が鉄扇を振り上げ無礼者と怒鳴った。その怒号が止《や》む前に。

沖田が透かさず前に出て先頭の相撲取りに斬り付けた。

そう。

沖田が——原因なのである。

例に拠って諫めるでも呵《しか》るでもなく、反対に狼藉を褒めた芹沢も十二分に莫迦なのだけれど。

角力どもは考えもしなかった展開に呆然とし、怒るよりも前に驚き慌てて、負傷者を担ぎその場を去った。その背中に芹沢は罵声を浴びせ掛け、大声で名乗り、更に文句があるなら何処其処《どこそこ》に来いとまで言ったという。

だからこそ、相撲取りは意趣返しに来たのである。斎藤にしても永倉にしても、襲われたから反撃しただけなのであった。戦わなければやられてしまう。相手は並の者ではない。事実、沖田は八角棒で殴られて昏倒したと聞く。

調子に乗ったのだろう。

沖田はその時に死ぬべきだったかもしれぬと歳三は思う。

あの小僧には撲殺という末路もまた良いかもしれない。そんな気がした。

いずれにしても人死にが出たことは間違いないし、放置して良いようなことではなかった。

後始末は近藤がした。させられたのではなく、買って出たのである。

大坂相撲の背後にいるのは浪速の商人達である。敵に回して得になることは一つもない。それでなくとも押し借りで悪評が立っているのである。

近藤は翌朝、大坂西町奉行所に出向き、与力内山彦次郎《うちやまひこじろう》と面談し、ことの次第を書面で提出すると約束した。のみならず、小野川部屋に赴き話し合いを求めた。

いずれも、頭を下げに行った訳ではない。根回しをしに行ったのである。芹沢に代わって詫びたのではなく、事後処理をしに行ったのだ。

浪士とはいえ士分、会津公御預の身分でもあるから町方に捕えられることはない。

しかし訴えがあれば呼び出されるし、釈明もせねばならなくなる。経緯を鑑みるに暴徒鎮圧や無礼討ちで逃げ切れる類いの話ではなかった。目付筋に話が渡れば責めも負うし、主筋《しゅうすじ》にまで累が及ぶ。

その前に手を打ったのだ。

芹沢のためではない。芹沢を敵役にするため、である。

諸御用調役与力《しょごようしらべやくよりき》である内山は代代与力を務める家柄の古株で、大塩平八郎《おおしおへいはちろう》の乱の後始末にも奔走した人物だそうである。

厳格な男という評判であった。

近藤はこの堅物を相手に、一切下手に出ることなく、媚《こ》びも諂《へつら》いもせずに粘り強く交渉したのだということである。

要するに、徹底して芹沢を悪役に仕立てたのだろうと思う。

壬生浪士組が悪いのではなく、芹沢鴨が悪いのだと、遠回しに伝えたのだ。先方も最初から芹沢に悪感情を持っていた訳だから、話も通り易かったのだろう。その上で近藤は、小野川部屋とは自分が話を付けると約束した。

小野川部屋に対しても近藤は一切の謝意を表わしていない。死んだ者への弔慰として金子《きんす》を渡しただけであった。その上で、小野川部屋の方から芹沢に詫びを入れるという約束を取り付けて来た。示談に持ち込んだのである。

近藤がどのような話の進め方をしたものか、歳三は知らぬ。

ただその時、今後行われる興行に壬生浪士は全面的に協力すると約束をしたことは間違いない。

実際にその二月後、祇園北林《ぎおんきたばやし》で開かれた五日間の京坂合同興行の際には、壬生浪士組は率先して協力し、警護役を引き受けている。のみならず、力士間の揉め事を収めるなど、精力的に手を貸したのだった。

相撲取り風情に武士が肩入れするとは何ごとかと芹沢が機嫌を損ねた程に、近藤は熱心に、身を粉にして働いた。示談承諾に対して莫迦正直に誠意を示したのだ。百姓上りだからこそ執れる態度ではあったのだろうが、それを武士の身形《みなり》の者がしたからこそ、効果は大きかった。

それだけではない。

近藤は日を空けず大坂商人にも根回しをしている。

上方一の豪商との誉れも高い鴻池善右衛門《こうのいけぜんえもん》を密かに訪れ、善右衛門本人と面談したのだ。

その際近藤は、押し借りは不本意であること、壬生浪士組は他の浮浪どもとは違い会津藩お抱えの幕臣であることを説明した。そして、今後大坂商人に迷惑をかけるような無法はこの近藤がさせぬと約束したらしい。

暗に芹沢鴨と一般隊士との距離を誇示し、その専横を非難する意思を示したのである。

その上で、以降壬生浪士組の名で押し借りをする不届者がいたなら、普《あまね》く偽物と思えと近藤は断言した。更に騙《かた》りは一切赦《ゆる》すまじとも近藤は言ったそうである。

その約束は守られた。

京に戻ると、近藤は先《ま》ず金策強談《ごうだん》の常習であり、どうやら壬生浪士の身分を騙ってもいたらしい植村長兵衛《うえむらちょうべえ》という男を成敗した。

これは近藤が斬った。

近藤は、この時初めて人を斬ったのだ。

歳三の知る限りならそうである。

文久三年、水無月二十五日の暑い日のことだった。

死骸の首は沖田が切り落とし、千本通《せんぼんどおり》の五ツ辻に梟首《きょうしゅ》した。世間に広く知らしめるため――いや、鴻池に知らしめるためである。

程なく鴻池方に押し借りが入ったと報せが届くや、近藤はすぐさま下坂し浮浪共を一掃、奪われた三千両の総《すべ》てを奪還した。

首謀者の石塚岩雄《いしづかいわお》の首は矢張り落とされ、天神橋《てんじんばし》に晒された。

尤《もっと》もその時近藤は浮浪一味を殺さずに一網打尽にするつもりであったらしい。沖田が勝手に首を切り落としたので已むなく晒したということであるらしい。

鴻池善右衛門は大いに喜び、礼をしたいと申し出た。

近藤は辞退したいと言ったが、歳三は芹沢を連れて出向くよう進言した。表向きは局長としての顔を立てるための配慮ということであったが、鴻池の目の前で歴然とした態度の差を示すのが目的である。

案の定芹沢は自らの手柄のように自慢し、横柄な態度で威張り散らし礼金二百両に三十両を上乗せして献納させた。歳三の助言通り、その間近藤は何も言わず神妙な態度で芹沢の後ろに控えていたという。近藤は芹沢を先に店から出し、善右衛門に詫びたそうである。

芹沢の後始末に於て一度も下げなかった頭を、近藤はここで初めて下げたことになる。

近藤勇という男は、歳三が思っていたよりも遥かに処世に長けた人物だったのだ。

幼い頃の勝太《かった》は口数の少ない牛のような童《こども》だったのだが、歳三がそうであったように言葉が思考《おもい》に追い付かぬだけだったのかもしれない。

一方で芹沢鴨は歳三の予想を大きく上回る大莫迦だったということになる。

否、莫迦というより生来刹那《せつな》的というだけであったのかもしれぬ。先を見ず今だけを生きる、そうしたところが捨て鉢な言動となるのである。ならば。

歳三と同じ、人外《にんがい》の内だろう。

いずれにしても鴻池の一件で大坂に於ける壬生浪士組の評価は定まったといえるだろう。奉行所も、大坂相撲に関わる者共も、そして商人達も、偏《ひとえ》に近藤勇のみを信用し、芹沢鴨を敵視するようになったのだ。

それでも芹沢は懲りなかった。

葉月《はづき》十二日。

祇園での興行を済ませた後、壬生で放楽《ほうらく》相撲が行われる運びとなった。警護助成の恩返しとしての礼相撲であった。その日のあがりは、総《すべ》て壬生浪士組に上納される運びになっていた。近藤は率先して張り紙をし、客寄せをした。

芹沢は怒った。

百姓の出であるとはいえ、近藤も浪士組を束ねる者の一人である。それが相撲取り風情に媚び、剰《あまつさ》え興行で収益を得ようなど以ての外、心得違いも甚だしいという理屈である。そもそも芹沢は喧嘩相手の相撲取りに手を貸すこと自体が気に入らなかったのであるから、そう受け取ったとしても仕方がない。

理屈も解らないでもない。

そうはいっても、それに対する芹沢の抗議は常軌を逸していた。

その夜。

芹沢は小銭を勘定している近藤に罵声を浴びせ、そんな回り諄《くど》いことをせずとも金などすぐにでも手に入るではないかと豪語した。

そして、隊士を引き連れ葭屋町《よしやまち》の生糸《きいと》商大和屋《やまとや》に乗り込んだのであった。

押し借りを取り締まるべき立場の者が自ら押し借りをしようというのである。騙りと間違われぬよう、例のみっともない揃いの羽織を着用して行ったのであるから、念の入ったことである。

本物なのだから当然金は出すべき、出すに決まっていると芹沢は考えたようだ。

しかし大和屋は拒否した。

芹沢は狂ったように怒り、そして金を出さぬのなら店を焼き払うと脅した。倒幕派の浮浪には金を用立てても尽忠報国の幕臣に軍資を出せぬというならそれ即《すなわ》ち逆賊であると芹沢は咆《ほ》え、近隣の者に大和屋を焼くから避難しろとまで伝えた。

そして。

芹沢は本当に焼き打ちをしたのである。

実をいえばその時、大和屋は京都守護職宛に相当額の献金をし、警護依頼までしていたのであった。

その数日前、天誅組《てんちゅうぐみ》を名乗る浮浪どもが油商八幡屋《やわたや》を襲撃した。八幡屋は金を奪われ、主人の卯兵衛《うへえ》は首を切られて三条橋詰《さんじょうはしづめ》の制札場に晒《さら》された。捨札には私欲をして暴利を貪る奸商《かんしょう》どもの名がずらりと書き連ねてあり、大和屋庄兵衛《しょうべえ》の名も記されていたのである。大和屋は畏れた。

奸商といっても、単に唐物《からもの》を扱っていたというだけであり、法を犯していた訳ではない。異国と取引があること自体が売国だという理屈である。但し市井に於ける大和屋自体の評判はそれ程良いものではなく、生糸を買い占め値を吊り上げているといった風評はあったようである。とはいえ、護《まも》るべき店を焼き打ちした訳だからこれは正気の沙汰ではない。勿論芹沢が色色な意味で追い詰められていたということはあるのだろうが——これには裏がある。煽動した者がいるのだ。

芹沢は、騒ぎの後、大和屋が命乞いのため天誅組に多額の献金をしていたので討ったと釈明している。

これは多分、嘘だ。

真実《ほんとう》だとしても芹沢がそれを知る謂《い》われがない。大坂で暴れて戻ったばかり、しかも戻ってからは相撲にかまけ、不平を述べ酒を喰らっていただけなのである。そんなことを調べ上げられる訳がないのだ。

真実だとしても嘘だとしても、必ず芹沢に吹き込んだ者がいた筈である。

それは——田中伊織だったのだろうと、歳三は推察している。

そして、田中が手代木の手の者であったことは、まず間違いない。

隊士の中に、しかも芹沢のごく近くに、会津の息が掛かった間者がいたのである。

そう考えるよりないのだ。

田中は、氏も素性も判らない。新見錦が連れて来たということになっているが、近藤ですら詳しいことを知らぬ。角力事件の後、大坂と往き来している間に入隊し、いきなり芹沢の側近として副長扱いになったので、詳しいことは質《ただ》せなかった。

どうであれ、芹沢に因る大和屋襲撃の後ろに、会津の影が差していたことだけは間違いないと歳三は踏んでいる。

傍証もある。

焼き打ちに当たり、芹沢はこけ脅しに大筒《おおづつ》を持ち出している。会津藩が所有していた旧式の大筒だったようだ。

この大筒は、芹沢近藤両名の名で正式に申し入れれば貸し出すことになっていたらしいのだが、近藤は諒解《りょうかい》していないし、まずそんな理由で持ち出せる訳がないものである。

運んで来たのは、新見と——田中だったそうである。新見は、会津御預になった時点では芹沢や近藤と並ぶ局長扱いだったが、芹沢により理由もなく、なし崩し的に降格されている。八月の段階では何の権限もない。田中に至っては副長扱いと雖《いえど》も新参である。話が通る訳もない。

大筒は偏《ひとえ》に騒ぎを大きくするためだけの道具立てだったとしか考えられない。

そして、仕掛けたのは会津藩と考えるしかないだろう。

新見は幾らか事情を知っていたのか、それとも何か勘働きがあったのか、大筒を届けるとさっさとその場を去ってしまい、焼き打ちには参加していない。田中も同様である。

大和屋を取り囲んだ隊士は三十数名、皆抜き身を提げていたそうである。

大筒は、発射されたと言う者と、引き回しただけだったと言う者に分かれる。空砲だったと言う者もいた。いずれ、大した威力はない。発射したとしても土蔵を破る程の破壊力はないらしい。ただ、音はする。

音は響いたらしいから、撃ちはしたのだろう。それを切っ掛けにして火矢が射掛けられたという。しかしその程度で火事にはならぬ。

歳三が思うに、押し入って打ち壊し、火をかけたのだろうと思う。

騒乱はみるみる広がり、弥次馬の他、大和屋を良く思わぬ町家の者なども騒ぎに乗じて打ち壊しに混じったという。暴徒見物人の数は百人二百人を下らなかったというから、これは最早暴動である。

当然、奉行所も所司代も駆け付けた。大名の月番火消も馳せ参じただろうから、人数は相当なものであったろう。何といっても大和屋は九つある御所の門の一つ、中立売門《なかだちうりもん》の目の前にあるのだ。しかし与力同心あたりが出張ったところで騒ぎが収まるものではない。京都守護職陣屋にもすぐに報せが行った筈である。だが。

焼き打ちは成し遂げられた。土蔵も店も破壊され、生糸は燃《も》され、翌十三日の午《ひる》には、大和屋は見るも無惨《むざん》に破壊されてしまった。

会津は——動かなかった。

のみならず、芹沢も捕まらなかった。

捕まったのは騒ぎに乗じて乱入した浮浪二十人だけであった。

それだけではない。壬生浪士組芹沢鴨とわざわざ名乗って仕出かしたことであったにも拘《かかわ》らず、芹沢に対する咎めは一切なかった。大筒もいつの間にか消えており、事情を尋《き》かれることとすらなかったのである。

そんな怪訝《おか》しな話はない。

芹沢は、それはそれで釈然としなかったのだろう。一休みして角屋に繰り出し、客あしらいが気に入らぬと大暴れをして店を滅茶苦茶にした揚げ句、七日間の戸締めを言い付けるという、理不尽極まりない行動に出ている。角屋が芹沢を毛嫌いしていたのは、その所為《せい》である。

杯に緩緩《ゆるゆる》と注いだ酒が突如溢《あふ》れ出るように、芹沢は狂うたのだ。

芹沢なりに何かを察したのかもしれぬ。どんなに鈍感でも変だとは思うだろう。焼き打ちの首謀者もいつの間にか攘夷派不逞浪士ということにされてしまった。壬生浪士組を騙った者の仕業ということになったのか。

そして。

会津はその日のうちに薩摩との同盟を決めた。

両藩は共に、公武合体を唱えていたのである。

更に会津藩は、そうした暴動を鎮圧するため、交代で国元に戻らんとしていた兵を総《す》べて呼び返した。兵力は一時的に倍増したことになる。

これは、偶然ではない。

後で聞いたところに拠れば、天皇大和御幸《ごこう》の詔《みことのり》が発せられたのもまた、その日のことであったという。

松平容保の命で会津薩摩の密使が動いたのが、その二日後となる葉月十五日。密使が帝《みかど》と接触したと思われるのが十六日のことであった。堺町御門《さかいまちごもん》の変が起きたのはその更に二日後、十八日早暁のことである。

会津薩摩が挙兵し、御所九門を固めた。その上で在京諸藩主を参内させて更に守りを固めさせた。裡《なか》の御所では朝議が開かれた。そして御幸の延期と急進的な尊王攘夷思想を持つ公卿七人を追放するという決議を得た。

門を固めたのは長州藩の介入を避《さ》けるためであった。長州は朝廷内にいる尊王攘夷派の公卿どもと手を組んでいたのである。御幸中の天皇を擁し、大和で倒幕の挙兵をするという企みだったらしい。

会津は、大和御幸を利用した長州の陰謀を阻止したことになる。

それと同時に、過激な尊王攘夷論を唱える長州藩を朝廷周りから一掃することに成功したのであった。

所謂《いわゆる》、政変ということになる。

その際、薩摩が用意した兵は百五十。会津は実にその十倍である千五百を出兵している。それは勿論、大和屋焼き打ちに端を発する暴徒鎮圧京都守護のために呼集していたからこそ叶ったことである。

芹沢鴨は、尊王攘夷派に対する目眩《めくらま》しのために、まんまと踊らされただけだったのだ。大掛かりな焼き打ち騒動を隠れ蓑にして、会津は政変を成し遂げたのである。挙兵計画遂行のため会津の動きを常に警戒していた長州も、まるで怪しまなかったようである。

壬生浪士組も堺町御門の変には駆り出されている。蛤御門《はまぐりごもん》の守りに就いたのであるが、その際に悶着が起きている。

まちまちの防具に身を固めた見窄《みすぼ》らしい一団は先に到着していた会津藩士に見咎められ、捕縛されそうになったのだ。不逞浪士の集団と勘違いされたのである。

気付いている者は少ないが、それは偏《ひとえ》に先頭に芹沢鴨がいた所為《せい》なのだ。何しろ芹沢は焼き打ちの張本人である。しかも芹沢は騒乱の中、一人だけ陣笠を被って筋向かいに陣取り、ずっと騒ぎを煽っていたのである。誰よりも目立っただろう。

出陣した芹沢は、その時と同じ出で立ちであった。

覚えていた者がいたのだろう。

近藤が間に入ったので、その場は収まった。何故か近藤勇の名前や面体は会津の下級藩士の間にも通っていたようである。一方の芹沢はただの不逞浪士扱いだったというのに。

そう——。

会津と薩摩の密使が政変のために動き始めたその日。

近藤と歳三は会津藩公用方に喚《よ》び出されている。

待ち合わせの場所には手代木がいた。

そこで近藤勇と歳三の二人は、政変の計画を知らされた。歳三は、会津の謀《はかりごと》を予め知っていたのだ。

更にその時。

次に何かあったなら——。

芹沢鴨は内密に始末せよという命が下ったのであった。

蛤御門を護っていたその時、芹沢は既に処刑を待つ身であったのだ。

更に手代木は此度のことが上手く運んだ暁には正式に幕臣として召し抱える——と告げた。そして、こう続けた。

さすれば既に浪士ではない。それより後は——。

新選組を名乗れ——。

と。

政変は成就した。

壬生浪士組改め新選組は、正式に市中見廻役を拝命し、隊士には会津藩から支度金の他、毎月禄が支給されることになった。平隊士は月額二両、役付きはその倍の四両である。その段階で隊士は六十名を超えていたから、総額で月に百四五十両ということになる。大盤振る舞いであろう。

後は。

芹沢を殺すだけだ。

歳三は近藤と相談し、芹沢を無視して隊を再編した。芹沢は局長のまま据え置きとし、隊士を班に分け、それぞれに隊長を置いた。序《つい》でに隊則も整えた。

面倒なものではない。

押し借りのような非合法な行ない一切を禁じ、私欲に基づく行ないや私的な闘争を禁じ、脱退も禁じた。山南の意見を容《い》れ、それらを士道不覚悟という文言で括《くく》った。

更にそれを受ける形で、禁を破った者は切腹とした。

要するに、芹沢の為《し》て来たことを凡《すべ》て禁じたというだけである。

この隊則が最初からあったなら、芹沢などはもう何十回となく腹を切る羽目になっていただろう。しかし見え透いた当て付けがましい規則を聞かせても、芹沢は何も言わなかった。

否、莫迦は莫迦なりに何かを感じ取っていたのやもしれぬ。

先ず《ま》以て、芹沢は正式に召し抱えられたことで慢心していて然りの筈だった。それまでの芹沢ならば、ここぞとばかりに威張り散らし、肩で風を切って都を闊歩し、好き勝手に暴戻《ぼうれい》な行ないをしてはそちこちで軋轢を生じさせていたことだろう。

しかし、焼き打ち以降の芹沢は温順《おとな》しかった。取り分け大きな問題も起こさなかった。何かを警戒していたとも思えないから、ただ明文化の出来ぬ不安を抱えていただけだったのだろうが。

芹沢がその間に起こした悶着といえば、因幡薬師《いなばやくし》に掛かった虎の見世物を見物しに行った際に木戸銭を踏み倒したという程度の、愚にも付かない些事のみである。

その時芹沢は虎に挑みかかったという。何を考えていたものか。

そこで——吉田屋の騒動が起きたのだ。

——次に何かあったなら。

手代木はそう言った。何かはあったのだ。

だから畳の上に落ちた女の髪束を見て、歳三は思ったのだ。

——殺せる。

と。

殺すのだ。

永倉は暗い貌《かお》をした。

「そう。佐々木愛次郎を斬ったのは佐伯らしい」

永倉はそう言った。

「佐々木愛次郎だと」

近藤が顔を顰《しか》めた。あの可愛らしい顔をした小僧かと井上が言う。

「あれは、ほれ、八百屋の娘と逢引《あいびき》していて、朱雀千本通で浮浪に斬られたのじゃなかったか」

「表向きはな」

近藤が続ける。

「儂《わし》は芹沢の仕業と聞いたが。その八百屋の娘に岡惚《おかぼ》れしていた芹沢が誰かに殺《や》らせたのだと」

違うのだと永倉は言う。

「佐々木愛次郎は野口の身代わりになったのだ。八百屋の娘は、多分偶々《たまたま》通り掛かっただけだ」

「それも——野口から聞いたのか」

「佐伯の様子を怪しんだ芹沢は野口に探索を命じておったのだよ。野口は佐伯の跡を付け、何者かと接触したところを目撃した。野口は何処ぞに隠れていた訳だが、その時、佐々木が歩いて来るところを見ている。勿論、佐々木は通り掛かっただけなのだろう。野口は佐伯の接触した相手を追った。長州藩邸にでも行くかと思っていたようだが、巻かれた。元の場所に戻ってみれば」

斬られていたのかねと井上が言った。

「女もか」

「斬るところを見られでもしたのだろうと野口は言っていた。佐伯は尾行されていることに気付いていたのだろうな。ただ、付けていた野口と通り掛かっただけの佐々木を、間違えたのだ」

そら可哀想だわいと井上は言う。武士の口調ではない。

「佐伯が幕府の間諜だと告げ口をしたのが一体誰なのか、それは野口も知らないらしい。芹沢が喝破したのだとあいつは言っていた」

「幕府方ならそもそもお味方じゃあねえか。斬るこたアなかろう」

「探ることもないだろう」

「そうじゃがのう」

「慥《たし》かに、疚《やま》しいところがなければ放っておけば良い。ただ、芹沢には疚しいことが多過ぎたのだ」

芹沢に密告したのは田中伊織だろうと歳三は考えている。

田中もまた会津の密偵だったのである。つまり、こちらも同じく味方ではあったのだ。味方が味方を見張る——新選組とはそういう集団だということだろう。幕府方も一枚岩ではないのだ。大事を前に佐伯に妙な動きをされては会津としては迷惑だ。だから芹沢に内内に報せ、隠密裏に始末するよう誘導したのではないか。

野口はそれを知らない。

「佐伯が老中の放った密偵であったなら、それまでの素行も幕府に筒抜けだったことになる。密偵を消せば済むという話ではない。寧《むし》ろ悪い。野口はそう考えた。だが芹沢の命令を拒むことは出来なかったのだ」

ただでは済まぬと察したか。

「そうしているうち——新見も死んだ」

新見錦は歳三が殺した。

常安橋の会所で沖田が家里を殺したのと同じ手口で切腹に仕立てた。近藤の名で祇園の貸座敷に喚び出し酒を振る舞って、殺した。これは近藤も承知のことである。

新見は芹沢以上に性質の悪い無頼漢であった。そういう意味では処置なしの体《てい》であり、近藤もそう判断したのだろう。その上、新見は裏側に一枚咬んでいる。だから殺す前に、どうやって大筒を持ち出したのかを問い詰め、田中伊織の素性を糾した。

新見はにたにたと笑って誤魔化《ごまか》した。薄気味が悪かった。

だから知っても詮なきことと早早に見切りを付け、脇差を奪って腹を刺したのだ。傷が浅いと疑われると学習していたから深く抉《えぐ》った。ただ、腹に刃物を突き立てたぐらいで人は中中《なかなか》死なない。腹は急所ではないからである。

しかし、介錯はしなかった。

息が絶えるまでただ見ていた。

「間を空けずに田中も斬られた」

田中を斬ったのは沖田だ。

手代木から歳三に宛てて、密命があったのだ。

もう要らぬ、ということだろう。

焼き打ち事件との関わりを完全に断ちたいと会津は考えたのに違いない。

歳三が田中を会津の間者と踏んだのはその密命が届いたところに由来する。そうでなければそんな命は下さない。

なる程。

以前、佐々木只三郎がお前達は使えると言ったのはそういう意味かと、歳三は納得した。

芹沢も、新見も、田中も、そして歳三も、ただの道具なのである。使えなくなれば壊せばいいし、要らなくなれば捨てるだけだ。

ただ言いなりになるのも癪《しゃく》に障るから沖田に斬らせたのだ。この小僧は人斬りならば喜んで引き受ける。田中伊織は、結局素性も能《よ》く判らぬままに溝鼠《どぶねずみ》に斬り伏せられて、果てた。

「新見は切腹、田中は倒幕派の闇討ちということになっているが、野口はそんな話を信じてはいない。俺だってそう思う。そんな、身内が五日に上げず偶然殺されるなんてことはないさ。野口は双方とも板倉の放った刺客の仕業か、俺達の仕業だと思っている。新見、田中と来れば、残る芹沢派は四人。次は自分かもしれぬと野口は怯《おび》えたのだ」

わざとらしく動けば疑いもするだろうさと永倉は言った。

「況《まし》て一月前に狼藉を働いた角屋での宴となれば——余計疑うだろう」

「で——」

だから何だと、歳三は重い口を開いた。

「何だとは」

「だから野口を始末したとかいう話じゃあねえんだろ」

「いや、だからあいつは邪魔はしない。人には漏らさぬし手も出さぬ」

「何故判る」

「何故って――そりゃ土方さん」

「同門だから信用したのか。それともうだうだと話を聞かされて絆《ほだ》されたのか永倉」

永倉は歳三に顔を向ける。

「そうではない。野口は」

「野口は何だよ」

野口は武士だと永倉は言った。

「この期に及んで卑怯未練な行ないはせぬ。信用出来る」

「俺は武士じゃねえぞ」

信用出来ねえかと言って。

歳三は。

抜いた。

抜いて刃を永倉の頸《くび》に当てる。使い易い。僅かな重さの違いと長さの違いが、動きを加速させる。間合いさえ間違えなければ、接近戦では格段に優れている。

「ひ、土方さん」

永倉は、強い。まともに立ち合ったなら歳三も敵わぬ腕前である。しかし頸に刃を当てられたこの状態から勝ちに持って行くような器用な真似は出来ないだろう。刀に手を掛ける前に、この男は死ぬ。歳三に対し一太刀も浴びせることは出来まい。

斬ってみたくなる。後は、切れ味だ。

「武士だから何だというんだ。野口の御託が真実《ホント》かどうかも判りやしねえ。所詮は芹沢の取り巻きだ。平気で嘘吐《つ》くぞ」

おい歳さんと近藤が声を出す。

「止《よ》せよ。野口には何も出来まい」

「ああ。何も出来ねえだろうな。所司代に駆け込んだって無駄だ。今回は公務だ。守護職が握り潰すだろうぜ。尊王攘夷派の浮浪に寝返っても同じことだ。連中巻き込むのは寧《むし》ろ好都合だ。だがな、ことの前に、ただ騒がれたんじゃ」

暗殺に見せ掛けられねえと言って歳三は刃を永倉に押し付けた。

「仕事が巧くいかねえ」

永倉の額に、雨粒か冷や汗か判らぬものが一滴、流れた。

「ど、どうしろと」

「話が漏れてんなら見張ってろ。人なんてものは土壇場になりゃ」

何をするか知れねえよと言って歳三は刀を引いた。

永倉は肩を落として息を吐《つ》いた。

「判った。判ったが――」

判ったが何だ。

半年掛けて追い込んだ獲物をそんなあやふやな理由で逃せるものか。

「私が行こう」

そう言ったのは斎藤だった。

「永倉さんは野口とは旧知の仲なのだろう。遣り難《にく》そうだ」

斎藤君、と山南が言う。

「君、その」

「心配は要らぬよ山南さん。私はそれだけの理由で人は斬らない。野口の動向は、朝まで私が見張っていよう。妙な動きを見せたら止《と》める。殺しはしない。野口の処遇は隊規に沿って、後で決めるのが筋だろう」

斎藤は立ち上がる。直ぐに動けるよう、着替えてさえいなかったようだ。

斎藤は合羽《かっぱ》を纏《まと》い、永倉から場所を聞いて雨の巷へ出て行った。

「殺しちゃえばいいのに」

沖田がその背中に向け呟く。

「どうせ平間さんも平山さんも殺しちゃうんだから」

おい総司と近藤が咎めた。

「でも近藤先生、野口さんだって同罪でしょ。したことは同じだ」

「断罪する訳ではないよ沖田君」

山南が、いつになく陰鬱な調子で言った。

「これは——御下命なのだ。芹沢鴨を処分しろという、会津公の、否、幕府の意向なのだ」

「でも山南さん。あいつらが良くないことをしたからこそ、その御下命はあったのでしょう。それなら同じことじゃないですか」

「ならてめえも同罪だよ沖田」

歳三はそう言った。

沖田は半笑いになって、斬りますかと言った。近藤が巫山戯《ふざけ》るな総司と言った。

斬った方が世のためかもしれぬと歳三は思う。ただ、こいつを斬るのは厭だ。人外《にんがい》同士の共喰いになる。そう考えると、歳三は吐《は》き気を覚える。

てめえは何処かで野垂れ死ねと歳三は心中で沖田を罵《ののし》った。

「本当に」

これでいいのですかと永倉が呟いた。

「芹沢さんは――どうにかならんのですか近藤さん」

「どうにかとは」

「行状を改めさせ、監視の上、更生させるということで会津公に」

莫迦言うンじゃねえと歳三は言った。

「人はそう変われねえよ」

「だが」

「新八よ。お前さんだって随分酷《ひど》い目に遭《お》うとるじゃないか。吉田屋の後始末だって難儀なことだったんだろうに。何故庇《かば》うよ」

源三郎が問うと、庇ってはいませんよと永倉は答えた。

「正直に言えば俺だってあいつは嫌いだ。だが、新選組は出来たばかりだ。芹沢はあれでも同志だ。なら、これから、功を挙げれば」

これからじゃないんですか。これから、功を挙げれば」

「これから先、奴が幾ら功を挙げたとしても、だ。それで過去《むかし》の行状が棒引きになる訳ではないよ永倉君。穴の横にどれだけ山を積んでも、穴は埋まらぬのだ。その穴を罪だとするなら、この度の処遇はそれに対する罰だ」

「遣り直しは利かぬのですか」

「遣り直せない罪もある」

「だから――裁くと」

違うよと歳三は言う。

「俺達に人を裁く裁量があるか。裁く立場でもねえよ。これはな、山南さんの言う通り、お上《かみ》の下した罰だ。野郎が新選組局長でなきゃ、疾《と》うに捕まって打ち首になってたろうよ」

「しかし仲間内で殺し合うというのは」

「殺し合うのじゃねえ」

殺すんだと歳三は言った。

「俺達は幕府が握った刀だ。刀がつべこべ言うか。こいつは斬りたくねえとか、斬るべきじゃねえとか言うかよ。刀は握った奴が斬りてえと思う者を――斬るだけだ」

道具なのだ。

「お梅はどうするんだ土方さん」

「斬るよ」

「あの女は関係ないだろう」

お梅は芹沢の愛妾である。

元は呉服商菱屋《ひしや》主人太兵衛《たへえ》の囲い女であったという。芹沢は菱屋に呉服代を一切支払わなかったらしい。ただ催促すると嚇《おど》すので、手代も小僧も怖がって掛け取りに行きたがらない。そこで女なら乱暴も働くまいと考えた菱屋が遣わしたのがお梅であった。お梅は愛想も良く、男好きのする美形だったから、芹沢のような粗暴な男も懐柔出来ると思ったのだろう。慥《たし》かに殴りも斬りもしなかったが、芹沢はお梅を手込めにした。そして、己の妾《めかけ》にしてしまったのだ。

「あの女は無理矢理に――」

そうじゃあねえよ新八と源三郎が言う。

「ありゃ好きで来ておるのだわい。夏からはずっと八木邸に入り浸っておるだろ。鴨に惚れておるのだ。菱屋もいい面《つら》の皮さね。金取りに行かせて女も寝盗られた」

「だからといって」

「新八。お前、京に来てから女に甘くなったのじゃねえかい」

やけに気を回すじゃねえかと源三郎が案じたように言った。

「井上さん——」

どうでもいいよと歳三は言う。

「芹沢と同衾してるなら斬るよりねえよ。あの女にしてみりゃ、口噤《つぐ》むような義理も恩もねえ」

「だが」

「煩瑣《うるせ》えな。何でもいいんだよ。武士だから命令を守るとか、罪を罰するとか、御託なら幾らでも付けられるだろう。でもな」

人殺しは人殺しだ。

「気取ったって仕様がねえじゃねえか。永倉よ、てめえ、どういうつもりで京まで来た。何だって居残った。誰も頼んじゃいねえぞ」

「俺は——」

「将軍の警護かよ。攘夷かよ。お殿様ァ帰《けえ》っちまったぞ。異人なんか街中にいやしねえよ。縦《よし》んば警護だって攘夷だっていいさ。それだって俺達に出来ることは何なんだよ。佐幕だろうが尊王だろうが、出来るなァ人斬ることだけじゃねえか。それ以外に何が出来るってんだ。おい、永倉」

歳三は――。

人を殺すために此処にいる。

「俺達は親方を幕府と決めたんだ。なら幕府が斬れという相手を斬るしかねえ。首切り役人と同じだよ」

肚《はら》ァ括《くく》れよと歳三は言った。

「裁くなァお上《かみ》だ。俺達に人を裁くこたァ出来ねえ。いいや、裁いちゃならねえ。勝手に裁けばその辺の浮浪と一緒だ。それを取り締まるのが俺達のお役目なんだ。決めごと無視して勝手に人を殺す野郎は、取り締まるしかねえ。そういう危ねえ浮浪どもを斬って捨てる、それが仕事だ。いいか、今の芹沢鴨はその不逞浪士と同じだと、会津は判断したんだよ。だから」

――殺せる。いや。

「殺すよりねえんだよ。それが仕事だ。おい永倉。お上《かみ》に意見してえならお上と張るぐれえ偉くなるよりねえんだ。どうするよ。幕府倒して、上に載るのか永倉」

永倉は無表情に戻った。

「永倉よ」

近藤が居住まいを正した。

「お前、角屋に戻れ」

永倉は近藤に顔を向けた。

「未《ま》だ他の隊士も残っているのだろう。この刻限、もうこっちに来る者もいないだろうが、まあ、念のためだ。行って」

飲み直せと近藤は言った。

「朝までだ」

「近藤さん――」

永倉はそれだけ言って再び身支度をし、一礼をすると出て行った。

まだ雨足は強い。

永倉さん大丈夫でしょうかと藤堂が言った。

誰も答えなかった。

気配が動いた。

がたがたと戸が鳴って、入れ替わりに原田左之助《さのすけ》が顔を覗かせた。

「寝た」

左之助はそう言った。

ずぶ濡れである。

左之介は軒下に身を潜め、雨の中ずっと芹沢達の動向を張っていたのである。

「あんなに執拗《しつこ》い男は見たことないぞな。何をしよるかどたんばたんと、あれじゃあお梅も身が保《も》たんじゃろ。あれだけ飲んだら普通は役立たずになろうに。あン男は化けもんかのう」

左之助は顔の雨水を手で拭う。

「本当に寝たか」

「ああ。鼾《いびき》が聞こえるまで待ったわい。もう喘《あえ》ぎ声もせん。あんなけだものの閨《ねや》覗くんは、気分のいいものじゃないぞな」

「平山は」

「あれは、女は引き込んだものの何もせんで寝たようだがな。まあ芹沢の所為《せい》でよく判らんかったが。平山の敵娼《あいかた》は可哀想ぞな」

「寝床を動かした様子はねえか」

「なかろうな」

歳三は、芹沢達の駕籠が着いた後に一度、隠れて様子を見に行っている。芹沢は慥《たし》かに強《した》かに飲んでいたし、平山は前後不覚で歩くことも覚束ないようだった。女どもが三人で引き摺るようにして運んで行くところを歳三は見ている。

玄関に面した座敷より、奥に連れて行った筈だ。

つまり、庭に面した座敷に芹沢とお梅、平山と吉栄の四人が寝ているということになる。原田の話し振りから察するに、芹沢が床を取ったのは北側――庭に近い方だと思われる。その隣――真ん中に平山と吉栄、そして玄関側の座敷に平間と糸里がいるということか。

平間は殆《ほとん》ど飲んでいなかったと思う。足取りも確《しっか》りしていた。ならば、座敷を区切る唐紙襖《からかみふすま》は閉めている筈だ。芹沢と違って平間は襖を開け放したままで女を抱けるような玉ではない。

つまり、平間と糸里の二人は、芹沢とは隔離されていることになる。

――衝立屏風《びょうぶ》が出されていた。

あれは芹沢と平山の間に置いたか。屏風程度では目隠しにしかならぬが、吉栄もいるから、お梅が置かせたか。

歳三は頭の中に図面を引く。

――刀は。

八木の女房が鹿角の刀架《かたなかけ》を奥から持って来ていた。芹沢のお気に入りである。つまり芹沢の腰の物は枕元にあるということだ。

――どう動く。

「雨戸は」

「勿論閉まっておるわ。俺は節穴から様子を窺っておったのだ。まるで盗人ンなった気分ぞな」

庭から雨戸を外して入ればすぐに芹沢がいる。玄関から入るなら平間と女、襖、平山と女、衝立を越さねばならない。

「山南さん。あんた、玄関から入ってくれ。平間と女は、邪魔をしなければ放っておけ。すぐに襖開けて、平山を斬れ」

山南は何も言わなかった。

「沖田。てめえは雨戸破って縁側に上がり、障子あけろ。俺が」

芹沢を斬る。

「余計なことすんじゃねえぞ」

俺はと左之助が問う。

「てめえはこれだ」

歳三は槍を渡した。

原田は剣より槍が得手である。

「いいか、てめえは庭にいて、中から出て来る者がいたら誰であっても殺《や》れ」

「誰であってもか」

「俺でもだ。いや、この雨だし真っ暗だから、どうせ誰が誰だか判らねえよ」

「誰も出て来なかったら」

「立ってろ」

歳三は刀の柄を握る。

「近藤さん。報せが来るまでは寝ていてくれ。本当に寝てろ」

歳三は戸口に向かう。

――どうせ。

山南は誰も斬るまい。平間と糸里は逃がす気だろう。それでいい。

西隣の座敷には八木の女房子が寝ている。その座敷から玄関へは直接抜けられるから、玄関に面した座敷には誰もいない方がいい。その方が女房と子供は遁《に》げ易い。縁側の方から追い立てれば、そちらへ遁げるしかない。

踏み込んで斬り付けて、とどめを刺す前に縁側に追い込むか。そのためには――歳三は、脳裏で動きを細かく決めた。

問題はお梅が芹沢のどちら側に寝ているかということだ。

暗闇である。燈《あかり》はない。歳三は夜目が利く方だが、それでも見えないと思う。
ただ、この度ばかりは返り血を心配することはないだろう。
考える。
どうやって殺すかを考える。草鞋《わらじ》の紐を確《しっか》りと結ぶ。
「行くぜ」
歳三は戸を開けた。
雨の所為《せい》で夜が瑞瑞《みずみず》しい。
外に出る。途端に濡れる。
沖田と原田が続いて出た。
山南は少し遅れて出た。
「山南さん。庭で雨戸を開ける音がしたら踏み込め。それまでは待ってくれ」
歳三がそう言うと、山南は無言で首肯《うなず》き、左に進んだ。
一人だけ門を潜り玄関に回るためだ。
原田は槍の穂鞘《ほさや》を外して、
「突き破るんか。音がするぞな」
と言った。

「いいんだよ」

その方がいい。

外した穂鞘の置き場に困ったらしく、原田はもう一度裡《なか》に戻って穂鞘を置き、戸を閉めた。

庭に入った。

泥濘《ぬかる》んでいる。

雨音が足音を消す。

雨の筋。夜の闇。その向こうに。

八木邸がある。

沖田が素早く歳三を追い越し、雨戸に耳を付けて様子を窺った。歳三が戸に手を掛けようとするのを制し、沖田は蜘蛛《くも》のような動きで縁桁《えんげた》に乗ると、鴨居に手を伸ばした。雨と闇に紛《まぎ》れて何をしているのかは判らなかったが、飛沫《しぶき》を上げて庭に飛び下りた沖田は、雨戸の一枚に手を掛けて器用に外した。歳三は蹴破るくらいのつもりでいたのだ。沖田は暗闇の中、肩越しに歳三を見て——多分笑った。

都合はいい。

八木の家族が庭に出難《にく》くなる。

ただ、これでは山南が気付けぬ。

沖田は玄関側に寝ている平間と糸里も殺す気でいるのだと、歳三は察した。そうなれば女子供の退路が確保出来ない。

何ごとも予想通りにはならぬ。歳三は瞬時に動きを組み立て直す。

五感を——研ぎ澄ます。足りぬ視覚を補わねばならない。

原田が背後で身を低くした。槍を構えたのだ。静かに縁側に上がり込む。障子越しに高鼾《いびき》が聞こえる。芹沢は——眠っている。鯨飲《げいいん》の後に散散女を抱いたのだ。この程度の物音では目は醒ますまい。

やや目が慣れてきた。つまり完全な闇ではないということか。光源は何処だ。

——行燈《あんどう》か。

障子の向こう。多分、隣室との境近く。平山の枕元だ。これも予想外である。

衣擦《きぬず》れの音。気配。

抜く。

沖田は既に抜いている。

障子に手を掛け。

開けた。低めの衝立屛風《びょうぶ》。その向こうに。

女の顔。

吉栄か。起きていたか。

平山は酔い潰れて最初から眠っていたのだ。吉栄は添い寝をしていただけだ。すぐ横で芹沢とお梅が長長と絡み合い、その後はこの鼾だ。

眠れずいたか。

厠にでも行くところだったか。吉栄の表情が強張る。この距離で表情が判るなら見えているのと変わりない。歳三はわざと音を立てて障子を全開にした。

一瞬早く沖田が飛び込む。

足許に全裸の芹沢。その隣に襦袢を開《はだ》けたお梅。屏風。吉栄は叫び声を上げることもなく、息を飲んで襖の方に逃げる。沖田はお梅を飛び越し屏風を倒すと——。

その屏風に刀を突き立てた。

屏風の下には平山五郎《ごろう》がいる。腕が伸びた。もう一度突き立てる。

歳三は枕元の刀架《かたなかけ》を蹴飛ばして倒し、それから芹沢を蹴った。

同時に吉栄によって襖が開けられる。次の間に手拭いで頬被りをした山南が立っている。

抜いていない。

平間と糸里はもう遁《に》げたか。

否──。

平間がまだいる。

ごうと声を上げて芹沢が身を起こす。

歳三は機敏に後ろに回り、その広い背中に一太刀を浴びせた。

「な──」

芹沢は何が起きたのか理解していない。それでも習性で刀に手を伸ばした。

──其処にはねえよ。

ぐっという女の声がした。

屛風越しに平山を滅多刺しにした沖田が、続けてお梅の頸を切ったのだ。血飛沫《ちしぶき》が横に飛ぶのが目の端に入る。

吉栄がやっと声を上げた。

「行かせろッ」

歳三は芹沢を見たまま山南に向けて怒鳴った。その一声の隙《すき》に芹沢は脇差を探り当てる。

芹沢が抜く前に歳三はもう一度浅く斬り付けた。

芹沢は這《は》うようにして縁側に出る。

――それでいい。

八木の家族を玄関に追い立てるには、縁側で騒ぐしかない。

玄関には――。

平間の声だ。

「何処《どこ》だ、何処へ行った」

同衾していた糸里がいないので探しているのか。寝惚けてるんじゃねえと歳三は思う。遁げるなら早く遁げろ。使えない者はどのような局面でも使えない。

縁に出る。

芹沢は柱に摑まってよろよろと立ち上がる。

「だ――だ、誰だ」

見えていない。多分斬られたことも判っていない。痛みはあるだろうが、ただ混乱しているだけだ。

――酒など飲むからよ。

歳三は無様な姿を眺める。縁側に立った赤裸の牛のような男は、何とか脇差を抜いて振り上げたが、その切先《きっさき》は鴨居に当たってその角を削っただけだった。

そもそも大男は、歳三の居場所が判っていない。

脇差を持った右腕を斬る。

嘶《いなな》くような声を上げ芹沢は隣室の障子を突き破って倒れ込んだ。障子の向こうには文机が設《しつら》えてあった筈だ。その文机に臑《すね》をぶつけたのだろう、赤牛はより大きな動作で室内に翻筋斗《もんどり》打って傾《なだ》れ入った。

手にしていた脇差も飛んだ。

そこで漸《ようや》く――。

子供の泣く声が聞こえた。

歳三は動きを止《と》める。

破れた障子の中は暗い。

この部屋には行燈も何もない。

動いている。八木の女房は泣く子を抱え、もう一人の子供を己に引き寄せているようだ。

「行け」

歳三はそう言った。ひいという声がして、玄関の方に向けて泣き声が移動する。

それから。

尻を向けて踠《もが》いている――。

醜い肉塊の背中目掛けて刀を突き立てた。

あうあうと、赤ん坊のような声を発し、何度か痙攣して。

芹沢鴨は絶命した。

付き合いは一年に満たない。いいや、十月《とつき》にも満たない。実際は半年くらいのものか。ただ濃い時を過ごした。それは濃密なものではあったのだが、殺してしまえばそれまでで――。

何の感慨も持てなかった。

死にましたかと、沖田の厭な声がした。こっちは死にましたよと沖田は続けた。沖田の背後には山南がいる。八木家の者は出て行ったと山南は言った。

「平間は」

「平間も遁《に》げて行った。腰が抜けていたし取り乱しておったから、私達が誰かも判っておらんだろう。あちらの座敷は真の闇だったから」

頭は良いが脇の甘い男だ。

平間は素面《しらふ》だ。暗闇でも知り合いかどうかは判る。怖がる者は恐れる分、感覚が研ぎ澄まされるものだ。

「帰るぞ」

歳三は庭に出た。

「刺すなよ。もう済んだ」

原田はまだ槍を構えている。

「済んだのか。俺は番兵か」

雨は少し小降りになっていた。沖田は続いて出て来たが、山南はすぐには出て来なかった。ご丁寧にも玄関で雪駄を脱いで家に上ったらしい。山南は縁から雪駄を泥濘《ぬかるみ》に下ろして履き難《にく》そうに履いた。

間抜けだと思った。

戻って素早く着替えた。しとどに濡れていたのだが、構ってはいられない。

山南は何故か打ち沈んでいた。

「死んだか」

近藤が問うた。歳三はオウとだけ答えた。

半刻《はんとき》もせずに戸が叩かれた。

局長暗殺の報せであることは疑いようがなかった。八木の女房が逃げ込んだ先に報せ、その家《や》の者が所司代か奉行所に駆け込むかしたのだろう。

遁《に》げた平間や二人の女が報せたという可能性もないではないが、矢張り考え難《にく》いだろう。女共は置屋に戻ったのだろうし、平間は。

平間の動きは読めない。

平間重助《じゅうすけ》は、神道無念流《しんとうむねんりゅう》目録止まりである。弱い。腕前は井上《いのうえ》よりも下かもしれぬ。それでも、襲ったのが同じ新選組だということだけは気付いているだろう。少なくとも近くにいたのが山南だということは判っただろうし、歳三も声を発している。

ならば――自分も同じように殺されると考えるだろう。新見、田中が殺され、目の前で平山と芹沢が襲われて、自分だけ見逃されるとは思うまい。

加えて平間は、野口が斬った佐伯が幕府の手の者だということも承知していた筈である。芹沢の側近なのだから当然知っていただろう。それなら所司代にも奉行所にも駆け込めはしまい。芹沢一派粛清を指図したのが幕府だと考えたとしても、おかしくはないからだ。考えなしに訴え出たとしても間違いなく会津が手を打つだろう。

心配はない。

平間にしてみれば、都の中に味方は一人もいないことになる。

――まだ遁げ続けているか。

遠からず京を出るか。そうなら歳三達の前に二度と姿は現わすまい。

夜明けが近付いている。

雨足も弱まって来た。

会津藩から検分役が到着し、近藤と歳三、山南が立ち会った。

玄関付近に乱れはない。

穴だらけになって血に染まった屏風を持ち上げると、平山五郎の死骸があった。

平山は播州《ばんしゅう》にいた時分、花火の暴発で左眼の視力を失っている。その左眼にも孔が開いていた。滅多突きである。楽しんでやったとしか思えない、酷《ひど》い有り様だった。

検分役も顔を顰《しか》めた。

「これは——相当に恨みがあったものかな。如何《いかが》か近藤氏《うじ》」

「長州の浮浪であろう」

近藤はそう言った。

「先日の戦で長州藩が御門警護から外されたことを受け、浮浪どもは殺気立っておったからな」

「そうか。で、この者は」

「副長助勤平山五郎に間違いありませんな」

「これは——この女は」

平山の横にお梅が死んでいる。

頸を切られ、もう一太刀、袈裟懸けに斬られていた。血は壁にまで飛び夜具は深紅に染まっている。

「これは——四条通堀川西《ほりかわにし》、菱屋という太物屋の妾《めかけ》で、お梅なる者」

「呉服屋の妾が何故」

「それは」

相判ったと検分役は言った。

そして大きな溜め息を吐《つ》いた。

「困ったものよのう」

「菱屋主人にお確かめ戴くが宜しかろう」

「いやいや結構」

検分役は芥《ごみ》でも見るような目でお梅の骸《むくろ》を一瞥し、血溜まりを避《よ》けて更に奥へ進んだ。

縁側に出る。

「雨戸が外されておるな。賊は此処から入ったか——あッ」

血糊を踏んだらしい。

「これは──」

妙なところに足が覗いていた。

宙に浮いているように見えた。

血糊を踏まぬよう検分役は妙な動きで隣室の前まで進み、おうと声を上げて益々顔を顰《しか》めた。

「これは」

近藤が続く。

歳三も続いた。

芹沢鴨の死骸は全裸で俯《うつぶ》せに倒れていた。左足が文机の上に載っているから、それで足先が浮いているように見えたのだ。

「何という浅ましい死に様か。これが──貴公等《ら》浪人の頭《かしら》か」

近藤が死骸の顔を覗き込む。

「新選組局長、芹沢鴨に相違ござらぬ」

みっともない死に様だ。

殺したのは歳三なのだが。

「背中に一太刀──いや、三太刀あるな。右手がない」

「其処でござる」

近藤が示す。

多分——八木の家族が寝ていただろう夜具の上に、脇差を持ったままの右手首が落ちていた。

「しかし、その何だ、局長か。局長ともあろう者が、こう背にばかり太刀を受けておるというのは——これはどうしたものかな、近藤氏。敵に後ろを見せたとしか思えぬが。この有り様は武士として恥辱ですぞ」

小者《こもの》に死骸を返させ、胸と腹を確認してから、検分役はそう言った。

「遁《に》げたのでしょうな」

近藤は言った。

実際は違う。芹沢に反撃する気はあっただろう。させなかっただけだ。その上で歳三は、わざと背中ばかり斬ってやったのだ。

「芹沢といえば豪胆無双と聞き及んでおったが——」

「左様。しかし昨夜芹沢は酔っていた。五六人が一度に掛かれば」

「五六人——そうであろうな。この酷《むご》い様は」

関係ござらんと近藤は言う。

「どれだけ敵の人数が多かろうと、如何《いか》に相手が強かろうとも、仮令《たとい》酔うていようとも――これは新選組の沽券に関わる不祥事。襲われて遁《に》げたなどということが世間に知られてしまっては、仰せの通りに恥でござる。傷に就いては調書《しらべがき》に記さないで戴きたい」

何卒宜しくと近藤は睨《にら》みを利かせてそう言った。

「しかしのう」

「もう一人、平間重助という隊士もこの家《や》にはおった筈。だが、姿もなく屍もないとなると、これも遁走したに違いはござらぬ。局長を見捨てて遁げるなど以ての外である。士道不覚悟は隊規に反する行ない故、内内にご手配願いたい」

「手配致すのか」

「いや、探索のお手間はおかけ致さぬ。名乗り出た暁には引き渡して戴きたい。隊規に則り、切腹させねばならぬ」

「切腹でござるか」

検分役は眼を剝《む》いた。

「それが新選組の決まり故」

それでは戻るまいなあと検分役は首を傾げる。

「豪傑と聞く芹沢殿がこの有り様なのだから、余程の手練《てだれ》が襲ったのであろう。遁げられたとしても、九死に一生を得たようなものじゃ」

「脱走も切腹にござる」

「そうであるか。それはまた厳しいのう。しかしのう。これは――矢張り長州か」

「長州でしょう」

局長の仇は必ず討ち取りましょうと近藤は言った。

「芹沢鴨亡き今となっては、京都守護職御預《おんあずかり》市中見廻役新選組の局長は、この近藤勇ただ一人《いちにん》。綱紀を粛正し腕を磨き士気を上げ必ずや会津様のご期待に添えよう。左様お伝え戴きたい」

歳三は――肚《はら》の底で嗤《わら》った。

近藤の俄《にわか》狂言が妙に堂に入っていたからである。

言うに事欠いて長州の不逞浪士、しかも五六人とは能《よ》く言ったものだ。襲ったのは実質歳三と沖田の二名である。

歳三はそこで山南の様子を盗み見た。

山南は手を口に当て神妙な顔をしていた。全く役に立っていなかったとはいうものの、山南も芹沢を襲撃した中の一人ではあるのだ。何を思っているものか。

人外《にんがい》の歳三には、人が人殺しをした時に何を思うかなど解らない。

「後始末、葬式法要の一切は新選組が致す。お手数をお掛けしたが、お引き取り戴いて結構でござる」

近藤はそう言った。

それから山南に、隊士を全員集めるように伝えた。

結局山南は検分が終わるまで一言も口を利かなかった。

「これでいいな歳さん」

近藤は引き揚げる一団を遠目で見て、そう言った。

その時の近藤は何故か、遠い日の宮川《みやがわ》勝太の顔をしていた。

歳三はただ苦笑いをした。

「大《てえ》した千両役者だ」

そして、聞こえないようにそう言った。

芹沢鴨と平山五郎の葬儀は、前川邸で執り行なわれた。

惨劇のあった八木邸は、掃除こそしたものの畳替えも済んでおらず、お梅《うめ》の死骸を入れた早桶《はやおけ》もそのまま置いてあったため使えなかったのだ。

両名とも紋付袴を着せ、木剣を携えさせ、寝棺《ねかん》に寝かせた。

平山は顔の傷が酷《ひど》かったため、白木綿を巻いた。

隊士の他にも大勢が参列し、近藤は弔辞を読み上げた。

一つ、歳三が驚いたことがある。

芹沢の係累縁者が弔問に来たことである。芹沢分家の者だという。

水戸藩士だった。

芹沢鴨は本当に水戸天狗党だったのかと、一瞬思った。

ただ、どうも様子がおかしい。

聞き耳を立てていると、親類共はあれは誰誰ではないなどと言っている。人相がまるで違っていて、どうも別人のように見えると首を傾《かし》げている。そのうち一人が、あれは天狗党の下村《しもむら》ではないかなどと言い出した。その男は芹沢本家に出入りしていた天狗党の一員らしかったが、その男は慥《たし》か捕まったのだと別の者が言い出し、それも違うというようなことになった。

結局、誰だか判らない死骸に芹沢分家の者達は線香を上げ、釈然としない様子のままに引き揚げて行った。

何者か判らないのだ。

——誰でもいいか。

誰でもなかったのかもしれぬ。

あの死骸は、何処で生まれて何をして来たのか誰にも判らない死骸なのだ。

ただひとつ、殺したのが歳三であることだけは間違いない。

ならそれでいい。

山南は入り口に設《しつら》えた帳場で香典などを受け取っていた。

歳三はその横に座った。山南は力なく歳三を見据えた。

「どうした山南さんよ」

「いや――」

「余り嬉しそうじゃねえな」

「何を言い出すんだ土方さん。葬儀で嬉しそうにする者がおるか」

そうかい、と歳三は答えた。

「俺は、抹香臭《くせ》えのは好きじゃあねえ。座ってるのも苦手でな」

「何が言いたい」

「あんた侍だろ。御下命はきちんと果たしたんだ。喜ばねえまでも、もっと誇らしげにしてもいいのじゃねえかと、そう思ってな」

「何を――言うか」

「忠義のためなら人も斬るとか、昔言ってなかったか」

「言った——かもしれぬ」

「じゃあ、そうしておらしくしてんなァ近藤さんと一緒で芝居か」

口を慎め土方さんと山南は周囲を見回す。

「心配ねえよ。味方ばかりだ。身分の高そうな奴は会津ばかりよ」

手代木の顔もある。

「茶番だな」

歳三はそう言って立ち上がる。

棺を担ぐのは御免だ。寝棺など担いだことがない。

長持ちでも運ぶように二つの棺は担ぎ出された。

歳三は、槍を左手に持って葬列を送った。この辺りの習俗《ならい》だそうだ。

春先に八木家の使用人の葬儀を手伝った際、この習俗を目にした芹沢が、槍は右手で持つのが正しいだろうと当主源之丞に嚙み付いたことがある。源之丞はならわしだと言い張り、芹沢もまた、おかしいものはおかしいと引かなかった。近藤が間に入ったが両者共に頑固であった。結局源之丞は芹沢の意見を容れなかった。

後にも先にも八木源之丞が芹沢に忤《さから》ったのは、それ一度きりだった。

だから——。

左手に持って送ってやった。

祭壇も式次第も神葬祭《しんそうさい》に倣ったようだが、棺は壬生寺《みぶでら》に埋めた。

二つ並べて埋めて、その真ん中に土饅頭《どまんじゅう》を作った。

そんなものだろう。

歳三は死骸など拝む気がしなかったから、抜け出して前川邸の方まで戻った。まだ人は大勢いた。路地に立っていると、八木邸から町人姿の男が出て来た。

見覚えがあるような——ないような、特徴のない顔である。

男は歳三を見付けると寄って来た。

「新選組のお方ですな」

「誰だ」

男は問いに答えず、お梅さんはどないしましょうと言った。

「どうするって何を」

「この陽気やから。もう仏さん傷んでますのや。菱屋にも掛け合《お》うてみたんでっけど先《せん》から赤の他人やし知らんと、けんもほろろや。八木さんとこも、お困りですわ」

「山にでも捨てて来いよ」

そらあんまりやと男は言った。

そして歳三の後ろに回り。

右肩に手を乗せた。

「何しやがる」

「おっと」

抜いたらあかんと男は言った。

「抜かれたらお終《しま》いや。あんたはん強いよって――」

「てめえ」

男は殆《ほとん》ど力を入れていない。それなのに右腕が思うように動かない。

「無理に動かさはると腱《けん》ン傷めてしまいますで。わしのことは殺せるやろが、後が難儀やで」

「誰だと尋《き》いている」

「へえ」

男は人目を避《さ》けるよう、肩を押さえたまま路地裏へ歳三を誘導した。

男の言う通り斬ろうと思えば斬れるだろう。腕も動かぬ訳ではない。

だが歳三は言うことを聞いた。

斬らんといてや斬らんといてやと男は小声で言って、すっと離れた。

歳三は刀に手を掛ける。

「せやから斬らんといてくださいゆうてます。それに、そのお刀は、研がなあかんのと違いますか」

そう。

手入れをしなければ傷む。人の脂は刀には毒だ。でも。

「残念だがこれは別の刀だ」

今腰にあるのは之定である。

こらあかんわと男は更に離れた。

「わしは、先頃隊に加えて戴いた山崎林五郎《やまざきりんごろう》の兄で、丞《すすむ》いいます」

山崎──丞か。

「弟は侍になりたいゆいますけど、わしは人なんぞよう斬りませんわ。況《まし》て壬生浪《みぼろ》なんぞ、怖《こお》うてね」

「そう怖がりにも見えねえがな」

「へえ。まあ、家業が鍼《はり》医者やから、体術は多少なり心得とりますし、棒術も習《なろ》とりましたけども──所詮は素人《しろと》ですわ。お武家に敵うもんやないですわ」

「鍼だと」

疾病《やまい》ならお治ししまっせと山崎は言った。

鍼で治るような病じゃねえよと歳三が言うと、御尤《ごもっと》もやと山崎は言った。

「それより、あんたおもろいな」

「何だと」

おもろおまっせと山崎は繰り返した。

「わし、ずっと見てましてん。あんさんらがこの壬生に入ってから」

「見てた——間諜か」

町人ですわと山崎は言う。

「忠も義もないただの町人や。天朝方でも幕府方でもおまへん。会津にも長州にも関わりありませんわ。ただ、わしは」

おもろいのが好きですねん。

「解らねえ」

「解りまへんか。そやなあ、お隠れになった芹沢局長——いや、あんたが斬ったとゆうた方がよろしかな」

だから抜いたらあかんと手を翳《かざ》し山崎はまた後ろに引いた。

「用心深いお方やなあ。そないに心配せんでも誰にも言いまへんわ。こんなおもろい話、他人に教えられますかいな」

「だから」

何が面白いと歳三は問うた。

歳三は——別に面白くない。

「おもろいがな。人を陥れて、罠に嵌めて、追い詰めて、最後の最後には命を奪うんや。しかも」

合法的に。

「誰にも咎められることなく人殺すんでっせ。人殺しでっせ。銭盗る物盗るゆう話とは違いまっしゃろが。世の中には人ォ殺める阿呆《あほ》はようけいてはるけども、皆考えなしですわ。そんなんばっかりや」

「それが何だ」

「何て、どんな悪党かて、殺せば殺した方が悪い。それをあんた、ご定法《じょうほう》に則って殺しはるんでっせ。法の網を潜るんやなしに、法を利用しはるんや。こら、生半《なまなか》の技量で出来ることやおまへんで」

「何を寝言ほざいてるんだよ」

「ちゃんと起きてますわ。あの芹沢鴨いうお方は、慥《たし》かに埒《らち》もないひち面倒《めんど》臭《くさ》い、そら酷《ひど》いおっさんや。遣ること為すこと無茶苦茶やった。逝《い》んでまう間際なんぞ、乱心してはるとしか思われへんかった。せやけども、あそこまで追い込んだんは、あんた等《ら》でっせ。いいや、あんたや」

山崎は歳三を指差す。

「引き返す機会も、思い止《とど》まる契機も、なんぼでもあったのと違いますか。その度にあんたが道を空け背中を押した。悪い方へ悪い方へ。違《ちゃ》いまっか」

この男――。

「違わねえよ」

「そやろ」

山崎は腹の底から愉快そうに笑った。

「あの芹沢ゆう人は、どうもない男やったけども、それでも使い道はなんぼでもあった筈やで」

そうかもしれない。

あの誰とも知れぬ男が誰であったにしろ、役に立てようと思えば幾らでも役に立てられたと思う。寧《むし》ろ使い易い男だったかもしれない。

「尊王でも攘夷でも、何でもええけども、あの手の男を手駒に使えば何かは出来た筈や。目立つし、考えなしやし、動かし易い。それを、ただ自滅させたんや。そっちに道付けたんはあんたやで。つまりあんたは――あの男をただ殺したかったのと違いますかと山崎は言った。

歳三は答えなかった。

「どや。図星ですやろ。あんた、将軍様でも天子様でも、どっちでもええのと違いますか。天下がどうなろうとどっちに転ぼうと、どうでもええのと違うか」

わしもそうですと山崎は言った。

「多分、そらあんまり関係ないんやと思うてますわ。この世の中は変わる。そら間違いない。誰がどっちに舵《かじ》を切ろうと、どなたさんが上に載ろうと、変わるもんは変わる。なるようになるんや思う。変えるのやなく、変わるんですわ。ただ、変わり目が近付いとるから、こういう紛乱《ごたごた》が起きるんや思うてます。そんなら、どっちに肩入れしたって結果は変わりまへんわ。ただ、今はどっちか決めなあかん風潮や、ゆうだけのことですわ。こら博奕《ばくち》みたいなものや。駒ァ張った方に目ェが出るかどうか、それだけやね」

「博奕か」

忠義も。

正義も。

関係ないか。

「天朝方にも幕府方にも正義はおます。義だの忠だのも、よう知らんけども、どっちにもあるのと違いますか。それやったらもう、理詰めでは選べんことになる。後は運みたいなものやで。こら、博奕ですわ。博奕なんやけども、どっちの目ェが出ようとも、結果は同じなんや。攘夷攘夷いうたかて異国《とつくに》には勝てまへんで。商人はもう、先《せん》から国を開いてますがな。あんた」

賭けごとは嫌いですやろと山崎は問い、歳三が答える前にわしも大嫌いや、と言った。

「い、い、いかさまの方が好きや。しまへんけどな。博奕のいかさまは、してはならん決まりや。決まりやったら、そら、したらあきまへんわ。決まりの内内《うちうち》で、決まりを破らずに、その上で己の思い通りにものごとを運ぶ。それがおもろいというてますのや」

山崎は真顔になった。

「どうだす」

「何がだ」

「あんた、決まりの内内で人一人殺すために半年の時を掛けたんや。こら、凄いことですわ。やろうと思たかて思い通りになるもんやない。人は読み通りに動くもんやないし、その読めん人が星の数程おるんがこの世の中や。せやから、不測の事態はなんぼでも起きるものですわ。潮目は刻一刻と変わるもんやないでっか」

「そうだな」

歳三が右手を動かそうとする寸前、山崎は僅かに移動した。

「何遍でもゆいますけどな、人殺しゆうたら大罪や。人は殺したらあかんのです。でもその辺の阿呆はつまらん理屈付けて簡単に斬りますわ。義だの忠だの攘夷だの、何でもええ、何かお題目さえ唱えとれば許される思うとる。そんな訳はないのんや。そんな、屁理屈捏《こ》ねたかて人は殺せまへんて。それで済む訳がない。どんな理屈付けたかて殺せば罪人や。すぐ捕まってしまいますがな。こら、考えるまでもなく、当たり前のことや。その当たり前のことが解らん阿呆が孑孑《ぼうふら》みたいに涌《わ》いてますわ。連中には、もう何も見えてへん。上から下までそんなんばっかりや。こら些細《ちい》ともおもろない。だってそうやないですか。人殺しは――」

為《し》てはならんことや。

為てはいかんことでっせ。

「なのにあんたは、それを為てもいいことにしてしもた。そうなったんやないで。そうしたんですやろ。こら偶然やない。あんたが仕向けたんや。あんたが」

上も、下も操ったんやろ。

買い被るなよと歳三は言った。

「猿回しでもあるめえにそんなもの操れるか。俺は武士ですらねえ。恰好だけだぜ」

山崎は不敵に笑った。

「判りますて」

「何故《なぜ》判る」

「わしはずっと見とったと言うたやないですか」

この男。

「山崎――か。何度も尋《き》くが、だから何だよ。だったらどうだ」

何がしたい。

お手伝いがしたいんですわと山崎は言った。

「手伝いだと」

「へえ。わしは町人や。せやから勤王も佐幕もありまへんけどな。こんなおもろい遊びはありまへん。命懸けてもええ思いますわ。どや」

「てめえを――どう使う」

「わしは、何でも知ってまっせ。あんたらの知らんことも。例えば芹沢鴨が、実は壬生浪士を抜けたがってたことも」

「芹沢が」

抜けたがっていただと。

そんなことがあるか。歳三は考えたことすらなかった。

「こっそり公卿に会《お》うて、奉公さしてくれと願い出てたんでっせ、あの難儀なおっさんは。思うに、怖かったのと違いますか。このままあの場所にいたならば、必ず身を滅ぼすと、予感しとったんやと思いますけどな」

「あの芹沢が――か」

信じられない。いや、そういうものかもしれない。

「わてがあの人でも怖い思いますわ。何をしたかて誰も止《と》めてくれんのですわ。無論それは望んでそうしたことなんやし、自分から仕向けたとこもある訳やから、止《や》めたいんやったら止《よ》せばええことですわ。何もかも自業自得なんやけども、それでも誰かに止《と》めて貰いたかったんやろと思いまっせ。己では止められんことやったのと違いますか。ま、それも叶わんかった訳や。あんたの方が一枚――」

上手《うわて》やってんと山崎は言った。

「どなたはんも、真逆《まさか》わしのような町人が偵察しとるとは思わへんのでしょうな。無防備なもんでっせ。せやから、この都のことやったら、何だって探り出せますわ。わし、あんたの手足になって探り追い込み、合法の内に」

殺させてあげますわ。

「てめえ」

「外のことばかりやおまへんで。中のこともや。因みに、最近新しく入った隊士の中に、三人ばかり長藩《ちょうはん》の間者がおりまっせ。あれは始末した方がええ思いますけどなあ。間者やったら——斬るべきや。斬れまっせ」

間者か。先日の政変参戦で目を付けられたのだろう。

「慥《たし》か、新選組は、勘定方を雇ってますやろ。そら、どんなもんでも金勘定は大事やからね。同じように、監察方も要るのやないですか」

「監察か。てめえ、新選組に入隊する気なのか」

「へえ。やっとうは出来まへんけど役には立ちますで。いや、あんたの役に立つだけやない、組の役にも立ちまっせ。お仲間に入れて貰《もろ》ても」

あんたの秘密は他言しまへんと山崎は言った。

「秘密だと」

「へえ」

い、い、ひとごろし。

山崎は近寄り、顔を寄せて耳許でそう言った。

歳三は睨《にら》み付けた。

「宜しゅうに」

山崎丞はそう言うと、颯《さ》ッと体を離した。

「ああ、そうや、言うのすっかり忘れてましたけどな、あんたのこと捜しとる女御《おなご》はんがおりまっせ」

「女だと」

「江戸の女や。慥《たし》か――涼《りょう》とかいうたかな。祇園の辺りにおる、ええ女やったけど」

「涼――」

あの女か。

歳三は腰の之定に手を遣った。

「あんた、江戸は試衛館《しえいかん》の土方歳三さんやろ」

「いいや」

そんなものじゃない。俺はただの。

「土方歳三だ」

歳三はそう答えた。


（下巻につづく）

文庫版　ヒトごろし（上）

新潮文庫　き－31－3

令和二年十月一日発行

著者　京《きょう》極《ごく》夏《なつ》彦《ひこ》

発行者　佐藤隆信

発行所　株式会社　新潮社

郵便番号　一六二―八七一一
東京都新宿区矢来町七一
電話　編集部（〇三）三二六六―五四四〇
　　　読者係（〇三）三二六六―五一一一
https://www.shinchosha.co.jp

価格はカバーに表示してあります。

乱丁・落丁本は、ご面倒ですが小社読者係宛ご送付ください。送料小社負担にてお取替えいたします。

印刷・大日本印刷株式会社　製本・加藤製本株式会社

ISBN978-4-10-135354-8 C0193